中华译学倡立倡导

以中华为根,译与学并重,
弘扬优秀文化,促进中外交流,
拓展精神疆域,驱动思想创新。

丁酉年冬月许钧撰 罗卿东书

中华译学馆·外国文学论丛
许钧 聂珍钊 主编

聂珍钊 著

外国文学研究散论

南京大学出版社

总 序

许 钧 聂珍钊

《中华译学馆·外国文学论丛》第一辑由《法国文学散论》(许钧著)、《当代英美文学散论》(郭国良著)、《德国文学散论》(范捷平著)、《欧美现代主义文学散论》(高奋著)、《早期英国文学与比较文学散论》(郝田虎著)、《外国文学研究散论》(聂珍钊著)、《外国文学经典散论》(吴笛著)共七部著作构成,由南京大学出版社出版。中华译学馆既要借助翻译把外国的文学作品和学术著作介绍给中国的读者,也要借助翻译把中国的文学作品和学术著作介绍到外国去,还要借助翻译促进中外文学和文化的交流与互鉴,在做好翻译工作的同时开展学术研究,力图把翻译、评介和研究结合在一起,建构译学界的学术共同体。

《中华译学馆·外国文学论丛》第一辑的七部散论中收入的文章大多是各位作者以前发表的作品。为了突出散论的特点,这套丛书不追求完备的学术体系,也不强调内容的系统完整,而是追求学术观点的新颖,强调文章的个性特点。作者们在选取文章时都有意排除了那些经常被人引用和流传较广的论文,而那些通常不易搜索到的论文、讲话、书评、序言等,都因为一得之见而保留下来,收入书中。除了过去已经发表的作品,书中也收入了作者未曾发表过的重要讲话和沉睡多年的珍贵旧稿。因此,读者翻阅丛书,既有似曾相识的阅读体验,也有初识新论的惊喜。相信这套丛书不会让读者感到失望。

这套丛书名为"散论",实则是为了打破思想的束缚,疏通不同研究领域的连接通道,把种种学术观点汇集在一起,带领读者另辟蹊径,领略别样的学术风景。丛书尽管以"散论"为特点,但"散论"并非散乱,而是以"散"拓展文学研究的思维,以"论"揭示学术研究内在的特点,"散"与"论"结合在一起,为读者提供探索学术真理的广阔空间。开卷有益,希望这些文章能给读者带来启示,引发思考。

既是散论,重点并非在于理论体系和话语体系的建构,也不在于对某一学术问题的深入探究,而在于从时下受到追捧的宏大叙事中解脱出来,从某一视角展开对某个问题的深度思考,阐发所思所想的一己之见。文学研究是一项巨大的工程,尤其是学科体系和理论体系的建构,不但宏大,而且异常艰巨,要想完成文学研究的重任,并非一朝一夕之功,只能从基础做起,厚积薄发,方能有所作为、有所建树。就文学研究这项工程而言,散论属于基础性的探索,意在为文学研究铺垫一砖一石,是重大工程不可或缺的基本建构。

就其特点而言,这套关于外国文学研究散论的丛书是作者们进行创造性文学研究活动的结果。实际上,散论不仅是一种研究模式,也是一种思维模式。作者以不同国家、不同时期的文学为研究对象,借助各自的学术经验和研究方法,打破某种固化的思维框架,在某种研究理论的观照下进行创意思维,克服某些束缚自由思想的羁绊,按照某种新的方向来思索问题,寻求答案,锐意创新,不落窠臼。因此,散论体现的是从单向思考到多维思辨,追求的是以小观大，从个别看整体，从传统中求创新。正因为如此，这七部散论才体现出不同的风格、不同的视角、不同的思考。尽管他们关注和讨论的问题各不相同，但是体现的精神是一致的，即通过对各种不同问题的研究，阐述自己与众不同的观点。由于散论不拘一格，从不同的角度看问题，因而思维视野更为广阔，发散性思维沿着多学科、多方向扩散，表现出散论的多样性和多面性，推动对文学的深度思考。

散论打破传统，追求思想解放，实际上是以新的方法探索文学研究发展的新道路。21世纪以来，随着科学技术的飞速发展，同传统的文学研究相比，科技与文学研究高度融合，认知神经科学、人工智能、生物芯片、人机接口等科学技术已经逐渐呈现出主导文学研究的总体趋势。可以说，文学研究不但无法脱离科学技术，而且正在快速同科技融合并改变其性质，转变为科技人文跨学科研究。观念的更新使得科学方法在文学研究中被广泛运用。随着信息技术的大量运用，文学研究越来越科学化，表现出跨学科研究的特点。文学研究已经不可能把自己局限在文学领域中了，其趋势是要打通文理两大学科的通道，在不同学科之间交叉、融合、渗透，形成新的研究理论与方法。在科学高度发展的今天，文学研究需要借助其他学科尤其是理工科的经验、优势和资源推动文学研究。早在20世纪中叶，法国符号学家巴特说"作者死了"。半个世纪过去了，美国耶鲁大学文学教授米勒（Hillis Miller）又说"文学死了"。实际上，这两种说法反映的是21世纪文学面临的危机，以及科学技术对传统文学研究的挑战。因此，更新文学观念，打破固化传统，在科技人文观念中重构文学基本理论，才能破除文学面临的危机，推动文学研究向前发展。从科技发展的角度看，这套散论打破了文学的传统研究，引发了读者对文学的深刻思考。

七部散论还体现了一种作者们对学术价值及学术理想的追求。从散论平凡的选题和平实的语言以及细腻的讨论中，可以发现其中承载的学术责任和学术担当。散论的作者们多年来都在各自的研究领域辛勤耕耘、锲而不舍，为了一个共同的学术梦想砥砺前行，做出了重要贡献。他们都能够以谦逊的精神细心研究平凡的问题，用朴实的文字同读者交流，追逐共同的学术梦想。他们不是在功利主义的驱动下而从事学术研究，而是中国学人的精神品格促使他们承担一份自己的责任。因此，散论的淳朴文风值得称道，学术价值值得肯定。当然，散论的研究只是文学研究的基础性建构，这对于建设文学这座艺术大厦是远远不够的，但是它们作为建造这座大厦的一砖一石又是不可缺少的。只要每一位学人都贡献一块砖石，建成这座我们期盼已久的大厦也就不会太久了。

2021 年 12 月 31 日

前　言

自20世纪80年代初开始，我陆陆续续发表了一些文字，有些文章属于作家研究，有些文章属于文本分析，有些文章属于理论探讨。总体说来，我的学术研究经历了一个从小说到诗歌再到文学批评理论研究的发展过程。

早期我主要致力于英国小说家托马斯·哈代（又译为托玛斯·哈代）及其小说创作的研究，1992年由华中师范大学出版社出版的《悲戚而刚毅的艺术家——托玛斯·哈代小说研究》是我年轻时研究哈代小说的成果。这部著作获得了教育部首届高等学校人文社会科学研究优秀成果奖二等奖，这是对我从事外国文学研究的极大鼓励。

1993年，我应剑桥大学基督学院（Christ's College）John Rathmell博士之邀，前往剑桥大学英语系访学。Rathmell教授是英语系主任，也是我的访学指导老师。Rathmell教授是英语诗歌研究专家，他讲授诗歌课程。但在这所世界著名的学府里，诗歌似乎不是热门课程，选修Rathmell教授诗歌课程的学生只有十来个人，中途还有一些学生退出，我是坚持听完这门课程的学生之一。我选择学习诗歌课程，起初并非完全出于对诗歌的热爱，而是因为

Rathmall 教授是我的指导老师。但听完这门课程后发现我选择诗歌这门课程非常正确。在文学研究的知识体系中，诗歌是不可或缺的一个部分，而在此之前，关于诗歌的知识我知之甚少。Rathmall 教授的课程不但给我奠定了一定的诗歌理论基础，而且激发了我对诗歌的研究兴趣。十余年后我出版了《英语诗歌形式导论》一书，这本书出版后也获得了教育部高等学校科学研究优秀成果奖（人文社会科学）二等奖。真是凡事皆有因果，如果当初没有选择 Rathmall 教授的诗歌课程，我可能后来也不会在诗歌研究上下功夫，更不会有《英语诗歌形式导论》这本书的问世。1996 年，在英国学术院（British Academy）资助下，我应剑桥大学达尔文学院院长 Leo Howe 博士邀请再度访问剑桥大学，在这所神圣的学术殿堂里接受熏陶。剑桥大学的学习生活是我一生中最难忘记的珍贵记忆，Rathmall 教授既是我的指导老师，也是我的忘年交，我们之间的真诚友谊一直延续至今。后来我推荐了广州大学的黎志敏教授、广东外语外贸大学的刘茂生教授去他那儿学习诗歌理论，无不受益良多。

虽然小说和诗歌是我付出比较多的两个领域，但是从 21 世纪初开始，我转向了文学伦理学批评理论的研究。自 20 世纪 80 年代开始，西方的文论、概念、术语通过翻译大量进入中国，使得中国的学术研究有了一个空前的繁荣。但是在这道以西学强势话语为主色调的眩目风景里，明显地缺少了中国元素。让人感到欣慰的是，中国学界逐渐从对西学的追捧中清醒过来，开始反思为什么在中国流行的西方理论大潮中，看不到中国学者有多少贡献。对于当代西学东渐造成的中国理论缺场和话语缺失，中国学者感到了忧虑，渴望构建本土理论，从西学影响的焦虑中挣脱出来，并为此做出了大量努力。为了改变文学批评伦理道德缺位的现状，守住一方学术净土，我致力于文学伦理学批评的理论建构与批评实践，希望将自己的点滴努力汇入学术群体的洪流，与学界同仁共同努力，创立中国的文学批评理论。十余年过去了，在国内外众多学者的支持和参与下，文学伦理学批评的理论建构与批评实践取得了重要进展。2013年，我完成的《文学伦理学批评导论》一书入选国家社科基金成果文库，2014年由北京大学出版社出版。对于中国本土学者创立的文学伦理学批评理论，《泰晤士文学周刊》(*Times Literary Supplement*)给予了良好评价，认为文学伦理学批评"既构建了全面的理论框架，又提出了一系列核心概念和观点"，"不断获得了众多国际知名学者的认可"。欧洲科学院院士、英国伦敦玛丽女王大学乔治·斯坦纳比较文学教授加林·提哈诺夫也评价说："以我看来，文学伦理学批评的价值在于它寻求的不仅仅是对道德批评的修正，而是对其进行现代化改造和'更新'。""文学伦理学批评不仅适用于约翰逊博士或马修·阿诺德或F. R. 利维斯所在的时代，它同样适用于更早或更晚的时代。"目前，文学伦理学批评正在沿着跨学科研究方向发展，它将通过借鉴和吸收其他学科的理论和方法，进一步完善文学伦理学批评的理论建构，推动文学伦理学批评研究的深入发展。

以上我对托马斯·哈代小说的研究，对英语诗歌韵律的研究，尤其是我对文学伦理学批评的研究，主要集中在《悲戚而刚毅的艺术家——托马斯·哈代小说研究》《英语诗歌形式导论》《文学伦理学批评导论》三部专著中，学界已有较多了解。但除了上述三部著作以外，我也陆续发表了一些与以上三个研究方向相关或不太相关的文字，其中既有聚焦于某一问题的专题论文，也有随意挥洒的随想、访谈，还有就某些学术著作以及学术会议发表的评论和感想。这些零星发表的文字在我的学术研究道路上有其特殊的价值,因为这些外围性研究为我上述三个学术方向的深入研究提供了启发和动力。当今学术研究出现的跨学科潮流已经渗透到各个研究领域,任何人都不能把自己束缚在某一研究领域而拒绝其他研究领域的影响。跨学科研究能够并行不悖地从不同立场、视角、方法、观点等方面相互启发,相互推动。就我个人的感受而言,在某个问题的研究过程中,经常会在其他领域研究的启迪下获得灵感。

这本著作由我以前发表的一些零散文字中挑选出部分专题论文、学术访谈、图书评论及著作序言等编辑成书。本书收录的文章,绝大多数都是20世纪末21世纪初撰写的。由于时间已久,有些文章恐怕很难读到了。现在收集整理,编辑成书,方便读者阅读。与我发表的学术专著不同,这些文字不能构成独立的体系,因此书名谓之"散论"。希望这些文字能够有助于读者了解我的主要学术观点和研究方法,也希望其中的有益部分能为读者带来启发。当然,其中不少文字是我的学术思想在发展过程中的断想,不足之处,还请读者不吝指正。

感谢我的学生刘兮颖教授,博士后任洁、汤轶丽,博士生张秀等在编辑整理方面所做的工作。感谢南京大学出版社张静和黄睿两位老师为出版此书付出的心血。特别要感谢我的老朋友许钧教授,正是由于他的精心策划和组织,才有了《中华译学馆·外国文学论丛》的出版。谢谢并祝好!

聂珍钊

2020年8月

目录

卷一 跨学科研究

003 问题研究、比较文学与辩证法

009 外国文学就是比较文学

025 脑文本和脑概念的形成机制与文学伦理学批评

041 论脑文本与语言生成

058 论语言生成的伦理机制

089 哈代的小说创作与达尔文主义

107 论科学文化素质与外国文学教育

118 论不同文明的交流与建构和谐世界

卷二 文论、教材、期刊与随笔

137 构建中国特色学术理论　引领国际学术话语
　　——以文学伦理学批评理论为例

142 文学批评的四个阶段及社会责任

147 天才作家的痛苦
　　——西欧作家命运散论

158　论非虚构小说
174　论诗与情感
197　诗歌永远是人类共同的朋友
202　易卜生创作的生态价值
205　不朽的易卜生与易卜生研究新发展
211　关于建设20世纪西方文学史教材的研究
231　建构外国文学史新体系
233　学术期刊和世界文学的研究与交流
248　中国学术期刊要积极参与国际话语权竞争
251　努力建设一批有国际话语权的学术期刊
255　莎翁故乡纪行
261　勃朗特姐妹故乡行
266　哈代和多塞特

卷三　访谈与大会致词

275　文学伦理学批评的理论建构：聂珍钊访谈录
285　查尔斯·伯恩斯坦教授访谈录
321　勤学求真，创新求是：漫谈我的治学之路
342　文学伦理学批评与族裔文学：聂珍钊教授访谈录
362　文学伦理学批评与道德哲学：兼论在中国召开的第24届世界哲学大会
　　　——聂珍钊教授访谈录
388　文学伦理学批评与脑文本：聂珍钊与王永的学术对话
406　"跨文化视野中的外国文学研究"研讨会闭幕词
410　"中国的英美文学研究：回顾与展望"全国学术研讨会闭幕词

414	"剑桥学术传统与批评方法"全国学术研讨会闭幕词
420	第14届全国美国戏剧学术研讨会闭幕词
424	"库切研究与后殖民文学"国际学术研讨会开幕词
428	在英语诗歌研究会成立大会上的致词

卷四 书评

435	让我们共同面对灾难 ——世界诗人同祭汶川大地震
444	智慧文学的智慧诠释 ——评《英国玄学派诗歌研究》
452	外国文学学术史研究工程的理论及方法论价值
466	评王立新的《古犹太历史文化语境下的希伯来圣经文学研究》
474	莎士比亚研究新路径:评陈红薇教授的《战后英国戏剧中的莎士比亚》

卷一

跨学科研究

问题研究、比较文学与辩证法

　　现在学术界十分重视对学术"问题"的讨论,这正是学术研究繁荣的特征。就讨论问题而言,我国古代最早的具有代表性的书籍是《周易》。《周易》是占卜的书,它通过阴阳八卦的组合进行提问和解答,在神学思想体系中体现了朴素的唯物主义和辩证法思想。我国古代的思想家,他们的智慧无一不是同问题的研究结合在一起的,如记述孔子与其弟子等人对话的文集《论语》,就是一部有关问题研究和讨论的学术著作。"论语"二字尽管历来的解释不尽相同,但"论难"与"答述"的基本含义是较为明确的。孔子同他的弟子之间的对话,实际上是孔子对弟子们提出的问题给予的解答。在孔子同他的弟子的关系中,孔子是学者的形象,对他的弟子们来说,他主要是以"诲人不倦"的态度为弟子们提出的问题"答疑解惑"。因此就问题而言,则是问和答的结合,而就问题的研究而言,则是提出问题,解答问题,追求答案。

　　古往今来的学者们大都有提问的习惯,对学术问题的讨论一般是先提问或立论,因此提问是学术研究和讨论的前提。提问和解答的关系是辩证的,提出的问题经过解答而得到解决,同时又产生新的问题,寻求新的解答,周而复始,逐渐接近真理。我国历史上有众多善于提问的例子,如孔孟的弟子、屈原等。屈原的提问建立在自己对真理追求的意愿上,因此他的问题意境高远,少有企及。如在《天问》中,屈原就自然历史、社会等提出一连串问题,天文地理、博物神话、人物历史无不涉及。作者还对古代史迹和人物提出许多疑问,真可谓是一篇旷古奇文,被鲁迅赞为"怀疑自遂古之初,直至百物之琐末,放言无惮,为前人所不敢言"①。屈原说:"路漫漫其修远兮,吾将上下而求索。"在《天问》里,即使对当时已经有了现存答案的问题,屈原也提出严厉的追问,试图寻找新的答案,表明了屈原锲而不舍的探索精神。

  有人提问就需要有人解答,在古代,解答问题不是谁都能做到的,因此需要有专门解答问题的人,而专门解答问题的人则是最早的学者和专家。同时,提问和解答的相互需要又促生了古代教育,如希腊的柏拉图等创办学园招收弟子讲学,就是出于有人登门造访、质疑问难的需要。学园的创立推动了学术研究,学园成了当时讲学的场所,学者可以一心在这里专门研究学问,著书立说,授徒讲学。因此,学者也就变成了专家,致力于某些问题的专门研究。我们可以发现,学者的专门研究是以对某些问题的研究为基础的,如古代希腊的柏拉图和亚里士多德等。柏拉图的著名学术著作《理想国》,根据问题建立体系,展开研究。他在书中系统地讨论了当时诸多重要问题,如宗教问题、道德问题、文艺问题、教育问题(包括托儿所、幼儿园、小学、中学、大学、研究院,以及工、农、航海、医学等职业教育)、专政问题、独裁问题、共产问题、民主问题、家庭解体问题、婚姻自由问题、独身问题、优生学问题、节育问题,以及男女平权、男女参政、男女参军等问题。柏拉图对于问题的研究,在方法上为西方学术研究提供了可供借鉴的模式和范例。

---

① 鲁迅:《坟·摩罗诗力说》,《鲁迅全集》卷一,人民文学出版社,1981年,第69页。

由于学术和学问的根本目的就是研究问题、解释问题、给出答案、获取知识和追求真理，因此自古以来学术研究的专门化特征是十分明显的。由于古代的学科分类不像现在这么精细，所以古代乃至近代的专家往往又是百科全书式的巨人，如柏拉图、亚里士多德、拉伯雷、歌德、马克思、恩格斯等。但到了20世纪，出现古代百科全书式的人物已越来越不可能，而更多的是出现了分科更为细致的专家，自然科学如此，社会科学亦然。

我们今天要走柏拉图、亚里士多德、黑格尔、马克思的治学道路显然已不可能，但是我们发现有一条道路可以使我们更容易到达前辈们追求的目标，这就是比较文学。古代的中国和西方国家，许多学者们一生探讨的问题涉及自然科学和人文科学两大领域，这其中已经包含了比较文学的因素。例如在古代希腊，柏拉图、亚里士多德等在许多门学问的研究上下了功夫，研究的内容涉及天体、物理、政治、哲学、文学，就某一门学问来说是专门化的研究，就整体而言则又有了现代比较文学的特点。也正由于他们对某一门学问进行了深入的研究，是这一门学问的专家，因而他们才能提出自己的独特见解，并在他们已经解决的问题的基础上又提出新的问题供自己和他人研究。如在自然科学方面，亚里士多德提出的"物质""空间""时间""运动"等一系列最基本的概念，至今仍然是自然科学领域中被研究的问题。他探讨力和运动之间的关系，提出"力"的抽象概念，尽管有些观点是错误的，但是他为后来的伽利略、牛顿提供了命题，提供了启示。可以说，后来伽利略"惯性定律"的提出，牛顿的"力学三大定律"、宏观力学理论的成熟，以量子力学为代表的微观力学的诞生，都是由亚里士多德的力学同题深化发展而来的。因此从古人的研究看，属于今天跨学科的比较文学研究，没有坚实的专门研究基础是不行的，比较文学的研究必须建立在专门性的研究基础之上。

古代无论东方或西方的学者大多具有我们现在称之为比较文学方面的素养、方法和知识，孔、孟、老、庄和柏拉图、亚里士多德等就是这一类人物，他们在比较文学的研究方面给我们提供了范例。就诗学而言，亚里士多德的研究可以说至今还少有企及。他是最早用比较方法专门研究了悲剧、喜剧和史诗的学者，尽管他论喜剧的部分已失传，但这并不影响他的《诗学》的比较性质。我们可以从《诗学》中发现亚里士多德的研究特点，这首先就是他把文本作为研究的基础并提出问题。他在《诗学》里论述了文艺理论中文艺与现实的关系和文艺的社会功用，提出了一系列有关文艺学的问题，还第一次给悲剧下了定义。他的研究说明，任何重要的问题和高深的理论都是不能脱离文本的，离开了作家和作品，就无所谓文学的研究。亚里士多德无论是对史诗还是戏剧，其熟悉的程度和研究的深度都是可以称之为专家的。其次，他通过不同艺术形式的比较来阐释问题。他在《诗学》中不仅研究了悲剧、喜剧、史诗，还研究了抒情诗、音乐、舞蹈、表演技巧等。因此，《诗学》从姊妹艺术的角度，不仅通过比较的方法完成了对希腊戏剧的重大研究，还通过对戏剧和诗歌的研究阐释和解决了文学中的一些根本问题。再次，《诗学》的研究有其明确的目的性，即研究的中心问题。无论亚里士多德在《诗学》中涉及多少其他的艺术种类或文艺问题，但研究的主要目的是为了解剖悲剧，并对悲剧给以理论的说明。就《诗学》而言，它对我们今天比较文学脱离作家与作品的基础而致力于理论研究的倾向是有很大启示的。

就比较文学而言，其本质不外乎以比较的方法从不同的事物或方面阐释文学问题，因此无论是柏拉图、亚里士多德，还是孔子、孟子，他们研究问题的方法至今仍有重要的参考价值。古代研究问题运用的基本方法是辩证法。孔子坚持"叩其两端而竭焉"的讨论原则,提倡"君子和而不同,小人同而不和"以及"君子周而不比,小人比而不周"等辩证思想,从正与反、终与始、本与末两个方面对问题进行考察,在提问和对话中获取知识和寻求真理,他所凭借的是辩证的工具。孔子正是凭借这种辩证的研究方法和可贵的探索精神,才创立了对百家争鸣起了极大推动作用的儒学。自孔子以来,辩证法是我国研究学术问题的基本方法。孔子之后的孟子,在继承孔子的政治思想和教育思想的基础上,也主要以阐释问题的方式形成了自己的政治和学术思想。他以对话形式切入论题,阐述自己的观点,言辞犀利,论辩纵横捭阖,表现出提出问题和分析问题的高超能力与技巧。他的"生于忧患,死于安乐"的名句包含很深的辩证思想。在老庄的学说里,对问题的研究别有洞天。如老子提出的"物生于有,有生于无",庄子提出的"安危相易,祸福相生,缓急相摩,聚散以成","臭腐复化为神奇,神奇复化为臭腐"等,对于我们在文学研究中如何遵循客观规律和辩证地分析事物,都是值得借鉴的重要思想。正是由于辩证法的普遍运用,我国古代的学术研究才以问题为先导繁荣起来,形成诸子著书立说和百家争鸣的局面。对于西方的学术研究,辩证法更是被学者们如柏拉图、亚里士多德、黑格尔、马克思等运用于各个学科。亚里士多德不仅善于运用辩证的方法,还对辩证法进行研究,写出了《工具篇》《逻辑学》《物理学》《修辞学》《形而上学》等有关方法论的学术专著。黑格尔研究成果的取得在根本上有赖于他的辩证方法,而他的辩证法后来也为马克思所吸收,成为马克思哲学的组成部分。

  就比较文学而言,我认为比较的方法从本质上说是辩证法在文学研究中的运用与发展。辩证法的最大特点就是避免片面性,并在两相对照中更深入和更透彻地认识事物。比较文学的方法也是如此,是为了避免囿于一种文学而导致浅陋与偏见。辩证离不开比较,比较包含有辩证,因此辩证法有助于推动比较文学的研究。

(原载于《外国文学研究》2003年第3期)

外国文学就是比较文学

从今年第一期开始,外国文学研究杂志设置了"学科建设研讨专题"栏目,对"比较文学与世界文学"学科的有关问题开展了讨论,从陈教授发表的第一篇论文《学科合并与教学改革》开始,外国文学研究杂志编辑部收到许多来自各方面的意见,这一方面说明了大家对学科问题的关心,另一方面也说明了有关学科问题的讨论是十分必要的、重要的。外国文学研究杂志还将继续这种讨论,以促进学科的发展。关于比较文学与世界文学学科的设置,一直存在许多争论,争论的基础在于认为比较文学与世界文学是两个不同的学科,是否应该把它们合并在一起,或是应该怎样合并,它们之间的关系应该怎样处理,课程应该怎样安排等。在以往的认识和讨论中,基本上一直把外国文学和比较文学看作两个学科。但是从各方面看,我认为我国原来的外国文学或世界文学在本质上就是比较文学,它同比较文学不是相互对立的,而是相互依存的,互为一体的。外国文学应该属于基础比较文学,或是比较文学构成的基本成分,如果没有外国文学,就没有比较文学。下面就这个问题发表一点自己的看法,供大家讨论批评。

一

　　从传统定义上说，比较文学是一门从国际的角度研究民族与民族、国家与国家之间的文学，以及文学和其他艺术形式、其他意识形态之间关系的学科。从 19 世纪下半叶比较文学作为一门学科兴起以来，它已在世界范围内获得广泛的接受，得到了迅速发展，并确立了自己的学科地位。尽管比较文学作为文学研究领域中的一门新兴学科，无论在实践方面还是在方法及理论方面，都还有一系列有待解决的问题，但是它强调一国文学与另一国或多国文学的比较研究，尤其是强调比较研究的方法，强调文学与其他学科的跨学科比较研究等基本特点还是得到了大家的认同。

　　从原则上说，比较文学是对文学进行研究的一种方法。但是根据传统的看法，比较文学首先是对一国以上的语言和文学的研究，或是为了研究文学和在研究文学中对有关其他学科的知识的运用。其次，比较文学还包含有一种其他学科的思想，即一种边缘文学，如文体和不同的文本形式。比较文学学科重视其他国家的文学，而不仅仅是一国文学。比较文学有一种固有的内容和形式，以促进对文学的交叉文化和跨学科的研究。比较文学的历史证明了这一内容和形式。比较文学的方法不仅是文学的，它还借用了其他学科的方法，并把这些方法运用于文学研究领域。另外，比较的观点和方法也被运用在其他学科如哲学、历史、经济等学科中。

　　比较文学作为一种方法论，它最基本的特征就是将一国以上的文学或文学与其他学科放在一起进行比较研究。美国比较文学家亨利·雷马克在《比较文学定义和功用》一文中指出："比较文学是超出一国范围之外的文学研究，并且研究文学与其他知识和信仰领域之间的关系,包括艺术(如绘画、雕刻、建筑、音乐)、哲学、历史、社会科学(如政治、经济、社会学)、自然科学、宗教等等。简言之,比较文学是一国文学与另一国或多国文学的比较,是文学与人类其他表现领域的比较。"[1]不过,这个常被引用的定义尽管说明了比较文学的基本特征,但还有它无法自圆其说的一面,存在定义上的缺陷,如怎样处理同一语言而不同国家的文学,同一国家的合并与分裂而引起的文学问题,如两个德国的合并、苏联的分裂、一个作家国籍的变化等,这都是雷马克的定义无法解决的问题。因此,雷马克关于比较文学的定义只能作为参考,还应该加以修正。如果我们囿于雷马克的比较文学的定义,那么对于比较文学的研究势必陷于理论无法解释现实的困境,把一些真正属于比较文学的东西排除在比较文学之外。

尽管如此,一国文学与另一国或多国文学的比较研究,仍然是比较文学最重要的特征。而就比较文学的这个基本特点来说,我国以前的外国文学或世界文学学科也就具有了比较文学的性质,因此我们才有理由说它实际上就是比较文学。

我国的外国文学或世界文学学科的最基本特点是把许多国家的文学放在一起进行比较研究,以加深对外国文学的理解和认识。我国的外国文学课程尽管是建立在国别文学的基础上的,却是在比较文学的范畴中展开研究和教学的。除此之外,外国文学还注意把不同国家的文学同它们的社会历史、哲学思潮、文学流派、文化传统等联系在一起,用比较的方法进行研究。因此,平行研究、影响研究、跨学科研究等都出现在我国过去的外国文学研究中,这

---

[1] 雷马克:《比较文学的定义和功用》,张隆溪选编:《比较文学译文集》,北京大学出版社,1982年,第1页。

也正是比较文学的基本特点。而这个特点也正好把外国文学同国别文学区分开来，使它发展成为比较文学。

在美国和欧洲，比较文学无论是作为学科还是专业，它表现出两个倾向，一个是文学的比较研究，如中国文学同英国文学、法国文学同德国文学、英国文学同美国文学、西班牙文学同阿拉伯文学等。另一个倾向则是有关文学理论的研究。在欧美大学，尤其是在美国大学，文学理论的研究主要集中在比较文学学科中。

比较文学课程在性质和特点上主要可分为三种：1. 不同国家的文学比较研究；2. 文学理论研究；3. 跨学科研究。关于第一种课程就是具有国际性质的比较文学课程，它是比较文学最主要的课程，如关于某个国际运动或流派（如现实主义、超现实主义）、关于某种文体（如乌托邦小说、长篇小说、民间故事）、关于某个文学时期（如浪漫主义时代、希腊化时期、文艺复兴）、关于某个主题（如浮士德的传说）等等。这些课程最重要的特点就是把几个国家的文学联结在一起进行研究。因此，关于一个国家的文学如英国小说的发展的课程，就不属于比较文学课程，而关于欧洲小说（如英国、法国、德国和俄国的小说）的发展的课程就是典型的比较文学课程。第一种课程是美国比较文学学科中最主要的课程。我国的外国文学课程，从特征上看，它同这种课程类似。在我国比较文学的发展中，它过去是将来仍然是其中最基本的和最主要的课程。如果缺少了这门课程，我国的比较文学就将失去它存在的基础。第二种课程是文学理论课程，它直接讨论有关文学理论和文化的著作，或者通过讨论或阐释文学作品以提出理论问题。有些课程有时候也只讨论一个国家的作品，其目的主要不在于讨论这个国家的文学，而在于讨论普遍的理论问题。这种课程同我国的文艺理论课程有些类似。从这个角度说，我国的文艺理论课程将来有可能纳入比较文学中。第三种课程是有关交叉学科的课程,这些课程主要讨论文学(或广义上的文化)同其他艺术形式或社会、历史等之间的关系,如文学与电影、文学与哲学、文学与文化等。从上述欧美比较文学的三个方向看,我国的外国文学应该可以包括在第一个方向中,在性质上应该看作一种比较文学的课程,或是比较文学的基础课程。

从欧美的比较文学课程的设置看,我国对比较文学课程的理解和设置存在有误区,应该加以讨论和重新认识。首先,我国的比较文学把外国文学同比较文学对立起来,企图在外国文学之外去认识和寻找比较文学,从而使比较文学失去了文学的基础。而实际上,我国的外国文学就是一种比较文学,或是比较文学的一个重要方面,或是比较文学的基础。如果没有外国文学,就没有比较文学。其次,用"比较文学导论课"代替比较文学课程。我国的大学开设的比较文学导论课程,其内容大多是有关比较文学的基本理论的介绍,在本质上它仍然属于文艺理论的范畴。这种所谓的比较文学课程,对于比较文学基础理论知识的了解是有益的,但是它不能完全代替比较文学。以上两个误区是我国比较文学学科向更深层次发展的障碍,它导致了外国文学和比较文学的对立,以及把比较文学导论课程作为正宗比较文学课程的偏见。因此我们应该把外国文学纳入比较文学,同比较文学结合在一起,把外国文学作为比较文学的基础课程加以认识,从而使比较文学课程逐渐完善。

二

从历史上看,我国的外国文学学科的发展道路是漫长而曲折的,但它走的是一条比较文学的道路,其源头可追溯到20世纪初。

早在 1926 年，清华大学就成立了外语系，最初称为西洋文学系，后改称为外国语言文学系。清华外语系从成立之初就重视带有比较文学的课程和教学。当时在该系担任讲师的 R. D. Jameson 主讲的课程就是一门带有比较文学性质的欧洲文学。1930 年，Jameson 主编的教材《欧洲文学简史》出版。这部专门为学习英国语言的学生编写的教材在我国第一次把整个欧洲的文学集合在一起，从比较的角度叙述了整个欧洲文学发展的历史，探讨在整个欧洲产生的文学思潮和重要文学现象，打破了外语系文学课程单一化的格局。从这部教材打破一国文学而把许多国家的文学有机地联系起来的特点看，它无疑就是一部具有比较文学性质的欧洲文学史。我国后来一批在比较文学方面做出贡献的著名学者如曹禺、钱锺书等就是清华外语系的系友。钱锺书在清华期间，还从中外文化对比的角度用英文写作了论文《中国古代戏剧中的悲剧》。钱锺书后来在牛津大学留学写作的学士论文《十六、十七、十八世纪英国文学中的中国》就是一篇比较文学论文。钱锺书后来成为我国重要的比较文学家，其渊源可以追溯到清华大学的外语系。

北大的英语系和中文系的发展也同比较文学联系在一起。北京大学英语系的前身为成立于 1862 年的京师同文馆，后者是专门为清廷培养外语人才的。1902 年清廷下令恢复京师大学堂时，决定将同文馆并入大学堂。次年 5 月，大学堂又议定将同文馆改为译学馆，于 8 月正式招生开学，分设英、俄、法、德、日五国语言文字专科，学制五年毕业。此外，1903 年 6 月的《奏定大学堂章程》中又在文科中设立了英国文学门。这种以翻译为主要目的的办学正是比较文学的一个特点。1912 年京师大学堂改名为北京大学，1919 年废科改系，年轻的留美教授胡适担任英国文学系主任。在二十年代中，英文系群贤毕至，集中了陈源、杨荫庆、温源宁、林语堂、徐志摩、郁达夫、罗昌、潘家洵、张欣海、杨周翰、王文显、吴宓等著名学者，其中许多都是后来我国重要的比较文学学者。1937年全面抗战爆发，北京大学、清华大学和南开大学经长沙迁移到云南，后来的比较文学学者钱锺书、吴宓、杨周翰，以及英国人燕卜孙等都曾在英语系任教。1946年，北京大学迁回北京之后，朱光潜、卞之琳、闻家驷和冯至等也先后出任西语系主任，而他们都是为我国比较文学的发展做出了贡献的人物。

北京大学中文系的发展历史也表明了中文系在发展之初所具有的比较文学意识。北京大学的前身是京师大学堂文科的中国文学门，在1898年京师大学堂创办之初，在师范馆已有"中文""文学"等科目，1903年又设置"中国文学门"一类课程。1910年3月，京师大学堂分科大学成立，"中国文学门"正式作为文科的一个教学建制。这是我国最早的中文系。从1910年建系以来，北大中文系逐步协调西方学术方法与中国传统固有学术方法的关系，促进了中文学科的教学体制、课程设置等方面的发展。北大中文系在其历史发展的每一阶段，都吸纳和涌现过一批著名的与比较文学有关的学者，如林纾、陈独秀、鲁迅等，对后来比较文学学科的建设和发展产生了重要影响。鲁迅的《摩罗诗力说》可以看成我国最早的比较文学论文。

我国其他一些重要大学外语系和中文系的发展也同比较文学有着渊源关系。南京大学外语系的前身是于1915年成立的南京高等师范学校的英文科，吴宓、楼光来、闻一多、范存忠、商成祖、陈嘉、徐仲年、何如等著名学者先后在此任教。吴宓、闻一多都是我国最早的比较文学学者之一。

复旦大学在开办之初就带有强调比较文学的倾向。1902年春创立的震旦学院用外文教学，于1905年9月改名复旦公学后，强调

"凡投考者,以中西文俱优为最合格……,惟中文差者随时屏斥"。这种中外文的融合正是比较文学的基础。1917年,复旦公学开办大学本科,改名复旦大学。1925年秋,实行改部为科,中国语言文学系正式产生。1929年,系科改组,文学院成立,原文科外国文学系、史学系、中国文学科的中国文学系、社会学科的社会学系,组成复旦大学文学院,形成比较文学的格局。1933年,中文系大纲规定设系之主要目的为:"以现代眼光,研究历代文学,以世界眼光,创造本国文学。"确立施教方针为:"1. 养成学生有探讨整理本国文学之能力。2. 能创作本国文艺。3. 能理解世界文艺思潮。"这正是从比较文学的角度发展中文系。复旦大学具有比较文学传统,涌现出一大批比较文学学者,如贾植芳等。1989年,复旦大学增设比较文学教研室,这是我国最早成立的比较文学教研室之一,出版了一批比较文学方面的优秀成果。

从上述大学的外语系和中文系的发展历史可以看出,从语言文学的角度看,我国无论中文系还是外语系在自身的发展过程中都或多或少同比较文学联系在一起,或者说带有一种比较文学的传统。正是这种联系和传统,一方面导致一批比较文学学者的涌现,另一方面促进了后来比较文学专业和学科的发展与最终确立。

三

从课程的设置、教研室的成立和教师的来源看,我国外国文学、欧洲文学或外国国别文学也属于比较文学。新中国成立后,我国大学从世界文学的角度考察中文系的建设和发展,加强了对中文系的外国文学课程的重视,外国文学史课程被确定为中文系的基础课程。从性质上说,外国文学史不属于国别文学课程,而属于比较文学课程。

同语言系的国别文学相比，中文系的外国文学或世界文学课程的基础是外国众多的国别文学，它不是以一国文学为主要特征的国别文学，而是对所有主要外国文学的一种融合，是一种带比较文学倾向的外国文学课程。从其将多种外国文学融为一体的特征看，它在本质上是一种比较文学。

另外，我国的外国文学或世界文学课程的主要特征是有关多个国家的文学史的研究，这一点也是比较文学的特点。法国比较文学家伽利在为基亚《比较文学》一书的前言中就比较文学的定义说："比较文学是文学史的一支：它研究国际的精神联系，研究拜伦和普希金、歌德和卡莱尔、司各特和维尼之间的事实联系，研究不同文学的作家之间在作品、灵感，甚至生活方面的事实联系。"[①]因此，外国文学从文学史的角度来说，它也是比较文学的一支。

在我国，外国文学课程的设置主要是随着外国语言系的设立而发展起来的，它是相对中国语言文学而言的一种称谓，因此对外语系来说外国文学就是指国别文学，它作为某种语言的文学而归属于某种语言系，如英语系开设英国文学、法语系开设法语文学、俄语系开设俄国文学、日语系开设日本文学等。在当时，某一种语言系开设数种语言的文学或几国的文学的情况是不多的。新中国成立后，我国的外国语言系基本上保持着这种格局。即使现在，这种情况也没有从根本上改变，还似乎形成了一种重语言轻文学的倾向。

这种现象是对语言和文学的误解引起的，因为大家觉得，学习英语，就应该学习英语文学，主要是英美文学，学习俄国语言，就应

---

① 提格亨：《比较文学论》，戴望舒译，商务印书馆，1937年，第61页。

该学习俄国文学,似乎这是理所当然的事。这种认识如果单从学习语言的角度考虑,也无可厚非,因为学习某种语言的文学有助于学习这种语言。但是从文学的角度看,某一国的文学并不是脱离与其在各方面有深刻联系的其他国家的文学而独立存在的,对那些在历史上、政治上、经济上、语言上、地缘上、风俗习惯上、宗教信仰上有深厚联系的国家的文学尤其如此。因此只有把一国文学放在同其他国家的文学,特别是那些有着互相影响的文学的比较中,才能加强对这一国文学的理解,加强对文学的理解。所以,西方的英语系的英美文学基本上是不分开的,设置的课程还要讲欧洲文学,因为无论英国文学还是美国文学,它们都共一个欧洲文学的传统,并且是在相互的影响和推动下发展起来的。与之相比,我国的英语系如果只讲英国和美国的文学,不讲欧洲的文学,从文学的角度说显然是一种缺憾。

  在语种的基础上建立起来的语言文学系只重视国别文学的倾向实际上在二三十年代已经表现出局限性,因此在二三十年代我国一些大学就力图有所改变,如把单一的语言系合并为西语系(西方语言文学系)。在二十年代,国立清华大学设立的就是西方语言文学系。新中国成立后,我国外国语言文学系是按照两种模式发展的,一种是单一的语言文学系,一种是在不同语种文学专业的基础上建立起来的西语系或外语系。不过尽管模式不同,但就文学教学来说,基本上还是以各专业的语种文学为主,各语种或国别的文学并没有在这些系科里相互沟通或融合。到目前为止,我国外国语言文学系或各外国语种语言文学系的文学课基本上属于语种文学,还不能算比较文学。

  但是,中文系学生需要的是除了中国文学之外的所有外国文学,并不是单一的国别文学,其目的是给中文系学生提供一个世界文学的知识背景，以加深对中国文学或文学的深入理解。就中文系的要求而言，它不仅需要欧洲文学、美国文学，还需要亚洲文学、非洲文学。以前由外语系教师在中文系讲授的国别文学已经不适合中文系的外国文学课程的需要，而外语系以国别文学为主要研究方向的教师也无力承担中文系的全部外国文学教学任务。为了满足中文系外国文学的教学需要，很明显需要有专门为中文系设立的教学和科研组织，这就促成了中文系外国文学教研室的诞生。

中文系外国文学教研室成立的目的就是承担除了中国文学之外的欧美文学和东方文学的教学与研究任务。在外国文学课程体系中，国别文学是整个外国文学课程体系中的组成部分，外国文学是由国别文学组成的，因此中文系外国文学教研室的教学人员最初实际上还是由从事各语种文学研究的人组成的（如从事英国文学、美国文学、俄国文学、日本文学、印度文学研究的人等）。这种组合及从事国别文学的专业化，形成了我国最初外国文学教学中国别文学的模块化，即根据各教研室的客观教学力量把外国语言文学分成几大块，如英国文学、美国文学、俄苏文学、日本文学、印度文学等，外国文学的教学基本上就按照这些模块实施。因此中文系最初的外国文学主要还是国别文学的融合，算不上比较文学，但它为比较文学的发展奠定了基础。

从中文系外国文学教研室的组成看，它的成立体现了比较文学的原则。为了讲授欧美各国文学和亚非文学，以某一国文学为主要研究对象的教师就被组织起来，组成了中文系的外国文学教研室，专门从事以多国文学为主要内容的教学和研究工作。外国文学教研室成立之初，它的师资主要来自讲授国别文学的教师。也就是说，中文系外国文学教研室的教师最初大多来自各个国别语言文学系，这种构成同欧美的比较文学系是类似的。欧美的比较文学系或专业都是由来自不同的语言系以及一些其他相关学科的教师组成的。

　　从总体上看，在中文系外国文学教研室从事外国文学课程教学和研究任务的人员大都学有专长，精通某一种外国的语言和文学，并在这一基础上熟悉和掌握了其他国家的文学，基本上做到了能够承担中文系的外国文学课程的教学工作。可以说，这些教师所从事的外国文学的教学，就是比较文学的教学。由于这些教师所从事的是多国文学的教学工作，这就决定了他们无论是在教学中还是在研究中都不可避免地用比较的眼光或观点看待和认识外国文学，他们的工作性质决定了他们不可避免地要走向比较文学。而我国比较文学的发展也证明了这一点，我国的比较文学的基础队伍正是这些人，如陈惇教授等。我国的比较文学迅速发展也正是由这些人推动起来的。从这一点上说，我国从事外国文学教学和研究的人同从事比较文学教学和研究的人本来就是一家，根本没有必要在他们中间划分界限或把他们分开。所以我认为要在他们中间划一条分界线是没有任何意义的。同时还应该强调，比较文学同各国别文学、语种文学，同各语言文学系之间的关系是密不可分的，因为比较文学与世界文学的基础正是由它们构成的，离开了它们，比较文学就不存在。

　　随着从事外国文学的教学人员队伍的扩大，教学经验的丰富，学生知识结构的客观需要，这种分散的、割裂的模块化外国文学逐步向整一或融合发展，建立起了符合中文系实际的外国文学课程和教学体系。这种教学体系就是从整体上以比较的观点和方法去认识整个外国文学，分析外国语言文学发展过程中的各种文学思潮和运动、特点和规律，分析和理解不同国家与不同语言的外国文学。这是一种本质变化,是中文系外国文学从国别文学向比较文学的转变。

四

从外国文学使用的教材看,外国文学也具有比较文学的性质。我国外国文学学科的发展推动了外国文学教材的建设,使外国文学的教材逐渐摆脱了国别文学的格局。中文系对外国文学的特殊要求需要编写自己的外国文学教材,这种教材不仅要让中文系的学生对整体的外国文学有所了解和认识,还应对中文系的学生在整个世界文学的格局中认识中国文学有所帮助。当时的中文系还没有这种教材,但是 1930 年出版的由清华大学西语系讲师 R. D. Jameson 编写的《欧洲文学简史》为中文系后来的外国文学史教材提供了借鉴。Jameson 这部专门为学习英国语言的学生编写的教材对我国中文系外国文学学科建设和发展影响巨大,与之相比对外语系的影响反而小得多。这部教材对中文系的影响首先在于外国文学课程内容的设置,新中国成立后我国高校中文系外国文学课程内容沿袭的就是 Jameson 模式。新中国成立前,我国高校当时的国文系都不设外国文学课程,Jameson 的《欧洲文学》、吴宓先生的《希腊文学史》等都是为外语系学生开设的。这种状况随着 1952 年我国对原有的高校进行的调整而有了改变,师范类院校中文系成立了外国文学教研室,"外国文学"成了中文系的必修课。当时的外国文学课程主要由外语系教师承担,主要讲的是国别文学,因此并不完全符合中文系学生的需要。为了使中文系的外国文学课程的内容统一和规范起来,编写一部由中文系学生使用的教材就显得特别重要。正是在这种情况下,由杨周翰教授组织当时的一批著名专家学者开始了《欧洲文学史》的编写。这部文学史在体例、内容方面参考的就是 Jameson 的《欧洲文学简史》。在《外国文学研究》2000年第1期发表学科讨论论文的陈惇教授就是当时的编写者之一。华中师范大学中文系周乐群教授也参与了这部教材的编写工作。这部教材的上卷于1964年出版，1979年上、下卷出齐。这部教材至今仍是我国高校外国文学教材的重要参考书，后来众多的外国文学史方面的教材，都是在这部教材基础上的发展，或吸收了这部教材的优点。

杨周翰等主编的《欧洲文学史》是新中国成立后我国第一部从比较文学的观点写作的文学史，它对我国外国文学或比较文学学科的建设和发展所起的重要作用是不言而喻的。这部文学史的不足之处在于没有摆脱欧洲比较文学的影响，即没有突破欧洲中心论。

从历史上说，比较文学最初主要表现在对欧洲文学的研究上，后来则表现在对欧美文学的研究上。因此，现在学科中对欧洲中心主义的批判是有助于比较文学发展的。改革开放以来，我国对外国文学的认识发生了重要变化，即认识到欧洲文学并不能代表整个外国文学，认识到我国需要编写的外国文学史不仅是欧美的文学史，还应包括亚非文学在内的外国文学史。正是基于这种认识，我国后来大多数文学史要么把外国文学分成欧美文学（或西方文学）和亚非文学（或东方文学）两大块，要么把欧美文学和亚非文学融合在一起，从而建构起我国外国文学史特有的模式。但是无论是哪一种模式，都是基于整体的观点即从比较的观点看待和撰写除中国文学外的外国文学史。在有些外国文学史著作中，甚至中国文学也被写进了外国文学史，这无非是为更好地理解和认识外国文学提供一些更多的比较。因此，我国的外国文学史，就其内容和特点来说，它实际上就是一部比较文学史。

编写外国文学教材是我国从外国文学走向比较文学的重要环节。当时编写外国文学史著作的人大都是从事外国文学教学和研究的专家和学者，他们在从事外国文学的教学和研究中积累了丰富的经验，于是在编写外国文学史教材时特别强调比较的方法，并强调用比较的方法进行教学和研究工作。例如1980年出版的石璞撰写的欧美文学史，这是我国最早的外国文学史著作之一，作者在书中就强调了欧美文学对中国现当代文学的影响。我国出版的外国文学教材，大都贯穿了比较研究的思想，如1985年王忠祥教授主编的《外国文学教程》，就强调了中外文化的交流，主张"运用比较文学方法，比较研究各个时期、民族、国家之间的关系，比较研究中外文学的关系，把握和理解世界文学发展的普遍规律和我国文学发展的特殊规律"。1986年出版的陈守成教授主编的《外国文学发展简史》，也是一部从比较文学角度编写的外国文学史，被戈宝权先生称为"在一定程度上是突破传统观念的尝试"。1999年出版的由王忠祥、聂珍钊教授主编的《外国文学史》，第一次在体例上引入了中国文学。在对文学史进行叙述时，强调运用比较文学的理论进行东西中外文学的比较，从比较的观点探讨文学创作的发展轨迹、文学思潮的嬗变过程、文学批评理论的衍化更新，探讨文学史、文学思潮和文学批评理论之间的影响和接受。

改革开放以来，我国的外国文学史著作取得了重要成就，出版了一批有影响的重要成果，为中文系外国文学学科的建设做出了积极贡献。从已出版的高校外国文学史看，它从国别文学史走向比较文学史的倾向是十分明显的。对于我国高校中文系来说，外国文学史离开了比较是没有前途的，至少不是好的文学史。高校使用的外国文学史会在使用中不断完善，比较的特色越来越突出，时至今日，它已经超越了国别文学的界限，变成了带有比较文学性质的文学史。

在我国外国文学学科建设中，我们无论是把外国文学称为外国文学，还是称为世界文学，它的比较文学的性质是清楚的，它同比较文学只是称谓上的不同，而没有本质的区别。在今年发表的学科讨论论文中，基本上大家都谈到了外国文学的比较性质，或比较文学的特征，认为二者有相似的一面，实际上谈的就是二者本质的相同。因此，我们通过讨论，似乎应该直接提出外国文学就是比较文学的问题，我们以前的外国文学学科就是比较文学学科，我们讲授的外国文学课程，实际上就是比较文学课程。而现在大家理解的比较文学，实际上是比较文学理论，它只是比较文学的一个方面，它既属于比较文学的范畴，也属于文艺理论的范畴。因此，以前的外国文学同两个所谓的比较文学并不存在不可调和的矛盾，它们只是比较文学的两个方面，只应相互结合，不应再分你我。关于以上认识，仅为一家之言，发表于此，以供讨论批评。

外国语言文学研究开辟学科研讨专栏，除了讨论学科建设外，还将讨论教材建设、教学改革等问题。我们将把这个栏目继续开办下去，让它成为高校外国文学教学研究的一块阵地。

（原载于《外国文学研究》2000年第4期）

脑文本和脑概念的形成机制与文学伦理学批评

一、问题的提出：口头文学有没有文本

史前时代不是一个科学的时代，用于记事的书写符号还没有创造出来，但是大量的有关人类经验的信息仍然能够以神话、传说、史诗、故事等形式通过口耳相传流传下来。所有这些通过口耳相传的不同艺术形式，后来学者们将其统称为口头文学。书写符号出现以后，这些人类最早的文学才能够被书写下来，形成固定的文本，从而流传于世。根据学界的看法，这些后来被书写下来的但在史前已经存在的文学，是文学的特殊类型，从而文学分成了口头文学与书面文学两种。

就文学的流传方式说，口头文学是与书面文学相对应的文学。书面文学以文本为载体，通过书籍流传，从而使文学成为一种客观存在，既能够长久保存，也便于阅读和传播。但是，同书面文学的流传比较，在书写符号出现之前，所谓的口头文学是一种怎样的文学呢？或者更明确地说，既然古老的故事、神话、传说是通过口耳相传的，那么它们在口耳相传以前就应该存在。口耳相传只是传播的媒介和传播的方式，口耳相传本身并不是文学。那么，通过口

耳相传的口头文学又是一种怎样的文学呢？我们还要追问，通过口头相传的故事、神话、传说在哪里？我们往往只是想到口头文学的确是通过口耳相传的，但是我们没有追问，既然有一种被我们称为口头文学的文学是通过口耳相传的，那么所谓的口头文学是以什么为载体呢？它们有没有文本？

在回答这些问题之前，我们需要强调文学伦理学批评的一个理论前提：包括所谓的口头文学在内，任何文学都是有文本的。或者说，没有文本的文学是不存在的。这是文学伦理学批评的基本观点。但是，有人认为口头文学不同于书面文学，它是一种经过口耳相传的文学，没有文本，因此理所当然地拿口头文学作为质疑所有文学都有其文本的观点。但是这种质疑是建立在口头文学模糊不清的定义的基础之上的，因为有关口头文学的本义是指有一种通过口头流传的文学存在，而不是说有一种口头文学存在。口头流传只是某种文学的流传而非存在的方式，文学的流传和文学的存在是不同的。换一种说法，就是首先要有一种文学存在，然后这种文学才能通过口头表达出来，或者通过口头的表达将这种文学传承下来或者传播开去。

按照一般的逻辑思考，口头文学通过口耳相传，那么一定有一种先在的文学存在才能通过口耳相传，如果没有这种先在的文学，口耳相传作为传播方式就无文学可传。因此，口头文学实际上是口头表达的一种先在的文学。但是学者们相信："尽管这些创造性的作品最终都形成了书面文本，但在此之前以口头的形式流传了好几个世纪。"①那么在口耳相传之前就存在的这种被我们称之为口头文学的东西是什么呢？显然，仅仅用口头文学是不能解释的，

---

① "General Introduction," *Arcadia* 50.1 (2015): 1-3.

因为口头文学只能解释这种先在文学的流传方式而不是存在方式，不能解释这种先在文学的本质。例如有一首受到欢迎的歌曲在民间传唱，首先必须有这首歌曲的存在，然后才能传唱。传唱只是这首歌曲的流传方式，而歌曲本身是在传唱之前已经存在的。如果没有这种存在，口头就没有办法传唱。民间流传的传说几乎都是通过口头流传的，然而在这个传说流传开来之前，必然有这个传说存在，否则就无法流传。因此，口头文学只能定义为有一种文学是通过口头表达的方式流传的，这种文学在口头表达之前是已经存在的。

在大英百科全书口头文学（Oral literature）条目中，口头文学的定义是："在没有书写的社会里，口头文学是标准的文学形式（或者类型）。"同时，"口头文学的术语也被用来说明在书写文明中通过口头即所谓的民间艺人口头传播的某些文类的传统"。民间艺人指的是古代那些没有接受教育和不会书写的人。在西方文学传统里，口头文学作为一种文学类型，除了史诗、神话、传说、民间故事、哀歌、颂歌、民间戏剧，甚至谚语和谜语，都包括在口头文学类型中。学者们通常将口头文学同书面文学进行对照分析，认为它们之间的区别在于作者和听众（读者）的不同。通过口耳相传的所谓口头文学是远古居民集体创作的结果，找不到明确的作者，而书面文学的作者往往是明确的。因此，学术界一般认为，口头文学是集体创作的。当然，学术界并不否认个人在口头文学创作中的作用，但是认为个人的作用不在于原创，而在于对已有的口头文学进行修改。口头文学在通过民间歌手传唱的过程中，"每一个传唱者都会加入自己的改编"，而改编前的版本"就会成为范本"。个人不断地将自己的改编加入进去，并不在乎以前存在的原始版本。这说明，口头文学是根据文学的传播方式进行的分类，它同文学的其他分类是一样的，例如用以表演的戏剧文学、用于拍摄电影的电影文学、借助网络传播的网络文学等。无论称呼什么文学,都是根据某种特点对文学的分类,并不能改变它作为文学存在的性质。因此,无论是什么类型的文学,它们都应该有某种形式的存在。

口头文学是文学的一种分类。按照表达方式的不同,所谓的口头文学实际上指的是文学的口头表达。这种口头表达是有前提条件的,即对于口头表达而言,首先必须有一种文学存在,然后才能通过口头表达这种文学存在。现实中的确如此。所谓的口头文学主要是通过游吟诗人演唱的,而这种演唱就是表达。如果没有一种文学存在,游吟诗人是无法通过口头表达的。这如同戏剧演出,例如演员在舞台上演出莎士比亚《哈姆雷特》过程中通过人物对话讲述哈姆雷特的故事。我们完全有理由把演员口述的哈姆雷特故事称之为口头文学,然而这只是就已经存在的《哈姆雷特》的表达方式而言的,而不是又出现了一种新的口头文学。《哈姆雷特》的文本表演足以说明一个问题,除开那些即兴演出,演员的口头表演是以某个文本为前提的,如果没有这个文本存在,演员则无法表演。

那么,口头文学中的文学究竟是什么?这是一个必须回答的问题。口头文学必然有一种供口头表达的文学,或者说必然有一种文学的先前存在,然后才能通过口头表达。没有这种文学的先前存在,口头作为一种表达方式则无内容表达。如果口头文学是文学的传播方式,它必然有一种供这种方式传播的文学文本。如果没有文本,口耳则无法相传,也就没有什么文学流传后世了。我们可以进一步提出问题,口耳相传的文本是什么?在哪里?它是怎样相传的?尽管目前还没有人明确回答这个问题,但是文学伦理学批评能够根据所有的文学都有其文本的观点做出回答:口耳相传的文本是脑文本,它存储在人的大脑里。

二、讲述故事与口头文学的文本

　　脑文本是口头文学的文本，也是游吟诗人讲述或演唱的文本。没有脑文本，口头文学就不存在，更不用说口头文学的流传了。因此，只有从脑文本入手，才能真正分析口头文学的发生、流传，以及是如何从口头到书写符号的文本化过程。

　　由于脑文本的存在，口头文学就包含了两个方面的内容：文学的口头传播方式和口头传播的文学。口耳相传解释的是某种文学的口头传播方式，定义的是文学的传播而不是文学的存在。口耳相传这种传播方式本身不是文学的存在，传播的文学才是文学的存在。口耳相传和口耳相传的文学是两个不同的概念。口头文学只能解释曾经有一种文学经过口头传播的方式流传下来，或者说经过口头流传的文学后来用书写符号记录下来，变成了书面文学。那么，这种经过口头流传的文学如何存在呢？它是以脑文本的方式存在的。事实是，以脑文本方式存在的文学不仅通过口头表达流传下来，还借助书写符号完成了从口头文学到书写文学的文本化过程。例如，游吟诗人通过口头表达把存储在大脑中的《荷马史诗》的脑文本讲述出来，一个接受过教育并具有书写能力的人用书写符号把《荷马史诗》的脑文本书写下来，就形成了《荷马史诗》的书写文本。《荷马史诗》的书写文本就是书面文学。在这个过程中，口头表达只是一种文学的表达方式，是文学文本化过程中的媒介。但无论如何，口头表达本身并不是文学。所以，口头文学只是文学的表达和传播方式而不是一种文学存在，只有存储在大脑中的文学脑文本才是口头文学的存在。

　　口头文学同文学的口头翻译十分类似。例如，中国清末文人林纾不懂外文,然而他依靠精通外文的朋友口译,用文字把外国文学故事书写下来,数量竟然达 180 多部。林纾的朋友通过口头翻译外国文学作品,实际上就是通过口头讲述外国文学文本,这在形式上同欧洲的游吟诗人讲述《荷马史诗》没有本质区别,可以将其称为口头文学。他们之间的不同在于,林纾的朋友根据文学作品的文本讲述,欧洲的游吟诗人根据存储在大脑中的脑文本讲述。但无论是林纾的朋友还是游吟诗人,他们口述故事都需要有文本,只是文本形式不同,前者依据的是已经书面化的文学文本,后者依据的是通过口耳相传的脑文本。无论依据什么文本形式,有一点十分清楚,他们的口头讲述本身并不是文学。

林纾的朋友根据已经存在的用英文书写的文本讲述故事是翻译讲述,没有这个英文文本,林纾的朋友既不能翻译也无法讲述。这同欧洲游吟诗人需要有脑文本才能讲述是一样的。如果没有脑文本的存在,他们都无法讲述故事。显然,在讲述故事和已有的文本关系中,必须有一种文本存在,讲述是为了把已有的文本转换成口头语言,让听众能够接受和理解。这种转换既可以来自书写文本,也可来源于脑文本。

因此,根据林纾的朋友按照英文文本讲述故事的逻辑,游吟诗人讲述故事必然有其文本:脑文本。如果没有这个预先存在的文本,游吟诗人是无法讲述故事的。

三、什么是脑文本

如上所述,游吟诗人通过口头的方式讲述故事需要先在的文本,这个先在的文本就是脑文本。什么是脑文本?它指的是存储在人的大脑中的文本。口头文学的脑文本是人类在发明书写符号并以书写方式存储信息之前的文本形式。通过感知、认识和理解的思维过程，大脑能够将思维的结果作为记忆文本存储在人的大脑中，形成脑文本。脑文本以人的大脑为载体，是一种特殊的生物形态。人们对客观事物的感知和认知，先是以脑概念的形式在大脑中存储，然后借助脑概念进行思维，从而获取思维的结果：思想。思想是大脑在感知、认知和理解的基础上对客观事物或抽象事物进行处理得到的结果，这个结果只要在大脑中存储，就会形成脑文本。

人的大脑类似于计算机中的中央处理器 CPU（Central Processing Unit），脑文本类似计算机中的运行程序。脑文本在大脑中的运行需要一定的操作系统环境。一个人懂中文，他大脑的语言环境就是中文操作系统，如同当今我们计算机使用的中文 WINDOWS 操作系统，人会将脑文本用中文表达出来。如果一个人同时掌握了中文、英文、俄文、日文、韩文等多种语言，那么他的大脑 CPU 就具备了中文、英文、俄文、日文、韩文等语言环境的操作系统，脑文本可以在不同语言环境的操作系统中进行切换。脑文本的讲述类似计算机输出，计算机的输出方式有屏幕显示、打印机打印等方式，而人们讲述脑文本可以通过口头，也可以通过书写，等等。由此进一步证明，口头文学的"口头"和书面文学的"书写"都是脑文本的表达方式和工具，口头文学的"文学"存在于脑文本中。

脑文本是人的大脑以记忆形式保存的对事物感知、认知、理解和思考的结果。思维是过程，脑文本是结果。同计算机类似，大脑在处理信息的过程中，需要对输入信息进行编码、存储、运算处理、解码。就文学创作而言，大脑通过感知认识世界，获取创作素材，这类似于计算机的信息输入；通过认知将创作素材抽象化、概念化，形成脑概念，这类似于计算机的编码；脑概念存于大脑的记忆中类似于计算机的存储;人的大脑对脑概念进行处理的过程就是人的思维过程,按照某种规则将脑概念组合起来进行思考以获取新的意义,这类似于计算机的运算处理;计算机将处理的结果存储在电子介质中得到电子文本,而人的大脑将思维的结果存储在大脑中,就得到脑文本。人的大脑按照某种文学样式对脑概念进行思考和组合,获得的脑文本就是文学脑文本。人的大脑将脑文本转换成声音(声波)的过程,类似于计算机对存储信息的解码和信息提取;人的大脑通过发音器官将脑文本转换成声波,类似于扬声器播放。由于脑文本不能遗传,接受者只能借助听觉器官接收发音器官发出的声波,再通过大脑将接收到的声波还原为脑文本存储在大脑中,实现脑文本流传。从中可以看出,人对事物的感知、认知、思考和理解,是一个十分复杂的过程,其目的是获得思想,即脑文本。

文学脑文本就是传统上所说的口头文学的文本。文学脑文本不能遗传,但是能够以口耳相传的方式转换成另一个脑文本,存储在其他人大脑中而被保存下来。由于作为脑文本载体的人的生命是有限的,因此除了少量的脑文本后来借助书写文本被保存下来之外,大量的具有文学性质的脑文本都随其脑文本拥有者的死亡而永远消失湮灭了。

在脑文本形成的过程中,人的意识、感知和认知首先要借助视觉、听觉和感觉转换成脑概念,存储在大脑里。人听见的声音,看见的图像,感觉到的事物和状态,都可以转换成脑概念,变成存储在大脑中的信息。脑概念还不是脑文本,它只是构成脑文本的基础。脑文本是由一系列脑概念构成的。书写文本存储的是文字或符号,电子文本存储的是二进制数字代码。所有的感知、认知和理解都是通过脑概念进行的,不同的脑概念组合在一起存储在大脑里,就形成脑文本。一切有意义的声音信号和书写符号,包括抽象的观念或意识形态，都可以借助脑概念组成脑文本存储在大脑里。

　　脑文本以记忆的形式存储在人的大脑里，它只能通过回忆提取，借助发音器官复现。荷马之后所有传唱其史诗的人，都是以记忆的形式把故事存储在自己的大脑里。他们存储在大脑里的关于史诗的记忆文本就是脑文本。诗人的口头传唱就是通过回忆存储在自己大脑中的脑文本，然后才能借助自己的发音器官把脑文本转化为声音表达出来。声音在本质上是一种声波，就发音器官来说，它主要借助空气传播。声波需要借助听觉器官接收，没有听觉器官则无法接收传播而来的声波。不能接受声音信号则不能形成脑文本，因而也就不能理解声音。需要指出的是，口头文学的文本同我们现在所熟悉的书写文本和电子文本不同，它是一种脑文本。"脑文本的存在表明，即使在书写符号出现之前，文学的流传也是以文本为前提的，同样是文本的流传。"①因此，口头文学的流传，实际上是脑文本的流传。就文本的载体而言，文本有三种基本形态，除了脑文本，还有书写文本和电子文本。

　　书写文本是人类社会进入文明时代发明了书写符号尤其是发明了纸张之后最主要的文本形式。在以前的论文中，我使用的物质文本的术语就是指现在的书写文本。作为术语，书写文本比物质文本更准确、科学，因此我现在要用书写文本替代物质文本。书写文本以纸张以及其他任何可以用以存储书写符号的材料为载体。除了纸张之外，陶器、甲骨、青铜、竹简、绢帛等物质材料，都可以成为存储书写符号的载体。存储书写符号的方式是多样的，如描画、书写、镌刻、印刷等，都可以成为存储书写符号的方式。脑文

---

①　聂珍钊：《文学理论学批评：口头文学与脑文本》，《外国文学研究》2013年第6期，第11页。

本也可以转化为书写符号存储在纸张上或其他载体上,形成书写文本。

人类文明进入科学时代尤其是电子时代后,出现了一种新的科学文本形式:电子文本。无论脑文本、书写文本还是电子文本,都是就文本载体的性质而言的。电子文本不同于脑文本和书写文本,它的载体是计算机盘片、固态硬盘、磁盘、光盘等化学磁性物理材料。借助电子设备,字符、图像、动画、音频和视频信号等信息经过电子技术处理,都可以转化为电子文本,存储在电子设备中。

电子文本是科学的产物。计算机数字技术出现以后,一切能够表达意义的信号和符号都可以通过电子元件转化成数字存储。在现代电子技术条件下,一切书写符号和信息都可以进行数字化处理,构成电子文本。电子文本储存的是二进制数字代码,因而电子文本也被称为数字文本。在电子时代,任何生物形态的文本如脑文本或物质形态的书写文本等,都可以借助输入设备转换成电子文本,存储在电子设备中。

四、脑概念及其形成原理

尽管文本按其载体可以划分为三种形态,但是所有的文本都是在概念的基础上形成的。脑文本也不能例外,同样是由脑概念构成的。脑概念是对客观事物的抽象定义,是用于指称某一具体事物或抽象概念的术语。

脑概念从来源上说可以分为两类:一类是物象概念,另一类是抽象概念。物象概念是有关客观存在的概念,根据概念的来源被归类到物象概念中,但其性质仍然是抽象的。物象概念的形成要经过感知、认知和理解的过程,也就是从印象到定义而实现理解物象的整个过程。在认知过程中,对物象的感知产生印象,印象经过大脑的处理实现对物象的定义,产生概念,实现对物象的理解。通过不同的感官感知世界,我们才能进入认知阶段。例如,一个人的形象进入视域后成为物象,物象被感知则得到这个人的印象,对印象进行认知则得到对这个物象的定义,定义是对物象的抽象。如果这个人经过认知被确认是 A,A 就是这个人的定义,同时也是这个人的物象概念。概念存储在大脑中,就变成物象的脑概念。

抽象概念不是通过客观世界的认知而抽象出来的物象概念,而是通过概念对概念的认知而得到的新概念。也可以说,抽象概念是从包括物象概念在内的抽象概念中抽象出来的概念。在认知过程中会产生大量的概念,任何认知都是通过概念进行的,没有概念则不能认知。认知既是对客观世界的认知,也是对抽象概念的认识。一旦进入认识的过程,所有的认知实际上都是抽象的。例如,太阳、月亮、夏天、冬天、冰雪、树林等,都是从客观世界中抽象出来的概念,所以从来源上可以归类为物象概念。但是在认知过程中,从太阳和夏天这两个抽象概念中可以得到炎热的抽象概念,从冬天和冰雪这两个抽象概念中可以得到寒冷的抽象概念。因为炎热和寒冷都是来自概念,所以它们是抽象概念。通过推理和归纳的方法,概念和概念组合在一起得到的新概念。如此往返,脑概念会越来越多。我国从甲骨文衍生出来的文字解释了概念是如何产生的和增加的。例如,"人"字是一个书写符号,也是一个概念,表达人的意义,当三个"人"的书写符号组合在一起时,就得到一个新词"众",成为表示多的抽象概念。再如"明"字,它是由"日"和"月"两个字构成的新词。这些新词的产生表明,两个或多个概念组合在一起,就可以得到一个新概念。新的概念相互组合,又可以得到另外的新概念。人的认知越多,不仅可以获得新知识,也可以得到新概念。

脑概念从功能上可以分为两种类型：能指脑概念和所指脑概念。这儿的能指(Signifier)和所指(Signified)不同于索绪尔在他的语言学理论中使用的概念。索绪尔认为："语言符号不是事物和名称之间的连接，而是概念和语音模式之间的连接。"①为了厘清语言符号、概念和语音模式之间的关系，他"建议保留符号这个术语以表示整体，但是用所指(signification)和能指(signal)来分别代替概念和语音模式"②。索绪尔用能指和所指的概念能够说明一个作为整体的语言符号内部存在的概念同概念表达之间的内部关系，但是语言学中更为重要的问题，如语言的定义问题，索绪尔并没有真正解决。同索绪尔的定义不同，文学伦理学批评术语中的能指和所指不是用来说明语言学符号的内部关系问题，而是说明认识概念的功能问题。能指脑概念是用来指称任何事物和任何概念的概念，所指脑概念是用来指称特定事物或特定概念的概念。例如，当月亮作为脑概念可以用来指称任何月亮的时候是能指脑概念，当月亮作为脑概念只是用来指称 15 日这一天的月亮的时候就是所指脑概念。在大多数情况下，物象概念如长江、黄河、孔子、屈原、莎士比亚、华兹华斯、中国、美国等都是特指的，它们的对应物是固定的，因此是所指脑概念。另外一些概念如善良、丑恶、高尚、卑鄙、伟大、渺小等不是特指的，其对应物是可变的、任意的，因此它们往往是能指脑概念。在特定情况下，某些概念既是能指脑概念，也是所指脑概念，例如太阳和月亮既可指天上唯一的太阳和月亮，

---

① Saussure, Ferdinand de, *Course in General Linguistics*, Foreign Language Teaching and Research Press, 2001, p. 66.

② Saussure, Ferdinand de, *Course in General Linguistics*, Foreign Language Teaching and Research Press, 2001, p. 66.

也可指任何时候的太阳和月亮；房屋和教堂既可指某一具体的房屋和教堂，也可指任意的房屋和教堂。能指和所指的概念增加了脑概念的多样性，使人的思维变得丰富多彩。

人主要通过五种感官即视觉、听觉、味觉、嗅觉、触觉感知事物。五种感官能够感知世界，但不能认知世界。感知仅仅只是一种感觉，是一种存在感，或者说感觉到某种存在。例如，我们听见房间里的脚步声，看见天边的晨曦，感觉到身上的汗水等，这些都属于感知，即感觉到某种存在。感知产生印象，例如，听见房间的脚步声可以产生有人起床的印象，看见天边的晨曦可以产生天亮的印象，感觉到身上的汗水可以产生天气炎热的印象。从感知到认识过程的完成，就能够得到抽象概念。这个抽象概念存储在大脑里，就变成脑概念。认知是对感知的理解，经过理解才能产生概念，因而感知是理解的初级阶段，认知才是理解的高级阶段。

脑概念是思维的工具。能指脑概念和所指脑概念相互组合，构成思维。人的思维过程就是脑概念的组合过程。人的大脑根据某种伦理规则不断对脑概念进行组合和修改，脑概念的组合形式也在修改过程中不断发生变化。不同变化的脑概念组合过程，就是不同的思维过程。思维是对脑概念的理解和运用，运用脑概念进行思维即可得到思想，思想以脑文本为载体。当脑概念的组合过程结束并相对固定下来时，人的思维过程也就结束，得到相对明确的思想。人的思想是应用脑概念进行思维的结果，思想的存在形式就是存储在大脑中的脑文本，是按照某种伦理规则建构的能够表达明确意义的脑概念组合。脑概念组合过程的完成，意味着人的思维过程的结束，思维过程的结束产生思想，形成脑文本。因此，脑文本是思想的形式。

五、脑文本的伦理价值

脑文本是决定人的思想和行为的既定程序,不仅交流和传播信息,也决定人的意识、思维、判断、选择、行动、情感。脑文本就如同戏剧表演的脚本,怎样的脚本,决定怎样的表演。人的思想、选择和行为,包括道德修养和精神追求,都是由存储在人的大脑中的脑文本决定的。脑文本决定人的生活方式和道德行为,决定人的存在,决定人的本质。一个人的思想和行为是由脑文本决定的,一个人的伦理和道德也是由脑文本决定的。因此,什么样的脑文本就决定什么样的思想与行为,或者说,什么样的脑文本决定什么样的人。

脑文本是一种生物形态,是一种活性物质,以记忆的形式存储在人的大脑中。脑文本类似于计算机的应用软件。一台性能良好的计算机,尽管有高端的硬件配置,但是如果没有与之相适应的应用软件,这台计算机(裸机)是不能发挥应有作用的。一个人无论如何聪明,但要成为一个有道德的人、一个高尚的人,就需要有好的脑文本。由于文学文本尤其是书写文本和电子文本可以直接通过人的视觉器官或听觉器官转换成脑文本实现教诲的目的,因而文学是脑文本的重要文本来源。

文学教诲功能的实现是通过文学的脑文本转换实现的。文本产生之后,口耳相传的道德经验变成了由文字固定下来的文本形式,例如诗歌、故事、格言、寓言、小说、戏剧等。"这些由文字构成的文本就是文学,记载的都是有利于人自身生存和发展的个人的或集体的道德经验,它们的价值就在于为人类能够提供教诲。"[①]学

---

① 聂珍钊:《文学伦理学批评:论文学的基本功能与核心价值》,《外国文学研究》2014年第4期,第11页。

习文学的目的,是为了获取我们所需要的脑文本。因此,如何选择用于某种教诲的文学作品就变得特别重要。文学伦理学批评的作用,就是通过对文学文本的分析、解读和批评,为读者建构脑文本提供优秀的文本,以促进人的道德完善。也就是说,文学伦理学批评要用新的方法解决文学用于教诲的问题。例如,弗洛伊德创立精神分析学以来,我们已经充分认识到精神分析的重要性并对此展开了充分的研究。但是,人的精神是怎样存在的?怎样对精神进行分析?实际上,我们并没有获得这些最基本的问题的答案。但是脑文本给我们提供了深入分析精神的可能。从认识论角度看,只要有精神存在,就一定有精神存在的形式,只要有精神存在的形式,就可以对精神进行分析。精神的存在是以脑文本为前提的,没有脑文本,就不可能有对精神的认知。对心理的分析也同样如此。人的心理活动也是以脑文本为载体的,没有脑文本,心理活动就不可能存在。因此,无论是精神分析还是心理分析,都要转移到对脑文本的分析上来。

在伦理选择的过程中,人的伦理意识开始产生,善恶的观念逐渐形成,这都是脑文本发生作用的结果。伦理选择同自然选择不同,自然选择的方法是自然进化和生存斗争,伦理选择的方法是伦理教诲。文学虽然具有教诲的功能,但是要转换成脑文本才能发挥教诲的作用。文学蕴含的一系列道德范例、榜样和说教,只有转换成脑文本后才能形成观念和思想,发挥褒扬或劝喻、鼓励或批评、赞扬或警示的作用,从而实现教诲目的。

小说《西游记》是一个说明教诲是如何发挥作用的典型范例。孙悟空由于大闹天宫,如来把他镇压在五行山下,五百年后他被唐僧救下,收为徒弟,让他护驾前往西天取经。为了约束孙悟空的自由意志,观音引诱他戴上金箍,并授唐僧紧箍咒语。如果孙悟空违背伦理，唐僧只要念动咒语，金箍就会收紧导致孙悟空头疼，从而让他得到管束。孙悟空的头代表自由意志，他头上的金箍类似于代表理性意志的脑文本，唐僧的咒语代表具有教诲功能的文学。唐僧借助发音器官将咒语转变成声音，孙悟空将转变成声音的咒语作为脑文本存储在自己的大脑里，然后通过金箍体现脑文本控制自己的行为，让唐僧的咒语发挥教诲作用。在小说的文本中，我们看到脑文本对孙悟空发生作用的整个过程。由于紧箍咒的作用，孙悟空的心理和精神发生巨大改变，从一只顽猴变成了圣徒。而这一切，都是脑文本发生作用的结果。

　　脑文本为我们认识文学的教诲功能找到了新途径，但是有关文学脑文本的形成机制还需要进一步研究。文学文本与脑文本的关系是怎样的，如何对脑文本进行分析，脑文本与人的心理和精神有怎样的联系，脑文本与情感、伦理和道德的关系等问题，还需要广大学者的共同努力。对于文学文本与脑文本的具体分析，我将在下篇论文中专门讨论，也希望朋友们参与进来，共同开展对脑文本的研究。

　　　　　　　　　　（原载于《外国文学研究》2017年第5期）

论脑文本与语言生成

在文学伦理学批评视域下,"脑文本指以人的大脑为介质保存的记忆。脑文本是一种特殊的生物形态,是人的大脑以记忆形式保存的对事物的感知和认识"①。简而言之,脑文本(brain text)就是"存储在人的大脑中的文本"②。脑文本是一种文本而非语言,它存储在人的大脑中,因此脑文本就其性质说是私有财产(private property),不能与他人共有或共享。脑文本除了自己能够认识和理解外,其他人无法认识和理解另一个人保存在大脑中的脑文本。如果要让其他人接受和了解保存在自己大脑中的脑文本,就需要寻找把脑文本表达出来的方法。一般而言,借助人的发音器官进行口头表达和借助符号进行书写是表现脑文本的两种基本方法。口头表达即为语言表达,早在书写符号创造出来之前,人类就通过口头表达进行交流。例如古代史诗,就是通过口头表达一代一代流传下来的。时至今日,口头表达仍然是人类传递信息和进行交流的最主要且最重要的方法。即使在科学技术非常发达的时代,人工智能也难以真正取代人类的口头表达。通过符号表达的方式

---

① 聂珍钊:《文学伦理学批评导论》,北京大学出版社,2014年,第270页。
② 聂珍钊:《脑文本和脑概念的形成机制与文学伦理学批评》,《外国文学研究》2017年第5期,第26—34页。

即为文本表达。文本可以转换成语言,语言也可以转换成文本。但无论语言或是文本,都是表达脑文本的方法。

一、人的发音器官与语言生成

口头表达是人类进行交流的方法,也是最基本最重要的方法。口头表达是通过人的发音器官进行的,人的发音器官是人在自然选择中进化的结果。如果没有发音器官,脑文本不能转换成声音,人无法进行自我表达,也无法相互交流。

人的发音器官是一个复杂的发声系统,由肺、气管、喉头和声带以及口腔、鼻腔与咽腔共同构成,按照功能可以分为动力、声源和调音三大区域。动力区由肺、横膈膜和气管组成。肺是呼吸气流的发音器官,通过呼吸产生的气流是语音的动力。肺部活动呼出不同强度的气流,通过支气管器官到达喉头,作用于声带、咽腔、口腔、鼻腔等发音器官,为发出声音创造条件。声源区由声带和喉腔组成。声带是发出声音的器官,位于喉腔中部,是两片左右对称和富有弹性的带状薄膜,由声带肌、声带韧带和黏膜三部分组成。发声时,两侧声带拉紧,声门裂变窄甚至几乎关闭,由肺部呼出的气流经由气管不断冲击声带,引起振动,即发出声音。气流强度的大小控制声带松紧的变化,发出高低不同的声音。调音区由口腔、鼻腔和咽腔组成。口腔包括唇、齿和舌头,后面是咽腔,上通口腔、鼻腔,下接喉头。口腔和鼻腔靠软腭和小舌分开。软腭和小舌上升时鼻腔关闭,口腔畅通,发出的声音在口腔中共鸣。软腭和小舌下垂,口腔成阻,气流只能从鼻腔中发出,这时发出的声音主要在鼻腔中共鸣。如果口腔没有阻碍,气流从口腔和鼻腔同时呼出,发出的声音在口腔和鼻腔同时产生共鸣。

发音器官根据类型可以分为四个部分:(1)呼吸器官。它是发音的动力器官,主要由肺和有关呼吸肌群组成,通过呼吸产生振动声带发声的气流。(2)振动器官。它是发声的器官,主要由喉咙、喉头和声带组成,通过呼吸产生气流振动声带发声。(3)共鸣器官。它主要由喉腔、咽腔、口腔、鼻腔及胸腔组成。此外,胸腔、鼻腔也参与共鸣。共鸣器官的作用是加强和放大声波,美化嗓音,使其富有色彩。(4)吐字器官。它主要由口腔、舌头、软腭、嘴唇、下腭等组成,其功能是通过口腔的运动以保证吐字清楚,发音准确。

由此可见,人在自然选择中进化出来的发音器官不但复杂,而且精巧,这为人通过发音器官发出声音以表达复杂的意义创造了物质条件。由于有了发音器官,人就可以通过发音器官发出各种不同的声音,并通过不同的声音表达不同的意义。

人的发音器官是能够发出声音的人体装置,是人用于发出声音的工具,其他动物由于缺少这个工具,因此不能像人一样发出能够表达复杂意义的声音。传统观点认为,人类在自然选择中进化出了发达的大脑和精巧的发音器官,因此人类的语言能力是进化的结果。但是也有科学家的研究发现,在动物界,恒河猴以及生活在亚洲和非洲的灵长类如旧大陆猴,在进化上同人类更接近的物种如黑猩猩,从解剖学上看都拥有和人类一样的发音器官,但是它们都不会说话,原因在于它们缺少传递语言信息的脑回路。因此有些科学家认为,人类独特的语言能力并非是由先进的发音器官决定的,而是源于大脑进化出来的特殊结构。

就人体生理结构来说,发音器官是为了发出声音而进化出来的人体器官。正是人拥有特殊的发音器官,人才能通过发音器官生成语言。人类的语言同其他动物通过发音器官发出的声音有着本质的不同。只有通过人的发音器官生成的、表达特定意义的声音才能成为语言,而动物通过发音器官发出的声音尽管也能表达某些特定的意义,但那不是语言而是叫声。例如鹦鹉和八哥能够模仿人类说话,即使在我们听来同人的说话相似但也不是语言。因此,发音器官是语言生成的先决条件,但是否能够发出声音或者发出类似人说话的声音,并非是语言的本质特征。只有保存在大脑中的脑文本经过发音器官转换成声音,语言才产生。判断声音是否为语言,关键在于语言是否从脑文本生成而来。所有的语言都是从脑文本转换而来的,都是脑文本的声音形态。

二、语言的生成过程

语言究竟是什么?目前有多种解释,如"语言是一种表达思想的符号系统"①,"语言是一种音义结合的符号系统,是人类最重要的交际工具和重要的思维工具"②,"语言是人类社会中一个最重要的工具或手段"③,"语言是人类最重要的交际工具,是意义结合的词汇和语法的体系"④,"语言是一种复杂的符号系统,是人类进行社会交际思维认知的工具"⑤,"语言是人类特有的交际工具和人类最重要的交际工具","语言不但是交际的工具,而且是思维的工具"⑥。以上提到的种种观点,大体代表了目前有关语言定义的解释。

声音是由人的发音器官发出的。发音器官是特殊的人体装

---

① 索绪尔:《普通语言学教程》,外语教学与研究出版社,2001年,第15页。
② 张树铮主编:《语言学概论》,武汉大学出版社,2012年,第11页。
③ 宋振华、王今铮编著:《语言学概论》,吉林人民出版社,1957年,第10页。
④ 王德春:《语言学概论》,上海外语教育出版社,1997年,第11页。
⑤ 邢福义、吴振国:《语言学概论》,华中师范大学出版社,2002年,第2页。
⑥ 高名凯、石安石主编:《语言学概论》第2版,中华书局,1987年,第34页。

置，用来发出能够表达某种意思的声音。语言就是人的发音装置发出的特殊声音，但是声音并非等同语言。语言是同声音相关的另外的东西，是人用来表达意义和进行交流的媒介。

人的发音器官发出的声音和作为声音出现的语言是不同的。人的发音器官不仅可以发出我们称之为语言的声音，也可以发出非语言的声音。例如，人在不由自主中发出的咳嗽声、喷嚏声、打呼噜的声音，显然只是发音器官发出的声音而不是语言。为什么有的声音是语言，而有的声音不是语言？它们的区别在于，前者是人有意识地通过发音器官发出的能够表达意义的约定俗成的声音，而后者是某种刺激引起的本能反应导致人的发音器官不由自主地运动发出的声音。

尽管声音和语言都是人的发音器官运动的结果，但是声音同语言是两种不同的东西，是两个不同的概念。声音只是发音器官通过运动发出的不带主观意识的声响，这种声响在听者看来可能具有某种意义，如打呼噜表示睡眠、呓语表示梦境，但是发出声音的主体并不是有意为之。但是语言不同，它是人有意识地通过发音器官发出自己想要发出的表达某种意思的声音。声音的意义早已存在，只要这种声音出现，它所表示的意义也就随之产生。就语言而论，声音是意义的载体，是表达意义的方法。当意义被声音表达出来时，声音就变成了语言。

生成语言是发音器官的功能。发音器官既可以发出非语言的声音，也可以通过声音生成语言。但是，发音器官发出的声音不一定都是语言，只有源于脑文本的用于交流的有特定意义的声音，才是我们所说的语言。

人的发音器官是用来发出声音的人体装置，但是问题主要不在于发音器官能够发出声音，而在于为什么能够发出有意义的声音,即被我们称之为语言的东西。在传统上,我们通常把语言理解为口头说话,索绪尔将其称为言语。

无论是语言还是言语,尽管术语不同,它们都是通过人的发音器官发出的表达某种意义的特殊声音。因此,索绪尔把我们已经接受的约定俗成的语言这个术语分割为语言和言语,用言语取代我们传统上理解的语言,不仅无益于我们理解语言或言语,还造成了概念混乱。为了便于理解,我们需要回到传统的表述中去,用语言这个术语表示我们口头讲述的语言。我们需要厘清语言这个概念,即通过口头说的话就是口头讲述,就是语言。

无论是传统上对语言的理解,还是索绪尔关于语言的定义,都表明人的发音器官发出的声音同我们称之为语言的东西不是一回事,它们之间有着本质的区别。人的语言同声音密切相关,但语言不能等同于声音。那么,语言究竟是什么呢?这就需要讨论语言生成的问题。

语言是怎样生成的?这个问题是有关语言定义的关键问题,也是目前还没有在学术上解决的问题。在以往的研究中,我们把语言看成现实中存在的一种实体,看成交流的工具或者符号系统。我们往往误以为有一种存在于现实之中的具体的语言,所以努力去定义和阐释我们认定的这种语言。然而在现实中,我们又找不到已经存在的供我们使用的所谓语言实体。正是这种认识和现实的矛盾,才导致我们无法定义语言。

我们现在找到了无法定义语言的根本原因,就是我们忽视了语言生成的问题。语言的事实表明,语言不是先在的,而是生成的。语言不是像文字那样一种现实中的物质存在:当需要文字的时候我们就可以从字典中去寻找它们、使用它们。语言并不像文字那样预先存在于字典中,或存在于书籍中,或存在于碑刻中。更明确地说,语言在生成之前实际上并不存在。

语言不是预先存在的,而是实时生成的。由于语言是生成的,因此语言不是我们用于交流的工具,而是我们相互交流的方法。我们需要语言的时候,我们可以生成语言。当发音器官发出一连串表达某种特定意义的声音的时候,这就是语言的生成过程。在大多数情况下,人主要通过发音器官把保存在大脑中的脑文本转换成声音,进行交流。这种来自脑文本的通过发音器官发出的声音,就是生成的语言。例如,我们用声音向一个人提问:"您从这部文学作品中得到什么启示?"我们的这个提问就是实时生成的语言,但它并不是预先存在的。如果对方回答说:"我从作品中看到,一个人的自我选择正确与否,决定这个人的成功与否。"对方的回答也是实时生成的语言。再如,我们朗诵岳飞的诗歌:"怒发冲冠,凭栏处、潇潇雨歇。/抬望眼、仰天长啸,壮怀激烈。/三十功名尘与土,八千里路云和月。/莫等闲、白了少年头,空悲切!"朗诵这首诗的过程,就是从文本到语言的生成过程,朗诵的结果生成语言。但是,在问答之前或者朗诵诗歌之前,语言并不是预先存在的。在问答和朗诵之中,语言出现了,生成了。问答结束或朗诵结束,语言的生成过程也就结束了。

在问答和朗诵中生成的语言,都源于脑文本。如果没有脑文本,发音器官无法进行声音的转换,因而也无法生成语言。同样,如果生成的语言没有通过记忆在大脑中保存下来,生成的语言也就随着生成过程的结束而消失了。如果生成的语言通过记忆保存在大脑中,仍然可以通过回忆并借助人的发音器官重新生成语言。现代科技可以利用电子技术保存语言。如果使用录音设备,生成的语言可以被录制下来,因此语言也可以像文字一样保存下来,并借助播放设备重新播放。但是我们也要注意到,即使我们用录音设备将语言录制下来,保存在某种介质中,但保存下来的仍然不是语言,而是保存的从语言转换而来的电子文本。

语言是实时生成的,只要人有意识地通过发音器官发出能够表达意义的声音,就能够生成语言。语言的生成需要三个方面的条件。一是发音器官。这是语言生成的先决条件,也是语言生成的物质条件。没有发音器官,语言就不可能产生。二是能够表达意义的声音,这是语言的载体。语言是通过人的发音器官生成的,以声音为载体并表达意义,因此语言从性质上说是一种声音形态。三是意义的来源。声音的意义可以来自文学作品的文本,或者来自其他形式的文本,但是从根本上说,声音的意义来源于脑文本。语言的生成,离开了以上条件中的任何一种,都不可能产生。

语言从声音转换而来,是人的发音器官在发声过程中生成的。语言生成的目的是传递信息和进行交流,因此语言以声音为媒介,它不仅同人的发音器官密切相关,也同人的听觉器官密切相关。离开了发音器官,语言不能生成;离开了听觉器官,语言不能用于交流。

由于声音是语言的媒介,因此语言只能在发音器官和听觉器官之间发生作用,并主要借助空气传播。发音器官生成语言,听觉器官接受语言。语言以声音形态表现出来的特性,是为了听觉器官的接收。语言的生成带有强烈的功利性。语言不是为语言讲述者生成的,而是为听者讲述的。语言的生成也有其强烈的目的性,这就是传递信息和进行交流。语言的生成并非是为了自我欣赏,而是为了信息传递。在文字创造出来之前,语言是传递信息和进行交流的主要方法。即使文字被创造出来之后,语言也仍然是传递信息和进行交流的最重要方法。离开了语言,人类怎样生活是无法想象的。

听觉是听觉器官的功能,它的价值既在于接受信息,更在于接收语言。听觉是由耳、听神经和听觉中枢的共同活动完成的。耳是听觉的外周感受器官,由外耳、中耳和内耳耳蜗组成;外耳和中耳是传音系统,内耳是感音系统。外界声波进入外耳道,引起鼓膜振动,引起毛细胞发出神经冲动,使耳蜗神经纤维产生动作电位,传至延髓,再经中脑下丘到内侧膝状体,最后到大脑皮质的颞叶,形成听觉。听觉是为了接收发音器官发出的声音而进化出来的功能,没有发音器官,就不会进化出听觉器官,就不会有听觉。

一般认为,语言的生成仅仅同发音器官相关而同听觉器官无关,但这种看法是错误的。语言是通过发音器官生成的,但是离开了听觉器官,语言则无法生成。语言生成的目的是传递信息和交流,而这是通过听觉器官完成的。如果没有听觉器官,语言生成就失去了目的性。虽然一个人可能以自言自语的方式生成语言,但这种语言只能自我欣赏而不能发挥交流的作用。没有听觉器官,语言规则无法制定,语言交流无法完成。例如,聋人往往有一个特点,那就是他们有健康的、正常的发音器官,但是因为患病使听觉器官听不见声音。因此我们发现,聋人由于听不见声音往往也不会说话。这说明,语言的生成是不能离开听觉器官的。

听觉对于语言还有另一个重要作用,就是把语言传送到听者的大脑,经过大脑的处理,声音形态的语言可以转换成脑文本,从而使语言以文本的形式保存下来。没有听觉,语言既不能传播,也不能保存。更为重要的是,没有听觉,语言就失去了生成的条件,就无法生成了。

三、脑文本与语言

语言不同于人的其他表达方式,它以发音器官和听觉器官为生成条件,以空气为传播媒介,是人类传播信息和进行交流的方法。语言不是预先存在的,而是根据语言规则因为需要而实时生成的。只要人的发音器官发出声音,就能够生成语言。语言以听者为对象,因此语言是为听者生成的。听觉器官是接收语言的工具。借助听觉器官,听者才能听到语言。语言是在传递信息和相互交流中实时生成的,这一点十分清楚。但是,语言是由什么生成的?这是有关语言生成的源头问题,需要我们研究和做出回答。

语言是通过人的发音器官实时生成的,那么人的发音器官为什么会生成语言?或者说,是什么经由人的发音器官生成语言的?实际上,这是有关语言生成的源头问题,也是不能不做出回答的问题。

语言生成的源头不是别的什么东西,而是保存在大脑中的脑文本。人对事物的认识经过思维的过程形成思想,思想保存在大脑里就变成脑文本。思想与语言类似,也是实时生成的,因此思想只有转换成脑文本才能被保存下来。脑文本类似计算机的应用程序,它既是人的思想,也是主导人的思想和行为的指令。保存在大脑中的脑文本是看不见的,但它既可以通过人的意识自我显示,也可以通过声音或者符号表现出来。人的发音器官发出的有意义的声音,就是通过声音将保存在大脑中的脑文本表现出来。

表现脑文本的方法既有声音也有符号,但是通过发音器官发出声音表现脑文本是主要的方法。人的发音器官并不能自主地发出声音,它只是在接收到大脑的发声指令后才能发声,以及按指令发出相应的声音。当人的大脑将发出什么声音的指令传送到人的发音器官,发音器官就开始运动,将保存在大脑中的脑文本转化成声音表达出来,生成我们所说的语言。

人的大脑中保存的脑文本是发声器官发声的资源,也是语言生成的资源。人的大脑把存储的脑文本输送到发音器官，通过发声的方法将其转换成声音，生成语言。人的大脑是智能化的，它不仅保存有丰富的脑文本，还能够通过思维不断产生新的脑文本，以方便表达和交流。人的大脑除了保存自我生成的脑文本外，它还能够通过视觉器官和听觉器官把大量的书写文本或者语言转换成脑文本，保存在大脑中，通过这种方法不断地使脑文本得到补充和丰富。只要人的思维存在，只要人的视觉器官和听觉器官能够发挥作用，脑文本就会不断增加。只要发音器官接收到指令，所有保存在大脑中的脑文本都可以通过声音表达出来，生成语言。

从语言的生成看，语言从脑文本转换而来，因此语言是脑文本的声音形态。没有脑文本就没有语言，没有脑文本，发音器官就成了无水之源、无本之木，发不出有意义的声音，生成不了语言。脑文本既是语言的资源，也是语言的前身，语言的源头。

人的发音器官只是发出声音的装置，它之所以能够发出表达特定意义的被我们称之为语言的声音，是因为人的大脑中保存有脑文本。但是就人的发音器官而言，它并不能自主地发出声音，尤其是不能自主地发出我们称之为语言的声音。人的发音器官之所以能够发出声音，是因为发音器官接收到发出声音的指令后，才能把脑文本转换成声音形态的语言。

人的发音器官可以因为某种刺激产生的应激反应而发出声音，例如恐惧中发出的惊叫、梦魇中发出的呼喊、无意识中发出的叫声等，不过这些声音都不是语言。由于发音器官只是发声的工具，因此不能自主生成语言。在现实中，我们也看到符合约定俗成的规则、能够表达意义和用于交流的语言通过发音器官表达。但是，这些语言都不是自主生成，而是从脑文本转换而来的。

脑文本是保存在大脑中的思想，它可能是一个完整的故事，也可能是某种思想的片段,甚至只是某个单一概念。脑文本不是语言,它只是保存在大脑中的以人的大脑为载体的生物性文本。在现有科学技术条件下,尽管利用某些先进设备可以监测大脑在思维过程中出现的脑电图变化,人机接口的研究也取得重要进展,但仍然无法直接把保存在大脑中的脑文本提取出来,也无法像计算机一样使用U盘把脑文本拷贝出来。因此,人的发音器官的价值就凸显出来,它可以把脑文本转换成声音形态,生成他者可以理解的语言。

　　语言是脑文本在转换成声音的过程中生成的,是脑文本的声音形态。脑文本一旦转换成声音形态,其性质就发生改变,变成了语言。脑文本的形态变化,导致脑文本的性质改变,不仅语言如此,文字也同样如此。当脑文本以声音形态出现时,脑文本就变成以声音为特征的语言;当脑文本以符号形态出现时,脑文本就变成以符号为特征的书写文本。脑文本的不同形态转换说明了脑文本同人类其他表达方式的区别。脑文本形态的转换,同其他物质的形态改变所导致的物理性质改变是一样的。以水为例:水可以在不同条件下发生形态改变,如水通过加热变成气态,通过降温变成固态。水的形态一旦发生改变,其物理性质也就发生改变,从水变成了蒸汽,或者变成了冰,而蒸汽或冰在物理性质上是不同于水的。尽管语言从脑文本转换而来,但是通过转换生成的语言变成了声音形态,其性质已经发生了改变,不再是文本了。

　　脑文本不仅可以借助发音器官将其转换成语言,还可以将其他形式的文本如书写文本、电子文本等转换成脑文本,继而将其转换成语言。不仅发音器官生成的语言是从脑文本转换而来,其他表达形式如阅读、背诵、抄写、演说、对话、独白等也同样来源于脑文本。背诵或讲述一个书写文本,首先需要将书写文本转换成脑文本，然后才能背诵或讲述，生成语言并将书写文本表现出来。表面上看背诵或讲述的是书写文本，但实际上背诵或讲述的是脑文本。书写文本经过脑文本的转换然后再借助发音器官表达出来，其结果同样生成了语言。

脑文本可以借助声音将其转换成语言，语言也可以借助声音将其转换成脑文本。例如，游吟诗人将远古时代的英雄故事保存在大脑中，形成脑文本，当游吟诗人将英雄故事的脑文本演唱出来时，就生成了语言。当听者借助听觉器官听到讲述英雄故事的语言时，就将其转换成脑文本，保存在大脑里，然后听者就可以将他听来的同样的英雄故事借助声音表达出来。正是这种转换机制，以口头形式讲述的文学作品如荷马史诗、神话传说、民间故事等，才能以脑文本的形式保存下来并借助口头流传。"脑文本的存在表明，即使在书写符号出现之前，文学的流传也是以文本为前提的，同样是文本的流传。"[①]如果没有脑文本，在那些既没有文字也没有现代科学技术的世纪里，所有的文学作品以及历史文献都不可能流传下来。

四、脑文本的转换形式

在人类进行交流和信息传送方面，脑文本不仅是资源和媒介，还是信息交换的枢纽。无论语言、书写文本或者电子文本，都需要经过脑文本的转换才能进入认知的过程。没有脑文本，发音器官不能生成语言。没有语言，听觉器官不能认识脑文本。即使书写

---

① 聂珍钊：《文学伦理学批评：口头文学与脑文本》，《外国文学研究》2013年第6期，第8—15页。

文本或电子文本,也需要经过脑文本的转换才能被理解。

脑文本主要有两种转换形式:符号形式和声音形式。符号转换指脑文本转换成书写文本,声音转换指脑文本转换成语言。由于符号和语言都是从脑文本转换而来的,因此它们也可以从文本和语言转换成脑文本。

脑文本的文本转换指的是把抽象的脑文本转换成具体的由符号构成的文本。在认知过程中,无论是图像还是声音,它们都需要抽象化、概念化,然后才能生成脑文本。所有的脑文本都是由一个个抽象的脑概念组成的。所有的认知,都是先产生脑概念,然后才能由脑概念组合成脑文本。当脑文本转换成由符号构成的书写文本时,需要先将脑文本分割成脑概念或语汇,然后才能转换成书写文本。例如,如果要将保存在大脑中的脑文本"钱塘春潮,西湖秋月"转换成符号文本,首先需要将其分割成"钱塘""春潮""西湖""秋月"等脑概念,然后才能按顺序将其书写在纸张上,构成书写文本。如果要将书写文本"钱塘春潮,西湖秋月"转换成脑文本,同样需要借助眼睛或耳朵将其转换成脑概念,组成脑文本,保存在大脑中。如果要将脑文本转换成语言,也同样需要将保存在大脑中的文本分割成脑概念,再将其转换成声音信号,借助人的发音器官将其表达出来,形成语言。如果脑文本转换成了声音信号而缺少了发音器官,声音信号就不能被表达出来,因此语言就不能生成。

脑文本能够转换成声音信号并经由发音器官表达出来,生成语言,但是转换成什么语言则是由脑文本的语种决定的。脑文本是在特定的语言环境中形成的,如果是中文环境,则形成中文脑文本;如果是英文环境,则形成英文脑文本。因此,同一个脑文本有可能转换为不同语言的脑文本分别保存在大脑里。不同语言的脑文本通过发音器官表达出来,就形成不同的语言。实际上,生成什么语言是由脑文本预先确定的。如果一种语言的脑文本要生成另一种语言,则需要经过翻译才能实现。翻译把一种语言的脑文本转换成另一种语言的脑文本,然后借助发音器官表达出来,生成语言。

不同语种的脑文本的转换不是由人的发音器官完成的,而是在人的大脑中完成的。人的发音器官只是将脑文本转换成声音形态的工具,它只是在脑文本发出的指令下机械地将不同语种的脑文本转换成声音,而不能对脑文本或声音进行认知。对于发音器官而言,它不需要经过任何训练就可以把不同语种的脑文本用声音表达出来。在语言学习中,有时候发音器官为了表达某种声音需要进行某些训练,例如某些人在发出俄语弹舌音"р"时,不经过长时间的训练很难做到。表面上看起来是对发音器官进行的发音训练,但实际上是脑文本指令的调整。即使在所谓的训练中发出的不同的声音,那也是从不同的脑文本转换而来的。这同我们书写脑文本时出现错别字类似。我们在不断地书写同一个脑文本的过程中,有可能出现同一个错别字,但是通过多次书写,我们就可以把错别字纠正过来。从表面上看这似乎是练习的结果,但实际上是认知的结果,是在认知过程中对正确的脑文本进行确认的结果,而与书写训练无关。

在脑文本转换成语言的过程中,发音器官的纯工具性质是显而易见的,它既不能对脑文本进行修改,也不能对脑文本进行保存,更不能对脑文本进行识别和理解,其作用仅仅在于用声音将脑文本表现出来。发音器官不能改变脑文本的意义,但是可以在大脑的支配下对语言的响度、音调和音色进行修改,以增强语言的表现力。

脑文本生成语言的价值不在于满足自我理解脑文本的需要,而在于将脑文本传送给听者。为了让自我之外的人能够理解和保存脑文本,于是脑文本不仅借助语言让人理解,还借助语言进行脑文本的传输，进而把脑文本保存在他者的大脑中。对于脑文本拥有者而言，他不仅可以直接通过脑概念或脑文本进行思维，还可以借助我们所谓的"默读"理解脑文本。默读不通过发音器官而是通过思维对脑文本形成认知。这是对脑文本的自我理解。在认知过程中，默读是通过脑文本实现认知的主要方法。

保存在大脑中的脑文本，都可以转换成声音形态的语言，这主要是由人的听觉器官和视觉器官这两种感觉器官的性质决定的。在认知过程中，人的神经中枢接收到从不同感觉器官传送来的神经冲动形成不同的认知，来自不同感觉器官的神经冲动（电信号）是不同的。不同的神经冲动经过思维产生的思想有不同的结构，当结构不同的思想作为脑文本保存下来时，其格式是不同的。例如，从听觉器官传送的信息，转换成脑概念或脑文本的格式是声音格式；从视觉器官传送的信息，转换成脑概念或脑文本的格式是图像格式。声音格式的脑文本可以直接转换成语言，但是图像格式的脑文本则需要转换成声音格式后才能转换成语言。也只有当脑文本转换成声音格式后，它才能通过人的发音器官表达出来并通过人的听觉器官接受，继而形成脑文本在人的大脑中保存下来。

脑文本只能被脑文本的拥有者自己认识和理解，如果要让外人认识和理解脑文本，将脑文本转换成声音是最主要的方法。一个人只要有听觉器官，就能够接收声音信号并理解其意义。将脑文本转换成声音，也是认知过程中不可缺少的一环。当人的感觉器官将接收到的事物传送到大脑中枢时，脑概念需要同根据经验得到的与脑概念相对应的声音对接，确认脑概念的声音表达。只有当脑概念同声音形式结合起来，才能通过发音器官表达。例如，当最早的人类看到天上出现的一道闪电以及随之产生的雷声，会无意识中用模仿听见的声音去表达它们。当同样的表达经过多次重复，就会固定下来，用于指称某一事物或概念的声音概念。这个声音的概念也可以看成声音脑文本。有了这个声音概念，发音器官才能将其还原为声音形态，生成语言。如果脑概念没有同声音连接并形成声音概念，也许能够认识和理解这个脑概念及其组合成的脑文本，但是不能将其通过声音表达出来。例如，我们看见一条河流时候，如果这条河流是长江或黄河，则大脑中就会保存下来与长江或黄河相对应的声音概念，这样长江或黄河才能通过发音器官以声音形式表达出来。如果没有长江或黄河相对应的声音概念，发音器官是无法将其转换成声音形态的，因此语言也就不能生成。这同我们阅读一个书写文本而不认识文本中某个文字是一样的。由于不认识这个文字，因此就无法用声音把它读出来。即使能够明白文本中某个字的意义，但是如果没有形成这个字的声音概念，也无法通过发音器官用声音把这个字表达出来。

在认知过程中，图像概念同声音概念一样可以进入思维过程，也可以形成脑概念以及脑文本。只有声音格式的脑文本，才能通过人的发音器官转换成声音。图像格式的脑概念或脑文本，都需要转换成声音格式才能通过发音器官生成语言。

（原载于《华中师范大学学报（人文社会科学版）》2019年第6期）

论语言生成的伦理机制

有关语言定义难以解决的问题,实际上同语言是如何起源的问题联系在一起。语言的起源和语言的定义是相互依存的,我们不解决语言起源的问题,就不能解决语言的定义问题。据统计,目前世界上共有7000多种语言,但它们是怎样产生的,在什么时间和什么地方产生的,是起源于同一个源头,还是各种语言自有源头等问题,学界众说纷纭,至今仍然莫衷一是。自18世纪以来,众多的语言学家、哲学家、人类学家、考古学家、心理学家、生物学家等纷纷加入探索语言是如何起源的研究中来,试图解决这个"科学界最难的问题"[1]。尽管这些学界的著名人物做出了巨大努力,提出了语言起源的多种假说,如一源说、多源说、神授说、手势说、感叹说、摹声说、劳动说、契约说、突变说、渐变说等,尽管这些假说各辟蹊径,推动了有关语言起源的研究,但令人遗憾的是,这些研究由于缺乏实证,都无法自证其说,因而语言是如何起源的问题仍然是学界的一大悬案。语言起源的问题是一个必须解决的世界性难题。美国康奈尔大学认知心理学教授默顿·克里斯蒂安森和爱丁

---

[1] M. H. Christiansen and S. Kirby, "Language Evolution: The Hardest Problem in Science?" M. H. Christiansen and S. Kirby (eds.), *Language Evolution*, Oxford: Oxford University Press, 2003, p. 14.

堡大学语言生理学教授西蒙·科比指出:"要理解我们自己,我们就必须理解语言。要理解语言,我们就需要知道语言从何而来、怎样按照自己的方式发生作用以及怎样发生变化。"①但事实是,我们距离解决这个问题似乎还很遥远。究其原因,在于我们探讨语言起源问题时,并没有真正解决语言是什么的问题。因此要解决语言起源的问题,首先需要解决语言的定义问题。

一、语言起源的种种观点

关于语言的起源,有观点认为,语言是与猿人的形成同时产生的,因为过着群居生活的猿人需要进行渔猎活动和制造工具,语言就作为他们进行交流的工具而产生了。但是也有人认为,原始人的发音器官,特别是喉头,因进化不完美还不能发出音节分明的声音,智人的发音器官与现代人近似,才具有发出语音的物质条件。在这些人看来,语言的产生最早应该从智人阶段算起,距今只有10多万年的历史。

那么语言是怎样产生的,语言神授观点现在已经没有人相信了。但是,近代不少学者致力于原始语言即语言起源的研究,仍然形成了众多的各不相同的观点。例如,有的人认为语言是原始人通过模仿事物的声音命名事物而产生的,有的人认为语言是人类情感无意识表露的结果。意大利学者维柯认为,"语言在初产生的时代,原是哑口无声的,它原是在心中默想的或用作符号的语言。斯特拉博(Strabo)在一段名言里(1·2·6)说,这种语言存在于有

---

① M. H. Christiansen and S. Kirby, "Language Evolution: The Hardest Problem in Science?" M. H. Christiansen and S. Kirby (eds.), *Language Evolution*, Oxford: Oxford University Press, 2003, p. 1.

声语言之前"①。因此有人认为,人类最早用手势进行交流,同时辅之以简单的声音,后来出现了逆转,手势成为交流的辅助方法,而有声语言成为主要的交流工具,因此语言起源于手势语。由于古代人类多用歌唱进行交流,如希腊的荷马和中世纪的游吟诗人,都是用歌唱的方法讲述故事,因此一些音乐家据此猜想,人类可能是从鸟类学会歌唱而产生语言的。

也有人认为语言是通过遗传而来,认为语言来自与生俱来的天赋。实际上,这种观点是对语言来源于大脑语言遗传机制的假设,主要代表人物有乔姆斯基、德里克·毕克顿(Derek Bickerton)、史迪芬·平克(Steven Pinker)、赫尔德等。赫尔德说:"当人还是动物的时候,就已经有了语言。他的肉体的所有最强烈的、痛苦的感受,他的心灵的所有激昂的热情,都直接通过喊叫、声调、粗野而含糊的声音表达出来。"②赫尔德还说,尽管现在只有一些零星的证据,但是他认为"语言最初为人和动物共享"③。这种观点显然遭到质疑,于是有人提出折中的观点,认为人类语言的获得是先天遗传与后天学习相结合的结果。语言的先天获得即遗传的观点,是生物语言学发展的结果。维果斯基认为,从种系发展的角度看,思维与有声语言具有不同的遗传根源。现代科学研究似乎也持这种观点,认为大脑的语言功能有一部分是先天的,有一部分是后天习得的。

关于原始语言有多种假说,但是广为学界接受的观点是劳动创造语言的观点,即语言起源于劳动中呼喊的号子。劳动是集体性质的,需要语言进行交流才能相互协作。原始人在劳动过程中

---

① 维柯:《新科学》上册,朱光潜译,商务印书馆,1989年,第197页。
② J.G.赫尔德:《论语言的起源》,姚小平译,商务印书馆,1998年,第2页。
③ J.G.赫尔德:《论语言的起源》,姚小平译,商务印书馆,1998年,第3页。

呼喊的劳动号子,可以统一众人用力的节奏,因此这种表达明确意义的呼喊声可以看成相互交流的原始语言。

这种观点认为,劳动加速了人的进化,人不但可以直立行走,而且人的发音器官得到改进,可以发出不同的声音。劳动不仅使猿变成了人,也为语言的产生创造了条件。这种观点始于恩格斯。他说:"这些正在生成中的人,已经达到彼此间不得不说些什么的地步了。需要也就造成了自己的器官:猿类的不发达的喉头,由于音调的抑扬顿挫的不断加多,缓慢地然而肯定无疑地得到改造,而口部的器官也逐渐学会发出一个接一个的清晰的音节。"[1]因此恩格斯得出结论说:"语言是从劳动中并和劳动一起产生出来的,这个解释是唯一正确的,拿动物来比较,就可以证明。"[2]人们在劳动过程中需要相互交流、传递信息,协调行动,语言作为交流的工具也就随之产生了。

以上种种观点,几乎都把语言理解为信息交流或人与人之间进行交际的工具,但并未解决什么是语言的定义问题。无论是信息交流或交际工具,都是就语言的功能而言,但并未解决什么是语言的问题。在日常生活中,语言是我们习以为常的东西,只要开口说话,我们似乎就使用了语言。然而这一最简单的日常生活现象,我们却无法给以完美的解释。如果要解决这个问题,我们不能继续紧紧盯住语言的源头或起源不放,也无须把语言何时何地产生作为研究的目标,而应该关注语言的生成问题。我们只要解释了语言是如何生成的问题,也就解决了语言是如何产生的问题,进而

---

[1] 马克思,恩格斯:《马克思恩格斯全集》第26卷,中共中央马克思恩格斯列宁斯大林著作编译局译,人民出版社,2014年,第762页。
[2] 马克思,恩格斯:《马克思恩格斯全集》第26卷,中共中央马克思恩格斯列宁斯大林著作编译局译,人民出版社,2014年,第762页。

就可以解决语言的定义问题。

关于语言的产生,乔姆斯基等是语言遗传天赋观点的代表人物。他们的基本观点是,人类的语言能力是一种天赋,是从基因遗传中获得的。语言能力是天生的观点,被称为语言本能论,也有学者称之为天赋论或先天派学说。

乔姆斯基是语言学界语言"认识革命"的引领者。他认为语言尽管只在特定的成熟阶段或适当的外部环境中才显现出来,但它是遗传天赋的一部分。① 语言是人类特有的种系属性,儿童大脑内天生就具有一种加工语言符号的内在机制,因此语言基本上不是后天习得的,而是天生的,就像人会走路、鸟会飞翔一样。儿童天生就有学习语言的能力,只要置身于语言环境中就可以解决了。

乔姆斯基认为,语言与其他高级心理能力原则上都属于生物学范畴。在《论天赋:兼答库珀》("On Innateness: A Reply to Cooper",1975)一文中,乔姆斯基集中论述了他的天赋观。他企图把经验主义天赋说与理性主义天赋说调和起来,"经验主义的观点认为只有知识习得的过程与机制构成了心智的天赋特性"而"理性主义的观点认为知识系统的普遍形式是心智事先预置好的,而经验的作用在于使这个普遍的示意结构被意识到并且被更完整地识别"。② 他认为二者结合起来可以清楚解释"语言习得,特别是语言习得相关机能和器官的天赋结构问题"③。乔姆斯基坚持语言是物种的生物天赋的一部分,是由人类天生的特别能力决定的。

---

① N. Chomsky, *On Nature and Language*, Cambridge: Cambridge University Press, 2002, pp. 46 - 48.

② D. Wilson, D. Sperber, "Relevance Theory," I. R. Horn & G. Ward (eds.), *The Handbook of Pragmatics*, Oxford: Blackwell, 2004.

③ G. Lakoff, M. Turner, *More Than Cool Reason: A Field Guide to Poetic Metaphor*, Chicago: University of Chicago Press, 1989.

为了说明语言天赋的观点,乔姆斯基提出"语言获得装置"(language acquisition device,LAD)概念并在此基础上建构了语言装置理论,认为人类的认知结构中存在一种与生俱来的语言习得装置,人们无须专门教导就能轻易获得语言。儿童出生后能够在短短的几年内掌握复杂的语言,是因为人类的认知结构中存在有这种与生俱来的语言习得装置。他认为人类先天具有一种"普遍语法"(Universal Grammar),语言的获得过程就是由普遍语法向个别语法转化的过程。

这个天生装置由两个系统构成,一是由若干范畴和规则构成的普遍语法系统,二是对语言信息的评价系统。"LAD"存在于大脑中。儿童像语言学家一样运用评价系统,从他听到的话语中分析、归纳、概括出各种语言的范畴或规则,像给方程式中的未知数赋以具体的数值一样,把它们代入普遍语法系统中以生成可被理解的句子。这就是转换生成语法的过程,语言如汉语、英语等就这样产生了。

在乔姆斯基看来,普遍语法是大脑与生俱来的先天属性,是从父母那里遗传而来,是基因决定的程式蓝本。乔姆斯基通过从假说到求证然后再从假说到求证的演绎论证方法,解释人类的语言能力是天赋的。语言学习是人的天赋,是人具有的内在机能,是由人的遗传基因决定的。乔姆斯基的语言能力来自遗传的语言天赋理论以及普遍语法假说,是达尔文遗传学说在语言学界的新发展。就人的语言能力而言,天赋和遗传是重要的。但是,人的语言能力需要后天的触发,即人与生俱来的语言能力还需要外界对象和后天经验唤醒。尽管语言能力是一种天赋,但是没有后天的学习,天赋也无法转换成语言。

除了乔姆斯基外,德里克·毕克顿、史迪芬·平克等虽然也同样坚持语言天赋的观点,但毕克顿的观点已经发生变化,开始把语言天赋理解为人天生具有学习语言的能力。毕克顿是 20 世纪 90 年代以来西方语言学界的先锋人物,他在人类学、生物学、语言学、心理学、遗传学等多个领域的跨学科研究基础上,重新思考人类智力发展先于语言的进化论观点,强调是语言的出现才把人类同其他生物区别开来。毕克顿从脑科学入手研究人的认知以及行为,认为人的所有行为都是由语言决定的。他的这一观点在语言学界影响深远。①

史迪芬·平克被认为是继乔姆斯基之后最著名的语言学家之一。他认为语言是最重要的文化发明,即人与禽兽的根本区别就在于人会使用符号。同乔姆斯基认为人类的认知结构中存有一种与生俱来的"语言获得装置"一样,平克也认为"语言的学习是我们大脑中预先设定的一个特别控制",以此说明其"语言是一种本能"的语言天赋的观点。② 在平克看来,语言是人的天生能力的一部分,是设计精良的自然产物,因此儿童的语言既不是父母教授的,也不是学校教授的。平克从语言认知和大脑的关系上解释语言本能。他认为语言是一种本能,它在人的大脑中有其特别的基因和神经元,同人的其他智力相比是相对独立的。由于进化,人的大脑出现了专门负责实现语言本能的神经回路,具有接受、理解、储存和使用来自感官的信息能力。如果语言基因和神经元受到损害,语言就会受到损害,但是人的其他智力不会受到损害。平克在达

---

① D. Bickerton, "Biological Foundations of Language," Martin Haspelmath, Ekkehard König, Wulf Oesterreicher, et al (eds.), *Language Typology and Language Universals: An International Handbook*, Berlin; New York: Walter de Gruyter, 2001, pp. 95 - 103.

② 史迪芬·平克:《语言本能——探索人类语言进化的奥秘》,洪兰译,汕头大学出版社,2004 年,第 24 页。

尔文进化理论的基础上,坚持进化语言观点和人天生的语言习得机制,但实质上强调了人的大脑在语言习得过程的根本性作用。

无论是乔姆斯基、毕克顿还是平克,他们在讨论语言同思维的关系时只能将其观点作为假说。为什么只是假说?究其原因,无论是哪种观点都没有把最重要的前提"语言"定义清楚,即没有解决语言是什么的问题。在他们坚持的观点中,语言天赋究竟指的是天生就有语言遗传还是学习语言能力的遗传,这在他们的理论中是没有特别说明的。学习语言能力的遗传,这一点是容易理解的。大脑经过发育和训练,人具有了学习语言和运用语言的能力。但是,这不同于一个人天生就通过遗传的方式获得了某种语言。人的大脑和神经系统能够学习语言,但是学习的语言并非是通过遗传预先获得的,而是后天习得的。我们无法证明在学习之前,语言已经通过遗传存储在我们大脑中了。事实上,在学习之前,儿童并没有通过遗传掌握语言,而且语言本身并不能遗传。这同一个人的思想和认识不能遗传是一样的。

尽管我们不能接受也无法认同语言遗传天赋的观点,但是有关语言遗传天赋的研究代表了语言学研究的发展方向,这就是语言研究与脑科学的结合。事实已经证明,离开了对人的大脑的研究,忽视了大脑在人的语言认识方面的根本作用,语言学研究是难以深入下去的。

二、婴儿语言的启示

由于没有任何文献资料作为证据,我们对语言的早期历史实际上一无所知,更遑论用事实论证语言是如何起源的。当前学术界有关语言起源的解释或者观点,基本上都是推测或者假说,还需要我们努力寻找新的科学方法或者历史证据以说明事实真相。尽管我们需要为研究语言的历史做出进一步努力,但是我们也必须承认,如同众多的口头故事随着游吟诗人的死亡而消失一样,语言起源的历史已经随着那些最初讲述语言的人的死亡而湮灭了。我们已经无法从源头上真正探究语言的起源了。不过,我们还能够从婴儿的语言习得中一窥语言产生的奥秘。

婴儿学习和掌握语言的过程,能够为解释语言的产生以及什么是语言提供重要启示。由于婴儿继承了父母的遗传基因,因此婴儿最初对父母声音的反应是出于本能,而对其他声音的反应则是出于后天的学习。十月怀胎中,母亲的血液通过脐带输送到胎儿身上,同胎儿建立了天然的血脉联系。从生物学意义上说,除了脐带以外,胎儿在出生之前没有接收信息的其他通道,因此所接收的信息全部来自母亲。最新的研究表明,胎儿大约3个月就有了感觉,4个月就能辨别味道,6个月就有了开闭眼睑的动作。在孕期后期,胎儿的大脑皮质结构已经形成,此时的胎儿已经有了能够接受外界刺激的物质基础,其触、视、听、味觉等都发育到了相当的程度,能够感受到一些外界活动。如母亲抚摸腹壁时,胎儿会用脚踢作为回应。当一束光照在母亲的腹部时,睁开双眼的胎儿会将脸转向亮处。这些表明,婴儿的感觉是与生俱来的。但是需要明确的是,感觉只是感受或习得语言的媒介而不是语言本身。感觉是感觉器官的功能,是婴儿学习语言的条件,如果不学习,感觉就不会发生作用,婴儿也不能掌握语言。可以说,感觉来自遗传,是人的天赋能力,但感觉并不是语言。

婴儿掌握语言是后天习得的结果。尽管婴儿的感觉及感知是与生俱来的,但婴儿的认知出现较晚。胎儿出生后,由于母亲的哺乳及抚养,同婴儿联系最为密切的首先是母亲。虽然婴儿不认识妈妈,但是能够通过感觉精确地判断出是妈妈抱他,还是其他人抱他。婴儿出生后,1个月左右就能够分辨出噪音和其他声音之间的区别,听见母亲的声音容易从哭闹中安静下来。2—3个月时能够听懂说话声音中流露出来的感情,能够通过从外界收集的信息辨别对待他的人是粗暴的还是温和的,高兴时会发出1—2个韵母的声音如"a、u、i"。3个月后婴儿能够对外界尤其是对妈妈的关注做出回应。4个月后,婴儿就能够开始辨别父母的声音,但是婴儿辨别母亲的声音要优于辨别父亲的声音,能够发出单音节词。7—8个月婴儿开始牙牙学语,会发出"爸爸""妈妈"等复音,重复大人所发出的简单音节,进入模仿和学习的过程。

1岁以后,婴儿说话能力大幅提高,能说饿、喝、吃、睡、走等日常生活中的简单用词。1岁半左右的婴儿就有了很强的模仿能力,除了能够模仿动物发出的声音外,还能够模仿成人简单的说话,能用简单句子表达自己的要求,如"吃饭""妈抱"等。2岁以后,婴儿学习语言的能力迅速提高,不仅能说简单句子,还能通过联想组织句子。例如,父母往往用"咕咕"的鸡叫声让婴儿认识鸡,于是婴儿把"咕咕"同鸡联系在一起,称呼鸡为"咕咕"。当父母看见飞机从天上飞过,教孩子认识天上飞过去的是飞机。这时这孩子通过联想,并没有像父母教的那样说"飞机",而把"机"同"咕咕"联系在一起,称飞机为"飞咕咕"。这表明婴儿已经进入了思维的过程,能够运用联想的逻辑推理方法进行表达。随着婴儿逐渐长大,经过学习和训练,婴儿掌握的词汇快速增加,能够熟练地表达自己想要表达的意思,说话流利,逐渐形成真正掌握语言的能力。

婴儿随着年龄增长,大脑迅速发育,学习语言的能力越来越强。从出生开始,婴儿的大脑开始了高速的发展,身体不断发展变化,身高、体重快速增长,身体各部分的比例逐渐接近成人,肌肉、骨骼越来越结实有力,并从婴儿成长为幼儿。新生儿阶段直到约18个月,大脑每秒钟有约700—1000个新的神经联结产生,这种快速的发展变化远超成人。婴儿的大脑重量快速增加,3岁时达到1011克左右,6、7岁时能达到1280克左右,基本接近成人大脑的水平。神经系统不断发育成熟,大脑皮层细胞的纤维继续增长,树突的分枝增多,轴突变长,神经纤维髓鞘化逐渐完成。儿童大脑皮层的成熟是由后往前为四个主要区域进行的,其顺序是枕叶—颞叶—顶叶—额叶。枕叶位于枕顶裂和枕前切迹连线之后,是大脑的视中枢,主要负责处理视觉信息。颞叶位于外侧裂下方,是大脑的语言中心,主要负责处理听觉和语言信息。顶叶位于中央沟之后和枕顶裂、枕前切迹线之前,负责处理感觉信息。额叶位于中央沟的前方,是大脑的运动中枢,主要负责运动、言语及精神活动。

随着大脑皮层的成熟,儿童逐渐有了说话的能力,认知的能力也迅速提高,能够加工和处理各种信息并进行复杂的思考和推理。

由此可见,婴儿的大脑构成、习得语言的功能及机制不仅是遗传的,还是在后天中不断发育成熟的。但是,大脑的构成、功能和语言习得机制只是习得语言的物质条件,它们并不是语言本身。从遗传角度说,婴儿的大脑学习和掌握语言的能力是天赋的,但是习得的语言不是天生的而是后天的。即使婴儿学习语言的能力是天赋的,这种能力也需要经过后天的开发和学习才能发挥作用。

新生儿的第一声啼哭,就是婴儿低级语言的开始。婴儿语言的生成是由婴儿发音器官的功能决定的。由于新生婴儿刚出生时神经系统还没有发育成熟,发音器官还不具备生成高级语言的功能,因此婴儿出生后出于生存本能只能借助发音器官以啼哭的方式发声,而这正是婴儿低级语言的生成。

在婴儿语言生成过程中,我们需要认识到婴儿是语言生成的主体,婴儿的发声是婴儿发音器官发挥作用的结果。孕育中的胎儿蜷缩在母腹中,胸廓处于曲缩状态,肺脏只是一团充实的组织,没有气体,也不会用肺呼吸。一根脐带把胎儿同母亲连接在一起,胎儿通过脐带从母体获取营养发育成长。此时的胎儿是母体的一部分。由于不能呼吸,胎儿自然不能发声。

十月怀胎,胎儿孕育成熟。胎儿随着胎盘从母体娩出,身体舒展,原来曲缩的胸廓伸张打开,胸腔迅速扩大,肺随之开张,产生负压,于是婴儿通过呼吸器官吸入了第一口空气。接着,婴儿的胸廓由扩大变成了缩小,将肺内气体排出体外,完成呼气运动。气体从肺内排出时振动声带,婴儿发出第一声啼哭。一旦婴儿降生,依靠胎盘进行的呼吸和气体交换就停止了,婴儿血液中的氧气会出现不足,从而刺激胎儿的呼吸中枢,产生呼吸运动。从吸气到呼气,循环反复,婴儿实现了生命的轮回,开始了新生。在这个过程中,婴儿的哭声不只是呼吸,也是对自己作为新的伦理存在的宣示,更是婴儿在无意识状态中对自我存在的表达。

在成长过程中,新生儿的发音器官逐渐发育,喉头、声带、唇舌等发音器官能够正确协调,逐步形成发音器官效应器肌肉系统复杂的联合运动,能够在外界刺激下正确地发出表达意义的声音。婴儿最初的哭声是一种刺激反射,不是经由大脑处理生成的语言,但是为婴儿接受语言刺激,模仿学习并讲述语言创造了条件。

婴儿由于呼吸而发声所形成的语言能力是天赋的,是天生如此的,因此婴儿的语言学习实际上从婴儿呱呱坠地的那一刻就在不自觉中开始了。刚刚诞生的婴儿发音器官还没有发育成熟,还不具备完全学习语言的能力,因此婴儿的语言就是婴儿的哭声。这是一种不完全语言,即一种低级语言。在婴儿长成幼儿并掌握我们现在使用的语言之前,婴儿的口头表达包括啼哭在内都属于婴儿所独有的低级语言。低级语言不仅可以解释婴儿的语言习得过程,也可以解释整个人类的语言生成过程。

通常我们仅仅把婴儿的啼哭看成婴儿生长发育的生理反应,不会把啼哭同语言联系在一起。但是,婴儿的啼哭并非没有语言学价值。除了通过啼哭促进发音器官的发育,以及通过啼哭进行说话的功能性练习以外,啼哭应该看成婴儿语言的开始。

低级语言是从婴儿的第一声啼哭开始的。刚刚降生的婴儿发音器官没有发育成熟,没有完全掌握语言的能力,不会说话,只会啼哭。但是,婴儿发音器官的语言功能是与生俱来的,因此婴儿同成人一样也有生成语言的能力。婴儿的啼哭是婴儿语言生成能力的最早表现,也是最早的婴儿语言。由于婴儿的啼哭并不是我们现在意义上的语言,也不具有我们现在语言的特征,但啼哭是发音器官的语言功能发挥作用的结果,是婴儿的自我表达和传达的信息,具有语言的价值,因此啼哭是婴儿的低级语言。

婴儿从母腹中降生来到人世,第一声啼哭的语言学意义同婴儿长大成人后用语言进行自我表达在本质上是一样的。成人通过发音器官发出声音表达意义,婴儿也同样通过发音器官发出声音表达意义,其性质和功能并无本质区别,所不同处仅仅在于成人的声音变化远比婴儿的声音复杂得多。如果从声音的价值上说我们把成人的说话称为高级语言或成人语言,那么我们就可以将婴儿的啼哭称为低级语言或婴儿语言。事实上的确如此。啼哭是人类最早用声音进行自我表达的方法,也是人类最早运用声音传递信息的方法。如果没有婴儿最初的啼哭,就没有后来的语言。

从语言学的意义上进行分析,婴儿的啼哭已经不是没有意义的发声,而是利用发音器官进行的自我表达。作为低级语言,婴儿哭声的发声机制同高级语言的发声机制并无本质区别,哭声不仅是由音高、音强、音长、音色等的要素构成的,也有声调和音调的变化。婴儿的哭声尽管出于本能,但能像语言一样通过声音的变化表达不同的意思,例如大声不间断的哭声表示饥饿,无精打采的哭声表示困倦,刺耳的尖叫表示疼痛,软弱无力的哭声表示病患等。实际上,婴儿在语言能力还不发达时,已能将哭声作为语言表达自己的需求和感受。我们在讨论语言是如何产生的时候,一定不要忽略了婴儿哭声的价值。尽管语言学家还没有把婴儿的啼哭列入语言学的范畴,但婴儿啼哭的语言学价值是不能低估的。从婴儿的啼哭中,我们不仅可以发现婴儿的语言是怎样生成的,还能够为我们解释人类历史上语言是如何产生的提供新的思路。

随着婴儿的成长,婴儿到了幼儿阶段,大脑已经相当发达,语音器官已经逐渐发育成熟,能够表达完整和复杂的句子,逐渐从低级语言进入高级语言阶段。高级语言的实现需要三个条件:一是发育成熟的能够发出复杂声音的发音器官;二是能够在认知过程中产生脑文本;三是有能够接收声音的健全的听觉器官。只要具备了这三个条件,语言就能够生成了,人类的语言也就真正出现了。

三、语言生成的伦理机制

无论是婴儿的低级语言,还是后来因为发音器官发育成熟后生成的高级语言,婴儿语言既不是自然选择的结果,也不是通过进化遗传的,而是在婴幼儿的伦理选择过程中生成的。即使是新生儿通过哭声表现出来的低级语言,也是婴儿在无意识中伦理选择的结果,或者说是被伦理选择的结果。从婴儿的低级语言到高级语言的发展过程中,可以发现语言生成的伦理机制。

婴儿出生后的第一声啼哭,在本质上就是婴儿出于生存本能的伦理表达。这种表达既是由婴儿同母亲的先天血脉联系决定的,也是由后天婴儿对母亲的生存需要决定的。在婴儿的伦理意识产生之前,婴儿同母亲的伦理联系表现为以母亲为对象的吸吮反射和寻乳反射,而这正是婴儿语言生成的伦理基础。

反射(reflex)是机体受到内在或外在刺激产生的有规律反应,可分为先天性反射和后天习得性反射两种,通常称为非条件反射和条件反射。早在17世纪中叶,法国学者笛卡尔就观察到角膜受到机械性刺激引起规律性的眨眼反应,提出反射的概念。19世纪,英国的谢灵顿等科学家研究了脊髓和脑干的反射功能,阐明了反射活动的许多基本规律。1863年,俄国生理学家谢切诺夫发现了中枢抑制现象,提出新的反射学说。在《脑的反射》一书中,他认为就发生机制而论,一切有意识的和无意识的活动都是反射。他认为,反射是神经活动的基本规律,即使最复杂的心理现象也可以用生理学的方法进行研究。

反射是有机体在中枢神经系统参与下对外界刺激做出的规律性反应,是神经系统活动的基本方式。无论是人还是高等动物,一切心理活动、行为以及生理活动都是通过反射实现的。对于婴儿来说,吸吮反射(sucking reflex)是哺乳动物及人类婴儿先天具有的反射之一,是新生儿无条件反射的一种。当用乳头或手指触碰婴儿的口唇时,婴儿会相应出现口唇及舌的吸吮蠕动,这种吸吮动作称为吸吮反射。婴儿出生后3—4个月后,吸吮动作逐渐被主动的进食动作所代替。寻乳反射(rooting reflex)也是婴儿无条件反射的一种。当婴儿的脸颊触碰到母亲乳房或其他部位时,即可出现寻找乳头的动作。如果用手指抚摸新生儿的面颊,婴儿的头就会转向刺激方向。寻乳反射在婴儿出生后即出现,到了3—4个月时逐渐消失,婴儿的寻乳本能反射被有意识寻找食物所取代。

在婴儿的自我意识形成之前，婴儿通过吸吮反射和寻乳反射得以生存。婴儿的吸吮反射是生存本能的反应，婴儿的寻乳反射既是生存的本能反应，也是伦理的需要反应。寻乳反应在本质上是婴儿的寻母反应。寻乳是出于生存本能，寻母是出于伦理需要。婴儿为了寻乳，就必须寻母，而寻母是为了寻乳，寻乳则是为了生存。

初生的婴儿缺乏生存能力，通过啼哭的方法寻乳和寻母，以及寻求帮助。啼哭是婴儿的一种发声运动。通过啼哭，婴儿的呼吸、吸吮和吞咽反射得到训练，发音器官逐渐发育成熟，为人类高级语言的出现奠定物质基础。婴儿的哭声是发音器官发生作用的表现，在高级语言出现之前，它是婴儿寻乳和寻母的语言表达，更是婴儿寻乳和寻母的伦理表达。

关于语言的生成，达尔文注意到了声音对于语言的意义，并从声音的产生寻找对语言的解释。他企图利用低等动物通过声音传递信息的例证来说明人类语言的起源。他指出，巴拉圭的阿札腊氏泣猴至少能够通过 6 种以上的声音表达不同感情，狗能够通过 10 种以上的不同叫声表达不同的情感，家养的鸡至少能发出 12 种有意义的声音。达尔文认为，禽兽遇到危险时能用特殊的叫声向其他同类发出警告，于是他据此提出语言起源的假设。他说："那末我们就不妨问一下：在当初，会不会有过某一只类似猿猴的动物，特别的腹智心灵，对某一种猛兽的叫声，如狮吼、虎啸、狼嗥之类，第一次做了一番模拟，为的是好让同类的猿猴知道，这种声音是怎么一回事，代表着可能发生的甚么一种危险？如果有过这种情况，那末这就是语言所由形成的第一步了。"[①]

禽兽对声音的模仿虽然可以启发我们的思考，但并不能真正

---

① 达尔文：《人类的由来》，潘光旦、胡寿文译，商务印书馆，1997 年，第 130 页。

解释人类语言起源的问题。因此，达尔文强调人的语言能力与完善的发音器官之间的联系，强调人的大脑的作用。他说："喉音的使用既然越来越多，则通过凡属器官多用则进、而所进又可以发生遗传的影响这一原理，发音器官就会变得越来越加强，并且趋于完善；这也就会反映到语言的能力上面来。但语言的不断使用与脑子的发展之间的关系无疑地比这远为重要得多。"①达尔文强调遗传和进化在语言生成中的作用，尽管后来也有不少语言学家坚持这种观点，但是用来解释语言的起源仍然差强人意。事实上，遗传和进化只能作用于人的大脑，可以让人的大脑变得更加完美。大脑可以进化出掌握和运用语言的能力，但是语言并非是从遗传和进化而来。这就如同许多人体器官都是进化而来，但是人体器官所发挥的作用既不是进化的，也不是遗传的。例如，人进化出完美的发音器官，但是发出的声音并非从进化和遗传而来。人进化出完美的听觉器官，但是听到的声音并非从进化和遗传而来。

关于发音器官同语言的关系，前者只是发出声音的工具，后者则是伦理表达。工具的使用以及如何使用是伦理问题。由于寻母的伦理动力，婴儿最早发出的声音都是同妈妈和爸爸联系在一起的。婴儿长成儿童，其语言是在以妈妈和爸爸为核心的伦理基础上扩展和丰富的。如果缺少了伦理动力，婴儿即使有了发达的发音器官，也可能发不出人类的声音，而只能发出野兽的嚎叫。

一般认为，语言的能力是人区别于低等动物的一个主要标志。但是达尔文认为，人有别于禽兽并不在于人能理解有音节的各种声音，因为狗也懂得我们说的许多字眼和语句。他说："狗的理解力大致相当于婴儿发育到第十个以至第十二个月之间的理解

---

① 达尔文：《人类的由来》，潘光旦、胡寿文译，商务印书馆，1997年，第130页。

力,能听懂许多字眼和简短的语句,自己却连一个字或词都说不出来。"① 因此,达尔文把人与其他动物的差别归结到人把各式各样的声音和各式各样的意念连接在一起的本领特别大,以及各种心理能力的高度发达。

达尔文把人的语言能力同人的智力水准相联系,认为人之所以能够说话,是由人发达的智力决定的。他说:"高等猿猴之所以不能用它们的发音器官来说话,无疑是由于它们的智力还没有进展到足够的程度。"② 只有智力高度发达,人才能通过学习和训练创造出语言。正如鸟儿表达某些具体意义的叫声是由它们的父母教出来的一样,人类的语言也不是有人故意创造出来的,"而是慢慢地、不自觉地、通过了许多步骤发展起来的"③。在达尔文看来,小鸟歌唱的第一次尝试可以和婴儿牙牙学语的初步而不完整的努力相比。小鸟只要不断坚持练习,不但能学会歌唱,而且能把歌唱的本领传给下一代。

但是,也有学者把语言的生成看成一个生理学问题。例如,平克同乔姆斯基一样,认为写作是后天的选择,口头语言(spoken language)是"我们从小就习得的说话能力","是一种本能"。④ 在平克看来,人能够拥有语言的能力是一个奇迹,因此"语言的学习是我们大脑中预先设定的一个特别控制",是一个"心理的器官"(psychological faculty),是一个神经系统,是一个计算的模块(computational module)。

---

① 达尔文:《人类的由来》,潘光旦、胡寿文译,商务印书馆,1997年,第127页。
② 达尔文:《人类的由来》,潘光旦、胡寿文译,商务印书馆,1997年,第132页。
③ 达尔文:《人类的由来》,潘光旦、胡寿文译,商务印书馆,1997年,第128页。
④ 史迪芬·平克:《语言本能——探索人类语言进化的奥秘》,洪兰译,汕头大学出版社,2004年,第22页。

无论是达尔文、乔姆斯基还是平克,甚至包括大多数语言学家在内,他们都存在一个同样的问题,即在语言定义不清的前提下讨论语言,所以才会产生语言是习得的还是天生的问题。一般而言,大多数语言学家把语言看成口头说的话,或者认为口头说的话即为语言。这正是关于语言定义的误区所在。对于所有的语言学家来说,无论是坚持语言是习得的还是遗传的人,实际上都认为有一种先在的语言。正是因为这种先在的语言,人才能习得语言或者天生获得语言。几乎所有的人都认为有这种语言存在,但这种语言时隐时现,若有若无,因而无法把握,难以定义,只能设为假说。

语言的定义问题未能解决,究其原因,是我们没有把语言同脑文本①、文字、文本、符号、声音等相互区别开来。不仅没有区别开来,我们在讨论有关语言问题时甚至把语言同文字、符号、文本等混为一谈,语言有时指文字或符号,有时指文本,而事实上它们是根本不同的。尽管如此,语言假说让我们认识到需要改变思路重新认识语言。我们无须致力于寻找先在的语言,而应致力于解释语言是如何生成的。

事实上,语言并非天生的,也非先在的,而是生成的。语言并非是一种实体(Entity),而只是一种状态。语言在生成之前并不存在。在语言生成之前,我们只有保存思想的脑文本的存在,但是脑文本并不是语言。不过脑文本一旦转换为声音形态,就成为生成的语言。脑文本转换为声音形态的过程,就是语言的生成过程。因此,语言不是先在的,而是实时生成的。例如,诗歌朗诵者把记忆在头脑中的诗歌通过口头朗诵出来,记忆的诗歌就转换成了声音形态,这就是语言,或者说是生成的语言。当两个人一起通过口

---

① 聂珍钊:《脑文本和脑概念的形成机制与文学伦理学批评》,《外国文学研究》2017 年第 5 期,第 26—34 页。

头进行交流,这个交流的过程就是语言生成的过程,交流中使用的能够表达意义的声音即为语言。一位诗人手执预先写好的诗稿进行朗诵,他通过口头表达把书写的诗稿转换成声音形态,这时就从诗人的朗诵中生成了语言,而他手中的诗稿仍然是书写文本。因此,一切符号、文本等都可以通过声音转换成语言。从中可以看出,语言并非是预先存在的,而是通过口头表达的方法实时生成的。当任何文本或符号通过口头表达方法将其转换成声音形态,这时候文本或符号就变成语言。由此可见,语言是借助人的发音器官即时生成的。

在讨论语言的定义时,我们需要充分认识语言的声音形态的重要性。由于发音器官能够发出声音,语言才能生成,才能借助空气等媒介传播。声音既是语言的形式,也是语言的媒介。人的脑文本需要借助声音才能转换成语言。如果没有声音和人的发音器官,语言就无法生成,更不能传播。

声音形态和实时生成是语言的两大本质特征。正是由于语言的这两个本质特征,我们才能认识语言,才能从本质上把莫衷一是的语言定义厘清,才能把混淆不清的语言、符号、文字、文本等概念区别开来。

长期以来,语言和文字、文本并没有真正区别开来,其原因就在于忽视了语言、符号、文字与文本的载体的不同,尤其是忽视了语言实时生成的特点。达尔文是最早从进化论观点研究语言的人,但他同样忽视了语言的上述两个基本特点。达尔文认为语言尽管不是有人故意创造出来的而是"慢慢地、不自觉地、通过许多步骤发展起来的",但语言仍然是先在的,"每一种语言都得经过学习才能使用"[①]。达尔文把不同的语言和物种联系起来进行类比,

---

① 达尔文:《人类的由来》,潘光旦、胡寿文译,商务印书馆,1997年,第128页。

探讨语言的形成和发展,发现"在各种不同的语言之中,既可以发现由于共同的来源或祖系的原因而产生的同源的东西,也可以找到由于相同的形成过程而产生的可以类比的地方"①。达尔文认为,"在语言方面,由于一些字母或读音的改变而引起的其他字母或读音的变迁是和物种方面的身体部门的相关生长很相像的"②。所有这些看法表明,达尔文不仅看到了语言以声音体现出来的本质特征,也看到了语言以字母为存在形式的另一特点。但遗憾的是,他没有把以声音为特点的语言和以符号为特点的文字或文本区别开来,因此他仍然未能把语言的问题解释清楚。

并非达尔文忽视了语言的声音载体和实时生成的特点,可以说大多数语言学家都同达尔文一样,并没有从传统的语言概念的束缚中解脱出来。即使语言学家注意到了语言同声音的联系,但是他们往往把声音看成语言符号,而不是看成语言的载体,更不是把声音看成文本生成的语言的形态。也正是这个原因,史迪芬·平克把语言看成一种本能,本杰明·沃尔夫在《原始社群思维的语言学考察》的演讲中把语言看成"某种内部结构特别紧密的文化现象聚合体"③。但是他也认识到,在严格的语言现象之下,"语言是由声波构成的物理、声学现象层面"④。其实,他已经从声波接近找到了"芝麻开门"这句解开语言之谜的咒语,但遗憾的是他没有把那扇正确的门打开。

在众多语言学家中,德里达是那个通过研究文字最接近解释

---

① 达尔文:《人类的由来》,潘光旦、胡寿文译,商务印书馆,1997年,第133页。
② 达尔文:《人类的由来》,潘光旦、胡寿文译,商务印书馆,1997年,第133页。
③ 本杰明·沃尔夫:《论语言、思维和现实:沃尔夫文集》,高一虹等译,湖南教育出版社,2001年,第35页。
④ 本杰明·沃尔夫:《论语言、思维和现实:沃尔夫文集》,高一虹等译,湖南教育出版社,2001年,第253页。

语言真相的人。他认为文字概念开始超出语言的范围,"从任何意识上说,'文字'一词都包含语言"①。所以他说:"我们所说的语言就其起源和目的而言,似乎只会成为文字的一种要素,一种基本的确定形式,一种现象,一个方面,一个种类。"②德里达认识到文字概念的重要性已经超越了语言的概念,找到了从文字解释语言的新途径。不过遗憾的是,他仍然没有从符号学的影响中摆脱出来,所以最终还是不能正确解释语言。当然,也有人把语言看成一种社会现象,看成一种符号,看成交际的工具,但是这些观点从根本上说同样没有对语言的本质及形态做出解释。

从声音形态解释语言,可以发现,被我们称为语言的口头表达只是一种方法,或者说某种我们以为是语言的东西被我们用发音器官表达出来了。现在的问题是,被我们用发音器官表达的东西是语言吗?显然不是。我们需要把口头表达或表达的过程同表达的内容分别开来。口头表达的内容不是语言,而是保存在我们大脑中的脑文本,而发音器官通过声音把脑文本表达出来的过程就是语言生成的过程,脑文本通过口头表达出来即生成语言。这个语言是实时生成的,它存在于声音的转换过程中。当这个转换过程结束,除非用文字或其他方法记录并保存下来,否则语言也就随着转换过程的结束而消失了。由此可见,语言只是脑文本的声音形态,它只是作为声音形态存在于发音器官的运动中。

四、语言的生成伦理

在语言学研究历史上,长期以来存在一种探寻语言起源的倾

---

① 雅克·德里达:《论文字学》,汪堂家译,上海译文出版社,1999年,第8页。
② 雅克·德里达:《论文字学》,汪堂家译,上海译文出版社,1999年,第10页。

向,众多学者为此付出了巨大努力,也形成了不少观点,但由于缺乏让人信服的支撑证据,这些观点只能成为假说。研究语言产生的源头,探讨语言是何时何地以及怎样产生的,几乎都把语言作为先前存在的前提。由于有这种语言存在,所以才去寻找它的源头,研究语言的历史。显然,这是对语言认知的误区,即把实时生成的语言当成了语言的客观存在,把实时生成的语言表达误作了早已存在的语言再现。

正是语言早已客观存在的观点,才吸引了众多学者去追寻语言的源头,讨论语言是何时何地产生的。长期以来,会说话被看成人与动物之间的区别,而人说的话就自然而然地被看成了语言。

手势、身体动作、表情、符号等,都能够像声音即语言一样表达意义,或者表达同声音所表达的一样的意义。这说明,手势、动作、符号及声音都是表达意义的方法,意义与手势、动作、表情、符号、声音等都是完全不同的概念,因而我们不能把声音抽取出来当作早已存在的语言。

卢梭通过文字论证语言。他说:"对语言加以比较,并确定它们古老程度的另一种方式,是考察它们各自的文字,因为语言的年龄与其文字的完美程度成反比。一种文字,它越是简陋,它的语言就越古老。"[①]

卢梭还指出了一个往往被人忽视了的真理,即"文字的最初形式并不表达声音,而是要么像墨西哥人那样,直接描绘对象;要么像埃及人那样,以抽象的想象来描绘对象"[②]。的确如此,最早的文

---

① 卢梭:《论语言的起源兼论旋律与音乐的模仿》,吴克峰、胡涛译,北京出版社,2010年,第22页。
② 卢梭:《论语言的起源兼论旋律与音乐的模仿》,吴克峰、胡涛译,北京出版社,2010年,第22页。

字无论是图画文字还是象形文字,都只同人的视觉发生联系而同声音无关,只是拼音字母的出现,字母或符号才同发音直接联系在一起。这从另一个方面说明了文字从起源上说同语言没有联系,也说明语言同文字是完全不同的两回事。

  人为什么会以及能说话,这是因为人有其特殊的发音器官,同时,人能说话是因为有伦理表达的需要。语言究竟是怎样产生的?卢梭认为在艰苦的大自然环境中,"人们之间的情感如怜悯、同情等不能把人们在更大范围内联合在一起的时候,相互的需要就在更大的范围内把人们联合在了一起。社会只有通过劳动才能最终形成。而随时都会死亡的危险不会允许将语言限定在手势上,于是,我们的祖先说出的第一句话不是'爱我'(aimez-moi),而是'帮帮我'(aidez-moi)"①。在卢梭看来,这就是因为需要而产生的最早的语言,这就是语言的产生。

  但是,卢梭也认为仅仅出于本能的需要我们可能永远都产生不出语言来,又指出"是情感而不是需要催生了语言"②。他反对"人类发明语言乃是为了表达他们的需要"的观点,推断"应该是生存的需要产生了人类的第一个手势,也应该是激情催生了人类的第一句话语"③。卢梭认为:"语言起源于人类的精神需要,起源于人类的激情。"④他认为"是基于激情的人类的社会生活和需要产生

---

  ① 卢梭:《论语言的起源兼论旋律与音乐的模仿》,吴克峰、胡涛译,北京出版社,2010年,第69页。
  ② 卢梭:《论语言的起源兼论旋律与音乐的模仿》,吴克峰、胡涛译,北京出版社,2010年,第12页。
  ③ 卢梭:《论语言的起源兼论旋律与音乐的模仿》,吴克峰、胡涛译,北京出版社,2010年,第12页。
  ④ 卢梭:《论语言的起源兼论旋律与音乐的模仿》,吴克峰、胡涛译,北京出版社,2010年,第12页。

了语言"①。事实上的确如此。从婴儿的寻母本能上也可以看出,语言同人的本能并非没有联系。语言从人的本能上说就是伦理决定了语言的生成。

同卢梭相比,赫尔德有所不同。他不仅把人类最初原始的喊叫归结为语言的起源,还说:"当人还是动物的时候,就已经有了语言。他的肉体的所有最强烈的、痛苦的感受,他的心灵的所有激昂的热情,都直接通过喊叫、声调、粗野而含糊的声音表达出来。"②他认为在大自然面前人和动物都是弱小的,他们要把每一种感受用声音表达出来。因此,"这类呻吟,这类声音,便是语言"③。由于人和动物的感觉是一样的,因此"语言最初为人和动物共享"④。

赫尔德认为语言出于人的心智,"当人处在他所独有的悟性状态之中,而这一悟性(思考能力)初次自由地发挥了作用,他就发明了语言"⑤。他认为是人类种属固有的悟性发明了语言。赫尔德的悟性同笛卡尔的"天赋观念"和康德的"先验范畴"类似,是一种人内心产生观念的自然禀赋。当一个人能够清晰明确地认识事物的所有特性,继而在对这些特性进行确认中形成了概念,这就是心灵的词。他以羊的叫声为例说明语言的发明。当羊的叫声在人的心灵中形成概念,词语产生了。当记忆能过这个词语认出声音的时候,于是语言就发明了。不过心灵发明的语言是什么,尽管赫尔德做出不少解释,但我们仍然不明所以。

关于语言以及语言是如何产生的所导致的不同观点,究其原

---

① 卢梭:《论语言的起源兼论旋律与音乐的模仿》,吴克峰、胡涛译,北京出版社,2010年,第22页。
② J.G.赫尔德:《论语言的起源》,姚小平译,商务印书馆,1998年,第2页。
③ J.G.赫尔德:《论语言的起源》,姚小平译,商务印书馆,1998年,第3页。
④ J.G.赫尔德:《论语言的起源》,姚小平译,商务印书馆,1998年,第3页。
⑤ J.G.赫尔德:《论语言的起源》,姚小平译,商务印书馆,1998年,第26页。

因,是研究家们没有充分注意到发出声音的主体对语言的价值,以及人的发声与其他动物发声的区别,忽视了语言仅仅是就人而言的,是指人的语言,而不是只要通过发音器官发出的声音就可纳入语言的概念中进行讨论。由于非人的动物也能够通过发音器官发出表达意义的声音并利用声音进行交流,所以我们不反对把非人的动物的声音用于研究人类语言的参考,但人类的语言同动物界的声音有着本质的区别,不能混为一谈。尤其不能因为有着某些声音的共同点,我们就把非人的动物的声音看成与人有联系的语言。其实,在著名的《动物的语言》那本书中,斯蒂芬·哈特通过对不同动物交流方法的研究指明了我们研究语言的一个误区,那就是"我们总是用人类语言考虑动物间的交流,我们趋于用人类语言为'标准'去度量动物交流的方式"[①]。一切生物都需要表达,也需要交流。表达和交流的方法是多种多样的,通过发音器官发出声音进行表达和交流只是其中一种,或者说是其中最基本的或最重要的一种,但不是全部。例如,其他动物如猩猩和猿猴也能够发出声音,它们的声音虽然也能表达意义并通过声音进行交流,但声音的性质并不是语言。所以,讨论有关语言的问题,只能以人以及人发出的声音为前提,应该严格限定在人这个语言主体以及人的发音器官的范围之内,其他动物发出的声音只能作为参照而要排除在语言之外,至少要排除在人的语言之外。

语言不是客观存在的,而是实时生成的。语言不是物质,而是一种发声现象。语言不是工具,而是表达思想和进行交流的方法。语言就像天空中的一道闪电带来的雷声,一粒石子扔进水里发出

---

① 斯蒂芬·哈特:《动物的语言》,朱江、周郑等译,中国青年出版社,1998年,第121页。

声响，火车进站拉响的汽笛，汽车提醒路人的喇叭，发报机发报时发出的嘀嗒声。这些声音都能表达意义，但它们都不是预先存在的，而是实时生成的。生成的过程结束了，声音也就消失了。如果需要它们，就再次生成它们。语言与这些现象相比没有什么不同。我们需要语言时，就生成语言。语言并不是预先存放在某个地方，也没有所谓的存放语言的仓库。我们需要语言时并不是从语言仓库中去提取，而是通过发音器官自我生成。

语言是在发声过程中生成的，并以声音形态表现出来。在记录声音的科技设备如录音机发明之前，声音是不能以其原始形态保存的，因此生成的语言也就无法保存下来。但是以声音形态表现出来的语言可以用书写符号记录下来，将语言转换成书写文本。

由于语言是实时生成的，因此语言就没有源头。长期以来，我们研究语言的源头、语言是如何起源的，以及语言是何时产生的等问题，把我们引向了歧途，所以我们努力了几个世纪也无法看见语言源头的曙光。

我们需要充分认识到一个事实，即语言在现实中是作为现象存在的，而不是作为实体存在的，更不是作为工具存在的。我们耗费巨大的精力去寻找事实上并不存在的语言实体，费尽了心力，收效甚微。但是这种寻找语言源头的研究仍然给我们带来重要启示，让我们另辟蹊径转而研究语言的生成。我们知道语言是实时生成的，但是我们并不完全清楚语言的生成机制，忽视了与人这个主体相关的语言生成伦理。

人是语言生成的主体。除了人之外，其他任何动物或生物都不能成为语言的主体。动物也拥有发音器官，也能够通过发音器官发出表达某种意义的声音，但是由于不能像人的发音器官一样发育及发出高低起伏、抑扬顿挫的复杂声音，因而也就失去了生成语言的物质条件。动物的发声同婴儿的低级语言类似,但不可能发展为高级语言,即真正的人的语言。

由于我们没有把能够生成语言的人同其他也能发出声音的动物区别开来,因而我们有些人热衷于通过研究其他动物的发音来研究人的语言。显然,这些研究除了证明其他动物也能发出有意义的声音之外,并不能证明其他动物也能够生成语言。赫尔德把语言产生的原因归于"悟性",并认为由于缺少"悟性",猴子永远是猴子而不会发明语言。赫尔德还发问说:"有没有一只猩猩,用它那种像人一样的发音器官说出过一个人类语言的词呢?"[①]的确没有。狐狸可以发声,却无法生成语言,猩猩也可以发出声音,但同样无法生成语言。许多其他动物受到某种刺激也能够发出声音,但这些声音都不是语言。狐狸或猩猩除了缺少像人一样完善的发音器官外,还缺少赫尔德所说的"悟性",缺少人所特有的、内在的伦理驱动以及在伦理驱动下形成的脑文本。因此,狐狸或猩猩的发声能力永远保持在低级语言的水准上,永远不能掌握人的语言。

动物中的八哥和鹦鹉尽管也能够通过模仿发出类似人的语言的声音,但它们本身因为不是能够说人话的主体所以不能生成语言。即使这些聪明的鸟经过训练能够把人说话的声音模仿得惟妙惟肖,但这种模仿不是从脑文本转化而来,所以也没有语言的伦理属性。赫尔德说动物是感觉的生物,那么人则是伦理的动物。人由于受到表达痛苦、快乐、欲望、满足等伦理情感的驱动,能够生成语言表达情感、传递信息,交流思想,因此人的语言就有了伦理的基本属性。

人类学家通过对旧石器时代人类遗迹的研究得出结论,认为

---

① J.G.赫尔德:《论语言的起源》,姚小平译,商务印书馆,1998年,第34页。

我们的人类祖先大约在 30 万年前开始说话，大多数人认为人类的原始语言源于对大自然声音的模仿。在我们无法通过证据说明语言的起源时，语言学家只能通过提出种种假设探索语言的源头。我们可能假设的是一个现实中并非真正存在的问题，一个把我们引向了歧途的不可证伪的命题。我们根本无法研究语言是何时、何处以及如何起源的问题，就如同无法研究蒸汽、雪花、露珠、白云是何时、何处以及如何起源的问题一样。即使讨论语言如何起源的问题，也会因为起源涉及语言出现的最早源头而同样不可讨论。但是，我们可以讨论语言的生成就是语言的形成，这是一个不涉及语言源头的可以讨论的问题。

前面已经提到，语言的生成就是脑文本的声音转换，当脑文本借助人的发音器官转换成声音时，语言就生成了。但是，语言是怎样生成的？语言生成的动力是什么？这仍然是需要讨论加以解决的问题。

关于语言是如何生成的问题，重点在于回答声音为什么能够表达意义的问题。从婴儿的口头表达中我们可以得到有用的启示，那就是语言是同身份确认和自我选择联系在一起的。当婴儿在生存本能驱动下出现的寻乳反射以及出现的哭声，都是同特定的伦理对象母亲联系在一起的。婴儿牙牙学语的动力最初就是来自寻乳的伦理需要。婴儿最初的口头表达，就是对自我、同自我不可分离的父母的身份确认，以及在同父母的关系中进行自我选择。就语言的表达而言，首先是自我表达以及对父母的确认。随着婴儿的成长和表达的丰富，婴幼儿的口头表达从自我身份确认和对父母身份的确认开始逐渐扩大到家庭其他成员以及亲属，然后才扩大到社会。由此可见，婴儿的认知和语言生成是以伦理为基础的。

所有口头表达都是从父母以及我、你、他为伦理核心发展起来的。在这种利益关系紧密结合在一起的亲属关系中,责任、义务、感激、同情、良心等意识随之出现,道德观念产生,人变成了道德的人。由此可见,父母以及我、你、他不仅是口头表达的伦理基础,也是认知的伦理基础。所有婴儿的认知无一例外都是从对父母的认知开始的,对父母的口头表达是婴儿对父母身份的确认。在认知上一片空白并且没有语言的婴儿,无论他们属于什么民族,无论他们的父母掌握何种语言,都可以从中找到用相同的发音如mama、mommy、papa、dady等称呼父母的例子。据《新科学家》(*New Scientist*)杂志报道,法国语言学和史前人类学研究联合会的科学家对"爸爸"一词进行了考察,发现在人类现存的14个主要语系中基本上都存在这个词,在目前约70%的人类语言中"爸爸"的词意相同。

婴儿最早发出"妈妈"和"爸爸"的声音有其生物学基础。婴儿出生时的发音方式是开口啼哭,发出自然长音"a",吸吮母乳时由于口腔封闭,气流经由鼻腔冲出发出"m",啼哭时由于打开口腔气流从嘴巴冲出发出"p",因此婴儿与生俱来就能发出两种组合音"ma"和"pa"。由于婴儿的生存离不开父母抚养以及父母对婴儿发声表达的诱导,婴儿最早的以"ma"和"pa"为特征的发音就自然而然地在母亲和父亲之间形成强关联,并在有意或无意中指称妈妈和爸爸。所有婴儿最早能够发出指代明确的"妈妈"和"爸爸"的声音,他们的口头表达无一例外都是从对父母的称呼开始,这不是说明所有的语言都有共同的源头,而是说明伦理是所有语言生成的基础。

婴儿在长大成人的过程中,始终在以家庭为基础的伦理环境中生活与成长。随着婴儿长大成为儿童,认知能力迅速增强,不但能够经由自己的视觉器官和听觉器官将父母的形象以概念形式保存在大脑中，而且能够通过思维将脑概念编辑和组合成脑文本。也正是因为脑文本的存在，逐渐长大的儿童能够通过自己日益完善的发音器官将脑文本转换成声音形态，生成所谓的语言。在语言的生成过程中，可以发现婴儿最初的发音完全是出于生存本能，但是当婴儿能够有意识地通过声音指称父母的时候，婴儿的脑文本已经开始形成，语言也就能够生成了。

（原载于《外国文学研究》2020 年第 3 期）

哈代的小说创作与达尔文主义

在影响19世纪文学的科学著作中,最重要的莫过于达尔文的《物种起源》了。在这部伟大的科学著作中,达尔文通过对生物学的研究,阐述了他的进化学说,即我们常说的达尔文主义。广义地说,达尔文主义还包括当时其他一些进化论思想家的著作,如斯宾塞和赫胥黎的著作。达尔文的进化论冲破了支配生物学的"上帝创世说"的精神枷锁,彻底地击毁了科学思想界中的宗教统治,开辟了自然史上的一个新纪元。进化论的影响又远远超越了生物科学本身,它把人们对世界的认识从神创论和形而上学的束缚中解脱出来,突破了宗教神学宇宙观的禁锢,因此这一学说又成为推动人类社会进步的一个巨大动力。进化论不仅推动了19世纪自然科学的发展,也深刻影响了文学和艺术领域的创作。19世纪后半期走上文坛的托马斯·哈代的思想和创作,就是深受达尔文思想影响的一个范例。

哈代生于1840年,1871年开始发表作品。在哈代发表作品的12年前,即1859年,达尔文的《物种起源》出版。正如哈代自己所说,从青年时代开始,他就崇拜达尔文,受到达尔文进化论的影响,"是《物种起源》的最早的拥护者之一"[①]。其后,他又开始研究孔

[①] Florence Emily Hardy, *The Life of Thomas Hardy*, Macmillan, London, 1933, Vol. I, p. 198.

德、赫胥黎、休谟、穆勒、边沁、叔本华等人的哲学,迷恋实证主义和意志学说。1882 年 4 月 26 日,哈代出席了达尔文的葬礼。在 1911 年和 1924 年,哈代两次列出对他的思想产生过重大影响的人物名单,他们是达尔文、赫胥黎、斯宾塞、休谟、穆勒等。① 从这份名单可以看出,哈代最先列出的人物就是达尔文和其他进化论者。哈代一生所受的影响是多方面的,但在哈代的全部创作和思想发展过程中,进化论都贯穿始终,是哈代的社会观念、伦理道德观念和文艺思想的基础。

在哈代的时代,丹麦哲学家哈拉尔德·霍夫丁教授的《当代哲学史》是一部影响广泛的著作。从哈代关于这部著作的读书笔记里,可以看出哈代对黑格尔、叔本华、孔德、达尔文、斯宾塞等重要思想家的熟悉程度。② 哈代曾在一封信中写道:"我的作品同达尔文、赫胥黎、斯宾塞、孔德、休谟、穆勒等人的思想是一致的,我读这些人的著作比读叔本华的著作多。"③早在哈代写作后来并未出版的小说《穷人和小姐》之前,哈代已读过达尔文的《物种起源》和《随笔和评论》(1860)两本著作,并接受了达尔文进化论的影响。1887 年,弗朗西斯·达尔文编辑的《查理斯·达尔文的生平与书信》出版。从哈代的读书笔记可以看出,哈代很快就开始阅读这部著作,并从这部著作中至少摘录了 7 条笔记。1888 年 2 月,哈代曾经推荐牧师 A.B.格罗萨特博士阅读刚出版的《达尔文传》,阅读赫伯

---

① 波特·R.英顿:《〈德伯家的苔丝〉:新达尔文主义解读》,《南方评论》,(Adelaide),Ⅶ,1974 年,第 50 页。

② Lennart Björk (ed.), *The Literary Notes of Thomas Hardy*, Göteborg, 1974, Vol. 1, p. 87.

③ Walter F.Wright, *The Shaping of the Dynasts: A Study in Thomas Hardy*, Lincoln, Nebr., 1967, p. 38.

特·斯宾塞和其他不可知论者的著作。① 在研读其他学者有关达尔文理论的著作时,如 L.斯蒂芬的《历史哲学》和《文学中的道德问题》,哈代也特别注意摘录与达尔文有关的内容。② 从哈代的文学笔记中可以发现,哈代十分重视阅读与达尔文有关的论著。哈代不仅仔细阅读,还认真做了摘录。即使到了 20 世纪,哈代对达尔文主义的热情仍然不减当年。如 1926 年,《泰晤士报·文学副刊》刊登了一篇名为《处于十字路口的人类》的文章,哈代不仅对这篇有关达尔文的文章认真阅读,还大量摘录了文中评论《物种起源》一书的内容。③ 萧伯纳关于达尔文主义的论述,也在哈代阅读的范围之内。这一切表明,达尔文对于哈代的思想的影响是十分深刻的、长期的。

进化观念是一种普遍的时代精神,带有 19 世纪特别是 19 世纪下半叶的色彩。因此,达尔文主义实际上是指包括其他进化论者的思想在内的学说,而哈代所受达尔文主义的影响也就不仅包括达尔文本人,它还包括其他进化论者如斯宾塞、赫胥黎等学者的影响。

早在 1859 年达尔文的《物种起源》一书出版之前 7 年,社会学家斯宾塞就提出了社会进化的思想,认为进化是一个普遍的规律。他首次提出"进化"和"适者生存"的概念,系统地阐述了他的进化论的基本内容。斯宾塞虽然比达尔文更早提出进化的思想,但仍然受到达尔文生物进化论的影响,并将生存竞争、自然选择的原则移植到社会理论之中。他认为,社会的进化过程同生物进化过程

---

① Florence Emily Hardy, *The Life of Thomas Hardy*, Macmillan, London, 1933, Vol. I, p. 269.
② Lennart Björk (ed.), *The Literary Notes of Thomas Hardy*, Göteborg, 1974, Vol.1, p. 137.
③ Lennart Björk (ed.), *The Literary Notes of Thomas Hardy*, Göteborg, 1974, Vol.2, pp.231-237.

一样,也是优胜劣汰、适者生存,生物界生存竞争的原则在人类社会里也起着支配作用。这种思想后来被哈代用来说明他在小说中所描写的威塞克斯农村社会毁灭的过程。斯宾塞在承认达尔文的"自然选择"在进化过程中的重要意义的同时,还强调拉马克的获得性遗传理论,而这种理论在创作中也被哈代加以运用,如《德伯家的苔丝》中造成苔丝不幸的遗传因素。后来,斯宾塞又把英国传统的功利主义同适者生存的进化论结合起来,创立了进化论伦理学,而这种学说对哈代的影响同样是十分深刻的,常常被哈代用来解决小说主人公遇到的道德问题。

《生物学原理》一书是斯宾塞论述进化理论的著作,哈代对这部书所做的摘录达 15 条之多。哈代在《列王》中使用的"第一原则"的概念,就来自斯宾塞的著作。哈代在写给利恩·米尔曼的信中,曾谈到了斯宾塞的"第一原则"问题。哈代说,斯宾塞的《第一项原则》"影响或曾经影响了我"。① 在哈代于 1916 年写给高尔斯华绥的信中,也可以找到哈代受到斯宾塞进化思想影响的证据。② 哈代阅读斯宾塞著作的文学笔记表明,除了有关科学的起源、论进化思想等内容的科学著作外,哈代还阅读了斯宾塞的社会学著作,如《社会原理》《心理学原理》等,而这一切都对哈代的思想产生了深刻的影响。

哈代所受进化论思想的影响还来自赫胥黎的著作。赫胥黎是达尔文主义的维护者和宣传者,他根据自己研究古生物学和古人类学的成果,粉碎了牛津大学主教 S.威尔伯福斯对达尔文进化论

---

① Richard Little Purdy and Michael Millgate, eds., *The Collected Letters of Thomas Hardy*, 2, Oxford, 1962, pp. 24 - 25.
② H. V. Marrot, *The Life and Letters of John Galsworthy*, London, 1935, pp. 752 - 753.

的进攻和污蔑,提出"人猿共祖"的人类起源学说。他的主要著作有《人类在自然界的位置》(1863)、《论文和评论》(1870)、《科学与文化》(1881)、《进化论与伦理学》(1894)等。从1878年开始,"随着对赫胥黎的了解的加深,哈代越来越喜爱他"。[①] 哈代尤其赞赏赫胥黎对当代宗教讨论做出的贡献。哈代阅读了E.克洛德的《赫胥黎传》以后,在一封信中评论了赫胥黎的神学思想。[②] 哈代在他的笔记、书信和其他地方多次提到他所受到的赫胥黎的影响。哈代不仅阅读了赫胥黎的著作,还认真做了许多摘录,如对赫胥黎的论文《〈物种起源〉的时代正在到来》《科学的与伪科学的现实主义》《科学与道德》《休谟与贝克莱研究》的研读。在小说《德伯家的苔丝》中,哈代还写了女主人公苔丝通过安琪儿·克莱尔吸收了赫胥黎的思想。哈代在小说中写苔丝在向德伯说明自己的宗教信仰时,承认她自己接受了克莱尔的思想。她大段地复述克莱尔的言论,而对她复述的言论,哈代在作品中评价说:"在上至《哲学辞典》(*Dictionary Philosophique*)下至赫胥黎的《论文集》(*Essays*)里,都可以找出许多同这段话相似的话来。"[③] 从小说中直接提到赫胥黎的《论文集》(*Essays*)的情节可以看出,哈代受到赫胥黎的影响是十分深刻的。

正是在上述多位思想家的影响下,哈代逐渐接受了达尔文主义,并把它运用于自己的文学创作中。哈代1922年在为《新旧抒情诗集》写作的序言《辩护》(Apology)中表明,他接受了进化的思

---

① Florence Emily Hardy, *The Life of Thomas Hardy*, Macmillan, London, 1933, Vol.I, p. 159.
② Richard Little Purdy and Michael Millgate, eds., *The Collected Letters of Thomas Hardy*, 3, Oxford, 1962, p. 5.
③ 托玛斯·哈代:《德伯家的苔丝》,王忠祥、聂珍钊译,长江文艺出版社,2000年,第435页。

想,这也表明哈代同样接受了与进化理论联系在一起的生存斗争和适者生存的理论。哈代在序言《辩护》中说,他写诗不是为了满足社会的好恶习惯,也不是为了讴歌社会的偶像。他引述他在20年前写的一首诗《在黑暗中》("In Tenebris")里的两句话:"假如有路通往善,就急需要考察恶。"接着哈代又解释了自己的这一思想:"这就是说,通过研究现实,随着观察一步一步获得明确认识,着眼于可能的最好结局:简而言之,就是进化的社会向善论。"①

哈代在为1912年威塞克斯版小说写作的总序中,把他的小说分为三类,其中第一类名为"性格与环境小说",是哈代小说中最主要的部分,除了《德伯家的苔丝》《远离尘嚣》《无名的裘德》《还乡》《卡斯特桥市长》《林地居民》《绿荫下》外,还包括两个短篇小说集。从第一类小说的名称上可以看出,哈代对性格与环境的强调在思想上与达尔文主义是相通的。哈代在总序中还表示出他对万物起源的关注,提到宇宙的科学理论和斯宾塞的影响。

进化论是哈代的宇宙观和世界观的基础,也是他的现实主义的理论基础。哈代对达尔文主义的接受具体体现在他的文学创作中,无论是小说还是诗歌,其创作和艺术构思,都自觉或不自觉地遵循了进化论的思想。

《绿荫下》"是最能体现哈代早期小说主题的作品"②,它以优美的抒情、欢快的幽默、田园的色彩、牧歌的情调为哈代早期一系列小说定下了基调。哈代在对这部小说的情节和人物进行构思时,所遵循的原则就是生物学的进化论。哈代按照四季的变化用冬、

---

① Thomas Hardy, Apology, *Completed Poems of Thomas Hardy*, R. &P. Clark, 1930, pp. 526 - 527.

② 聂珍钊:《托玛斯·哈代小说研究:悲戚而刚毅的艺术家》,华中师范大学出版社,1992年,第49页。

春、夏、秋象征男女主人公的爱情进程,这实际上就是作者用达尔文主义解释社会和生活的一种努力。哈代把大自然的演化、男女主人公的爱情发展同小说中梅尔斯托克乐队的历史命运结合在一起,以此表现传统的威塞克斯农村社会的历史性变迁。在小说中,可以从男女主人公的爱情旋律中感觉到大自然的律动。狄克·杜伊和芳茜·黛在冬天恋爱,播下爱情的种子,经受了严酷的考验;在具有生命活力的春天,爱情的种子开始发芽生长,开放出美丽的花朵;伴随着万物生长和走向成熟的夏季,男女主人公的爱情经受住了时间考验,通过了恋爱中最重要的阶段;当进入收获季节的秋天,男女主人公的爱情也结出了果实。四季轮回,春华秋实,人类社会同自然世界有着相似性。哈代用大自然的规律说明人类社会的规律,表达了自己对威塞克斯农村社会的基本看法和对田园理想的向往。

达尔文主义的生存竞争、适者生存的自然法则在哈代的另一部小说《还乡》中也得到了艺术的体现。《还乡》是"性格与环境小说"中具有代表性的一部,小说开头作者浓墨重彩地描写了人物活动的场景——爱敦荒原,揭示了它饱经沧桑和永恒不变的特征。它原始古老,粗犷质朴,保守落后,多少个世纪一成不变。它把现代文明看成它的对头,用讥笑敌视的态度看待世事的变迁,并因此同企图改变它的居民发生了尖锐冲突。生活在爱敦荒原上的小说女主人公游苔莎有"现代人"的烦恼、叛逆与追求,同自己周围的环境格格不入。她渴望爱敦荒原以外的世界和生活,正如她所说,她"想享受到所谓的人生——音乐、诗歌、热情、战争和世界的大动脉里一切的搏动和跳跃"①。尽管她希望摆脱压迫和束缚自己的环境

---

① 哈代:《还乡》,张谷若译,人民文学出版社,1980年,第363页。

以实现个人意志的思想和行为无可厚非,但也正是由于她不能适应自己的环境才造成了自己的毁灭。小说中另一个主人公克林不满自己故乡的落后,企图通过办学校来改造它,最后也同样失败了。他最终用近乎悲观的话语给自己作了总结:"我们不打算怎样在人生里光荣前进,而只打算怎样能不丢脸地退出人生。"[1]而哈代也在小说中对克林做了达尔文式的总结:"这种情形,叫他想到,事物不朽不灭的演化,是有不能预知的因素操纵着的。"[2]在小说的所有人物中,只有文恩和朵荪忠实于爱敦荒原这个古老的世界,他们没有野心、性格随和,同周围世界友好相处,因此能够适应自己的环境并最终得到幸福。

《卡斯特桥市长》是哈代另一部重要的作品,作者通过卡斯特桥市的变迁,象征性地描写了一个有着自然基础的古老社会在社会进化过程中的毁灭。哈代在描写传统的卡斯特桥市的毁灭过程时,他的思想基础仍然是达尔文主义。哈代用生物进化的规律反衬新旧社会的更替,说明卡斯特桥的变化和这个城市的毁灭是人类和社会进化的必然结果。

在小说开头,亨察尔卖妻的行为尽管被评论家们看成亨察尔宗法道德观念的反映,看成他作为一个家长式人物的典型特征,而实际上亨察尔的卖妻行为却暗含着哈代构思这一事件时所坚持的达尔文思想。亨察尔当时喝醉酒后讲明了他要卖掉妻子的真正理由:妻子导致他失去工作和陷入生存的困境。他说:"我要是能够再变成一个自由人,只要一动手干,就值一千镑。"在他看来,只要没有了妻子,他的命运就可以彻底改变了。因此,从亨察尔的真实

---

[1] 哈代:《还乡》,张谷若译,人民文学出版社,1980年,第483页。
[2] 哈代:《还乡》,张谷若译,人民文学出版社,1980年,第484页。

处境看，如果我们不对他在家长思想支配下的卖妻行为给予道德评价的话，他卖妻的行为就是为了生存竞争而使自己适应环境的一种努力。亨察尔后来的发展也证明了这一点。亨察尔卖掉了自己的妻子，适应了生存环境，不仅生意兴旺发达起来，还当上了卡斯特桥市的市长。

亨察尔的发达是同他努力使自己适应环境联系在一起的，他深知自己的不足并尽力弥补。他请伐尔伏雷做他的商号的经理时说："我在事业里真费了一番气力，也很忙，才建立了这份商号。可是要它站得住，非有判断和知识不可。不幸，伐尔伏雷，我对科学太不行，计算也不行——我是一个不能锱铢必较的人。"[①]他聘请伐尔伏雷做了经理，他的生意很快发达起来。但是，亨察尔同伐尔伏雷的合作由于他的妒忌心理而逐渐演变成了一场新的竞争，并最终导致亨察尔商号的倒闭和他个人的毁灭。

哈代用生存竞争的原则来表现亨察尔同伐尔伏雷之间的矛盾冲突。他们之间的生存竞争首先是从举办游园庆祝会开始的。这场通过游园会的形式表现的竞争充分体现了达尔文的进化论，并暗示了大自然力量的不可抗拒。亨察尔的游园准备工作尽管是充分和奢华的，但是他忽视了决定游园会能否成功的关键因素，即可能突然变化的天气的影响。就在他的游园会离成功只有一步之遥时，一场突如其来的暴雨把他即将获得的成功彻底粉碎了。而伐尔伏雷在一开始就考虑到天气的因素并预先做了准备，因此在他遇到同一场暴风雨的时候，却能够处之泰然，享受成功。他们的失败和成功，正是生存竞争和适者生存理论的最好说明。

在哈代的笔下，亨察尔同伐尔伏雷的每一次竞争都按照生存

---

① 哈代:《卡斯特桥市长》，侍桁译，上海译文出版社，1981年，第54页。

竞争的原则不断向前演化,直至这场竞争出现最终的结果。在卡斯特桥市,小麦的收成是受天气支配的,经营小麦的生意也受到天气的影响。在亨察尔同伐尔伏雷的竞争中,谁掌握了天气,谁就能决定胜负。但是,亨察尔又一次犯下了给他带来毁灭的错误:为了获得天气的准确情报而去求助预报天气的先知。在这一次竞争中亨察尔很明显又违背了大自然的规律,这给他带来了严厉的惩罚,并最终导致他的破产。亨察尔是传统社会和农民阶级的代表人物,哈代描写了他同新的社会和阶级的代表人物所进行的生存竞争,描写了他的悲壮的失败和注定的毁灭,用生物进化的理论形象地说明了人类社会的演化过程。一直到小说最后,亨察尔还是没有认识到他失败的根本原因,而只是"领悟到自然总是欣然支持非正规的社会原则"①。

哈代在阐述社会的变迁和发展时,并不局限在生物进化论的狭义范围内,而是更多地在广义的社会进化论的基础上观察和认识世界。因此,亨察尔和伐尔伏雷有着重要的象征意义:亨察尔是旧的宗法制农村社会的代表,伐尔伏雷则是新的资产阶级关系的代表。因而他们之间的生存竞争就不仅局限于个人之间,而是两大社会阵营之间的斗争。根据适者生存的原理,亨察尔和他所代表的社会终归毁灭,被伐尔伏雷和他所代表的新的社会关系取而代之。就哈代的小说创作来说,随着农村社会向资本主义社会的演化,他描写威塞克斯农村社会的悲剧命运的主题也因这部小说基本上步入了一个完满的阶段。

在哈代写作的另一部小说《林地居民》中,作者同样在一个生物进化的环境中表现了重大的社会主题。在第 7 章里,哈代用达

---

① Thomas Hardy, *The Mayor of Casterbridge*, Penguin Books, 1985, p. 394.

尔文式的眼光象征性地描写了小说主人公的居住地小辛托克的生存竞争环境:"这里同所有其他地方一样,使我们生活变得如此的不完美的意志显而易见,这同它在城市贫民窟里的堕落的人群里发挥作用是一样的。树叶变了形,天然的曲线被破坏了,天上的光线也被遮断了;地衣吞食着树干的活液,常春藤慢慢地缠绕着长势良好的幼树,直到它们死去。"①在第 42 章里,哈代再一次描写了小说女主人公所经历的类似自然界的这种竞争:"更多的树紧紧地挤在一起,为了生存进行着斗争,它们那损坏了外形的树杈由于相互摩擦和敲打而伤疤累累。夜里她听见的就是这些邻居的争斗。在它们的下面,是那些很久以前就被击败了的同类留下的正在腐烂的树桩,这些树桩,在它们的长满青苔的基座上直立着,好像一颗颗黑色的牙齿直立在绿色的牙床上。"②哈代在小说中描写的发生在大自然里的生存竞争,其目的是为了反衬发生在林区小辛托克的人类社会中的生存竞争。

大自然的生存竞争通过小说中的人物体现为人类社会的生存竞争和社会进化的趋向。进化的特点主要通过格雷丝加以表现。格雷丝在接受完教育回到林区时,她从外表到内心都改变了。在一切都还保持着老样式的林区,"她的时新装束看起来几乎是古怪的,因为它背离了林区人们所熟悉的服装样式"③。她按照现代教育的标准重新建立起新的道德理想和人生价值原则,用一个"外来人"的眼光和观念重新审视自己的故乡,企图在林区寻找人生理想和幸福。格雷丝是在社会进化过程中诞生出来的新的典型,代表了林区这个具有古老传统的社会的发展趋势。作者还描写了外部

---

① 托马斯·哈代:《林地居民》,邹海仑译,贵州人民出版社,1988 年,第 66 页。
② 托马斯·哈代:《林地居民》,邹海仑译,贵州人民出版社,1988 年,第 418 页。
③ 托马斯·哈代:《林地居民》,邹海仑译,贵州人民出版社,1988 年,第 68 页。

入侵者菲茨比尔斯的象征意义。他把科学带进林区,如他用显微镜对死去的老苏斯的脑组织进行的研究以及他进行的哲学思考。他说:"我在这里努力进行着生物学和先验论哲学的研究,进行物质世界与理念世界的研究,以便发现是否可能在它们之间存在着一个把它们联系起来的联结点。"①他认为"万物皆空","在整个世界上只有我和非我","人的双手对于他们的所作所为无济于事,只有时间才起作用"。② 所有这些都表现出达尔文进化论思想的特征。在小说里,上述人物因思想观念的不同而导致遭遇和结局的各不相同,但所有结局共同说明了人们在农村社会的转型过程中将要经历的痛苦和悲剧。

哈代最后两部重要小说《德伯家的苔丝》和《无名的裘德》对威塞克斯农村社会和农民阶级的悲剧性命运的过程作了进一步描写,对破产农民在新的社会中的出路进行了深入探索,并得出他们未来的命运仍然是悲剧性的这一历史性结论。哈代在表现这一重大主题时对社会的演进和人物命运变幻所作的思考,其基础仍然是达尔文主义。

从历史的观点看,哈代在《德伯家的苔丝》中描写的女主人公苔丝是破产农民的典型,她的命运代表着英国南部农村整个农民阶级的命运。小说开头崇干牧师对德北家的考古发现,从历史的角度叙述了苔丝一家具有古老的自然基础,说明了苔丝毁灭的历史必然性。③ 苔丝家族的衰败过程是对达尔文进化论的文学阐释,是生物进化规律在人类社会发挥作用的一个图式。在苔丝的时

---

① 托马斯·哈代:《林地居民》,邹海苍译,贵州人民出版社,1988年,第174页。
② 托马斯·哈代:《林地居民》,邹海苍译,贵州人民出版社,1988年,第61页。
③ 聂珍钊:《托玛斯·哈代小说研究:悲戚而刚毅的艺术家》,华中师范大学出版社,1992年,第214页。

代,生存竞争变得更为惨烈,这从苔丝代替她父亲送蜂箱去集市的路上撞死了她们家的老马这个事件上反映出来。苔丝家的老马瘦弱不堪,这是她们家的衰败在生物学意义上的表征。苔丝在同弟弟的谈话中把自己住的世界看成一个有毛病的苹果,也是从生物学的意义上对人类社会的观察和思考。象征宗法制农村社会的送蜂箱的破烂马车和象征资本主义社会的送信件的新邮车撞到了一起,老马死了,大车被撞坏了,而邮车和拉邮车的马都完好无损。这个撞车事件正是苔丝一家进行生存竞争后得到的优胜劣汰的必然结果。

苔丝的祖先是跟随威廉王从诺曼底来到英国的贵族,哈代在叙述主人公苔丝的生活历程时,始终用她的家族由盛及衰的历史作为对照,以此暗示苔丝的命运是沿着历史的轨迹发展的。小说开始时崇干牧师对苔丝贵族家世的考古发现,就从进化论的角度说明了苔丝家族衰败的历史因素。后来苔丝在父母逼迫下对自己不适应的本家的认同,则使她的一家人走上了向毁灭演化的悲剧之旅。苔丝结婚的时候,克莱尔无意中租的屋子却是苔丝家族从前的产业。苔丝的父亲死后举家外迁,选中的目的地是苔丝的祖先居住了500年的老家金斯伯尔。但是他们在小镇上租不到住房,竟不得不在家族的墓地旁过夜。哈代在小说中描写苔丝的家族墓地时说:"苔丝的家族已经从社会上灭绝了,但是在她见到的所有残存下来的东西中,没有比这儿残破凄凉的景象更厉害的了。"[①]小说在对苔丝的命运进行描写时,把她的遭遇同她的古老家族的历史联系在一起,用她的古老家族的衰败灭绝证明现代的苔

---

① 托玛斯·哈代:《德伯家的苔丝》,王忠祥、聂珍钊译,长江文艺出版社,2000年,第492页。

丝一家的衰败和悲剧是不可避免的,因为这正是社会进化带来的结果。

在小说创作中,哈代不仅运用达尔文的进化论探索和解释他所描写的英国南部农村消亡的原因,表现重大的社会悲剧主题,还运用达尔文的进化论解决小说中出现的一系列道德问题。在达尔文、斯宾塞、赫胥黎、穆勒等人的影响下,哈代在进化论基础上建立起处理各种错综复杂的社会冲突和人物关系的道德原则,即进化论伦理观。达尔文认为人类的产生是动物机体进化的结果,道德则是机体进化到人类一定阶段的产物,高等动物的社会本能、合作本能是道德产生的自然前提。在斯宾塞等人的推动下,他们把生物进化规律和动物适应环境的机制应用于人类和社会,认为人类所追求的秩序就是整个自然界所遵循的秩序,生物界存在的生存竞争规律一样适用于人类的社会生活,道德是生物进化过程在人类社会阶段上的发展形式。根据进化论,道德随着生存条件的变化而变化,道德进步是人的生物本性不断地适应其自然环境和社会环境的漫长渐进的过程。一般说来,作家都是按照各自时代的道德观念或感性认识处理作品中的道德问题,但是哈代不尽如此。他在艺术处理中重点不在于坚持自己时代的道德原则以及被某些阶级的或社会认同的道德观念,而是把进化论思想运用到自己的道德判断中,从而轻松地解决了往往使作家们深感棘手的道德问题。

哈代在伦理道德观念方面显然接受了进化论,建立起进化论伦理观,并用进化论处理他在作品中遇到的道德问题,例如哈代在《德伯家的苔丝》中对女主人公苔丝所做的道德评价。小说中的女主人公苔丝同克拉丽莎一样,是一个失去了贞节但自身并无罪过的女子。但是哈代不同于理查逊,他不是从传统的道德观点出发塑造美好的道德典型，而是运用新的思想、从时代的立场评价人们和社会高度关注的道德问题。《德伯家的苔丝》的道德问题主要集中在女主人公苔丝的失身所引起的一系列道德评价上。苔丝在亚雷的诱骗下惨遭强暴，失去了贞节，对此，苔丝本人是没有多大过错的。然而在社会评价中，她似乎成了道德败坏的典型。整个社会的压力最终造成了她的悲剧。从哈代在描写关于苔丝失身的情节和所做的道德判断中，我们可以看出哈代是在功利主义伦理观的基础上来处理苔丝的道德问题的。他从生物进化论的立场看待苔丝的失身，认为苔丝失身带来的影响纯粹是道德方面的。按照生物进化的理论，人同一切生物一样，都有自身恢复的能力，就女人的贞节来说，也同样可以在自然的进化中得到恢复。因此哈代在作品中描写苔丝对自己的失身发出疑问时说："她向自己发问，贞节这个东西，一旦失去了就永远失去了吗？如果她能够把过去掩盖起来，她也许就可以证明这句话是错误的了。有机的自然都有使自己得以恢复的能力，为什么唯独处女的贞节就没有呢？"[1]在哈代看来，从进化论的观点看，苔丝的失身在生物学的意义上是不成其为问题的，她面临的问题是落后的社会对她所谓有罪的道德评价。

哈代在小说中站在进化论的立场上对苔丝心目中的道德观念进行了分析，用达尔文的进化论从科学上对苔丝坚持的传统道德给予了否定。苔丝被亚雷强奸后回到家里，把自己看成了一个罪恶的化身，内心陷入极端痛苦。她根据陈腐无聊的习俗，布置了不同情自己的形体和声音，凭借想象创造出来一堆使自己害怕的道

---

[1] 托玛斯·哈代：《德伯家的苔丝》，王忠祥、聂珍钊译，长江文艺出版社，2000年，第135页。

德精灵折磨自己。哈代认为苔丝不敢抬头见人的理由,是缘于她建立在幻想之上的道德观念。"除了她自己而外,没有人关心她的存在、遭遇、感情以及复杂的感觉。……她的大部分痛苦,都是因为她的世俗谬见引起的,并不是因为她的固有感觉引起的。"①苔丝这种心理上的自责是世俗谬见在她身上发挥作用的体现,显现了苔丝在当时的社会道德环境中培养起来的非正常心态。对于苔丝来说,她的许多痛苦都是心理上的。她往往从传统习俗、社会舆论上对自己的所谓"过失"做出道德上的判断,从而扭曲了自己的正常心理,并对自己的行为予以错误评价。哈代认为从进化论学说看,苔丝把自己的失身看得过于严重是由于她有了世俗的谬见,而不是出于她天生本有的感觉。她的看法仅仅合乎习俗,而不合乎自然。

哈代还把进化论同功利主义结合起来,用功利主义的原则解决小说中的一系列人物面临的各种道德问题,例如为陷入悲观绝望境地的苔丝从道德上寻找出路。按照功利主义观点,趋乐避苦是人生的基本目的,也是一切意志和行为的根源,因而追求快乐和幸福是最高的道德。哈代推崇的伦理学家穆勒在他的《伦理学》一书中声称:"所有将被实际履行的行为,只要真的能产生最大程度的快乐,就将是正确行为;同样,所有将来可能被履行的自愿行为,只要能产生最大程度的快乐,就是正确的。"②穆勒是最早对哈代产生重要影响的伟大思想家之一。哈代在伦敦学习建筑期间,他从学习希腊和拉丁语言转到了阅读英国文学和维多利亚时代经典作家的著作上。他最先学习纽曼、穆勒、卡莱尔、罗斯金的著作,其后

---

① 托玛斯·哈代:《德伯家的苔丝》,王忠祥、聂珍钊译,长江文艺出版社,2000年,第123页。
② 穆勒:《伦理学》,戴扬毅译,中国人民大学出版社,1985年,第18页。

研究斯宾塞、马修·阿诺德以及傅立叶、孔德的作品。哈代在1906年5月就穆勒一百周年诞辰写的一封信中,清楚地回忆了青年时代的哈代在伦敦听穆勒演讲的情景。他在信中说,"我们这些信徒"几乎都能把穆勒的《论自由》"背下来"。[①] 由此可见,穆勒的思想对哈代及其创作的影响是十分深刻的。按照穆勒的理论,哈代认为苔丝的悲观消沉是不必要的,她应该振作起来,追求新的生活和人生欢乐。哈代关于道德的许多看法基本上都是基于进化论的功利主义原则。他在《德伯家的苔丝》中这样描写道:"那种寻找欢乐的趋向是不可抵抗的、普遍存在的、自然发生的,它渗透在所有从最低级到最高级的生命中,最后终于把苔丝控制住了。"[②]在小说第30章里,我们还可以读到哈代的这种描写:"一切生灵都有'寻求快乐的本性',人类都要受到这种巨大的力量的支配,就像上下起伏的潮水推动海草一样,这种力量不是研究社会道德的空洞文章控制得了的。"[③]哈代作为一个艺术家,他从穆勒的伦理学说出发,按照功利主义的原则对苔丝的行为做出道德上的评判,从而肯定了苔丝的"有生命就有希望的坚定信心"[④]的想法和人道主义的生存权利。

哈代运用进化论的伦理学说解决小说中的道德问题,在其他小说中也有明显表现,如《贝妲的婚姻》中女主人公对自己婚姻问题所作的思考,《无名的裘德》中男女主人公对婚姻自由理想的追

[①] Florence Emily Hardy, *The Life of Thomas Hardy*, Macmillan, London, 1993, Vol. II, pp. 138-139.

[②] 托玛斯·哈代:《德伯家的苔丝》,王忠祥、聂珍钊译,长江文艺出版社,2000年,第142页。

[③] 托玛斯·哈代:《德伯家的苔丝》,王忠祥、聂珍钊译,长江文艺出版社,2000年,第263页。

[④] 托玛斯·哈代:《德伯家的苔丝》,王忠祥、聂珍钊译,长江文艺出版社,2000年,第134页。

求等。哈代在探索作品中涉及的各种伦理道德问题时,不仅关注个人的、人与自然的和人与人之间的道德冲突,还特别注重把道德问题放在整个人类社会历史发展中加以考察。他在观察社会历史时,十分关注人物和时代的联系,注意社会、历史、传统、习俗等对人物的影响,试图把道德问题同国家制度、法律原则、道德规范、哲学学说结合在一起。综上所述,哈代的道德观念的基础仍是达尔文的生物进化论,并在此基础上结合了孔德、穆勒、斯宾塞的实证主义伦理学说、18 世纪启蒙主义时期的道德观念、康德的道德哲学等学说,并最终形成了自己的人道主义伦理观。

最后需要指出的是,哈代的进化论思想并非表现在个别作品里,而是渗透在他的全部创作中。从小说到诗歌,哈代似乎都尽力按照进化论的思想进行构思和思考。哈代以生物进化的科学思想为观察点,运用全新的世界观、生命观、宇宙观和方法论描绘和强调社会进化的规律,形象地阐述"小土地所有者和自耕农生活的阴森惨淡的解体过程"[①],从科学上、道德上艺术地说明了 19 世纪英国南部宗法制农村衰败灭亡这一历史现象的必然性。

(原载于《外国文学研究》2002 年第 2 期)

---

① 卢那察尔斯基:《论文学》,蒋路译,人民文学出版社,1983 年,第 466 页。

论科学文化素质与外国文学教育

江泽民同志在党的十六大报告中指出,全面建设小康社会的目标之一是全民族的思想道德素质、科学文化素质和健康素质明显提高,形成比较完善的国民教育体系、科技和文化创新体系、全民健身和医疗卫生体系。① 十六大报告中这一理论表述不仅对于我国提高全民的科学文化素质和推进精神文明建设具有十分重要的意义,还对于我国的学术研究具有十分重要的理论指导意义。作为我国社会科学领域中的外国文学学科,也同样需要把十六大的这一理论思想作为我们从事学术研究的指导思想,推动外国文学学科的学术研究为我国的社会主义事业服务。

科学文化素质是科学与文化应该结合在一起的唯物主义理论表达,是我国新时期精神文明建设理论的新发展,它表明我们不仅要从新的角度去理解科学文化的思想内涵,还要思考外国文学教育应该如何去实践这一思想的重要问题。就科学文化素质而言,它是人在处理与自然和社会的关系中应该具备的知识、思想道德品质、精神要素(价值观念)和实践能力,因此科学文化素质包括受

---

① 江泽民:《全面建设小康社会,开创中国特色社会主义事业新局面——在中国共产党第十六次全国代表大会上的报告》,2002 年 11 月 8 日。

教育程度、科学精神、科学水平、精神状态、文化修养、创新意识和创新能力等多方面的因素。科学文化素质包括科学知识和文化知识两个方面，获取这种知识的基本途径是我国建立在社会主义制度基础之上的教育体系，因此科学文化素质在很大程度上是由我国推行的文化教育事业决定的。在我国基础教育和高等教育中，党和政府一再倡导的人文素质教育，就是科学文化素质教育的文化素质部分。就人文素质教育而论，外国文学知识一直是其中的重要内容之一，因此从接受教育的角度理解科学文化素质，它显然应当把外国文学的教育包括在内。对于这个问题，我们应该从以下几个方面加以理解。

一、在我国公民接受教育的知识结构中，外国文学知识是不可或缺的重要内容

十六大提出的科学文化素质的理论命题，是建立在我国教育基础之上的。就科学文化素质的实现而言，其根本途径在于我国全力推进的 9 年制义务教育及从大学本科到硕士、博士等不同层次的高等教育。在 9 年制义务教育和高中教育的课程体系中，外国文学是其中的基本内容之一。这一点是由中小学的语文、数学、外语等组成的基本课程结构所决定的。而在高等教育中，文学又从社会科学中独立出来，成为一个专门的学科。文学学科按照教学大纲及培养规划而设置的课程体系，是文科学生获取科学文化素质教育的基本保障。在这个课程体系中的七大基础课程中，外国文学课程是其中之一。因此，我们完全可以说，在科学文化素质的具体体现中，外国文学知识是其中一个重要的方面。

无论是历史上还是现阶段，科学文化素质的教育主要通过教育实现，尤其是通过语文的教育实现。按照我国教育大纲的设置，这种教育主要通过基础教育和高等教育两个阶段完成。在我国中小学教育中，语文教育是素质教育的最重要课程和媒介。语文教育指的就是语言文学的教育，尤其是文学的教育。20世纪以来，这种教育已经不是单纯的本民族的语言文学教育了，而是把世界上其他国家的语言和文学包括在内。就语言说，外国语言主要指英语，它是我们在实施素质教育过程中获取外国文学知识的重要工具。当今世界讲英语的人数日益增多，使用英语进行交流的范围愈来愈广，因此世界各国都十分重视英语教育，中国作为世界大国之一也不例外。当然也有中学开设俄语、日语、法语的。中学开展外语教育的基本目的就是为获取外国文学知识及其他国外的科学知识而创造必需的条件，就文学说，除中国文学外的其他国家的文学则统称外国文学。20世纪以来，我国的外国语言和文学的教育发展是很快的，这是我国改革开放的结果，它从教育这个方面反映了我国的科学文化素质的现代化进程。中学外国文学教育促进了我国社会的发展进步，为中学生在高等教育或社会教育中进一步获取更多的外国科学文化知识奠定基础。当然，社会的发展又反过来促进了中学外国文学教育的发展。

在我国高等教育中，外国文学知识也仍然是科学文化教育素质的基本内容之一。就理工科学生而论，他们学习的大量的外国和科学知识就包括文学的内容。国外的大量的从古代希腊就开始出现的科幻小说，大量文学作品对国外科学技术及其发展的形象描述，就已经把外国文学同科学文化素质教育融合在一起。例如，法国科幻作家凡尔纳推崇科学技术，他以极大的想象力创作的科幻小说《奇异的旅行》等系列小说，明显具有科学的预见性，反映了时代的要求,体现了时代的脉搏。他的很多科学预言如今已成为现实。他的创作不仅激发了人们尤其是青少年热爱科学、向往探险的热情,还促进了社会道德进步。所以1884年教皇在接见凡尔纳时曾说:"我并不是不知道您的作品的科学价值,但我最珍重的是它们的纯洁、道德价值和精神力量。"英国作家威尔斯不仅写作科幻小说,还在作品中强调进化论,重视人与一些奇异生物之间的斗争,充满了对现实社会中的伪善和不公平的痛恨。他运用当时的先进科学技术,特别是现代物理学和现代生物学的科学理论,创作了《时间机器》《隐身人》等科幻小说。威尔斯所关注的不仅仅是科学的进步,还有科学进步给人们所带来的美好或不良后果。科学技术的发展历史证明,以凡尔纳和威尔斯所代表的科幻作家创作的文学作品,以及国内外的大量的关于科幻文学的刊物,不仅为全人类的科学普及方面做出了重要贡献,给了许多科学技术发明和发现以启迪,还激励了科学工作者从事科学技术工作的热情。

对于高等教育中的文科学生来说,外国文学知识更是他们必备的基本知识。对于学习外国语言文学的学生,外国文学课程是他们学习的最主要的课程之一,对于学习中国文学的学生,外国文学也是他们需要学习的主干课程之一。对于其他文科学生说,外国文学知识也因为可以增加他们必需的知识而同样受到欢迎。

因此,在我国新时期社会主义建设事业中,我们就应该把学习外国文学知识提升到加强科学文化素质的战略高度上认识,把外国文学知识的学习同我国现代化事业联系在一起,并在科学文化素质的理论指导下进一步推动我国教育改革和发展。

二、我国教育的历史表明科学文化素质不能缺少外国文学知识

尽管科学文化的素质是在党的十六大提出的,但是我国的近代教育为这一命题提供了历史借鉴。就我国的外国文学教育的历史来说,应该从京师同文馆的成立开始算起。京师同文馆是中国第一所中学意义上的新式外语学校,1862年8月由洋务派在北京开办,它是中国官方开始推行外语教育的标志。同文馆的学习科目主要是外语,因此外国文学就开始走进了中国中学的课堂。

值得深思的是,中国的外语和外国文学的教育是在中国经历了两次鸦片战争后开始的,中国在被洋人的坚船利炮打开大门后,清廷内洋务活动势力大增,急切需要培养西学人才,从而不自觉地启动了中国教育现代化的进程。可以说,洋人的坚船利炮打开了中国的封闭大门,同时也打开了中国的现代化的大门,促使中国开始抛弃虚骄自大的陈腐观念,寻找强国御侮之道,萌发了"向西方学习"的新思想。20世纪初,清政府推出"新政",颁布了我国第一个有现代意义的学制《钦定学堂章程》,外国语文进入了中学课程。在1904年的《奏定中学堂章程》中,"外国语"被列为中学堂科目,视为"中学堂必需而最重要的功课",在文科和实科中外国语均作为主课开设。从中学堂章程可以看出,即使在腐朽的清王朝时期,我国的外语教育同过去相比也得到了进一步加强。

民国时期,外语教学的目标有了新的内容,如认识英美民族精神及风俗习惯、启发学习西洋事物之兴趣。20世纪40年代颁布的《修订高级中学英语课程标准》,提出的"从语文中认识英语国家风俗之大概"和"从英美民族史迹记载中,激发爱国思想及国际了解"

等,强调的就是一种文化素质教育。

外国语言和文学的学习在认识上同国家的强盛联系在一起,这是对外国文学的认识本质上的提高,也是文化素质教育的核心所在。但是外国文学在中学中的地位是在新中国成立后由中国共产党奠定的。在20世纪50年代颁布的中学大学大纲中,外国文学的教学内容有了明显的加强,对目的和要求做了明确的规定。改革开放以来,外国文学在中学语文教育中的地位不断提高,外国文学作品大量进入中学的教材和读本中。现在,中学语文教材中的外国文学内容在比重上越来越大,由此可见其所受到的重视程度。尤其是改革开放以来的我国基础教育,实际上已经把中学的外国文学的教育同我国的现代化建设事业联系在一起。

在高等教育领域,党和政府还采取种种措施加强中外文化与文学交流,特别是改革开放以来,出国留学的人员不断增加,外国文化与文学的素质得到了进一步的提高。从解放后中国共产党领导下的教育发展历史可以看出,我们党和政府十分注重外国文学在文化素质教育中的作用,因此外国文学的地位从基础教育直到高等教育都在不断加强。

三、改革开放的深入和发展是科学文化素质需要外国文学知识的基本前提

科学文化素质教育是同学习外国的先进科学文化紧密相连的。自19世纪末20世纪初开始,外国的科学、社会学和文学书籍被不断翻译进中国,不但影响了一代又一代中国人,而且促进了中国的革命与进步。外国著作的翻译同中国的科技进步、政治改革、经济发展紧密相连,并在中国科学、政治、经济、文化的发展中充当

了催化剂,起到了促进和推动的作用。早在1607年,希腊数学家欧几里得的《几何原本》前6卷就由利玛窦(Matteo Ricci)[①]和徐光启合译介绍到中国。19世纪70、80年代,西方的科学著作被大量翻译介绍到中国,如华蘅芳同外国人合作翻译《金石识别》《地学浅释》《防海新论》《御风要术》《代数术》等科学著作。西方的科学著作翻译介绍到中国比社会学和文学著作的翻译介绍要早20多年。外国的学术著作大量译到中国是从19世纪末开始的。严复于1877年至1879年被公派到英国普茨茅斯大学和格林威治皇家海军学院留学,深受英国的进步思想尤其是达尔文的进化论思想的影响。1893年英国进化论的代表人物赫胥黎的《进化与伦理》发表,立即就引起严复的注意,他以最快的速度翻译,以《天演论》的书名于1895年在我国出版。严复在书中用以阐述救亡图存观点的"物竞天择""适者生存"的生物进化论理论,至今仍被我们经常使用。但无论是华蘅芳还是严复,他们只是我国先进文化人士向西方寻求真理的先驱者,他们由于历史的局限性,无法实现他们改变中国现状并使中国强大的目标。因此,他们的理想是由中国共产党实现的。

在党的领导下,我国改革开放不断深入和发展,不仅成为国际大家庭中的一员,还在其中发挥着极其重要的作用。在我国政府的努力下,中国已经加入了WTO。在商品经济的不断冲击下,中国国际化的趋势日益加强,中国必将与国际完全接轨。那么,在当今这个以英语,或者说是西方文化为主导的世界,中国在前进的过

[①] 利玛窦(Matteo Ricci,1552—1610),明末来华意大利耶稣会士,字西泰,万历十年(1582)被派赴澳门,后至肇庆学汉语。后献自鸣钟、《坤舆万国全图》于明廷,获准留居北京传教。在华期间服懦衣冠,向士大夫讲授西学。并将"四书"译成西文,寄回欧洲。编译著作有《交友论》《几何原本》《测量法义》《天主实义》《勾股义记》等。

程中不可避免地要与西方文化进行交融和渗透。在这种国际大背景下,我们必须审时度势,与时俱进,站在宏观把握全局的高度看待学习外国文学的根本意义。

外国文学在很大的程度上,体现的是一种与中国传统文化截然不同的文化背景与思维模式。现在中学和大学提高了英语教育的标准,增加了难度,这是从外国语言方面训练学生,以便在语言上尽快与国际接轨。但是,西方文化不仅仅在于语言,正如一个会说中国话的外国人并不一定能融入中国社会一样。在国际交流中,我们必须学习西方的文化,了解西方的传统、风俗以及对待事物的观念,而这些大多以虚拟的方式在外国文学作品当中被描述出来,供我们参考。学习外国文学,将和外国语言的学习相互交融,共同促进。在我国,英语及外国文学对我国各方面的影响可以说是润物细无声,我们应该做的是在交流中进行融合,在保持民族文化竞争力的同时吸收西方文化的长处和优势。因此,在我国的基础教育和高等教育中学习外国文学,对理解西方文化的形成、由来,以及反思都有着重要的意义,对学生们今后走出国门、走向世界和弘扬民族文化都有着重要的意义。从科学文化素质方面说,我国教育在知识结构中重视外国文学教育是与我国的现代化事业联系在一起的。

四、外国文学教育对科学文化素质教育的意义

科学文化素质中的文化素质就是人文素质,这种素质是依靠文化修养获取的。文化修养主要是指人掌握的各种知识、对社会和人生的理解、对生活的感悟、对社会各种规则的自觉遵守,以及高度的道德境界等。文化修养包括文学修养。无论是基础教育还

是高等教育,文化修养都离不开外国文学。

外国文学是宝贵的世界文化遗产,曾经深刻影响了我国现当代文学的进步和发展。正是由于外国文学的推动,我国才出现了"五四"新文化运动,打开了长久封闭的国门。在把外国文学引入中国的先驱者中,严复把西方的先进思想介绍到中国,而林纾则把西方伟大的文学介绍到了中国。19世纪末,林纾①把美国、法国、俄国、日本、西班牙、希腊等十多个国家的大量的文学作品介绍到中国,为我国的新文化运动奠定了思想基础。正是受到严复的翻译作品的影响,中国人纷纷转向西方寻找真理,在"五四"时期开始了马列主义经典著作、文艺理论、苏俄及各国的进步文艺作品的大量翻译,如《俄国共产党党章》《共产党宣言》《家族私有财产及国家之起源》《政治经济学批判》《资本论》《马克思恩格斯论中国》《联共(布)党史简明教程》《剩余价值学说史》等。正是这些马列经典著作的翻译,才点燃了中国革命的火花。

"五四"以来,俄国的普希金、莱蒙托夫、托尔斯泰、果戈理、屠格涅夫、契诃夫的作品,法国作家雨果、莫泊桑的作品等,也都陆续介绍到中国,不仅培育了我国一代著名的翻译家,还培育我国一代著名的创作家,如郁达夫、胡适、鲁迅、瞿秋白等。法捷耶夫的《毁灭》、果戈理的《死魂灵》、普列汉诺夫的《艺术论》等重要著作,都是出自鲁迅的翻译之手。瞿秋白是马、恩、列关于文学之经典理论最早的有系统的介绍者,还翻译了普希金、果戈理、托尔斯泰、高尔基等人的作品。他译的《海燕》②,是我国读者最熟悉和最喜欢的外国

---

① 林纾(1852—1924),字琴南,我国近代著名文学家。青年时代便关心世界形势,认为中国要富强,必须学习西方。他不懂外语,但他与朋友王寿昌、魏易、王庆骥、王庆通等人合作,翻译外国小说达二百余种,为中国近代译界所罕见,曾被人誉为"译界之王"。

② 《海燕》为高尔基写作的一篇著名散文诗。

作品之一,曾经在战争年代激励过无数的革命者。我们实在无法统计,究竟有多少人看了《海燕》而崇尚革命,究竟有多少人读了《毁灭》①而反抗旧社会,究竟有多少人读了《钢铁是怎样炼成的》②而经受住了生与死的考验。我国革命的历史告诉我们,外国文学在中国共产党领导的革命事业中发挥了非常重要的作用。

外国文学是我国中青年学子重要的精神食粮。新中国成立以后,在党的领导之下,坚持为社会主义服务的宗旨而有组织、有计划、有系统地、大量地介绍马列主义经典著作、优秀的文学作品和科技论著,翻译苏联和其他社会主义国家的作品,也介绍欧美各资本主义国家的作品,同时也把我国的革命和建设经验以及我国丰富的优秀的文化遗产介绍给外国人。西方的文化科学的介绍,推动了中国社会的进步。戊戌变法、辛亥革命、五四运动等政治运动,都是同国外新思想、新文化的引进有密切的关系。马列主义的输入,苏俄及其他进步文化的引进,深刻地影响了中国革命、中国新文化的发展。中国革命的历史证明,外国文学是中国新民主主义革命和社会主义现代化建设不可缺少的。

我们面对的是世界范围内各种思想文化的相互激荡,因此我们从事外国文学教学和研究的教师与科学工作者,应该认真学习

---

① 《毁灭》是苏联优秀革命作家法捷耶夫(1901—1956)写作的小说,被鲁迅先生翻译介绍过来。1942年,毛主席《在延安文艺座谈会上的讲话》里,对《毁灭》给予高度的评价,指出:"法捷耶夫的《毁灭》只写了一支很小的游击队,它并没有想去投合旧世界读者的口味,却产生了全世界的影响,至少在中国,像大家所知道的,产生了很大的影响。"

② 《钢铁是怎样炼成的》是俄国作家尼古拉·奥斯特洛夫斯基根据自身经历写作的小说。小说主人公保尔以自己的毕生精力实践了自己的生活原则:"人最宝贵的是生命。生命每个人只有一次。人的一生应当这样度过:当回忆往事的时候,他不会因为虚度年华而悔恨,也不会因为碌碌无为而羞愧;在临死的时候,他能够说:'我的整个生命和全部精力,都已经献给了世界上最壮丽的事业——为人类的解放而斗争。'"这是保尔战斗一生的真实写照,也是他革命乐观主义的深刻概括。这部书最早由梅益同志据英译本译出,1942年由上海新知书店出版,我国无数青年受到它的教育和鼓舞。

党的十六大精神,确保研究和教学的正确方向。就我们从事的专业说,我们必须把学习进步的外国文学纳入国民教育全过程,纳入精神文明建设全过程,以弘扬和培育民族精神。在学习外国文学时,我们必须树立正确的世界观、人生观和价值观,追求更高的思想道德目标,从根本上提高科学文化素质。因此,我们必须重视并大力发展包括外国文学在内社会主义文化,建设社会主义精神文明,把学习外国文学知识同发展先进文化和发展面向现代化、面向世界、面向未来的社会主义文化联系在一起,以不断丰富人们的精神世界和增强人们的精神力量,进一步提高我国全民族的科学文化素质,为建设我国先进的社会主义文化做出贡献。

(来源《深入学习十六大精神认真践行"三个代表"重要思想论文集》,2004年)

论不同文明的交流与建构和谐世界

21世纪以来,国际恐怖主义泛滥,经济危机日趋严重,政治矛盾层出不穷、军事冲突接连不断,全球秩序和国际和平遭到严重威胁。人类社会面临的问题越来越多,但是能够解决问题的办法似乎越来越少。为了寻找解决共同面对的世界性问题,人们不断从政治、经济、文化的立场审视我们生活的世界,认真探究各种问题产生的原因,寻找解决冲突的途径与方法。人们发现,我们需要面对的当今社会问题相互纠葛在一起,错综复杂。导致不同问题出现的原因并不是单一的,而是多方面的。但是,一些人没有辩证地从不同角度思考和解释我们面临的问题,没有从合作与和谐的立场寻找解决问题的方法,而是简单地将当今世界出现的问题和冲突归结于不同文明与宗教相互冲突与对抗的结果。从人类文明发展的历史观点看今天的现实问题,我们可以发现,不同的文明不仅不是各种问题滋生之源,相反它们可能是解决问题之匙,建构和谐世界之砖。

自古以来,文明因种族、国家和地域有别而不同,又因种族、国家和地域的改变而演变。古中国、古埃及、古巴比伦和古印度是世界公认的"四大文明古国"。在古希腊文明出现之前,由于交通、通讯及交往的限制,四大古国独自发展,形成各自独立的文明体系。

从古代希腊开始,不同的文明尤其是东西文明之间开始交流,已经表现出文明不能独自发展的基本特征。

综观人类社会发展的数千年历史,互通有无是不同文明共存共荣的前提,而商贸往来则是不同文明交融汇合的基础。古代希腊文明可以看成一个不同文明交流的范例。克里特岛是古代希腊文明的源头,它南连埃及,北通希腊,是当时东西方相互交流的枢纽。借助先进的航海技术,克里特岛上的米诺斯王国得以同地中海东岸的文明古国、特别是当时最富裕的埃及进行交往,成为地中海区域的贸易中心。借助不断开展的商贸活动,埃及的蓝釉陶珠、彩瓶、象牙和装饰品被带到了克里特岛。商贸是文明传播的媒介。正是借助商贸活动,古巴比伦文明与古埃及文明随着商贸往来进入了克里特岛,然后又经克里特岛传到希腊。在克里特岛上,考古发现的一些陶器、石刻器皿、象牙雕刻等,都带有古代埃及影响的印迹。考古发现的一些石印章以及从图画文字演变而来的象形文字,也明显是埃及影响的结果。无论是古巴比伦文明还是古埃及文明,它们作为外来的文明,不但没有被当作外来的入侵者而被克里特文明拒绝,而且克里特文明主动地对这些外来的文化进行复制和模仿,然后加以吸收改造,使之成为自己文明的一部分。

克里特文明也同样被古代埃及接受。在古代埃及阿蒙霍特普三世时期以及第十八王朝前期西底比斯贵族墓葬的壁画里,描绘有同爱琴海民族密切相关的朝贡的外国使者。他们携带的金属和石制器皿,在克里特岛和希腊半岛都多有出土,因此可以证明这些使者应该同克里特人密切相关。学者们在蒙卡皮拉萨和拉克米尔的墓中还发现两处象形文字铭文。通过同象形文字和其他青铜时代铭文进行比对,这些文字被释读为"Keftiu 土地之王进来贡品"和"Keftiu 土地王子和一片大绿之中的岛"。学者们认为,铭文中的"Keftiu"就是米诺斯时期的克里特。这些墓葬壁画说明,无论是古代埃及还是古代克里特,各自的文明都不是排外的,都在发展过程中吸收了外来文明。

在世界文明史上,我们可以看到文明的传承特点,这就是任何一种文明都不拒绝外来文明,相反,用一种恰当的方式把外来文明融入自己的文明中,以保持自己文明的先进特性。早在克里特的神话里,有关米诺斯牛的故事实际上就是两种文化融合考验人的理性的象征。克里特文明是希腊文明的源头,它经由迈锡尼王国传入希腊本土,融入迈锡尼文明之中,成为希腊文明的中继站点。古代的希腊、罗马是欧洲文明的发祥地。古希腊位于当今欧洲南部,拥有先进的航海技术,同埃及等古代东方各国保持着商业及文化上的联系。正是在吸收克里特文明以及其他外来文明的基础上,希腊文明才变得更为成熟,产生了神话、史诗、抒情诗、悲剧等文学作品,产生了绘画、雕塑和音乐等艺术,产生了哲学和辩证法,产生了先进的科学和技术,产生了先进的社会制度。现代社会所拥有的一切,在古代希腊已经出现或者为它们的出现创造了条件。马克思和恩格斯高度评价了古希腊文明。马克思认为,希腊神话具有"永久的艺术魅力",它"不只是希腊艺术的武库,而且是它的土壤";肯定《荷马史诗》至今"仍然能够给我们以艺术享受,而且就某方面说还是一种规范和高不可及的范本"①。恩格斯也高度评价了体现古希腊社会文明的奴隶制。他说:"只有奴隶制才使农业和手工业之间的更大规模的分工成为可能,从而为古代文化的繁荣,即希腊文化创造了条件。没有奴隶制,就没有希腊国家,就没有希

---

① 马克思:《政治经济学批判导言》,《政治经济学批判》,徐坚译,人民出版社,1955年,第173页。

腊的艺术和科学;没有奴隶制,就没有罗马帝国。没有希腊文化和罗马帝国所奠定的基础,也就没有现代的欧洲。"[①]希腊文明已经成为人类社会的宝贵遗产和精神财富,成为欧洲文明的源头。自从欧洲文艺复兴以来,许许多多的思想家、政治家、文学家、艺术家、都源源不断地从希腊文明中汲取营养,并注入现代文明之中。在现代欧洲文明的各个方面,都可以找到古希腊文明的基因。

在人类社会文明发展进程中,不同的文明是一种客观存在。由于人类文明存在各种差异,因此它们也可能在相互接触和交流中产生摩擦、碰撞与冲突,但是这不同于经济、政治或军事的摩擦、碰撞与冲突。人类历史经验告诉我们,后者容易导致敌对和战争,而前者却不会。以希腊化时代为例,公元前336年,亚历山大继承王位后,积极采取军事占领的手段以实现其独霸世界的政治野心,他率领马其顿军团向东方的波斯人发动进攻,先后侵占小亚细亚、叙利亚、埃及、美索不达米亚等,并于公元前330年占领大流士国都波斯波利斯,征服了整个波斯。此后,亚历山大又攻占了埃及和巴比伦,并率军远征印度(327BC—325BC),直达印度旁遮普邦。从政治、经济和军事的角度考察,亚历山大的东侵无疑给被占领的国家带来灾难,形成占领和反占领的激烈冲突。然而从文化的角度考察,以中国的邻邦印度为例,东西方的文化借助亚历山大的征战表现出相互融合的特点。亚历山大的入侵不仅把西方的文化带到了东方,促进了印度与希腊世界文化的交流,还把印度的文化带到了西方,使西方世界了解和认识了印度这个东方的神秘古国。

亚历山大病逝后,罗马军队继续长期征战。在公元初图拉真

[①] 马克思、恩格斯:《反杜林论》,《马克思恩格斯选集》第3卷,人民出版社,1995年,第220页。

时代,经过一系列扩张,罗马帝国的版图扩大到了最大范围。它东起两河流域,西至不列颠大部分地区,南有埃及、北非,北达莱茵河和多瑙河以北的达西亚,建构起古代史上地跨欧亚非的最大的帝国。罗马帝国通过战争手段实现领土占领,在带来破坏的同时也推动了各个地区之间的经济往来与文化交流。希腊同西亚、中亚、印度等地的贸易更加密切。伴随罗马军队的远征,大批希腊商人活跃在亚非许多城市,从事商业贸易,把西方的物产带到了东方。不少希腊学者也来到东方,研究东方的科技和文艺。在罗马帝国的政治霸权和军事占领下,尽管冲突不断的政治纷争和军事冲突无法演奏和谐的乐音,但是东西方文化并未相互排斥、彼此敌对,而是互相补充,相得益彰。在罗马帝国圈内,不同文明的融合带来经济繁荣和文化发达,构成现代东西方文明的共同基础。

人类历史表明,自有文明产生以来,不同文明之间必然要产生借鉴与继承关系。作为集中体现文明成果的文化,充分表现出这一特点。例如,发生在14世纪至17世纪的欧洲文艺复兴,就是一场通过借鉴希腊罗马文化而把中世纪和近代衔接起来的思想文化运动。文艺复兴不仅影响了整个现代的欧洲,也通过不同途径影响了整个世界。在影响当代中国、日本和印度的西方文明里,我们可以轻易找到古代希腊的文化基因,而这些基因正是东西方文明交流融合的证据。

从历史的角度看,任何一种文明出现之后,它既要向外传播,也要输入借鉴,不可能拒绝和排斥其他文明而独立存在、独自发展。它要么吸收外来文明使自己得以演化,要么融入其他文明使自己得以延续。实际上,一种文明都是在不断向外传播和吸收外来文明基础上新生的文明,例如罗马文明之于希腊文明,欧洲文明之于希腊罗马文明,东方文明之于西方文明。这充分说明不同文明之间的共生、趋同、包容和融合的特性。古埃及文明、古希腊文明、希腊化时代的文明、文艺复兴时代的文明以及西方和东方文明之间，不存在相互敌视及敌对的基因，不存在发生根本性冲突而导致战争的必然逻辑。相反，不同的文明尤其是西方文明与东方文明之间，往往能够做到相互影响，相互借鉴，相互吸收，共生共存。本土文明不仅能够为外来文明留下生存与发展的空间，也能够同外来文明融合，促进本土文明的演化。人类社会发展到今天，我们无论讨论西方文明还是讨论东方文明，它们已经不是 50 年、100 年、500 年或者 1000 年前的本原文明了。任何文明已经不是最初的文明形态，而是融入了大量其他文明因素。因此我们讨论任何一种文明，它实际上已经把其他文明包括在内。

中华文明向外传播与对外来文明的吸收，充分说明不同文明基因组合而促进文明进步的特点。作为世界上最早的文明之一，中华文明很早就对周边国家产生影响，是世界文明演化的重要动力。早在隋唐以前，中国已经成为东南亚的文化中心。从公元 2 世纪开始，中国同亚洲其他国家有了商贸往来，丝绸从陆路和海路运入缅甸，然后再从缅甸转运至印度乃至欧洲。公元 3 世纪初，吴国孙权曾派遣康泰、朱应通使南海诸国，开始了同马来西亚、菲律宾等国间的文化交往，还直接或间接地通过东南亚国家影响了欧洲。中国的先进文化在魏晋南北朝时期传入缅甸，并在唐宋时代达到高峰。在中南半岛，早在两千年以前中国就同越南有了密切交往。公元前 2 世纪，中国汉字传入越南，成为越南撰写重要史学、文学、医学著作的工具，促进了汉文化在越南的传播。中国同柬埔寨、老挝的友好交往也开始于三国时代，相互间的文化交流有着悠久的历史。在朝鲜半岛，高句丽于公元 372 年设立国家教育机关太学，开展以汉学为主要内容的教育事业，并用汉文编纂名为

《留记》的高句丽史事100卷。在当时,五经、《史记》、《汉书》、《后汉书》、《三国志》等成为高句丽的主要学习用书。随着两国交往的不断加深,朝鲜大兴汉学之风,涌现出一批用汉文字进行创作的作家,其中著名的有薛聪、慧超、金云卿、金可纪、崔致远等。崔致远的《桂苑笔耕》20卷曾被收入我国的《四库全书》。日本也是深受中国文化影响的周边国家之一。在秦朝,已经有大批中国人移居日本。3世纪上半叶,中国同日本不断有使节往来,互有馈赠。据日本史籍记载,公元284年,中国的《论语》《千字文》传入日本。从4世纪开始,中国儒学传入日本,佛教也随后传入。唐代是中日文化交流的鼎盛时代,不仅中国向日本派遣文化和外交使团,日本也向中国派遣留学生(包括学问僧)。至唐代止,在日本的中国典籍据统计已有1800余部、18000余卷。在文学方面,日本人在学习汉字的基础上,兴起了仿效唐代诗赋文章之风,形成了日本的汉文学。中国古代文学对日本文学产生了深刻的影响,这种影响在日本的中古文学中得到充分体现。如公元751年,日本出现了第一部汉诗集《怀风藻》,共收64家诗人用汉语创作的诗歌100首,咏颂风花雪月、美女、闺情等主题,尽显中国文人式的情趣。日本除了在中国文学影响下形成的汉文学外,其他文学也受到中国文学的影响。日本最古的和歌集《万叶集》受到了六朝、初唐、盛唐的诗歌以及《文选》和《毛诗》等作品的影响。平安时代的长篇小说《源氏物语》也受到《文选》《元稹集》《游仙窟》等作品的影响。对日本文学影响最大的是白居易的诗歌,《长恨歌》是日本当时最受欢迎的作品。

中国文化对外传播不仅仅局限于自己的周边国家,还远及阿拉伯世界、非洲和欧洲国家。中华文明同西方文明最早的交流始于何时,虽然目前我们找不到可靠的文献资料,但是在《荷马史诗》

的描写里我们似乎就可以找到中华文明出现在西方的最早证据。俄底修斯为了交换商品,同一些知心朋友装上九大船货物,远航埃及,在埃及从事贸易。这说明早在荷马时代,希腊已经同东方的埃及有了商贸往来。在埃及,奥德修斯就有接触中国商品的可能。战后奥德修斯返乡后,他曾假扮成外乡人同他的妻子潘奈洛佩讲述了自己的经历:"我还注意到,他身上穿的衬衫非常光滑,轻细有如干了的葱皮那样,而且像太阳一样发出光辉。"①荷马描写的轻细如干了的葱皮一样的衬衫,很可能就是在当时商业迅速发展的过程中从中国输入的丝织品。据文献记载,公元前 2 世纪末,汉朝张骞出使西域,开辟了通往西亚的陆上丝绸之路。其后阿拉伯世界兴起。由于阿拉伯地处欧、亚、非三大洲的交汇点,因此它也是中国同欧洲和非洲国家交往的一个中转站。唐代我国称阿拉伯为大食,丝绸之路开通以后,通过丝绸之路同阿拉伯世界建立起直接联系,中阿之间频繁往来,迅速推动了双方在经济文化等领域的相互交流。众多的阿拉伯商人相继来华经商,有些人与汉族通婚,定居中国,深受汉文化的影响和熏陶,大食人李彦升在唐代进士及第并被钦点为翰林学士就是一例。"丝绸之路"东起中国的渭水流域,经由东西方交汇点的伊朗而抵达地中海沿岸各国。由于伊朗在地理上的特殊地位,中国同伊朗的联系十分紧密。尤其在唐代,波斯商人来华经商,中伊两国经济上互通有无,文化上广泛交流。在中国历代的典籍中,有许多有关古代伊朗政治、经济、文化、历史、地理和民俗的记载。例如在《太平广记》中,《李勉》《径寸珠》《李灌》等作品就描述了波斯商人在中国的故事。晚唐诗人李珣是波斯人的后裔,著有诗文集《琼瑶集》等,《全唐诗》收入他写的诗有 50 多

---

① 荷马:《奥德赛》,王焕生译,人民文学出版社,1997 年。

首。李珣的妹妹李舜弦的诗也被收入《全唐诗》。

自张骞开拓丝绸之路以后,民间商旅就开始将丝绸贩运至西亚、中亚乃至罗马帝国,中国文化也开始借助丝绸而迅速向西域传播。西亚、中亚、罗马、印度等国的商人和使节也相继来到中国,汉代的西安出现了"商胡贩客,日款于塞下"的盛况。魏晋南北朝时期,中国同中亚、西亚地区及罗马等国的交往得到发展。西晋时,大宛进贡汗血宝马,杨颢受命出使结交。北魏时王恩生、许纲和董琬等人出使西域诸国,赠送锦帛,西域16国遣使回访"贡献"。在当时,从葱岭以西到罗马帝国,沿途商旅使节"相继而来,不间于岁",所以薛能写下了"船到城添外国人"的诗句(薛能《送福建李大夫》)。

与此同时,中国对远处北非的埃及也有了比较多的了解。鱼豢在他根据公元3世纪的材料写成的《魏略》中对埃及的地理位置、政治、经济、商业、交通等做了详细的描述。我国唐宋时期的典籍《经行记》《酉阳杂俎》《岭外代答》《诸蕃志》等书,都对埃及、马格里布和东非沿岸的地理概况、政治经济、民情风俗等做了比较详细的记载。随着丝绸之路的开通,丝绸加工技术、纺织机械、瓷器也随之进入埃及,中国古代文化的向外流传远播至非洲地区。

在欧洲文明发展史上,希腊、罗马是西方文化的源头。随着罗马帝国的强大,罗马不仅统治了希腊,还征服了埃及、叙利亚、土耳其等亚非国家,建立起地跨欧亚非三大洲的大帝国。公元前138年,张骞第一次出使西域,又于公元前115年遣使出访安息,从而使中国知道了西方罗马帝国的存在。古代我国称罗马帝国为大秦,意为其人"有类中国"。在我国典籍《史记》和《汉书》中已经有了关于罗马帝国的记载,而在《后汉书》中对罗马帝国的记述更为详细。古代希腊、罗马很早对中国就有所了解。大约公元前5世纪末,在波斯王宫当御医的希腊人克泰西亚斯于公元前398年至公元前397年返回希腊,著有《旅行记》《印度记》等书,在书中介绍了中国,称中国为赛里斯。公元1世纪中叶,有一位生活在埃及的水手著《爱利脱利亚海周航记》一书,在书中称中国为秦国。生活在公元1世纪末2世纪初的罗马历史家和宫廷诗人弗洛鲁斯所著的《罗马史要》中,也记载了中国和罗马屋大维·奥古斯都时代相互交往的情况。从汉代开始,海上丝路开通,建立起古代东方和西方文化交流与影响的又一条通道。公元166年,大秦(罗马)帝国安敦王遣使交好中国,从海路航行至中国当时的日南郡登岸,到洛阳进谒,西方罗马和东方中国第一次实现了直接交往。中华文明在西传过程中,西方文明能够很快接受,并将其融入自己的文明之中,如中国的造纸、火药、指南针与活字印刷四大发明的西传,促进了西亚、欧洲及至整个世界的文明进程。中国的丝绸很早就销往罗马帝国各地,丝绸文化也随着贸易往来而传入西亚及欧洲各地。希腊人和罗马人因丝绸而认识中国,所以将中国称为"赛里斯",意即丝绸之国自从中外开始文化交流以来,中国的先进文化不仅很快融入周边国家和西方文明中,同时,中国也努力吸收外来文化,以丰富自己。中华文明吸收外来文化首先从宗教文化在中国的传播与接受中体现出来。早在西汉末年,佛教即传入中国。贞观元年(公元627年),玄奘西行求法,"乘危远迈,杖策孤征",历时17年半,前后游历了当时的110个国家,①带回梵文经本657部。法显、玄奘、义净等中国僧人走出国门,求学取经,周游印度西域,朝拜释迦牟尼诞生的圣地,历经漫长岁月而后携带佛学经典回国,可以看成中国渴求外来文化的一个标志。在中国的唐宋时期,国家成立

---

① 黄心川:《玄奘研究2005》,中州古籍出版社,2006年,第107页。

译经院这类国家机构,大量翻译佛学经典,表明当时吸收外来文化已经提升到国家的层面。在当时由国家组织完成的世界史上规模巨大的《大藏经》,可以看成中国吸收外来文化的典范。中国的佛学在源头上来自外邦,并非本土所有,然而中国将其融入自己的文化之中,使之成为中华文化的一部分,这正是不同文化相互融合的例证。公元753年,鉴真和尚率弟子24人东渡日本弘扬佛法,这又说明人类文明的精华会在不同国家、种族和政治制度中流传。

印度佛教传入中国后演化为中国的佛教,不仅成为中国宗教之一,还深刻影响了中国民间习俗,雕刻、绘画、建筑等艺术,以及哲学、诗歌、小说、戏剧、音乐等。在文学创作最为繁荣的唐宋,佛教影响诗歌最大,在著名诗人李白、杜甫、白居易、王维等人的创作中都可以看到佛教影响的印迹。李白的"宴坐寂不动,大千入毫发"(《李太白全集》卷二十三)、杜甫的"身许双峰寺,门求七祖禅"(《杜少陵集详注》卷七)、白居易的"近岁将心地,回向南宗禅"(《白氏长庆集》卷七)、王维的"一生几许伤心事,不向空门何处销"(《叹白发》,《王右丞集笺注》卷十四)等名句,都可从中看出这些伟大诗人创作中表现出来的佛教理想。在佛教影响下,白居易仕途受挫,最后皈依佛教;王维将宗教感情化为诗情,用诗歌阐释禅理,使创作达到了最高境界;柳宗元自幼信佛,诗歌蕴含禅理,成为他诗歌的一大特色。这些诗人创作中的佛教倾向,体现的是当时整个文学作品以佛学禅理为最高境界的文学风尚。

除了佛教以外,伊斯兰教和基督教也是最早传入中国的宗教。自汉代张骞出使西域之后,中国同伊朗及阿拉伯国家交往日益密切,除了政治和经济的交流外,文化和宗教的交流也十分密切。汉唐之际,不但伊朗的音乐、舞蹈、乐器、杂技、绘画、雕塑、图案设计技巧等传入中国,对中国的文化艺术产生了一定的影响,而且早在唐高宗永徽二年(651),伊斯兰教就传入了中国。在中国发现的成书于公元8世纪到13世纪的《古兰经》手抄本,是世界上保存完整的最古老的《古兰经》手抄本之一。这也是伊斯兰教传入中国的最好物证。此后,伊斯兰教及文化在中国传播从未间断,对中国文化产生了深刻影响。例如,明末清初中国伊斯兰教继推行经堂教育之后开展的汉文译著活动,就超越宗教而变成了中外文化交流的活动。从事译著的穆斯林学者精通儒、佛、道、伊斯兰四教,"以儒诠经",使伊斯兰宗教经典的翻译变成了一场中外文化交流和融汇的活动,丰富了中国的宗教文化。基督教传入中国的时间甚至还早于伊斯兰教。早在唐太宗贞观九年(635),属于基督教聂斯托里教派的景教就经由叙利亚人传入中国。唐朝建中二年(781),一个名叫景净的波斯传教士曾立"大秦景教流行中国碑"纪念。明朝天启三年(1623),这块石碑在陕西周至县出土,印证了基督教在中国的悠久历史。

在中西文化交流史上,西方文化以宗教为媒介在中国传播,不仅寻找合适的土壤融入中华文明,也吸引了更多的西方人来到中国。例如,中世纪旅行家马可·波罗就是如此。马可·波罗出生在意大利威尼斯城一个商人家庭,于1275年夏随同父亲到达元朝皇帝避暑、议政的上都开平府(Chemeinfu),[①]在中国生活的时间长达17年之久,到过中国许多地方。马可·波罗于1291年随同出使元朝的波斯人离开中国,于1295年返回意大利。他出版的《马可·波罗游记》一书,详细记述了元代中国的政治事件、人情风俗、各类物产,是西方人介绍中国的最早著作。马可·波罗在中西交流史上的意义不仅在于他以自身经历和《马可·波罗游记》一书为

———————
[①] 杨志玖:《马可波罗在中国》,南开大学出版社,1999年,第5页。

西方人开启了认识中国的窗口,也为中国带来了西方文化,为后来意大利传教士利玛窦、德国传教士汤若望、英国传教士马礼逊等人以传教的方式到中国宣扬西方文明创造了条件。

利玛窦(1552—1610)是意大利耶稣会传教士,也是著名学者、科学家,于明朝万历年间来到中国,在中国生活长达30余年。利玛窦虽为耶稣会传教士,但是他在把欧洲天主教带到中国的同时,也把西方的近代科学如数学、天文、地理等知识传到中国。他与中国科学家徐光启合作翻译西方著作和写作的大量论著,奠定了中西文化交流的基础。他攻读中国经典"四书""五经",并将"四书"译成拉丁文。利玛窦1610年在北京逝世。由于他对中国科学做出的重要贡献,明朝皇帝特赐北京西郊二里沟滕公栅栏作为他的安葬之地。继利玛窦之后,汤若望(1591—1666)是对中国文化产生重要影响的另一位西方传教士。他在中国生活长达50年,是清军入关、明朝灭亡以及清王朝政权更替的历史见证人。他在中国得到统治者的信任,长期为官,担任过多尔衮掌权时的监正、太常寺少卿、通政使司通政使等官职,曾被顺治皇帝册封为通议大夫并赐号"通玄教师",由此可见他所受到的尊重。他编制新历法、制造天文仪器、著述立说和翻译西方经典,为中国近代科学的产生和发展做出了突出贡献。1658年,顺治帝册封汤若望为光禄大夫,恩赐祖先三代、一品封典,其声誉在中国达到顶峰。英国传教士马礼逊(1782—1834)在中国生活也达25年之久,在经书翻译、汉学研究、开办学校、建设医院、创办期刊等方面贡献很大,如汉译本新旧约《圣经》、《华英字典》以及英华书院等。西方传教士在中国传教及受到尊重的历史表明,中华文明不仅能够同外来文明和谐相处,相互尊重,还能努力吸收外来文化,并使之成为自己文化的一部分。

在不同文明的交流中,不和谐、非文明的因素可能伴随文明而生,例如政治干涉、军事占领以及毒品泛滥。在中国对外开放、广泛交流和外国文化输入与传播的同时,19世纪的鸦片对华输入以及后来八国联军入侵中国,对中国人民造成巨大的健康与精神毒害。显然,在中国特定时期形成的所谓鸦片文化根本不是文明,而是野蛮。也正是鸦片反文明的本质,鸦片理所当然地在中国被禁止。尽管在中西文明交流中曾经有过西方强权政治利用鸦片毒害中国人民和赚取非法利润的历史,但明清以来,尤其是1840年鸦片战争以后,中西文化的交流不仅没有停止和削弱,相反更扩大和加速了。

中华文明同外国文明相互借鉴融合主要有主动引进和被动输入两种方式。玄奘西行求法,就是对外国文化的主动学习;而西方基督教传教士入华传教,则是西方文明的输入。明末清初,西方天主教传入中国,打开了中国输入西方学术及科学的大门。有学者认为:"中国正式接触到所谓'西学',应以明末因基督教传入而带来的学术为其端倪。"[①]西学东渐的历史,不只是西学输入的历史,也是中西文明交流融合的历史。西方传教士进入中国不只是为中国带来西方的基督教和宗教经典,也带来西方的哲学、天文学、物理学、化学、医学、生物学、地理学、政治学、社会学、经济学、法学、应用科技、史学、文学、艺术等,为中国埋下了现代化种子。鸦片战争以后,19世纪60年代,清朝政府开始推行的"师夷长技以制夷"的洋务运动,就是西方现代化种子的萌芽。

19世纪末20世纪初,八国联军入侵中国,夺城掠地,烧杀抢掠,圆明园被烧毁,典籍文物要么被抢走,要么被破坏,中华文明遭到空前浩劫。清政府签订了丧权辱国的《辛丑条约》以后,帝国主

---

① 侯外庐:《中国思想通史》第4卷,人民出版社,1980年,第1189页。

义列强进一步加强了对中国政府的操控、对矿产资源的掠夺以及对财政金融的垄断,中华民族的灾难更加深重。八国联军的暴行让中国人民看清了军事入侵反人类、反文明的本质,惊醒了中国这个东方睡狮,让中国人知道了故步自封的危害,认识到需要吸收先进文化让自己变得强大。八国联军用枪炮敲开了中国的国门,促使中国开始了现代化的进程。

1911年至1912年初,中国发生了以武昌起义为标志的、旨在推翻清朝专制帝制王朝和建立共和政体的全国性革命:辛亥革命。这场革命成功地推翻了清朝的统治,结束了中国的帝制,开启了民主共和新纪元。继南京国民政府之后,北洋政府谈判修订了清政府签订的一部分不平等条约。中国加入协约国参与第一次世界大战,并以战胜国的身份出席巴黎和会,一度让人乐观期许改变清朝后期在国际舞台的屈辱历史。辛亥革命是中外文化交流融合催生出来的一场革命,是洋务运动播下的西方文化种子结出的第一枚胜利果实。尽管辛亥革命因胜利果实被袁世凯窃夺而失败,但是辛亥革命进一步为中西文化交流敞开了大门,孕育了另一场崇尚科学、反对封建迷信、抨击封建思想的文化启蒙运动——新文化运动。这是由西方思想启迪和孕育的一场思想文化运动,它为马克思主义在中国的传播开辟了道路。新文化运动和五四运动是西学东渐的成果,是不同思想和文化相互交流融合而产生强大革命推动力的典型范例。

新中国成立后,毛泽东提出"洋为中用"的对外开放思想,鼓励吸收借鉴优秀的外国文化用以发展社会主义文化。解放后在一个相当长的时期内,虽然由于帝国主义的封锁我国中断了同西方的文化交流,但是同苏联的密切联系仍然表现出外来文化影响我国文化的特点。20世纪80年代我国全面对外开放,不但西方的科学技术被引进中国,而且西方学术著作、文学艺术作品等大量进入我国,成为我国文化的有机组成部分。西方文化进入中国,不仅没有同中国的本土文化产生冲突,相反逐渐融入中国文化之中。中国文化也大量进入西方国家,它们同样没有同西方的本土文化发生冲突,而是成为西方国家了解和认识中国的重要媒介。中外文明的相互交流证明,不同文化虽然在形式、内容和审美趣味方面往往不同,但是它们作为人类共同的遗产,能够做到相互沟通、理解、包容直至借鉴、吸收、融合,共同演化成更有生命力的新文化,成为构建和谐世界的重要因素。

总之,对历史进行总结有利于我们解决今天面对的现实问题。有人对冷战后的世界政治局势进行分析和预测,简单地把文化因素看成冷战后导致国际冲突的根源,把来自不同文明的冲突看成世界和平的最大威胁,这显然违背了事实。有人排斥其他文明,企图在基督教文明基础上建立世界秩序,这同样不是构建和谐世界的药方。从历史的角度看,在不同的文明之间不存在导致冲突的必然逻辑。从现代社会看,不同文明的交流和融合是世界文明发展的趋势,没有人能够阻止。从世界文明看,全球化不会导致文明的一元化,相反会仍然保持文化的多样性、多元化。事实证明,正是因为有了不同的文明和多样的文化,世界才变得如此丰富多彩。不同文明和文化各有特点,各有短长,但是它们能够相互学习、借鉴和吸收,共生共存,建构和谐世界。

(原载于《上海师范大学学报(哲学社会科学版)》2012年第1期)

卷二

文论、教材、期刊与随笔

构建中国特色学术理论　引领国际学术话语
——以文学伦理学批评理论为例

　　构建中国特色学术体系和话语体系,实现中国学术屹立于世界学术之林的中国梦,是我国哲学社会科学繁荣发展、中国学术领域的改革开放、中国学术研究的国际化、中国学术"走出去"和获取国际学术话语权的前提条件。习近平总书记《在哲学社会科学工作座谈会上的讲话》中指出:"在解读中国实践、构建中国理论上,我们应该最有发言权,但实际上我国哲学社会科学在国际上的声音还比较小,还处于有理说不出、说了传不开的境地。"只有中国学术"走出去",才能让世界真正了解"学术中的中国""理论中的中国"和"哲学社会科学中的中国",才能真正引领国际学术话语。

　　要改变中国学术声音弱小的状况,需要建构中国特色哲学社会科学理论体系、话语体系。为了解决在西方话语影响下出现的文学批评脱离文本及伦理道德严重缺位的现实,一批具有远见卓识的中国学者共同努力创建了文学伦理学批评。经过15年的发展,文学伦理学批评取得重要成就:在达尔文自然选择理论的基础上建构了文学伦理学批评的伦理选择理论;建立了以伦理选择活动、道德选择、伦理身份、伦理环境或语境、自由意志、理性意志等为核心的批评话语体系,从而为文学伦理学批评的广泛运用创造了条件;建成了以国际文学伦理学批评研究会及其会刊《文学跨学科研究》(A&HCI 期刊)为载体的学术研究平台;借助国际知名出版媒介,文学伦理学批评不仅加速了国际传播,还做到了引领国际学术话语;文学伦理学批评在建构理论的同时不断向跨学科领域拓展,为理论完善和深入发展进行学术储备。

目前,有关中国学术"走出去"问题的讨论较多,如中国学术"走出去"的必要性与重要性、"走出去"的途径与方法、中国学术外译与传播等。但是,中国学术怎样才能真正"走出去",怎样才能引领国际学术话语等问题,讨论较少。实际上,是关于中国学术"走出去"的评价标准的讨论。中国学术"走出去",可以考虑从学术观点的国际传播、国际学术共同体的评价、同行专家的评价以及国际合作研究四个方面进行评估。

一是学术观点的国际传播。中国学术"走出去"的方法是多种多样的,但目的都是为了学术观点的国际传播。同出版社出版的学术专著相比,学术论文能够借助现代信息技术快速传播,读者容易在大型数据库中快速检索并迅速获取原文,也可以借助论文摘要、关键词和参考文献快速获取论文的基本观点。因此,学术论文在学术传播中的地位日渐突出、影响日益扩大,是目前学术传播的主要也是最重要方式。

在国际学术期刊上发表论文,是中国学术"走出去"的前提。文学伦理学批评自 2004 年在中国创建以来,特别强调以中外学者交流和对话的形式推动学术论文的国际发表,在国际一流学术期刊上推出的专刊或专栏,就是来自不同国家的学者相互交流与合作研究的结果。同时,多国出版的期刊,也不断刊发文学伦理学批评的论文和评论文章,传播文学伦理学批评的观点。

由于这些期刊发表中外学者的研究成果影响广泛,不但越来越多的中国学者致力于文学伦理学批评的研究,而且越来越多的外国学者接受了文学伦理学批评,参与其中,构成了文学伦理学批评的国际学术共同体。

二是国际学术共同体的评价。学术共同体代表一个学术群体,能够超越个人偏见并从宏观上、整体上对一种学术理论或者学术观点的价值进行评估和评价,推动学术传播,促进学术研究。从学术评价来说,学术共同体的评价具有权威性。一般而言,国际学术共同体是由学术期刊、学术组织、学术会议等代表的,因此它的评价可以看作学术理论、学术观点、学术思潮国际传播的标准。文学伦理学批评作为中国学者创建的文学伦理学批评理论,在国际传播过程中得到学术共同体的高度关注和积极评价。

三是同行专家的评价。学术共同体的评价是中国学术能否在国际上被认同和接受的试金石,无疑十分重要。来自不同学校、国家和地区的具有重要影响的同行专家,他们的评价是对学术共同体评价的进一步确认。一种学术理论的学术价值以及是否被广泛接受,可以通过同行专家的评价进行正确评估。

文学伦理学批评在走向国际的过程中,得到了美国、欧洲、亚洲等不同国家和地区的众多知名学者的积极评价。例如,斯坦福大学讲座教授、美国人文与科学院院士、现代语言学会前会长、美国比较文学学会前会长玛乔瑞·帕洛夫(Marjorie Perloff)说:"文学伦理学批评在很大程度上帮助读者重拾和发掘了文学的伦理价值,唤醒了文学的道德责任。"

美国当代著名诗人及诗歌理论家、美国阿拉巴马大学英语系讲座教授汉克·雷泽尔(Hank Lazer)发表专题论文,认为文学伦理学批评"从一个特别的文化与历史视角改变着、挑战着并且活跃着世界范围内关于文学和文学研究价值的讨论与创作"。斯洛文尼亚卢布尔雅那大学比较文学与文学理论系教授托姆·维尔克

(Tomo Virk)在2018年底出版的新著《文学研究的伦理转向》中,专门讨论了中国学者创建的文学伦理学批评。美国加州大学欧文分校人文学院教授、欧洲科学院院士乔治斯·梵·邓·阿贝勒认为:"文学伦理学批评所倡导的在历时的语境中从伦理的角度思考人与社会、人与自然以及人与自我间的伦理秩序和道德问题,可以帮助我们去认识人类伦理道德标准的流变轨迹。""在西语理论过于倚重政治话语的当下,文学伦理学批评对于文学批评向德育和审美功能的回归提供了动力。"

从以上评论可以看出,外国同行专家对中国学者创建的文学伦理学批评不仅没有偏见,相反是持论公允,客观评价。这也表明,追求学术真理对于中外学者来说目标都是一致的。从外国学者对中国学者创立的理论的评价中,我们看到中国理论正在走向世界、走向繁荣,也让我们看到中国理论正在影响世界。

四是国际合作研究。文学伦理学批评之所以能够走向世界,国际合作研究起到了重要的推动作用。文学伦理学批评与美国、英国、德国等欧洲国家以及韩国、日本的学者建立了广泛的联系,在文学伦理学批评的理论与批评实践方面开展合作,有力地推动了文学伦理学批评在国际学界的传播。

吸引大量外国学者参与研究和进行合作,迅速扩大了文学伦理学批评的学术影响,加速了中国学术的国际传播。由此可见,外国学者是推动中国学术"走出去"的重要国际力量。换一个角度看问题,文学伦理学批评能够成功"走出去"并引领国际学术话语,外国学者的作用也是一个非常重要的因素。

文学伦理学批评的国际传播表明,中国学术"走出去"不能缺少理论创新,不能脱离中国现实,更不能忽视中国问题。中国学术要真正"走出去",必须建构自己的理论和话语。有了自己的理论和话语,中国学术才会真正"走出去"和实现学术领域的中国梦。只有坚持理论创新和建构自己的学术话语,中国学术才"走"得出去,才能引领国际学术话语。因此,学术创新和建构学术理论与话语体系,是中国学术"走出去"的关键。

(原载于《中国社会科学报》2020年01月10日)

文学批评的四个阶段及社会责任

我国改革开放以来,大量西方的文学批评理论被介绍引入中国,如强调意识形态的政治批评、以社会和历史为出发点的审美批评、在心理学基础上发展起来的精神分析批评、在人类学基础上产生的原型—神话批评、在语言学基础上产生的形式主义批评、在文体学基础上产生的叙事学批评,还有接受反应批评、后现代后殖民批评、女性主义批评、新历史主义批评、文化批评、比较文学等。这些批评是我国文学研究中经常使用的批评方法,形成我国文学批评的中西融合、多元共存局面,推动着我国文学批评的发展。

就文学批评而论,它的基本职能是理解和阐释文学作品,解释作品中提出的各种问题,从而对文学作品的价值做出判断和评价。用最通俗的话语说,文学批评的基本功能就是为了回答作品是好或坏及其为什么好或坏的价值问题。因此,文学批评的性质是伦理的性质,在很大程度上是一种伦理的批评。这是由文学的本质与功能以及批评的责任所决定的。

一般来说,文学批评要经过"欲望""阅读""鉴赏""批评"四个阶段。"欲望"指的是阅读文学作品的欲望,是文学批评的第一个阶段。为了追求阅读的快感,任何一个有阅读能力的人,都会产生阅读文学作品的欲望。没有阅读能力的人，如儿童，这种欲望表现为听故事的欲望。欲望潜藏于读者的无意识中，它不受意识的支配，也不受情感的控制，只是一种个人无意识。这是文学批评的初级阶段。"阅读"指的是对文学作品的阅读，是阅读欲望的实现，属于文学批评的第二个阶段，即认知和理解文学作品的阶段。阅读的结果是对语言符号意义的认知，其目的是为了获得阅读快感。阅读是一个人在意识支配下对文学作品的认知过程。通过阅读，读者可以了解和认识文学作品，理解文学作品的意义。文学批评的第三个阶段是鉴赏。鉴赏是在阅读文学作品获得快感后对文学作品的体会与玩味，它在阅读的过程中发生，是阅读文学作品后得到的结果。文学作品的鉴赏不同于阅读，它是在文学认知过程中产生的审美感受。文学鉴赏带有个人功利的性质，它受个人感情支配，属于个人阅读作品后的自我情感体验，也是文学批评的前提。文学鉴赏在某种意义上等同于文学的审美。如果不进行文学批评，理解文学就到此为止了。

阅读文学作品的第四个阶段是批评的阶段，它是阅读文学作品的高级阶段。由于批评的目的是为了对文学作品的好坏做出价值判断，因此我们称批评为文学伦理学批评。文学批评不同于前三个阶段的根本区别在于前三个阶段都是个人的功利活动，只是到了批评的阶段，阅读文学作品才超越个人的功利。文学批评不同于文学鉴赏，鉴赏主要属于审美的心理活动，而批评主要属于理性的客观评价。鉴赏是为了对在阅读过程中获得的快感作出解释，其前提是体会和感受，主要受情感的支配。批评是对鉴赏后的作品价值做出理性评价，其前提是价值判断、社会责任和伦理观念，主要受理性和道德原则的支配。

因此，文学批评就是对文学的价值进行判断，是某种伦理意志和道德观念在文学评价中的体现,它往往超越了个人的情感而代表了某个集体的、时代的、民族的主要价值观念。文学批评对文学作品做出超越个人功利的评价,其目的是为了使文学作品有益于集体、社会和整个人类。对文学的基本评价不仅要看文学作品是否带来快感或审美感受,更要看文学作品带来的快感和审美感受是否符合社会或人类所共同遵守的伦理和道德准则。不同的时代有其不同的伦理观念和道德准则,因此文学批评的标准也就不断发生变化而尽量同时代保持一致。这就决定了文学伦理学批评在评价文学时不能超越时代。虽然时代的差异性导致文学批评标准的不同,但是就其性质而论,自古以来评价文学需要伦理和道德标准却是始终不变的。

文学伦理学批评作为方法论,它强调文学及其批评的社会责任,强调文学的教诲功能,并以此为批评的基础。作家创作作品应该为社会负责任,批评家同样也应该为批评文学负社会责任。文学家的责任通过作品表现,而批评家的责任则通过对作品的批评表现。因此,文学的创作自由、艺术主张需要服从社会责任。

在现在的文学批评中,作家和批评家的责任有时被曲解,被误读,或被有意诋毁。有的作家往往狭隘地理解作家的社会责任,认为创作应该是自由的,强调社会责任会限制他们的艺术想象力和损害作品的艺术性。也有批评家狭隘地理解批评家的社会责任,认为文学批评是文学的审美批评,把社会责任等同于政治禁锢,抽掉了文学批评的伦理价值标准。他们把自由同责任对立起来,把审美和批评相互对立,忘记了社会的基本道德法则,以为审美可以不讲伦理,自由可以不负责任,担负责任即为不自由。但我们必须明白,文学创作的自由建立在承担一定的责任义务与遵守一定道德原则的基础上,以担负一定的社会责任与道德责任为前提。例如,宪法规定一个人有言论自由,但这不是说就可以随便乱说一气,例如制造谎言和侮辱他人,因为宪法同样也规定不能诽谤或侮辱他人,否则同样要为自己所谓的言论"自由"负责。文学创作和文学批评同理,他们有创作和批评的自由,但是不能违背社会公认的道德准则。例如,文学教唆犯罪而批评又从艺术虚构的角度对这种犯罪加以肯定,这就显然违背了文学批评的伦理。

文学批评的责任是由文学创作的责任决定的。文学是一种特殊的商品,它最终要进入市场进行交易,因此必须符合一定的质量标准才能进入文学的交易市场,这个质量标准就等同于社会赋予文学的责任。文学批评与文学创作也同样遵循着经济市场的法则。在文学这个自由市场里,社会责任就是这个市场所有参与者都要自觉遵守的质量标准和交易规则。文学批评相当于这个市场的质量监督,它代表广大的消费者查验这个市场的所有货色,并对他们的质量做出评价。在这里,文学批评就有了自己的社会责任,不能违背良知与道德。它不仅要把好的货品一一加以说明,还要把它们推荐给广大的消费者,同时,它也要找出那些不合质量标准的货品,或者把它们清理出商场,或者告诉消费者不要购买。除此之外,文学批评还担负指导消费者如何消费文学作品的义务。因此,文学伦理学批评既要在担负社会责任的前提下履行自己的义务,也要遵守进行文学批评的伦理标准。

今天在市场经济的大潮下,追求市场最大经济利益似乎变成了作家、文学出版商和批评家结合在一起的强有力的纽带,文学的排行榜、出版商的码洋和销售纪录、读者数量等,似乎成了衡量文学价值的标准。我们不否认市场对文学的接受程度是衡量文学价值的一个因素，但是文学的市场价值并不能等同于文学的伦理价值。因此，文学批评绝不能在由竞争法则主导的文学市场里放弃自己的社会责任，相反，它更应该用严格的批评为建立我国优秀的民族文学做出贡献。

（原载于《学习时报》2006年2月20日第009版）

天才作家的痛苦
——西欧作家命运散论

在西欧文学的历史长河中有许多伟大的天才,他们用文字为自己建造了一座座闪光的纪念碑,镌刻上自己平凡的名字,从而使他们得以永垂不朽。这些深受人们崇敬的文坛巨匠死后极尽荣光,生前的命运却值得我们思索探讨。他们有些是出身穷苦的无名之辈,如狄更斯、勃朗特姐妹、哈代、劳伦斯;有些是出身豪门贵族的高贵人物,如但丁、司各特、拜伦、雪莱、乔治·桑;还有一些是出生在殷实人家的幸运者,如萨克雷、莫里哀、巴尔扎克等。他们虽然出生在不同的家庭,生活在不同的时代,但他们的生活道路和人生遭遇似乎有一点是相同的,即他们都遭受过巨大的痛苦。他们都是在逆境中逐渐成长起来的天才作家,他们的命途多舛、世路艰难,但是他们都敢于同命运抗争,经受着痛苦生活的考验,在满目荆棘的道路上开拓出一条通道,经过艰苦的拼搏终于到达成功的顶点。

一

纵观古往今来的一切鸿篇巨制、不朽佳作,我们会发现它们都是经过生活磨难的冶炼而成的。因此尼采在评价希腊艺术时一反传统,认为希腊的伟大作品不是缘于希腊人内心的和谐,而是缘于他们内心的痛苦和冲突。只有经历和体验过人生的痛苦,天才作家才能看清人生的悲剧性质,打开艺术灵感的闸门,产生出艺术创作的冲动,创作出真正伟大的艺术作品。虽然幸福平静的人生也能产生出一些文学作品,然而在痛苦中孕育的作品更成熟、更深刻、更富有感情、更能打动人心。如但丁的《神曲》、拜伦的诗篇、莫里哀的戏剧、巴尔扎克的小说等,这些凝聚着作家悲愤苦痛和一生苦难历程的作品,读来就真正叫人浮想联翩、心潮澎湃。

许多作家都是在贫穷中诞生的。由于贫穷,他们对家庭生活以及贫穷所引起的一切烦恼、悲伤和不幸有着极其深刻的感受。他们一方面承受着贫穷带给他们的痛苦,另一方面又滋生出改变贫穷环境的渴望。由于他们很早就受到贫穷生活的磨难,因此,他们对生活比那些生活优裕的人有着更深刻的认识,对人生有着更敏锐、更准确的理解。他们要改变自身环境的欲望更强烈,意志更坚定,志向更远大,更能经受挫折、失败的打击。这些作家刚强的性格特征、奋发向上的精神、一往无前的勇气、百折不回的毅力都是在艰苦的环境中培养起来的。贫穷没有损害他们作家的天赋,相反,他们的天赋在贫穷的生活中得到更大的拓展。他们依靠个人的努力和艰苦的奋斗,历经苦难的历程而最终获得事业的成功。

狄更斯、彭斯、勃朗特姐妹就是在痛苦和屈辱的生活环境中成长起来的伟大作家的代表。狄更斯自幼生活在一个艰苦的家庭里。由于家境贫寒,从11岁起他就开始洗盘子、刷靴子。12岁那年,父亲因还不起债被关进监狱,全家也入狱同住。这使他意识到生活的残酷,在他幼小的心灵里留下了一道深深的伤痕。因家庭所迫,他当童工,为每天一先令的工资而终日忙碌,曾受到被放进商店橱窗当活广告的侮辱。从15岁开始,狄更斯就正式踏入社会,独立谋生。狄更斯少年时代生活在社会的底层,但他人穷志不短,没有因为贫穷而自甘堕落,妄自菲薄,而是积极进取,发奋努力,自学成才。他对周围环境的肮脏、人民的穷困、社会的不公,都有着切身的感受,少年时代痛苦的经历深深地留在记忆里,积蓄起悲愤之情,成为他后来创作的源泉。在自传体小说《大卫·科波菲尔》里,他就把自己对贫穷的体味、生活中所受的挫折和屈辱写进了这部作品。在他的另外一些小说里,我们也能看到狄更斯早年生活对创作的明显影响。如果说没有他早年贫穷的家庭环境、当童工的屈辱、当小职员的辛酸,那么就没有伟大的作家狄更斯和他的不朽作品。农民诗人彭斯出生在一个佃农家庭,家境十分清贫。但他对文学有着天然的热情,经过不懈的努力,使他终于从极端贫困的境遇中跨进了文学的大门,并成长为一个伟大的诗人。他的诗歌都是在艰苦的劳作中创作出来的。他最后在贫病交加中凄惨地死去。这位早逝的天才有着美丽的生活理想、杰出的艺术才能和坚强的毅力,一生惨遭不幸,虽然只活了37岁,然而给我们留下的大量的诗歌珍品依然被后人传颂着。他的诗歌是他自己的生活和情感的记录。他的成就是贫困催人奋发的证明。勃朗特姐妹出生在边远的农村,由于家庭贫困,幼年就被父母送进了生活条件极端恶劣、教规森严的慈善学校。她们在那儿经常挨打受罚,精神上受到折磨摧残,两个姐姐就是在那儿染上伤寒死去的。因此,她们的记忆总是同疾病和灾难连在一起。穷困磨炼了她们的意志,使她们发奋努力,勤学成才,成为英国北部偏僻的约克郡山区里的三颗明星,至今仍在放射着光明。

  以上,我们所列举的这几位出身贫苦而获成功的作家表明:贫苦和逆境也是成功的动力,不幸的生活能够造就伟大的作家和诗人,孕育流芳百世的艺术精品。

另外,还有一些出身于显贵或富裕家庭的作家视富贵如粪土,甘愿投身于生活不幸的人们中,品尝贫穷的滋味。诗人斯宾塞出生于一个富裕的布商家庭,却惨死在贫病交迫中。他被后人称之为"诗人中的诗人",他创造的"斯宾塞诗体"成为后辈诗人学习技巧的典型范例。本·琼生曾记叙过当时的惨境:"斯宾塞死于王家街中,无隔夜之粮;但当艾塞克斯伯爵派人送给他二十块金币的时候,他拒绝接受,并嘱为其转告伯爵,说他已无福消受了。"其他作家如拜伦、雪莱、普鲁斯特、卡夫卡等文学大师,都无不受到过贫苦生活的磨炼,能够理解贫穷给人带来的痛苦。从他们的生活经历也可以看出,贫穷的痛苦并不是贫穷者所独有的。

西欧作家无论出身贵贱,大都受到过贫苦生活的考验。他们的经历表明,作为描写生活和人类感情的艺术家,不经过贫苦生活的磨炼,不感受穷困的苦痛,他们的感情就不完满,体会就失之肤浅。他们从困苦的生活中获取经验和生活的真理,获取创作的热情和灵感。不经历贫困的痛苦就不能理解苦难的人生,就难以创作出真正反映现实的作品。穷困和富有,苦难和幸福,痛苦和欢乐,它们都是作家认识生活不可缺少的情感体验。事实证明,情感不丰富、体验不完全的人是难以成为伟大作家的。

二

作家在激情的推动下创作,而最伟大的作品则离不开理想和爱情。意大利诗人但丁的著名诗篇大多来自他对贝雅特丽齐的爱情,薄伽丘也在他对玛丽亚的爱情激励下写出了许多作品。英国诗人拜伦和雪莱都是为了爱情而写作的诗人。作家把自己的理想和感情注入爱情,作家的爱情就是生活中的作品。爱情使人痛苦,也使人幸福。人类最复杂的感情都是通过爱情而得到体现,作家的成长永远离不开爱情。

在一切作家的生活中,我们都可以看到女性的影响。在一切伟大的作品中,我们都可以看到作家自身爱情的影子。歌德在少女身上找回了自己已逝的青春和激情。巴尔扎克的伟大力量来源于他所钟爱的韩斯卡夫人。拜伦、雪莱、乔治·桑、劳伦斯等作家的灵感也莫不来源于他们对爱情的追求。在他们的作品里,包含有作家美丽的憧憬,热情的煎熬,无望的呼唤;交织着作家编织的朦胧的幻梦,深沉的悔恨,幸福的满足;也反映着作家失常的心理,分裂的意识,矛盾的感情。

如果说贫穷给作家带来痛苦,那么爱情给作家带来的痛苦更大,因为痛苦来自人的内心深处。天才作家比别人更渴望爱情,更需要爱情。他们把爱情视为艺术和生命,不断追求寻觅,并从中产生出激情和灵感,产生出作品。没有谁追求爱情比他们更狂热,更坚定,然而命运往往又注定了他们爱情的不幸。他们要么永远得不到爱情而陷于痛苦,要么把到手的爱情轻易抛弃,然后再重新寻找。但丁和彼特拉克就是前一种人。但丁在9岁那年见到了贝雅特丽齐,从而开始了他单恋这位女子的痛苦之旅。但丁对贝雅特丽齐的恋爱给他带来极度痛苦,并围绕这场不幸的爱情创造了许多美妙的诗篇。他的大部分涉及单恋的诗歌,结局痛苦,情调悲哀,思想深沉。这些由痛苦的感情凝结而成的诗籍,其艺术魅力是其他作品不可比拟的。桂冠诗人彼特拉克的经历同但丁有些相似。他以丰富的想象力、真挚的感情、清丽的诗句描写了他对少女劳拉的爱情。诗人从夜莺悲凉凄切的啼声中联想到自己不幸的爱情,感叹"尘世既没有欢乐,也没有永恒"的不幸,抒发自己孤独、彷徨、郁闷和痛苦的心情。因此,拜伦在《唐璜》中说:"假如劳拉做了彼特拉克的妻子,想一想吧,他会终生写作十四行诗?"夏洛蒂·勃朗特也是这种作家的典型。1842年,她远赴布鲁塞尔求学,海格先生开办的学校学习法语和经典文学著作,并爱上了已有妻子的老师海格先生。当时这位纯朴的姑娘把自己全部的爱倾注在海格身上,但是这种爱情是不会有结果的,因而不得不承担这种无望爱情的巨大痛苦。她一共给海格先生写了四封感人至深的情书,向他表达自己的爱情,乞求对她施舍一点儿爱情。她的痛苦感情后来被她化作了创作的灵感,一场悲恋变成了她未来创作的素材。在《简·爱》和《小城》中,她细腻地描写了她对爱情的强烈渴望和爱情所导致的忧郁、苦闷和悲伤,从而为她的小说增添了打动人心的力量。

在西欧作家中,拜伦是个在对完美爱情的痛苦追求中不断完善自己的人。他出身贵族,10岁丧父,母亲性格乖戾。他很早就开始谈恋爱,曾因跛脚而遭受失恋的悲痛。他有过多次爱情史,但是不能获取美丽的爱情。他给自己制造痛苦,也把痛苦带给别人。在拜伦的创作道路中,他的命运基本上是由女人掌握的,他的作品也是在他同女人的恋爱中诞生的。作品中透露出来的忧郁、孤独、热情、期待、失望、悲苦,基本上都是他的自我情感的再现。在他还不谙世事的时代,他深爱的玛丽·查沃思嫁给了别人而使他痛苦不堪,并使他的性情得到改变。他对女人失望了,美和爱的理想破灭了,他陷入了孤独,感到心情忧郁、百无聊赖。他在《梦》中这样写道:"奇特的人生,这两个生灵的厄运/竟被描绘得如此逼真——/一个将在癫狂中了结一生——/两个都陷入悲惨的绝境。"他初恋的梦想被粉碎了,拜伦陷入了痛苦,却打开了创作的闸门。后来他又追求过无数女人,没有得到他渴望的爱情,却为我们留下了辉煌的诗篇。

济慈是一个短命的天才,同范妮·布朗有过一场悲恋。他的《无情的贵妇》就是为她写的,借描写骑士的不幸诉说自己的悲苦命运。济慈最著名的两首诗《夜莺颂》和《希腊古瓮颂》都是献给她的。在济慈其他一些诗篇和十四行诗中,也可以看到范妮的影子。他对范妮的爱情真挚纯洁,带有浪漫的色彩。他在写给范妮的信中说:"爱情是我的宗教,我可以为爱而死,我可为你而死。"他给范妮写了许多封情书,并在他对范妮感情的影响下写了许多诗篇,倾泻自己热恋的痛苦。他那些感人的情书和诗篇是一个爱情无望和感情受到伤害的人的痛苦记录。他在同范妮的恋爱中没有得到太多的幸福,唯一的安慰就是通过写诗来减轻痛苦。然而正是这些心灵的无限忧愁和哀痛,孕育了他那些优美的诗篇。

乔治·桑嫁给卡西米尔·杜德望男爵时,曾抱着少女的天真幻想,以为从丈夫那儿得到了自己渴望的爱情,但不久就因丈夫的自私和庸俗感到失望,陷入极度的痛苦中。为了自由和爱情,她离开丈夫来到巴黎,在同于勒·桑多的交往中使受伤的心得到慰藉。她同桑多的恋爱,使自己成为一个著名的女作家,但很快又发现桑多不是自己理想中的爱人,重新在矛盾和痛苦中开始新的追求。为了真正的爱情,乔治·桑让不同的男性像走马灯似的在她的生活中出没,在桑多之后又同诗人缪塞、音乐家肖邦有过浪漫的爱情。他们都是感受敏锐、感情丰富的艺术家,他们之间的悲欢离合都对各自的创作产生了影响,并都在爱情的激励下产生了一些重要作品。

爱情为艺术家创造出半真半幻的心境,诱发出巨大的创作潜能。艺术家对爱情的追求也是对艺术的追求。对艺术家来说,女人在他们眼中往往失去了女人的特质,被赋予了理想的色彩,从世俗的人变成了艺术的典型。艺术家欣赏女人往往采用艺术的眼光,把女人作为艺术品来欣赏,始终带着一种崇高神圣的感情。他们永远追求,永不满足,永远痛苦,因此艺术灵感就永不枯竭。所以巴尔扎克说:"我只有两种热情:荣誉和爱情,都得不到满足,也永远不会满足。"正是他们对爱情的不满足,才产生理想和追求、渴望和痛苦,才产生伟大的诗人、传世的作品。

三

如果说爱情自身诱发出作家的创作激情,继而产生出伟大的作品,那么,政治抱负的波折则从社会和政治环境方面说明了作家的不幸命运。对于大多数作家来说,他们都是天才的叛逆者,敢于向社会挑战。他们能从当时人们所认同的社会秩序、所接受的宗教信仰、所遵从的伦理道德方面发现其中的弊端和丑恶,对时代和民族的命运倍加关注。他们以艺术家所特有的敏感,不愿因循守旧,而要力图打破传统的束缚,实现自己的意志。他们的思想和创作超越了他们的时代,政治观点和主张得不到目光短浅的人的理解,因而他们就必然要被视为离经叛道的人,被当成危害社会的魔鬼,从而遭受不幸的命运。

但丁也是一个在现实斗争中成长起来的诗人。他的政治理想失败之后,财产被没收,遭到黑党放逐,终生未能再回佛罗伦萨。他从一个深得民心的政治家沦为四处泊漂的浪人,从一个富有的贵族变成了一个寄人篱下的食客,其忧愤痛苦的心情是可以想象的。然而但丁并未因此自甘沉沦,他愤而作《神曲》,把自己的政治理想、爱憎感情写进作品。在《地狱篇》里,但丁细腻地描写了各种罪人受到惩罚的情景。贪官污吏、宗教骗子、党魁权贵,都在但丁笔下遭到严惩,再现了当时社会的真实面貌。由此看出,但丁对黑暗的现实社会多么愤恨。地狱就是现实社会，罪人就是现实中的人。但丁借助象征的艺术手法，把他在政治斗争中的深刻体验、悲愤的感情写进作品。因此，《神曲》的伟大艺术魅力不仅来自但丁高超的艺术技巧，也来自他对现实社会的真实感情。

雪莱就是这种离经叛道的作家的典型。早在大学时代，他就从哲学家威廉·葛德汶的《政治正义》中获得新的思想，向往着一个美好的未来。在牛津大学学习期间，他在外貌、习惯和思想上都是一个无政府主义者，形成了无神论思想，写出了《论无神论的必要性》的论文，造成被学校开除、继承权被剥夺的严重后果。为了维护自己的正确思想和信仰自由，雪莱付出了沉重的代价，在经济上遭到父亲断绝供给的惩罚。尽管如此，雪莱仍然没有放弃自己的政治主张。在爱尔兰，他投身于当地人民的解放斗争，写出了《告爱尔兰人民书》。爱尔兰人不理解他的政治主张，他只好开始了连续十年的欧洲漂泊生涯。他渴望"消灭一切阳光下的压迫""推翻暴君"，揭露一切。他想把整个人类从暴虐中解放出来，建立一个没有侵略、没有仇恨、没有罪恶、没有专制、没有饥饿和争斗的世界。正是在这种政治理想的推动下，他写出了《解放了的普罗米修斯》《伊斯兰的起义》《西风颂》等著名诗篇。由于叛逆性格、激进思想，雪莱在生活中遭受到种种迫害，只好沉醉在自己的幻想世界里，从而忘却自己的痛苦，在艺术中摆脱自己的厄运。

拜伦是另一个社会的叛逆典型。他有着激奋的情绪，暴烈的性格，强烈的渴望。他热爱自由，支持正义，渴望用放荡的行为和光辉的思想震惊社会，结果被社会视为恶魔，被社会敌视，遭社会抛弃。我们从拜伦式英雄身上可以看到他自身的情绪：思想矛盾、心情忧郁、极度痛苦、无比绝望。在《唐璜》和《恰尔德·哈罗尔德游记》中，主人公的痛苦就是拜伦的痛苦。自从被放逐以来，他生活的哲学已经发生了很大变化,《曼弗里德》就是他最后爆发的反抗,是从他内心迸发出来的最后呐喊。在拜伦的后期作品里,那种革命的激情和痛苦的沉思就来自环境对他的压抑和社会对他的迫害。他的命运是不幸的,但不幸的命运孕育了伟大的作品。

乔治·桑被称为法国"浪漫主义的母狮",早在19世纪40年代初期,她就受到社会主义思想和政治主张的影响。她的格言是:"不是战斗,就是死亡;不是血战,就是毁灭。"1848年巴黎爆发了二月革命,尽管那时妇女不能参政,但她仍以各种方式投身其中,为共和国撰写了许多文稿,被称为共和国的缪斯。在革命陷入低潮期间,她又成了救苦救难的圣母,想方设法拯救遭到政治迫害的同志。在乔治·桑的许多小说里,我们都能看见她的政治意识以及她在政治生活中形成的进步观点。

一切文学既是社会的反映,也是作家自我感受和内在情感的表达,社会的变动,政治的动荡,情感的波折,人生的痛苦,最适宜于文学的生长。在经历了大灾难和大忧患之后,作家才能成熟起来。他们从生活中汲取营养,在社会动荡和生活波折的刺激下产生创作的灵感和欲望,继而形成艺术作品。只有了解、熟悉和懂得生活的人,才能接近和认识真理,创作出伟大的作品。作家的社会经验越丰富、痛苦越深沉、追求越执着,他们的见解就越深刻,精神视野就越广。只有饱受人生痛苦的天才,才能用睿智的笔写出复杂的人生,展示生活中的真理。西欧众多的天才作家,无论诗人、戏剧家还是小说家,无不是时代的产儿。他们生活在一个痛苦的时代,时代的命运也就成了作家自身的命运。他们有的经历过贫困生活的磨炼,有的经受过痛苦情感的考验,有的遭受到政治斗争的打击。他们熟悉一切现象、一切感情,在他们的内心生活中,各种不同的复杂感情交织在一起,汇集成一股巨大的创作泉流,撞击出灵感的火花。在他们的作品里,既有欢乐、成功、憧憬、幸福,也有忧郁、失望、悲伤、痛苦,而这些往往又同作家的个人生活联系在一起。

　　作家天性敏感,因而能感受到忧郁和痛苦中的伟大和崇高,感受到其中的美。因此,痛苦的人生道路对于作家就像是一条充满恐怖和快感的险路,引诱着作家去进行美的历险,而作品就是他们人生历险的结晶。西欧作家的命运是痛苦的,探索是艰难的,成功是伟大的。他们是在痛苦中孕育而成的天才,他们的命运是不幸的,然而成功使他们永垂不朽。

（原载于《中南民族学院学报(哲学社会科学版)》1993年第5期）

论非虚构小说

小说是19世纪以来最主要的文学体裁,其历史可以追溯到古罗马佩特罗尼乌斯的《萨蒂利孔》(*The Satyricon*, Petronius Arbiter)和鲁齐乌斯·阿普列尤斯的《变形记》(又名《金驴记》)。在批判现实主义小说产生之前,小说历史上曾出现过塞万提斯的《堂吉诃德》、薄伽丘的《十日谈》、笛福的《鲁滨孙漂流记》等伟大作品,但是作为一种非正规的文学体裁,小说只能屈从于诗、屈从于戏剧,并未获得独立的地位。这种状况没有继续太久。在18世纪启蒙主义的浪潮中,由于英国小说家菲尔丁的出现,小说在其他文学形式中的地位终于得到确立。

菲尔丁在《约瑟·安德传》的序言中,给小说下了定义,把小说同文学中的高级体裁史诗相提并论,称之为"散文滑稽史诗",认为它有着小说的一切特征"故事、情节、人物、感想和文体"。菲尔丁最早提出了现实主义的小说理论,为19世纪欧美现实主义小说的大发展奠定了基础。可以说,从19世纪的批判现实主义小说开始,小说已占据了文学的主导地位。各种流派、不同体裁、风格迥异的小说,充斥于世,使人目不暇接。"历史向前发展,艺术则恒久不变"的格言在理论上被证明有误,如福斯特所说:"它包含的只是部分真理。"①

关于小说,法国文学批评家谢活利曾说:"小说是用散文写成的某种长度的虚构故事。"小说理论家福斯特在谈到小说时更为简略,认为"任何超过五万字的散文虚构作品",即被称为小说。② 但是,小说创作不是任何理论家和理论可以制约的,它往往打破俗规,抛弃传统,标新立异,从而使小说理论变得丰富多彩,又促使新的小说品种应运而生。

在19世纪后半期,法国自然主义文学流派的理论家左拉就向现实主义的小说创作发动进攻,认为小说应该是"直接地观察、精确地解剖、对存在事物的接受和描写。作家和科学家的任务是一直相同的。双方都须以具体的代替抽象的,以严格的分析代替单凭经验所得的公式"③。认为只有这样,小说中才"不再是抽象的人物,不再是谎言式的发明,不再是绝对的事物,而只有真正历史上的真实人物和日常生活中的相对事物"④。在自然主义理论指导下,左拉开始写作实验小说,并提出创作小说"我们只需取材于生活中一个人或一群人的故事,忠实地记载他们的行为"⑤。

左拉把科学方法引进小说创作,反对作家对普遍的生活进行典型概括,主张排除虚构的成分,追求绝对的生活真实。显然,他的这些主张是对小说创作的一种革命,对后来的小说创作产生了巨大的影响,导致了一大批实验小说家的出现。20世纪享有世界

---

① 福斯特:《小说面面观》,苏炳文译,花城出版社,1984年,第16页。
② 福斯特:《小说面面观》,苏炳文译,花城出版社,1984年,第3页。
③ 左拉:《戏剧上的自然主义》,伍蠡甫主编:《西方文论选》下卷,上海译文出版社,1979年,第246页。
④ 左拉:《戏剧上的自然主义》,伍蠡甫主编:《西方文论选》下卷,上海译文出版社,1979年,第217页。
⑤ 左拉:《戏剧上的自然主义》,伍蠡甫主编:《西方文论选》下卷,上海译文出版社,1979年,第248页。

声誉的小说家伍尔夫就主张艺术家可以自由地实验探索,不拘一格地寻找合适的艺术形式、表现技巧和创作题材。她认为传统的文学形式和体裁的范围已经被现代作家扩大了,把小说称为"挽歌""心理学的诗篇""传记""戏剧诗""随笔小说"等。他们的创作理论是反传统的,不过他们的创作还没有走得太远,仍然是在传统上的革命。他们并没有在创作中完全实现自己的理论。尽管如此,他们的理论和创作对 20 世纪未来的小说做了预言,代表了未来小说的发展趋向。

在 20 世纪的美国文学中,小说仍然是主要的文学形式,小说家在继承传统的同时,探索和革命几乎已成为大多数作家的自觉使命。小说创作往往惊人地重复历史,自然主义借尸还魂,实验小说易地再生。左拉的自然主义在美国文学中复活,非虚构小说可以看成实验小说在 20 世纪的变种。

非虚构小说的概念是美国小说家杜鲁门·卡波特在 20 世纪 60 年代中期提出的。在此之前,美国著名犹太作家菲利浦·罗思在他的著名论文《写作美国小说》中,提出来一种"事实与虚构混淆不清"的理论,这种理论后来成为非虚构小说的理论基础。罗思在论文中列举了一个他亲身经历的两个少女被杀的事件,用以说明:"在 20 世纪,美国作家要做的,是对美国大部分现实先理解、再描绘,然后使它变得真实可信。这种现实使人目瞪口呆、恶心、作呕、恼怒、愤恨,最后还使人的贫乏的想象力无法忍受。事实不断超越了我们的天赋,文化几乎每天都抛出一些使任何小说家感到羡慕的人物形象。"[1]在罗思这种理论的影响下,一些小说家向传统的文

---

① Philip Roth, *Reading Myself and Others*, New York: Farrar, Straus and Girous, 1975, p. 110.

学形式挑战,认为美国的现实生活光怪陆离,无奇不有,认为如果他们用小说手法描绘现实生活中的真人真事,用文学的语言真实记录具有典型意义的社会事件,说不定会收到出其不意的效果。在这种思潮推动下,所谓的非虚构小说便应运而生,从此流行起来。

非虚构小说并没有一个严格的文学上的定义,总的来说,它属于纪实小说。记录小说、传记小说、历史纪实小说、报告文学、新新闻报道等一切以事实为基础以非虚构为主要创作原则的小说,都属于非虚构小说的范畴。在较小的意义上说,非虚构小说就是新新闻报道。

新新闻报道的代表作家汤姆·沃尔夫是非虚构小说理论的代表作家。沃尔夫是一个著名的新闻记者,在20世纪60年代出版过3部报告文学,从而为他的非虚构小说理论打下了基础。1973年,沃尔夫把诺曼·梅勒、萨里·萨森、盖伊·塔里斯、琼·狄台翁等著名作家的有关作品收集成册,出版了一本名叫《新新闻报道》的文集。在文集序言中他虽然阐发的是"新新闻报道"的内容、艺术方法和发展历史等,但实际上阐发的是非虚构小说的理论。

沃尔夫在文集中认为,当代严肃的纯文学的小说家的创造力已经枯竭,无法继续写出"伟大的美国小说",一些卓有才华的小说家不得不放弃小说创作最肥沃的土壤:社会、社会生活、社会道德风貌,即安东尼·特罗洛普所说的"我们现在的生活方式",而让位于写作"新新闻报道"的作家去开发。沃尔夫认为,这些作家将用菲尔丁、巴尔扎克、果戈理所有的现实主义的文学技巧,表现整个美国社会生活中各个真实的事例。他把他们的艺术方法概括为四点:1. 一个场景紧接一个场景的结构,以生动的形象反映事实;2. 以"第三者的观点"观察人物的思想感情,深入人物的内心世界,跟人物一道体验在现场的思想感情。报道者不仅要仔细观察行为,还要理解和解释动机,也就是说要有人物的心理描写;3. 精辟的对话;4. 像巴尔扎克一样匠心独运的细节描写。沃尔夫强调,"新新闻报道"以真人真事为基础,但允许作者采用各种象征手法,允许作者虚构某些细节,写入作者自己的观察和想象,在艺术上打破虚构与非虚构的界限。因此,新新闻报道作品虽然有人称它们为小说,但评论家都把它们看成非虚构的小说。

非虚构小说的产生是与作家对传统的现实主义和反传统的现代主义的绝望联系在一起的。写作《草莓的液汁》(1969)的亨利·范戴克,写作《假发》(1966)的查尔斯·赖特,写作《通宵来客》(1969)的克拉伦斯·梅杰就认为,小说就像杜撰的历史一样,"在世界的这个时刻已经智穷力竭了",因此他们的小说是一种彻底坚持其本身的无稽虚构、坚持其本身结构的非真实特征的小说,它们结果成为"模仿小说的形式(好像它们是由模仿的作家写成的)……模仿作者的作用的小说"[1]。于是,作家从凭空虚构转而去寻找和发掘真实存在的事件,并用小说的艺术形式加以表现。他们不像传统作家那样通过想象对生活素材提炼加工,进行再构思、再创造,也不像现代派作家那样歪曲生活现象,剖析人的灵魂,寻找事物的深层意义,而是把生活中真实存在的典型事件进行艺术处理,赋予它们以文学性,把它们变成一种类似小说的独特的作品。

一般说来,非虚构小说的历史不仅仅起于20世纪60年代,早在它正名以前的一个多世纪里,甚至上溯到更久远的历史,都可以

---

[1] John Barth, "The Literature of Exhaustion," Atlantic, Aug. 1967, Vol. 220 Issue 2.

找到具有非虚构小说特征的作品。20世纪60年代以来是非虚构小说蓬勃发展的时期,几乎所有出版的非虚构小说都是畅销书,这不仅为出版商和作家带来了巨大的经济利益,更重要的是壮大了非虚构小说的声势,证明了它在纯文学中有着不可忽视的地位。非虚构小说拥有大量的读者,它的纪实性质使它比纯文学更受读者欢迎。就非虚构小说而言,虽然它经常以各种形式出现,但从其题材来说,可以分为三种主要类型:历史纪实小说、传记小说和社会纪实小说。

历史纪实小说是非虚构小说中最基本的类型,美国历史为这类小说的发展提供了肥沃的土壤。美国的历史虽然不长,但丰富多彩,到18世纪末,它已有一段可以引以为自豪的历史。美国历史有着史诗般的英雄气概,有着可歌可泣的英雄事迹,里面有众所周知的事实,也有不为人知的神秘。但就大量描写美国历史的著作而言,它们共同的本质特征是真实。历史的记录必须同客观事实相符,肆意篡改和歪曲都是绝对不允许的。历史是一门极其严肃的科学,一般都是由历史学家来写。然而,文学家也开始向历史这块一直属于历史学家的领地进攻了,他们要用文学的语言更真实、生动地再现历史,发掘历史的丰富内涵,寻找留给人们的启示。因此,大量的历史小说应运而生。

但是在描写历史的处理原则上,作家的认识是不尽相同的。大多数描写历史的小说家主要把历史作为背景来描写,在真实的历史背景中虚构人物、事件和情节。这类小说的历史背景是真实的,叙述的历史人物和历史事件往往也确有其事,但是大量的生活细节、情节、人物的经历甚至事件,都很少同历史相符。这类小说是虚构的历史小说。美国最早的历史小说是库柏以独立战争为背景的长篇革命历史小说《间谍》,它从历史的意义上描写了华盛顿的英雄形象。其他如斯托夫人的《德雷德:阴暗的大沼地的故事》(1856),马克·吐温的《冉·达克》(1896),卡罗琳·戈登的《绿色的世纪》(1941),霍华特·法斯特的《两条山谷》(1933),詹姆斯·米切纳的《夏威夷》(1959),玛格丽特·沃克的《黑人欢歌》(1966),麦金利·坎特的《囚犯》(1932)、《永远记着》(1934)等,都是以虚构为主的历史小说。这些历史小说大多同瓦尔特·司各特的历史小说近似,主要以虚构的手段在真实的历史背景下描写事件和刻画人物。小说中的事件和人物同纯虚构小说相比虽然往往确有其人、确有其事,但在小说中已被作者的想象大加修改了,事件往往也变得面目全非。不过,由于它们用文学的语言把过去的历史生动地再现在读者面前,因此这类小说对读者有着强大的艺术魅力。

真正非虚构的历史小说是那些纪实的历史小说,主要特征是它的非虚构性,即纪实性。亚历克斯·哈利的《根》(1976)就是这种小说的代表作品。这种历史纪实小说完全凭借博物馆、档案馆、图书馆的历史文件写成,作品中的人物、事件、时间、地点大都可以通过文件加以确认。小说的材料是非虚构的,能够同历史事实真正相符,在艺术上采用小说形式,使用了小说的各种艺术方法,故事真实可信,富有趣味性、吸引力。

《根》是一本反映黑人怎样来到美国以及怎样在美国繁衍生息的历史小说,被称为"超级畅销书"和"一份强有力的文献"。这部纪实的历史小说是作者哈利根据自己祖先口头流传下来的历史写成的,小说副标题叫《一个美国家族的历史》。早在作者读大学二年级应征到美国海岸警卫队服兵役期间,哈利就萌生了写一部寻根作品的想法。20世纪60年代初期,哈利的祖母为他讲述的他们家族的美国支系的传说,再一次激起了他想弄清他的祖先是怎样来到美国和在美国生存下来的热望,企图寻找他这个家族的真正的根,并决心把它写出来。为了写这本书,哈利出入于华盛顿国家档案馆、国会图书馆以及众多博物馆搜寻资料。据作者所说,《根》是他从三大洲50多家图书馆、档案处和其他博物馆中,多年深入研究的结果。

在艺术上,《根》采用了非虚构小说的形式。作者用文学的语言和形式再现历史,获得了比纯虚构小说更大的真实性。当有人问起作者在这本书里有多少是事实、多少是虚构时,哈利回答说:"我是尽我所知并且尽我所能地使《根》这部书中关于每一代人的叙述,都能在我的非洲家族或美国家族保存得很好的口述历史中找到根据,其中很大一部分我都可以按例用文件加以确证。"他还说:"由于大部分故事发生时我还没有出生,因此绝大部分对话和情节,都必然只能是我所知道的发生过的事,和根据我的研究使我感到可能发生过的事,《根》是两者的一种小说化的混合物。"因此,许多评论家认为,《根》是一部非常成功的非虚构小说。

在历史纪实小说方面,有许多是描写战争题材的。两次世界大战虽然已经过去,然而它们给人类留下的创伤是无法抹去的,无论是经历过战争或未经历过战争的人,都对战争怀有特殊的感情和兴趣。因此,彼德·威登的《广岛悲剧》、杰拉德·格林的《大屠杀》、约翰·托兰的《日本帝国的衰亡》等描写两次大战历史的非虚构小说,显然要比那些描写两次大战的纯虚构文学更受读者欢迎。

《日本帝国的衰亡》是1970年美国的畅销书,记叙第二次世界大战中日本帝国主义于1936—1945年和希特勒勾结,在东部开辟战场,发动战争侵略中国,继而发动太平洋战争,偷袭珍珠港等重大历史事件。作者为了写作这本小说,进行了大量、广泛的调查,许多史料来自当时美日两国的战时档案馆,也有不少史料来自日本天皇以前的公卿贵族、军政要员和参战人员。除此之外,作者还收集到一些曾被隐匿或散失多年的宝贵材料,诸如御前会议和大本营政府联络会议的记录,被焚毁的近卫文麿的部分日记,担任日军陆军参谋总长的杉山元写下的近千页笔记。作者在前言中说:"为了准确起见,他们以及每一个与作者交谈过的、其经历被写入本书的人,都阅读了有关自己的段落,而且往往还添加了说明问题的评论。书中的对话并非虚构。这些对话出自许许多多的谈话记录、档案材料、速记记录和当事人的回忆。"①作者根据搜集到的史料,按照事情的本来面貌如实描写那些被卷入人类最大规模战争的人,尽最大努力让事实本身说话,形象地再现了一段可怕的历史,从而使人们通过历史事实认识过去,认识侵略战争给全人类带来的巨大灾难。

杰拉德·格林为了"纪念六百人,劫后余生的人,以及那些奋起反抗的人"而写作的《大屠杀》,也是一本优秀的历史纪实小说。实际上,这是一本作者用第一人称为鲁迪·魏斯写的一部家族史。小说交叉运用"鲁迪·魏斯自述"与"埃里克·多尔夫日记"的艺术形式,娓娓道来,使读者感同身受。为了写作这部遭受战争劫难的家族史,作者两度访问欧洲,和许多经历过战争的人通信,调查了20个集中营里的幸存者,收集到一部党卫队员的日记。作品所有的细节直接引自文献资料,小说中大多数情节、人物、事件都能得到确认。小说真实地记录了人类历史上一场最可耻的大屠杀,揭露了纳粹德国对犹太人的残酷杀害,用艺术形象再现了令人发指的罪恶历史。

历史纪实小说在艺术上采用小说形式,在内容上记叙历史事实,并按照统一的结构组织真实的事件、人物,艺术上显得完美。

---

① 约翰·托兰:《日本帝国的衰亡》上,郭伟强译,新华出版社,1982年,Ⅱ。

历史纪实小说的基本特点在于它的非虚构原则,在于它用对事实的记叙取代传统小说中的想象。但是它又不同于历史,而是小说。它允许在真实材料的基础上进行有限的虚构,用文学而非科学的语言描写人物,叙述故事,具有小说的艺术特点。

除了历史纪实小说外,传记小说也是非虚构小说的一个重要类别。传记小说在艺术上接近小说,在真实上接近历史,同传统的传记文学又有所区别。

就一般传记作品而言,它的历史可以追溯到公元前5世纪希俄斯岛的希腊诗人伊翁为同时代的培里克里斯和索福克勒斯写的传略。在古希腊,传记文学已十分发达,但流传下来的甚少。在古罗马,传记文学继续得到发展,公元初罗马作家普鲁塔克写作的《希腊罗马名人传》,该尤斯·特朗奎鲁斯的《名人传》《十二凯撒传》,都是最早的著名传记作品。可以说,迄今以来,文学传记的写作从来就没有间断过,每一个时期都有著名的传记作品流传下来。在中世纪,有伊德默的《昂塞尔姆传》、艾因哈德的《查理曼传》。文艺复兴时期,托马斯·莫尔的《理查三世史》、威廉·罗珀的《伟大美德的明镜——托马斯·莫尔传》、乔治·卡文迪什的《沃尔西大主教传》等,开创了文学传记的里程碑,被看成现代文学传记的先驱。在17、18世纪,有玛格丽特·卡文迪什的《封有亲王、侯爵和纽卡斯尔伯爵:高贵的威廉·卡文迪什传》以及职业传记作家艾萨克·华尔顿写的传记作品。在19世纪,大量的文学家加入写作传记的行列,如柯勒律治、骚塞、海斯利特、盖斯凯尔夫人、梅瑞狄斯等,使传记更富有文学性,同时也为传记小说的写作奠定了基础。

传记小说显然是在一批小说家的推动和参与下,在小说和科学的影响下发展起来的。在20世纪,热衷于文学改革的作家把改革的范围扩大到各个方面,一切文学上的传统规则他们都置之不顾，进行大胆的实验。这种反传统的文学思潮认为，传记作家无须把自己禁锢在材料的真实性上面，而应该重视传记作品的文学性，写作时允许适当地虚构，超越历史的真实，达到艺术的真实。这种将真实和虚构结合起来的作品，就其真实性来说，它是非虚构的，是传记，但就其某些虚构来说（这些虚构主要是作者在大量真实材料上通过想象得来的），它是想象的，是小说。这种传记小说基本上是真实的，不同于因缺乏材料而用传记体或自传体写成的小说。而用传记体写成的小说基本上是假借传记之名虚构，人物是真实的，事迹是想象的，如罗伯特·格夫斯为罗马皇帝克劳狄乌斯写的自传体小说《克劳狄乌斯自述》和《克劳狄乌斯和他的皇后梅莎丽娜》，格拉夫用传记体写作的《贝利萨里乌斯伯爵》，萨姆塞特·毛姆用传记体虚构的《月亮和六便士》（写高更）和《大吃大喝》（写托马斯·哈代）等。这类小说与其说是传记体小说，不如说是用传记的艺术形式写作的虚构小说，与真正的非虚构传记小说是很不相同的。

非虚构的传记小说是在对原始性资料研究的基础上，以某个伟大人物为主角展开情节、叙述故事的。它以记叙历史事实为主要原则，但又允许杜撰材料，凭想象虚构场景和对话，把小说的故事性和传记的真实性糅合在一起。在传记小说方面，欧文·斯通是最著名的代表作家，写有一系列典范的作品，如《渴望生活》（写凡·高）、《痛苦与狂喜》（写米开朗基罗）、《受钟爱的人们》（写阿比盖尔·亚当斯）、《心灵的激情》（写西格蒙德·弗洛伊德）等。

欧文·斯通在写传记小说时虽然允许有限度的虚构，但对整个作品来说仍是非虚构的。他用有控制的想象填补某些间隙，但决不改变历史。他像麦考莱一样，为了一件事实的准确性而不惜旅行几千英里，进行考察研究。他认为合理地使用一些想象会使人物更丰满,更富有人性。为了写作《教堂里的敌手》,他同50个人谈过话;为了写作《爱是永恒的》,他翻阅了大量的报纸,以查明玛丽·托德在少女时代走过的肯塔基州利克辛顿市的一条街当时是什么样子。为了给林肯夫妇写传记小说,他广泛征集回忆录、信件、报纸及其他原始材料,甚至弄清了林肯夫妇布置二楼的详细计划,如隔墙被移动过,改变了面貌,安装了新设备,林肯去世的客厅的大小和外貌等,其详细的程度甚至连当时负责设计的工程师也自叹弗如。正是斯通这种孜孜不倦的努力和严肃认真的态度,使他能把艺术性和真实性融为一体,准确地艺术地再现人物一生的历程,再现人物的性格和揭示生活中的真实。

在文学家笔下,传记小说往往更加小说化,罗伯特·斯派克特的《年轻的女教师》就是这样的作品。小说是根据主人公的口述写成的,记叙的是一个真实的故事。作者在当编辑时,他所认识的小说中的女主人公安妮·何柏斯·玻向他讲述了自己曲折的经历,从而使他产生出要用文学形式把安妮的故事再现出来的念头。为此,他沿着安妮当年的足迹,多次深入阿拉斯加采访,会见了书中多数主要人物。小说以生动的笔触,叙述了安妮充满斗争和欢乐的一生经历,赞扬了她对种族偏见和传统势力进行斗争的精神与忠贞不渝的爱情。小说写的是真人真事,作者在按语中提到,他尽量使全书紧扣着实际的情节与事迹,只有在明显的需要时,才予以增添和更动。尽管如此,这部传记小说的小说成分是很浓厚的,富有小说的艺术特点。

在写作人物传记的当代作家中,几乎是一种百家争鸣、百花齐放的局面,艺术手法上也是日新月异。美国著名体育记者戴维·沃尔夫的《犯规》就是采用"新闻文学"艺术手法写成的一部传记小说,记叙了美国黑人篮球明星康尼·霍金斯的故事。作者广泛收集资料，深入采访调查，以事实为根据，真实地描绘了康尼·霍金斯前半生的遭遇。在作者笔下，霍金斯的性格得到了充分表现，心理特征也得到了很好揭示。而且，这部传记小说在艺术上有着新闻性的特征，作者在记叙人物时，新闻报道式地反映美国社会各阶层的生活，证明体育在现代资本主义社会中的商业性质。由于小说是在真实史料的基础上写成的，表现手法、写作技巧、艺术形式都受到新闻小说的影响，所以这种具有新闻报道性质的传记小说异军突起，深受读者欢迎。

在非虚构小说中，传记小说的题材和形式受到作家重视。但不是其中的主体，社会纪实小说才是其中影响最大、最重要的基本类型。这类小说的主要的特征是它的新闻性质。它采用小说形式，新闻报道式地反映社会上发生的重要事件，最能迎合公众关心社会和企图了解社会的心理。社会纪实小说涉足政治，暴露黑幕，揭发丑闻，研究社会，报道事件，在争取读者、吸引公众兴趣方面甚至比新闻报道更有优势，因此，这种小说被沃尔夫称为"新新闻报道"。杜鲁门·卡波特、诺曼·梅勒、萨里·萨森、盖伊·塔里斯、琼·狄台翁、汤姆·沃尔夫等，都是社会纪实小说的代表作家。

杜鲁门·卡波特是美国一位影响较大的作家，他受到以霍和詹姆斯为代表的19世纪美国文学传统的根深蒂固的影响，像霍桑一样集中描写善与恶、光明与黑暗的主题，如《草竖琴》《蒂凡尼的早餐》《别的声音，别的房间》。他的上述早期作品继承了南方文学传统，类似写梦境与现实、怪诞与恐惧的南方哥特式小说。但是他后来的作品模式和风格发生巨大变化，从纯虚构小说的创作转而写作非虚构小说。

卡波特的第一部非虚构小说是《缪斯们受人倾听》，小说采用新闻报道的方式，记述美国国务院支持的美国民间歌舞团访苏的情况,读来真实可信,趣味盎然。卡波特最成功的非虚构小说是《凶杀》(1966),主要写两个匪徒出狱后在堪萨斯州无故残杀一家四口的经过。犯人后来被捕,于 1965 年被处以绞刑。案件发生后,作者一直注视着它的发展,整整用了六年时间,进行了大量的实地调查、无数次采访,采访对象有被害者的亲友、街坊邻居、警察当局、甚至还有罪犯。作者写了大量笔记,录制了大量磁带,收集到大量原始资料。最后作者用小说体裁描写了整个案件发生、发展和审讯的过程,写成了一部以真实事件为基础的非虚构小说。小说在《纽约客》杂志上分四期连载,卷首冠有编者的话:"文中的所有引语若不是直接引自官方记录,就是作者与有关人物谈话的实录。"小说出版后变成了畅销书,非虚构的社会纪实小说变成了流行体,被许多人仿效,从而进一步促进了社会纪实小说的发展。

社会纪实小说的另一个代表作家是诺曼·梅勒。他是一个在当代美国文学中风格独特的小说家,写作了四部"新新闻报道",即非虚构小说。梅勒在开始文学创作时就表现出反传统和探索文学新路的倾向,在梅勒创作的后期,他的反传统倾向更为明显。他力图寻找一个既能进行艺术虚构,又能真实记录重大社会事件和政治形势的艺术形式,最后他决定写作新新闻报道,也就是非虚构小说。

《黑夜大军》(1968)是他采用文学新形式进行创作的最初尝试。沃尔夫在他编选的《新新闻报道》里,收入了这本小说的片段。《黑夜大军》的副标题叫作"作为小说的历史,作为历史的小说"。梅勒把虚构和历史混在一起,用第三人称描写一次美国群众反对五角大楼侵越战争的游行示威。小说记叙的是一次真实事件,作者自己成了主人公,诗人洛威尔也是书中人物。梅勒另外几部小说也都记录了重大的社会事件。《月球上的火焰》(1971)描写美国宇航员第一次登月，以及这一事件在人们心理上造成的影响。1979年出版的《刽子手之歌》是梅勒非虚构小说的代表作品，作者称之为"生活实录小说"，曾获得普利策奖。这部小说是作者根据犹他州杀人凶手加里·吉尔摩一生的经历写成，探讨了一个出入监狱22次，就刑时年仅36岁的罪犯犯罪的心理原因和社会原因。为了写作这部小说，梅勒进行了100多次采访，把法庭记录、主人公的来往书信以及采访录音等进行艺术加工、提炼，写成一千余页的新闻报道体长篇小说。作者认为，社会上某些真实事件在他心目中跟他作为小说家所能想象和虚构的事件同样富于戏剧性和讽刺意味，因此通过对典型的真人真事的解剖，就可以把美国生活真实地展现在读者面前。通过对真实事件尽可能详细地描绘，就能正确说明用虚构形式表现出来的生活本身与小说多么相似。所以作者自己认为，《刽子手之歌》虽是赤裸裸地描写现实的书，但它从内容到形式都称得上是一部小说。梅勒从新闻报道的角度观察、搜集和分析发生的社会事件，又打破新闻报道的传统模式，在不违背真实的原则下，充分发挥小说家丰富的想象力，进行某些虚构，使客观描写真人真事的新闻报道具有了文学性，具有了虚构的小说的特征。

综上所述，我们可以看出，非虚构小说的概念虽然在20世纪60年代才被明确提出，但这种纪实性的文学类别古已有之，其渊源可以追溯到远古的历史，涉及历史纪实小说、传记小说、社会纪实小说、报告文学等诸多文学形式。在艺术上，非虚构小说具有小说的形式，几乎具有小说的一切优点，又可以避免小说的某些缺点。它虽然在虚构上不如小说完全自由，但由于它在内容上严格尊重客观事实，具有新闻报道的性质，因此其真实性是任何现实主义小说所不能比拟的。

非虚构小说把小说和新闻报道两种形式融合在一起,取长补短,在文学中独树一帜。它同纯虚构小说相比,更能把存在于生活中的众所周知的问题揭示出来,更真实、更客观地反映社会历史和社会现实,像新闻报道一样吸引读者的关注。正如卡波特认为的那样,非虚构小说具有"把事实的可靠性、影片的直接性、小说的深刻性和自由性以及诗歌的精密性"糅合在一起的优点。同时,它比新闻报道有更多的文学性,文字优美,描写细腻,结构完整,人物突出,有事件情节,内容十分丰富。由于采用了小说创作中的一切手法,因而它不仅记录了人物和事件,还能发掘人物内心深处,揭示人物心理,刻画人物性格,使小说超越真人真事自身的意义,从而获得更广泛、更深刻的社会内涵。

非虚构小说是带有美国历史、社会和美学特征的一种新的纪实文学,自20世纪60年代明确提出以来,迄今已有20余年的历史,出现了一批写作非虚构小说的作家和重要作品,在文学界产生了很大影响。许多在文坛上享有盛誉的作家也尝试写作非虚构小说,使这种以描写真人真事为基本原则的小说样式得到作家和批评家的重视。非虚构小说出版后大多成为畅销书和获奖作品,对读者的吸引力往往超过纯虚构小说,这从另一方面说明了非虚构小说的社会价值。当然,非虚构小说也有其自身的缺点,但总的来说,它仍不失为一种在文学界有着一定影响和拥有广泛读者的文学形式,将会得到进一步发展。

(原载于《中南民族学院学报(哲学社会科学版)》1989年第6期)

论诗与情感

一

关于诗歌的定义，杰克·迈尔斯(Jack Myers)和迈克尔·希姆斯(Michael Simms)在他们编写的《朗曼诗学术语词典》中说，诗歌"就是在艺术上有组织地运用不能用释义替代的语言"。他们认为，一般说来，一首诗的构成中会包括节奏、想象、修辞和诗学技巧、印刷排列、选择的措辞、简洁的短语、诗行的结尾，以及想象、情感和感悟等特点。有时诗歌的概念不是用来指一种艺术形式，而是指对任何艺术媒体的一种高水平认识。古希腊诗人西摩尼得斯(Simonides)说："画是无声的诗，诗是有声的画。"[①]唐纳德·霍尔(Donald Hall)把一首诗定义为："一个人的心灵向另一个人的心灵的倾诉。"[②]柯勒律治说："诗的正当而直接的目的在于传播直接

[①] John Edwin Sandys, *A History of Classical Scholarship: The Eighteenth Century in Germany and the Nineteenth Century in Europe and the United States of America*, Cambridge University Press, 2011, p. 26.

[②] Donald Hall, "Goatfoot, Milktongue, Twinbird, The Psychic Origins of Poetic Form, 1973," *Claim for Poetry*, edited by Donald Hall, The University of Michigan Press, 2004, p. 142.

的愉快。"①"凡不能感动我们的热情或想象力的,就不是诗。"②华兹华斯在《抒情歌谣集》序言中称:"诗是强烈情感的自然流露。"③雪莱在《诗辩》中说:"诗是神圣的东西。"④他又说,"诗是最快乐最良善的心灵中最快乐最良善的瞬间之记录。"⑤艾米丽·狄更生认为诗可以使人进入无我境界,自述读诗时仿佛头颅离她而去。高尔基在《论文学》中说:"真正的诗,永远是心灵的诗,永远是灵魂的歌。"⑥1923年,桑德伯格(Carl Sandburg)甚至为诗歌列举了38条定义。⑦那么究竟什么是诗?许许多多的人问过这个问题,却没有人能够给出回答。埃德蒙·克拉伦斯·斯特德曼(Edmund Clarence Stedman)说:"英语诗歌的荣耀在于它的想象以及思想和情感的力量","诗歌一定是年轻人的心声以及智者和所有人的思想";⑧但是他又说,"什么是诗歌?诗歌的精神实质是无法定义的"⑨。这说明,给诗下定义是多么困难,甚至可以说我们永远也无法给诗下定义。

在文学中,诗歌是一种很复杂的文学样式,与戏剧、小说、散文

---

① 柯勒律治:《诗的定义》,刘若端编:《十九世纪英国诗人论诗》,人民文学出版社,1984年,第106页。

② 柯勒律治:《诗的本质》,刘若端编:《十九世纪英国诗人论诗》,人民文学出版社,1984年,第111页。

③ 华兹华斯:《〈抒情歌谣集〉序言》,刘若端编:《十九世纪英国诗人论诗》,人民文学出版社,1984年,第6页。

④ 雪莱:《为诗辩护》,刘若端编:《十九世纪英国诗人论诗》,人民文学出版社,1984年,第153页。

⑤ 雪莱:《为诗辩护》,刘若端编:《十九世纪英国诗人论诗》,人民文学出版社,1984年,第154页。

⑥ 艾平、松亭编:《中外名家论文艺》,山东教育出版社,1989年,第288页。

⑦ Paula Steichen, *Carl Sandburg Home*, Government Printing Office, 1983, p. 7.

⑧ Edmund Clarence Stedman, "Introduction," *An American Anthology, 1787 - 1900*, Gay & Bird, 1901.

⑨ Edmund Clarence Stedman, "Percy Turnbull Memorial Lectures on Poetry," *Circulars*, Vol. 9 - 12, 1889, p. 82.

相比更难给出令人满意的定义。歌德曾说:"直到今天还没有人能够发现诗的基本原则;它是太属于精神世界,太缥缈了。"①自古以来,试图给诗歌下定义的人给我们留下了他们各自对诗歌的不同理解。他们用纯洁的心灵倾吐对诗歌的热爱,用美丽的言语探索对诗歌的表达。他们穷尽心力,仍然无法找到有关诗歌定义的满意答案。因此,莫里斯·A.贝尔(Morris Abel Beer)在诗中说:"六个诗人赏明月,不同明月入眼中。"(Six poets gazed upon the moon,/ And each one saw a different thing.)

  诗歌是最早的艺术形式之一,也是人们最为熟悉的艺术。但是,最为熟悉的东西往往也是最为陌生的东西,因而说到什么是诗,人们反而对诗陌生起来,很难说清诗是什么。不过人类有一个可贵和伟大的优点,就是探求精神。探求精神激励人类生发出无尽的好奇心和毅力,去探索他们感到陌生的事物,或去解释他们面对的困惑。因此,与他们生活紧密相连的诗歌,也就成为他们探索的一个课题。早在古希腊的柏拉图之前,人类已经开始探讨诗歌的问题了。柏拉图对诗歌的研究说明了诗歌与古希腊人生活的密切关系,也说明古希腊人对于诗歌的高度热爱和欣赏水平。亚里士多德代表着他的时代对于诗歌的理解与审美感受,尽管他没有告诉我们什么是诗,也没有给诗下一个令我们满意的定义,然而他在《诗学》和其他著作中提出了一些与诗有关的重要问题,并为诗歌的研究建立起一门称之为"诗学"的学问,为后来研究诗歌的理论家和学者们开辟了道路,奠定了基础。

---

  ① 歌德:《歌德自传——诗与真》,刘思慕译,人民文学出版社,1983年,第445页。

二

　　欧洲的诗歌起源于古代的希腊,最早是史诗、抒情诗和戏剧诗。荷马的史诗《伊利亚特》和《奥德赛》是我们已知的最早的古代希腊诗歌的典范作品。它们产生于公元前9至前8世纪,是在有关公元前12世纪发生的特洛伊战争的基础上产生的。它的内容充满了英雄的激情,与人类的命运密切相关。荷马是一个双目失明的游吟诗人,漫游于希腊各地,在竖琴的优美旋律的伴奏下,用悲怆激昂的感情吟唱激动人心的英雄故事。正是由于他对诗歌的热爱和吟唱,希腊最伟大的有关特洛伊战争的诗歌才得以流传下来。

　　抒情诗产生于公元前8至前7世纪。由于氏族社会的解体使人们失去了庇护,史诗所歌颂的集体情感因为阶级的分化和不平等的社会地位而发生了变化,个人的遭遇和复杂情感变成了人们所面临的主要问题。为了表达这些情感,就产生了抒情诗。萨福和品达是古代希腊最著名的抒情诗人。希腊的抒情诗往往也同其他的文学形式联系在一起,如戏剧。希腊的戏剧是诗的一个类别,属于诗的范畴。它不但在题材的来源上同史诗有着紧密的联系,而且在表达的方式上也与诗歌相同。戏剧和诗歌都同为模仿的艺术,都采用韵文写作,但是用韵文写作的作品并非全是诗。亚里士多德同时指出,诗人之所以被称之为诗人,不仅仅因为他们是某种格律的使用者。虽然用韵文写作医学或自然哲学著作的作者在习惯上被称为诗人,但他们并不是真正的诗人。"历史家与诗人的差别不在于一用散文,一用韵文",其差别在于"一叙述已发生的事,一描述可能发生的事","因为诗所描述的事带有普遍性,历史则叙述个别的事"。① 诗歌是希腊最早的文学,有自身的特点,最引人关注,也有许多人研究。

什么是诗? 对于这个似乎大家都能回答的问题,谁也不能给出让大家满意的答案。但是,人们虽然无法完满地回答什么是诗的问题,却围绕这个问题提出了一系列有重要意义的问题进行讨论,从而让我们对于诗的研究能够不断深入下去。

三

在对什么是诗的问题的探讨中,人们发现了诗歌与情感的关系。最早对于诗歌情感的研究始于柏拉图。

他在分析诗与画的模仿性质时指出:"我们不能单凭诗画类比的一些貌似的地方,还要研究诗的模仿所关涉到的那种心理作用,看它是好是坏。"(《理想国》卷十)柏拉图重视理性轻视情感,进而企图否定诗人。他说:"模仿诗人既然要讨好群众,显然就不会费心思来模仿人性中理性的部分,他的艺术也就不求满足这个理性的部分了;他会看重容易激动情感的和容易变动的性格,因为它最便于模仿。"(《理想国》卷十)柏拉图虽然从理性的观念出发贬低情感,但他也不得不承认诗人可以在诗中通过情感打动读者,感染听众。他说:"想一想这个事实:听到荷马或其他悲剧诗人模仿一个英雄遇到灾祸,说到一大段伤心话,捶着胸膛痛哭,我们中间最好的人也感到快感,忘其所以地表同情,并且赞赏诗人有本领,能这样感动我们。"柏拉图从文艺的社会功用的观点出发,一再强调诗人借助诗歌"培养发育人性中低劣的部分,摧残理性的部分",进而

---

① 亚里士多德:《诗学》,罗念生译,人民文学出版社,1962年,第56页。

把"甘言蜜语的抒情诗或史诗"从他的理想国中驱逐出去。尽管如此,他从情感的角度对诗歌进行的研究已深入诗歌的本质之中,为后来的诗歌理论研究开辟了道路。

继柏拉图之后,亚里士多德是第一个从理论上对诗歌进行系统研究的人。他认为诗人之"所以成为诗的创作者,是因为他能模仿,而他所模仿的就是行动"①。他据此进而指出,作为诗的"悲剧所模仿的行动","能引起恐惧与怜悯之情"。于是亚里士多德在《诗学》中自然而然地研究了诗歌的情感。他对情感的观点是对他的老师柏拉图的一种反叛。他不仅认为情感是人应当有的,还针对柏拉图说诗人通过情感"摧残理性"提出自己的看法,认为怜悯与恐惧之情是受理性指导的。他在《尼各马可伦理学》第一卷中也提到情感是"听从理性的"。柏拉图认为情感是"人性中卑劣的部分",而亚里士多德则肯定情感有益于人的心灵和道德。

亚里士多德在他的划时代著作《诗学》中,通过对悲剧的研究把对诗歌理论的研究推进到一个新的水平。亚里士多德的研究是后来欧洲诗歌研究的重要基础,后来诗学的许多重要思想都是从他的研究中发展起来的。时至今日,《诗学》仍然受到理论家和批评家的重视。它已成为诗歌理论的经典,是理论家案头必备的重要参考书之一。

亚里士多德在《诗学》中对悲剧理论的系统研究是对诗歌理论的重大贡献,他关于悲剧的定义对我们理解诗歌与情感的问题有着十分重要的意义。他在《诗学》第六章中说:

> 悲剧是对于一个严肃、完整、有一定长度的行动的模仿;

---

① 亚里士多德:《诗学》,罗念生译,人民文学出版社,1962年,第30页。

它的媒介是语言,具有各种悦耳之音,分别在剧的各部分使用;模仿方式是借人物的动作来表达,而不是采用叙述法,借引起怜悯与恐惧来使这种情感得到陶冶。①

关于定义中的"陶冶"一词,在希腊原文中为 katharsis,罗念生先生已经在他的译著和论著中做过深入论述。为了方便对这一重要定义的理解,我们把著名英国学者布彻(S. H. Butcher)的英文译文引述于下:

> Tragedy, then, is an imitation of an action that is serious, complete, and of a certain magnitude; in language embellished with each kind of artistic ornament, the several kinds being found in separate parts of the play; in the form of action, not of narrative; through pity and fear effecting the proper purgation of these emotions. (Part Ⅵ 2-3)

布彻和英格拉姆·拜沃特(Ingram Bywater)翻译的《诗学》英文版,是当代影响最为广泛的两种英文译本。在布彻的译文中,cathersis 被译成了 purgation,即净化或涤罪。而在拜沃特的译文中,则直接使用 catharsis 一词,其译文是: with incidents arousing pity and fear, wherewith to accomplish its catharsis of such emotions,显然,拜沃特是直接从希腊文中把 katharsis 翻译过来的,这更有益于对 catharsis 的理解。其实,catharsis 在《诗学》中并非只出现过一次。亚里士多德在第十七章中分析欧里庇得斯的悲剧

---

① 亚里士多德:《诗学》,罗念生译,人民文学出版社,1962 年,第 19 页。

《伊菲革涅亚在陶洛人里》,就再次使用了 catharsis 一词,用以说明俄瑞斯忒斯的涤罪。

亚里士多德关于情感的 catharsis 观点是欧洲文学中最早探讨文艺的卡塔西斯功用的理论,他从文艺的功用、审美感受、心理反应等方面讨论了文艺影响情感的问题。文艺可以刺激人的情感,如悲剧可以引起怜悯和恐惧,诗歌可以引起痛苦或快乐。文艺所导致的种种情感发生、延续、加强、减弱和结束的过程,可以在情感上产生快感,并通过快感导致情感的平静。这个过程就是卡塔西斯作用。因此,亚里士多德在悲剧中探讨的卡塔西斯问题也是诗歌和情感的问题。

在浪漫主义时代,诗歌的情感得到了最大的重视,情感成为诗歌的集中表现,情感成为诗人所追求的最终的艺术审美理想。诗人华兹华斯在他为《抒情歌谣集》写作的序言中,就把诗歌的情感看成诗歌的灵魂。华兹华斯是浪漫主义时代最杰出的诗人之一,他关于诗歌本质的看法和创作实践代表了英国诗歌最繁荣时代的艺术审美理想。浪漫主义的诗歌理论坚持认为,诗歌表现的是情感,它既描写现实生活中的人的全部感情,也抒发诗人自己对于生活和世界的敏锐感受。诗人是极其敏感的,诗人的气质决定了诗人比别人更容易引起感动,更能从心中唤起激情和热情,并把自己的感情和别人的感情交融在一起,从而创造出使人感动的诗句。诗人不仅能够比别人更敏锐地思考和感受,也能比别人更强烈地把热情、思想和情感表现出来。正如华兹华斯所说,这些热情、思想和感情"与我们伦理上的情操、生理上的感觉,以及激起这些东西的事物相联系","与原子的运行、宇宙的现象相联系","与风暴、阳光、四季的轮换、冷热、丧亡亲友、伤害和愤懑、感德与希望、恐惧和悲痛相联系"。① 诗人无论是倾吐自己的心声,抑或表现人类的精神,情感都是诗人创作诗歌的美学基础。诗人只有自己首先因感情而激动起来,才能流出诗的眼泪,创作出感动读者和听众的作品。

为什么情感具有如此具体的力量?这是因为在诗歌里,情感已经不是一种自然生发的自然意志,也不是任由情感泛滥的自由意志,而是经过理性的陶冶,自然情感转变成了理性的伦理情感。在诗歌里,真正打动人心的是那些从自然情感转化而来的伦理情感。

因此,诗歌的创作和审美欣赏都是同诗歌的创作者和欣赏者的伦理情感紧密联系在一起的。诗人的创作是诗人同他模仿的对象进行情感交流的结晶。同样,读者和听众对诗歌的欣赏也是他们同诗人和诗歌的情感交流,诗歌欣赏的过程就变成了一种伦理情感的心灵对话。

亚里士多德在论述诗人如何用合适的方式写作诗歌和表达情感时说:"被情感支配的人最能使人们相信他们的情感是真实的,因为人们都具有同样的天然倾向,唯有最真实的生气或忧愁的人,才能激起人们的忿怒和忧郁。"② 忿怒和忧郁是一种情感表达,而忿怒和忧郁的产生却有其伦理基础。在古代希腊和罗马诗人荷马、维吉尔的史诗和堤尔泰俄斯的战歌里,正是伦理的力量激发出人们崇拜英雄的情感意志和战斗激情,在战场上奋勇拼杀、不畏死亡。由于诗歌能够激发人们效仿英雄的情感,鼓舞他们的雄心和斗志,因而能够造就出无数的英雄,而英雄又激发出诗人敏感的热

---

① 华兹华斯:《〈抒情歌谣集〉序言》,《欧美古典作家论现实主义和浪漫主义》一,中国社会科学出版社,1980年,第267页。

② 亚里士多德:《诗学》,罗念生译,人民文学出版社,1962年,第56页。

情,引发出诗人的灵感,孕育出伟大的诗篇。还有希腊的萨福、品达、阿拉克瑞翁和罗马的卡图鲁斯、贺拉斯、奥维德,他们在那些强调个人情感的世纪里,曾经以诗人的高度敏感、细腻观察、无比的激情和优美的诗句把自己心中的感情抒发出来,把古代希腊和罗马人的个人和集体的感情反映出来,从而使我们随着诗人的和诗歌的情感变化时而高兴,时而忧伤,时而欢笑,时而痛哭。他们诗歌的伦理情感超越了时代,不仅打动了自己时代的人,也打动了同他们相隔如此遥远的我们,使我们为他们诗歌强大的情感力量而惊叹不已。从那些拨动着情感之弦的诗歌可以看出,无论是诗歌的创作还是诗歌的欣赏,是写诗的诗人还是读诗的读者,伦理情感都是这种复杂审美过程的共同基础。

诗人要想通过自己的作品唤起读者的情感,使读者的心灵激动起来,或感到快乐,或感到悲痛,首先就要把自己的情感转化成伦理情感,这才能将情感化作一团火焰,熊熊燃烧起来。"我们为不幸者洒一掬泪,人世的悲欢感动我们的心。"(《伊尼德》,第462行)诗人就是凭借着感情的火焰点燃读者的情感,使自己的感情得以同读者的感情交流。所以罗马诗人贺拉斯说:"一首诗仅仅具有美是不够的,还必须有魅力,必须能按作者愿望左右读者的心灵。你自己先要笑,才能引起别人脸上的笑,同样,你自己得哭,才能在别人脸上引起哭的反应。你要我哭,首先你自己得感觉悲痛。"[1]要做到这一点,就要借助情感的道德力量。

不仅西方注意到诗歌情感与伦理的密切关系,我国也是如此。我国古代对诗歌情感与伦理的关系有着独特的认识,其中最具代表性的是古人称"诗言志,歌永言,声依永,律和声"(《尚书·尧

---

[1] 贺拉斯:《诗艺》,杨周翰译,人民文学出版社,1962年,第142页。

典》);"诗者,志之所之也,在心为志,发言为诗"(《毛诗序》)。后来严羽在《沧浪诗话》中说:"诗者,吟咏情性也。"白居易在《与元九书》中也说:"诗者,根情,苗言,华声,实义。"自此以后,诗言志的理论就被沿袭下来,几乎成为我国理解诗歌本质的基础。所以宋代张戒在《岁寒堂诗话》中说:"建安、陶、阮以前,诗专以言志;潘、陆以后,诗专以咏物兼而有之者,李杜也。"宋代后我国加强了诗歌理论的探索和研究,但基本上继承了诗言志的学说。宋人叶梦得在《石林诗话》中提出"意与言会,言随意遣,浑然天成"的原则,进一步从诗歌言志抒情的高度探讨了诗歌内容与形式、诗歌创作的艺术思维特征等理论问题,诗言志就是诗歌伦理的表达。诗人袁枚在《随园诗话》中说:"其言动心,其色夺目,其味适口,其音悦耳,便是佳诗。"无论古人怎样表述,其基本思想是诗歌不能离开情感,情感不能缺少伦理。

四

贺拉斯关于诗歌艺术中诗人自身的情感因素同诗歌读者情感反应的关系的论述,不仅成为后来欧洲新古典主义者讨论诗学情感的话题,也是从18世纪起情感论取代模仿论的理论基础。从18世纪开始,浪漫主义者打破柏拉图和亚里士多德的艺术是模仿的理论垄断,把艺术看作情感的一种表现。浪漫主义的这种理论经过克罗齐、科林伍德等人的发展,变成了美学和诗学中一种成熟的理论。克罗齐认为,伟大的艺术作品都是一种活泼和情感变成完全是一种鲜明的意象。古希腊的艺术作品特别如此。他把艺术家所要求的客观现实的再现看成艺术家主观情感的表现,认为直觉的功用在于赋予形式以情感,伟大的作品就在于情感是否能恰如其分地被意象表现出来。克罗齐的美学理论对 21 世纪的美学发展产生了巨大影响,一些著名的英美美学家如科林伍德、凯雷特、阿诺·理德等都是美学上的克罗齐主义者。克罗齐的美学还涉及精神分析学派的领域,这一派的重要人物如融恩等就受到克罗齐的深刻影响。

科林伍德继承和发展了克罗齐的美学思想,同样认为艺术是一种情感的表现,艺术唤起情感或表现情感。他在《艺术原理》中说:

> 当某人被认为是表现情感时,一切有关他的说法,都不外是说他先是意识到自己有一种情感,却意识不到那种情感究竟是什么,只是感觉到内心有种扰动,却不知道它的性质。……他想从这种没有希望和沉重的压迫感的条令下摆脱出来,于是他就做某些能解救他自己的事情,这种事情我们就称之为他的自我表现。这种所谓去做某些事情的活动,我们就称之为语言。他通过说话去表现自己,这是有意识这样做的,这种被表现的情感的性质因此就不再是在无意识的情况下所感觉到的一种情感。它是在做某些事情时所能感觉到的情感。当情感还没有被表现时,他所能感到的就是那种没有希望的和沉重的压迫感;而当情感得到表现时,他感到在这种方式中沉重的压迫感消失了。他的心灵多多少少变得轻松和舒坦了。①

---

① 科林伍德:《艺术原理》,王至元、陈华中译,中国社会科学出版社,1985 年,第 109—110 页。

在艺术作品中,诗歌常常被用来说明伦理情感化为艺术作品的过程。在情感如何转变为艺术作品的问题上,就有以联想的心理体验为主体的联想说、以移情理论为核心的移情说、以表现原理为基础的表现说,以及以格式塔大脑力场学说为基础的关于人的情感与艺术形式的关系是异质同构关系的同形说等。无论哪一种学说,都不能违背从自然情感到伦理情感的逻辑。联想说认为在艺术形式刺激审美主体时,由于主体的联想作用,即主体借助相似联想、相近联想和因果联想,从而唤起对过去在类似情境下所产生的经验和情感的联想与回忆,刺激主体的情感体验以实现情感的伦理转换,进而产生出艺术作品。诗人看见绿色,就联想到生命力、清新、活泼和大自然的美好;看见大海,就想到力量、宽阔、伟大;听见战鼓的响声,就想到战场、拼杀、正义、勇敢。于是,这些经联想而产生的表现伦理情感的诗就被创作出来。

在移情说看来,诗人的创作是诗人把自己的知觉和情感外射到自然事物中而得到的。我国诗人杜甫在《春望》一诗中曾写有这样的诗句:"感时花溅泪,恨别鸟惊心。"诗人身陷长安,思亲忧国,感伤时事,看见花开,泪水就溅在花上,怨恨离别,听到鸟鸣就为之心惊。这些诗句就是诗人通过移情作用得到的。移情是自然情感向伦理情感转化的一种方式,因此普里斯说:"移情作用所指的不是一种身体感觉,而是把自己感'到'审美对象里去。"①主体的情感和客观的事物相互交流,"即景生情,因情生景",美好的诗篇就在这种情景的交融中随着诗人伦理情感的律动而诞生了。

表现说以克罗齐和科林伍德的艺术理论为基础。克罗齐和科

---

① 普里斯:《论移情作用》,《古典文艺理论译丛》,人民文学出版社,1964 年,第 8 期。

林伍德的艺术思想的意义不仅在于他们把艺术的产生看成一种情感的表现,还在于他们认识到艺术家在表现情感即创作艺术作品过程中心理和情感所发生的变化,即情感的伦理转化。诗歌是一种伦理情感的表达形式。科林伍德认为艺术家的情感在得到表现之前会感觉到一种沉重的压迫感,感觉到忧郁,而他们的情感一旦得到表现,他们就会从沉重的压迫感甚至是绝望中解脱出来,心灵也因此而变得轻松愉快起来。科林伍德认识到的艺术家的这种情感和心理的重要变化,实际探讨的是艺术家通过情感表现而导致自身情感净化的问题。情感的净化就是情感的道德升华,即情感的伦理化。亚里士多德在论述悲剧时讨论过悲剧对于观众情感的净化作用,这种净化的实质就是情感的伦理化。因此,科林伍德的表现说理论在探讨情感的表现时把作家、作家的情感和艺术作品融合在一起,把艺术作品的诞生看成作家情感宣泄即伦理表达的一种结果,这就为我们提出了艺术作品效应的另一个重要方面,即诗在对读者产生情感效应之前的创作过程中对于作家自身情感的陶冶和净化作用。歌德的《浮士德》和《少年维特的烦恼》可以看作作家自我情感宣泄的结果,它们的产生也使作者自己的情感得到净化。同时,在歌德的情感宣泄过程中,作者自身的伦理情感体验如忧郁、愤懑、悲伤、焦虑、欢乐、满足、幸福等,也会变成读者阅读作品时所产生的伦理情感。在作品产生的过程中,只有作家感到了欢乐,读者才会欢笑;只有作家感到悲伤,读者才会痛哭。

同形说即格式塔理论。格式塔又称"完形",来源于德语gestalt,用于替代"完整(whole)"一词。诗歌中的完形概念是对心理学完形概念的借用,以描绘一件文学作品的历史作用。也就是说,描写因节奏、形象、结构、发音等之间相互关系的积累而产生的思想和情感,描写不能由对作品组成部分的审视而解释的效果。

完形的概念源于研究人类行为的德国心理学家,指物理现象、生物现象或心理现象的一种结构或形态,这些现象综合成为一个功能单位,其性质并不是各组成部分性质的相加,而是一种完形的结构形式。因此在诗歌中,诗歌的发音成分不是由其具体成分而是由完形的概念描绘的。德国的鲁道夫·阿恩海姆最先把格式塔心理学系统运用于艺术分析,在《艺术与视觉》中认为对艺术作品产生的幻觉不是由于过去的经验所造成的联想作用或移情作用引起的,而是由作品中的形象结构唤起的观赏者的大脑皮层中的场效应所引起的。格式塔理论认为艺术形式、客观世界、艺术作品都具有结构相同的基本结构模式。当诗歌的读者或艺术的欣赏者的某种情感模式同诗歌或艺术品的基本结构相一致时,诗歌的读者或艺术的欣赏者便感觉到诗歌或艺术品具有了人类的情感表现。格式塔理论试图从生理学的角度分析诗歌和艺术,虽然为诗歌的科学分析开辟了一条新路,但对主要作为心理学内容的情感问题的分析,格式塔理论显然感到有些无能为力。

在诗歌和情感的关系方面,虽然出现过种种理论,但并没有为我们提供一个固定的答案。不过这些理论却把诗歌中对情感问题的探讨推向了深入,使我们加深了对诗歌情感问题的认识。我们在研究中发现,自然情感只是诗人的意志力量,当诗人的情感以艺术的形式出现在诗歌中时,这种情感已经转化为伦理情感。自然情感可以成为诗人写作诗歌的动力,但是不能转化为诗歌。只有当自然情感转化为伦理情感以后,诗歌才能被创作出来。诗歌是整体人类情感表达的载体,也是诗人自己情感表达的载体。诗人在诗歌创作的情感表达中,自身也经历了一个情感陶冶的过程,正是因为经历了这个陶冶的过程,诗人的情感性质才会发生改变,变成伦理情感,这样诗歌才具有激情和力量,才能感染和打动读者的感情,使读者的阅读过程即审美同样变成一个情感陶冶的过程。

因此,在对诗歌情感的研究中,诗歌与作者、诗歌与读者的关系问题就逐渐变成了审美过程中的重要问题。人们在对情感的研究中认识到诗歌是作者情感的伦理表达,发现由诗人情感的宣泄而产生的诗歌只有同读者的情感联系起来时才能产生审美效应,表现出诗歌强大的情感力量。正像科林伍德认为的那样,当一个人读一首诗并且理解它时,他不仅是理解了这首诗作者的表现,即诗人的情感表现,也理解了诗中所表现的他自己的情感。这就是说,读者在阅读诗歌时不仅只是一个单纯的诗的读者,而是同诗人一样也变成了一个诗歌的创造者。他在读诗的审美过程中,不仅感受到诗人的情感,受到诗人情感的感染,还激发出自己的情感,并同诗人的情感交织在一起,进而达到同诗人心灵的沟通。此时,他仿佛感到自己也变成了诗人,诗人的诗句似乎就是自己写作的诗句,诗句中贯注的情感似乎正是自己的情感。就是在这种心理和情感的伦理变化过程中,读者的情感得到升华,并经过诗歌情感的陶冶而获得美好的感受。

诗歌艺术不同于用散文写作的叙事性艺术,它主要不是靠叙述故事表达思想,而是通过情感打动读者。诗歌的最终目的在于感受和理解,小说的最终目的在于认识和接受,但伦理表达都是二者的基础。从某种程度上说,伦理情感是诗歌的生命和灵魂。诗歌用强烈的情感感染和激励读者,同时传达高尚的思想和暗示某种哲理,以陶冶人的情操,宣扬高贵的道德理想。

五

诗歌的情感表达同逻辑表达是两种性质不同的表达。诗歌的情感表达属于描述的性质，并通过描述显现情感。因此，诗歌的情感表达不是描述一种情感概念，而只是描述一种情感，如情绪、心情、意境、欲望等。至于这些情感属于什么性质，是欢乐还是悲伤，是激动还是颓唐，是感激还是怨恨，则需要我们加以理性的判断，用逻辑的推理和概念去描述它们。情感的逻辑表达不是通过对情感的描述表达，而是通过概念和判断表达。在情感被表达之前，情感已在逻辑的表达中经过了理性的判断，最后通过概念把情感描述出来。诗歌表达情感如激动时，不是用激动这个逻辑概念表达激动的情感，而是通过对激动的具体的细致描绘把激动的情感传达给我们。但是对逻辑表达来说，是把激动的概念传达给我们，我们无须感受便能够从概念的判断中理解激动。

诗歌对情感的表达需要我们去感受，通过感受才能理解诗歌情感。诗歌的情感感受是感性的，而逻辑判断是理性的。诗歌作为表达情感的符号是抽象的，然而它表达的诗歌情感是具体的艺术情感。这种情感虽然不同于诗歌符号在抽象之前而存在的情感，然而它在经过诗歌符号的抽象和表达后，诗歌情感就变成了高度艺术化的情感，才能通过读者的阅读进入审美过程。在没有经过诗歌表达之前的情感我们可以称之为原始情感（original feeling）或自然情感（natural feeling），经过诗歌符号表现后的情感我们可以称之为诗歌情感（poetic feeling）或艺术情感（artistic feeling）。它们的本质区别就在于诗歌的原始情感在被诗歌符号表现时经历了诗化或艺术化的过程。因此，诗歌表达出来的伦理情感高于原始情感或自然情感。

诗歌的情感需要表达,诗歌只有经过表达才能被欣赏,正如音乐要经过表达才能被欣赏一样。音乐是通过乐器的演奏来加以表达的,音乐在被表达之前,它只是音乐的一些特殊符号,因而它不具有情感。乐曲在表达的过程中,经过演奏家以各种不同乐器的演奏,乐曲才能被欣赏。因而无论多么优美的乐曲,只要它没有经过乐器加以表达,它就不能成为在情感上打动我们的艺术作品,即使是贝多芬抑或柴可夫斯基的作品,也不能例外。乐曲在被表达的过程中,乐曲演奏家也会被乐曲感动,从而使他们把自己的感情倾注其中。同样,乐曲欣赏者这时也会被作品激动起来,并使自己的情感同乐曲的情感交织在一起。所以,乐曲通过表现就具有了三种情感:一种是作品的情感,但这种情感要通过表现才能被显示出来;一种是作品在被表达的过程中融进来的演奏者的情感,它是演奏家在演奏中被自己演奏的乐曲所诱发的一种情感;还有一种就是欣赏者的情感,这种情感是在欣赏演奏家演奏的乐曲时被激发出来的情感。

诗歌正是这样。它在被表达之前只是一些语言符号,虽然这些符号具有一些与它们联系在一起的象征意义,但它们并不是情感。有一些描述性的语言符号表达情感的意义,如高兴、悲伤、欢笑、痛哭,但它们仅仅具有情感的意义,而不具有情感。诗歌如果经过表达,就会具有情感。诗歌同音乐一样也具有三种情感。第一种是作品的情感,这种情感需要通过表达才能显现出来。在表达过程中,诗歌符号的象征意义体现出作品的情感。表达的形式也是多样的,如阅读、朗诵、批评或表演等,阅读或朗诵时音调的高低、节奏的快慢、语气的强弱、表演时身体的动作和面部表情等,都属于诗歌的表达形式。总之，诗歌必须通过不同形式的表达才能具有情感。第二种是诗歌在被表达的过程中诱发出来的朗诵者或表演者的情感，这种被诱发出来的情感继而又引导朗诵者或表演者带着这种情感去朗诵或表演，并把自己的情感同作品的情感融合起来。此时，作品的情感才真正被丰富起来，作品在审美过程中的效果才会被充分表现出来。第三种情感是读者、听众或观众的情感。

在古代，最初的诗歌主要不是通过阅读而是通过朗诵并伴以音乐和表演表达的。古代希腊的荷马、萨福就是怀抱竖琴的诗人形象，他们在竖琴的伴奏下吟唱诗歌，有时配合着表演，从而把听众或观众吸引在他们的周围。只是在印刷术得以普及以后，诗歌文本的普及才得以实现，教育的普及才变为可能，诗歌的读者才最终出现。诗歌读者不同于诗歌朗诵者或诗歌表演者。最早的诗歌读者在阅读时都需要朗读，并通过朗读激发自己的情感。我国古代读诗称为吟诗，说的就是阅读诗歌时需要发声，通过发声体现节奏，通过节奏表现诗的美感。阅读诗歌如果不发声，就不能充分感受诗歌的节奏美。朗读诗歌通过声音轻重缓急，从而把读者的情感引发出来，随着读音的变化，这种情感有时似涓涓细流，有时似洪水泛滥，读者自己的情感也就融化在诗歌之中了，并在阅读过程中使自己的情感经受到诗歌的美的陶冶。

诗歌的听众或观看诗歌表演的观众，无论是听诗歌的朗诵还是看诗歌的表演，都会毫无例外地受到感动，感情也会随之被调动起来，同诗歌的情感融合在一起。因此，诗歌在被表达之前，它只是作为诗歌的艺术符号存在着，只有通过表达，诗歌的情感才会显现出来。表达的过程就是诗歌的审美过程。诗歌本身的情感只是一种最基本的情感,在表达的过程中,诗歌的情感还会诱发朗诵者、表演者、听众或观众的情感,从而使诗歌的情感发展为伦理情感,最终使诗歌的情感得到最大的丰富,表现出最大的感染力。

六

诗歌的情感表达要借助一定的形式,因此,研究英语诗歌的形式就变成了诗歌的基础研究。在不同类型的文学样式中,英语诗歌有其独特艺术形式,这种形式主要是语言的形式。其实,古人早就认识到艺术形式的重要性,例如赫拉克利特说:"音乐混合不同音调的高音和低音、长音和短音,形成一致的曲调;文法混合元音和辅音,由它们构成完整的艺术。"[①]

诗歌的形式就是诗歌的韵律,韵律是诗歌特有的语言表达形式。诗歌的语言是一种特殊的语言,即诗的语言,同时它也是诗的符号。就诗的语言来说,它具有韵律、节奏、音乐感。因此,诗歌的语言是诗歌的符号,是诗歌形式的最基本因素。就诗歌来说,语言是符号、是形式,情感是实质、是内容。情感借助语言的形式得以表达,语言的形式因表达情感而获得诗的意义。

西方在讨论诗歌与情感关系的同时,都注意到诗歌形式的重要性。诗歌正是其独特的艺术形式才把它同其他艺术区别开来。公元前5世纪的希腊诗人西摩尼得斯把绘画称为无声的诗,把诗称为有声的画,其实讨论的就是诗歌与绘画在形式上的区别。所以罗马诗人普鲁塔克说:"它们在题材和模仿方式上都有区别。"意

[①] 赫拉克利特:《著作残篇》,《欧美古典作家论现实主义和浪漫主义》一,中国社会科学出版社,1980年,第7页。

大利诗人但丁在《论俗语》中也说:"诗不是别的,而是写得合乎韵律、讲究修辞的虚构故事。"这说明,诗歌的形式对于什么是诗来说是十分重要的。

德国诗人莱辛在他的美学著作《拉奥孔》中第一次从形式上系统地探讨和论述了"画与诗的界线"。他指出:"诗和画固然都是模仿的艺术,出于模仿概念的一切规律固然同样适用于诗和画,但是二者用来模仿的媒介或手段完全不同,这方面的差别就产生出它们各自的特殊规律。"[①]英国牛津大学诗学教授斯宾司(Joseph Spence,1699—1768)在他的《波里墨提斯》(Polymetis,1747)中提出的诗画互相类似的看法,认为这两种艺术在古代结合得非常紧密,经常携手并行。这也是讨论诗的形式问题。诗歌的艺术价值主要通过想象得来的语言并经由诗歌所特有的艺术形式如节奏、韵律、意象,以及艺术手段如比喻、象征、想象等实现情感的表达。因此,诗歌的存在方式是诗特有的形式,诗的类别不同,其外在的存在方式亦不同。不过,尽管它们的外在形式有所不同,但它们的内部结构则是同一的,如节奏、韵律等。韵律对于诗歌的意义是十分重要的,韵律是诗歌生命的律动。韵律同诗歌紧密联系在一起,同诗歌的整体结构密不可分。诗歌缺少韵律,就如同音乐抽掉节奏,绘画去掉线条,雕塑忽略光线。诗歌缺乏韵律的严重后果是诗歌的整体审美效果将会遭到破坏。就诗歌的表现形式而论,诗歌外在的和内在的结构都是一个有机的统一体,各构成要素如韵律的安排、节奏的建构、意象的选择等都是恰如其分地组合在一起,各要素之间保持着高度的平衡。诗歌的这种形式使诗歌具有了生命。诗歌缺乏韵律就会打破诗歌结构的平衡,因而就破坏了诗歌生命的完整

[①] 莱辛:《拉奥孔》,朱光潜译,人民文学出版社,1984年,第181页。

性。在诗歌艺术中,韵律也是情感借以存在的形式。诗歌无论是缺少韵律还是缺少节奏,都会造成诗歌艺术生命的残缺,因而诗歌的情感就会随之消失。

七

最后,还需要再次谈谈诗歌的道德情感。朱熹评论《诗经》时说的"感物道情,吟咏情性",指的是诗歌因感而发,抒情成诗。《文赋》中陆机说"诗缘情而绮靡",指的是诗歌因情而生。刘勰的《文心雕龙·明诗》中说"婉转附物,怊怅切情",也是说诗歌咏物起兴、触景生情。可以说,情感是诗歌的源泉,没有情感就没有诗歌。就情感而论,情感是人对客观现实的一种心理反映形式,是一种主观体验、主观态度,也是一种心理意志,属于主观意识范畴。就诗而言,情感的主体是诗人、读者或批评者。情感是人在心理上对他人或事物(包括抽象的人或事物在内)的一种价值判断表现形式,例如对遭受不幸的人的同情、对自我奉献者的崇敬、对作恶者的憎恨等,都可以因情动而为诗。这就是《毛诗·序》中所说:"诗者,志之所之也。在心为志,发言为诗。情动于中,而行于言。"情感有自然情感和伦理情感之分。有感而发,可以是自然情感的生发,如唐代女诗人陈玉兰的《寄夫》一诗:"夫戍边关妾在吴,西风吹妾妾忧夫。一行书信千行泪,寒到君边衣到无?"其中"西风吹妾"生发于自然情感。妾身感到寒冷,这是自然情感的产生。妾的身份是妻子,因此从自身的寒冷想到了远在边关的丈夫,此时从自身的寒冷开始转换为对丈夫的担忧,因寒冷而生出的自然情感开始转变为妻子担忧丈夫的道德情感。道德情感又转化为情感意志,推动妻子给丈夫写信,询问是否收到寄送的寒衣。情感只有转化为伦理情感,诗歌才能升华。这说明，诗因情生，情是诗产生的原因，但是诗歌生成之后，则是为了表达伦理情感。所以《尚书·尧典》中记舜的话说："诗言志，歌永言，声依永，律和声。"《庄子·天下篇》说："诗以道志。"《荀子·儒效》篇云："《诗》言是其志也。"以上所论，均是说诗成之后的教诲功用以及诗言志的伦理价值。就诗而论，无论抒情还是言志，都是为了实现诗的伦理价值。华兹华斯强调情感，但他同时也说，人的激情、思想与感情"无疑地同我们的道德感以及原欲感联系在一起"。实际上，华兹华斯所说的"道德感"(moral sentiments)和"原欲感"(animal sensations)就是道德情感与自然情感。因此，无论诗歌还是小说或是戏剧，其价值都在于伦理价值，失去了道德的力量，即失去了华兹华斯说的"高贵的精神力量"(the nobler powers of the mind)，文学就失去了灵魂。

（原载于《山东社会科学》2014年第8期）

诗歌永远是人类共同的朋友

2007年7月21日至23日,《外国文学研究》杂志与宾夕法尼亚大学现代写作中心、浙江大学外国语学院、北京语言大学外国语学院、西安外语学院、四川外语学院、上海大学外国语学院、广州大学外国语学院、西北师范大学外国语学院、湖南大学外国语学院、湖北大学外国语学院、中南大学外国语学院、兰州交通大学外国语学院等14家高校在武汉联合举办了"20世纪美国诗歌国际学术研讨会"。这是中国自改革开放以来有关20世纪美国诗歌的一次重要的学术专题研讨会,来自美洲、欧洲、非洲、亚洲等国家和地区的200余名专家、学者、诗人出席了会议。出席大会的美国艺术与科学院院士、美国现代语言协会主席、著名诗歌批评家、斯坦福大学教授玛乔瑞·帕洛夫,美国艺术与科学院院士、著名语言派代表诗人及理论家、宾夕法尼亚大学教授查尔斯·伯恩斯坦,著名垮掉派诗人、纳罗帕大学教授安妮·沃尔德曼教授等,都对这次会议给予了高度评价。正如评论界所说,这次研讨会对于中国的20世纪美国诗歌研究是里程碑式的,它不仅促进了中外学者和诗人的沟通与交流,还将对中国的外国文学研究事业产生深远影响。

"20世纪美国诗歌国际学术研讨会"由华中师范大学校长马敏教授和斯坦福大学玛乔瑞·帕洛夫教授担任大会顾问委员会主

席,由中国外国文学学会副会长、华中师范大学《外国文学研究》主编聂珍钊教授,宾夕法尼亚大学查尔斯·伯恩斯坦教授,中国诗歌学会常务副会长、青海省副省长吉狄马加先生担任大会学术委员会主席,《外国文学研究》主编助理罗良功教授担任秘书长。大会开幕式由聂珍钊教授主持。马敏教授,玛乔瑞·帕洛夫教授,查尔斯·伯恩斯坦教授,湖北省作家协会主席、华中师范大学王先需教授,兰斯顿·休斯协会现任主席、阿拉巴马大学德丽塔·马丁-奥根索拉教授,中国教育部社科司期刊处田敬诚处长,华中师范大学文学院院长胡亚敏教授在开幕式上发表了热情洋溢的讲话。中国外国文学学会会长、中国社会科学院外文所所长陈众议研究员,中国诗歌学会常务副会长吉狄马加,《外国文学研究》名誉主编王忠祥教授,兰州交通大学外国语学院陈静院长等向大会发来了贺信。

"20世纪美国诗歌国际学术研讨会"研讨的话题集中于七个方面的议题,内容丰富而富有特点,既有对诗人个案的专门研讨,如议题"查尔斯·伯恩斯坦与美国语言派诗歌""兰斯顿·休斯的诗歌艺术及其影响""20世纪经典诗人重评",也有对诗歌思想与艺术的理论探讨,如议题"美国现当代诗歌形式与政治""诗歌文本:视觉、听觉、表演",还有对诗歌进行比较研究的议题,如"少数族群与诗歌主流、局内与局外、诗人与读者""20—21世纪的中美诗歌关系"。这次研讨会讨论的议题富有学术个性,多项议题在中国是第一次展开讨论,如"查尔斯·伯恩斯坦与美国语言派诗歌""兰斯顿·休斯的诗歌""美国现当代诗歌形式与政治"等。正是这一特点,这次研讨会才显示出其强大的学术魅力,吸引了众多的学者和诗人与会。

这次会议是一次高水平的学术研讨会,大会的主题发言精彩,分组讨论深入,众多学者聚集在一起,对20世纪美国诗歌中一系列重要学术问题进行讨论和交流。对中国学者而言,他们不仅能够有机会同众多的西方学者一起互换心得,交流学问,还有机会直面那些对他们来说陌生而伟大的诗人,如查尔斯·伯恩斯坦、安妮·沃尔德曼、埃弗雷特·霍格兰、利维·莱托等。这些具有诗人和学者双栖身份的与会者,为本次会议增添了一大亮点。他们的出现,把以理性思考、分析、归纳和总结为特点的严肃的学术研讨同诗歌所独具的艺术多样性结合在一起,为东西方情感沟通和学术交流架起了桥梁。站在他者立场上的诗歌研究者的学术理解加上诗人的自身解读,对于我们理解和认识20世纪的美国诗歌无疑具有特殊的意义。

我想在这里强调指出,无论是就学术而言还是就人格魅力而言,斯坦福大学的玛乔瑞·帕洛夫教授都是这次研讨会上光辉闪耀的明星。在20世纪美国诗歌领域,玛乔瑞·帕洛夫教授是一位伟大的学者,她慈祥、谦和、睿智、胸怀博大。美国先锋派诗歌(如美国语言诗歌)地位的确定与世界影响,是与她的贡献分不开的。通过她的研究和评论,查尔斯·伯恩斯坦这些前卫诗人的价值才逐渐被发现,众多的读者才开始理解那些开放的、新颖的、背叛传统的革命性诗歌,认识到这些诗歌对于20世纪文学的意义。她在大会上做的主题发言和大会期间的学术演讲,充分显示出她的人格魅力和学术成就,让我们心里充满对她的敬仰。同玛乔瑞·帕洛夫教授相比,查尔斯·伯恩斯坦和安妮·沃尔德曼的大会发言和晚间讲座把学术探讨同诗歌朗诵结合在一起,从另一个方面表现出他们诗人加学者的魅力。当然,除了他们之外,还有许多中国和其他国家的学者与诗人给我们留下了深刻印象。这是一场中西交融的学术盛宴,我们不仅充分享受来自不同国家和地区的学术成果,还品尝了一道甘美的艺术大餐,这就是在会议期间举行了一场诗歌朗诵晚会。在灯光柔和、众人注目的舞台上,武汉大学陆耀东教授、查尔斯·伯恩斯坦教授、安妮·沃尔德曼教授、埃弗雷特·

霍格兰教授、史迪文·特雷斯教授、利维·莱托教授、诗人谢克强和蓝宏献等纷纷登台表演。韵味悠长的中国古典式诗歌吟唱，充满激情的诗歌朗诵，将朗诵和音乐结合在一起的诗歌表演，让我们感受到诗歌的美妙和无限魅力。这是一个难以忘怀的夜晚，因为诗歌艺术把这个美妙的夜晚永远地刻在了大家心中。

无论是大会期间的学术探讨，还是美好的诗歌朗诵，我们都能感受到诗歌的强大力量。诗歌的艺术语言是一种无障碍语言，因而它能够成为在不同语言、国家和种族之间进行交流的特殊媒介。通过诗歌的节奏和韵律，我们几乎可以超越不同的文字而理解诗歌，实现情感共鸣和思想交流。例如，当陆耀东教授朗诵时，他那古朴、宛转而悠长的音调，传达出听众都能理解的信息和情感，让我们不能不惊异诗歌的奇妙。当查尔斯·伯恩斯坦、安妮·沃尔德曼、特雷斯等教授进行诗歌朗诵时，他们充满激情和力量的朗诵，既像鼓点那样震撼人心，又像琴声那样轻曼温柔，让我们入迷陶醉。再如利维·莱托的芬兰语朗诵，尽管许多人不擅芬兰语，但是从他的激情、节奏和音调的变化中，我们仍然能够像听大提琴演奏一样听懂他的朗诵。

诗歌是文学中最精美的食粮，是我们生活中不可缺少的艺术。诗歌以善为本，以真为美，以情为源，品格高洁，意境深远。诗歌自古以来都保留着陶冶我们道德情操的伦理特性，是人类共同的道德和精神需要。我们人类从远古一步步走来，无论是东方还是西方，诗歌都一路伴随着我们，传达我们的愿望，表达追求的理想，塑造我们的人格，建立道德的标准。诗歌还是自由之神，它的职责就是把美好的信息传达给世界上所有的人。希腊的荷马、萨福，意大利的但丁，英国的莎士比亚，德国的歌德，中国的屈原、李白、杜甫等伟大诗人，不仅一直活在自己的同胞心中，也活在世界人民的心中。一切伟大的诗人，早已经超越了自己的国度，变成了人类共同的诗人。古代诗人如此,世界上最重要的诗人的作品,几乎在中国都有翻译出版。当代诗人亦然,仅以参加这次会议的查尔斯·伯恩斯坦为例,他的诗歌不仅仅在美国被读者欣赏,在欧洲、在中国也被读者欣赏。他的富有特色的语言诗歌,早在1993年就被翻译介绍到了中国。他的收录了更多诗歌的选集,今年年底就会在中国出版。我们甚至可以说,早在我们现实交往之前,就已经在诗歌中交往了。

古人们离不开诗歌,今天我们同样离不开诗歌。尽管诗歌如此重要,但20世纪以来,无论是东方还是西方,有诗人、评论家和读者在哀叹当代诗歌的衰落。在现实生活中,我们有时也似乎感觉到诗歌离我们越来越远。但是从这次会议,我们却惊喜地看到了事情的另一面,即诗歌其实从来就没有离开我们,因为我们需要诗歌,喜爱诗歌,也在不断创造诗歌。因为有了诗歌,世界才会变得更加美好、和平。因为有了诗歌,美国的诗人、中国的诗人,还有那些众多的诗歌评论家,才能够聚集到武汉,一起研讨诗歌,朗诵诗歌,欣赏诗歌。尽管参加大会的只有200多人,但他们为我们传达了一个明确的信息:诗歌仍然为许多人所喜爱。这不仅给诗人们增添了信心,也给评论家和读者传达了一个明确的信息:诗歌永远是人类共同的朋友,永远是和平和友谊的使者。

"20世纪美国诗歌国际学术研讨会"结束了,我想借这本论文集的出版在此向所有的会议参与者,向所有关心诗歌艺术的朋友们,表达诚挚的谢意。同时,我也想借这本论文集的出版,表达我们的愿望,那就是诗歌更繁荣,世界更和平,未来更美好。

(原载于《20世纪美国诗歌国际学术研讨会论文集》,华中师范大学出版社,2009年)

易卜生创作的生态价值

2009年5月19日,"绿色易卜生国际学术研讨会"在华中师范大学举行。此次研讨会围绕易卜生戏剧的生态思想、易卜生戏剧的生态伦理价值以及对易卜生戏剧的生态评价等议题展开。挪威驻华大使馆大使司文·塞特尔(Svein Ole Sather)先生及夫人艾莲(Eli Barstad)女士、文化专员欧德琳(Tone Helene)女士、挪威泰勒马克郡郡长玛丽·海尔金森(Marit Helgesen)女士及其率领的易卜生家乡代表团等,同国内外众多研究易卜生的专家一起,参加了此次研讨会。

易卜生是欧洲现代戏剧的创立者,他的作品描写广阔的社会现实,表达深厚的人道情怀和深刻的哲理思想,对政治体制、人类命运、个体精神表现出深切关注。20世纪尤其是21世纪以来,影响人类生活的环境问题日益突出。因此,从生态角度对易卜生的作品进行研究,显然具有重要的现实意义。对于这次会议,司文大使从挪中文化交流的角度积极评价了易卜生戏剧对于保护生态环境的意义。大使先生说:"今天的大会议题和昨日戏剧都是围绕环境这一主题展开的。易卜生是当代的作家。"大使先生提出要使环境问题得到解决,"必须有一个各抒己见的交流平台",他因此感谢华中师范大学以及《外国文学研究》的所有同仁提供了这样一个平台。海尔金森女士从易卜生的家乡泰勒马克郡专程赶来,对易卜生作品所体现的恒久的文化意义和交流价值发表了热情洋溢的讲话。华中师范大学校长马敏教授、文学院院长胡亚敏教授也发表讲话,高度评价易卜生戏剧对于保护人类生态环境的启示意义,认为易卜生关于生态的观点体现了人类文明的进步,是我们今天保护自我生存环境的战斗武器,能够帮助我们提高公众的环境意识,帮助人们在日常生活中做出有益于环境的伦理选择。

易卜生介绍到中国已逾百年,他不仅深刻影响了中国的文学创作,也影响了中国的思想。在20世纪,易卜生戏剧主要通过社会问题剧表现其揭露和批判社会丑恶的现实主义价值,当人类历史进入21世纪以后,易卜生戏剧创作的价值得到更深入的发掘,多方面的价值在研究中被发现,而其中蕴藏的生态价值则是被发现的众多价值之一。可以说,生态问题是人类在21世纪需要面对的生存危机,是需要人类认真解决的最紧迫问题。同时,如何解决当前的生态问题,我们不仅需要从社会、伦理、科学等方面寻找出路,也需要从文学、哲学中寻找启示。尤其是文学,它以生动的生活范例从现实和历史的角度为我们提供借鉴,为我们解决今天的现实问题提供有益的经验。易卜生就是这样一个通过戏剧创作为我们提供借鉴的文学家。

易卜生是一位伟大的现实主义戏剧家,但是我们仅把他看成一个揭露社会现实和批评社会丑恶的剧作家是不够的,因为在他的创作中,可以找到许多能够在今天给我们以启发的因素。例如,他创作的《人民公敌》《社会支柱》《约翰·盖勃吕尔·博克曼》等剧作,不仅讨论了工业化后现代社会出现的自然生态问题和技术进步导致的人的异化问题,还对违背自然规律和破坏生态环境的人类活动进行了深刻的哲理反思。再如《野鸭》,它可能是我们在现代社会中无法正确处理生态问题的象征。野鸭在戏剧中是一个非常重要的形象，它总是在人物命运的关键时刻出现，或者使事件出现转折，但是野鸭从何处飞来，又要飞到何处去，它是一只什么样的鸟，人们对它的身份知之甚少。后来海特维格决定打死野鸭，解决自己面临的危机，然而一声枪响过后，海特维格没有把野鸭打死，而是打死了自己。这实际上象征性地说明，人们通过牺牲环境而解决自己面临的生态问题的企图，不仅不能解决生态问题，相反可能毁灭了自己。《野鸭》发表后已经过去了120多年，今天重读这部作品，仍然能够给我们以新的启发。站在今天的生态立场上看问题，易卜生的许多创作都是同生态问题有关的，例如《玩偶之家》和《海上夫人》对达尔文主义的立场表达，《群鬼》和《罗斯莫庄》对进化论的思想阐释，《培尔·金特》和《建筑大师》对人与自然和谐关系的追求等。

  总之，这次会议以"绿色易卜生"为主题，是对易卜生研究的新的推动。在易卜生研究历史上，这是第一次召开以生态为主题的易卜生研讨会。在这次会上，与会学者从生态的观点多层面地对易卜生作品进行研究，深入挖掘其中蕴藏的生态价值，再一次证明了易卜生作品的丰富性。我们相信，随着易卜生研究的不断深入，易卜生作品还会有更多的价值被发掘出来。

  （原载于《易卜生创作的生态价值研究：绿色易卜生国际学术研讨会论文集》，华中师范大学出版社，2011年）

不朽的易卜生与易卜生研究新发展

2006年8月21日,卡尔约翰大街(Karl Johans gate)奥斯陆大学最古老的建筑Domus Media大厅里,第11届易卜生国际学术研讨会隆重开幕。开幕式上,挪威宋雅王后(Queen Sonja of Norway)莅临大会并致开幕词,为这次盛会拉开了帷幕。

第11届易卜生国际学术研讨会是该系列历次研讨会中最隆重的一次。早在1997年10月,挪威文化部就成立了以前文化大臣拉尔斯·罗阿·朗斯勒为主席的国家易卜生委员会,以便继续培育和更新易卜生遗产。委员会不仅以监督和协调者的身份负责易卜生宣传工作的计划与组织,还通过与各易卜生组织进行磋商以鼓励各组织之间的合作和在全球范围内促进易卜生研究。2002年秋,国家易卜生委员会成立了2006年易卜生年会秘书处,负责筹备在挪威奥斯陆举行的第11届易卜生国际学术研讨会,并在全球各地开展纪念易卜生的活动。因此,这次会议实际上是由国家负责的一次国际性学术活动,意义深远。

亨里克·易卜生是挪威最重要和在国际上最著名的作家之一。他振聋发聩的现实主义戏剧在世界各地不断上演,受到广泛欢迎和高度评价。就其剧作的演出场次而言,只仅次于莎士比亚,是其他作家无法与之相比的。长期以来,国际学术界都在不断地对易卜生的戏剧作品进行广泛而深入的研究,并取得了重要的成果,当然,这其中也包括了中国学者的重要贡献。易卜生的作品在今天仍然有着重要的世界性学术意义、政治意义和社会意义。在其作品中,易卜生极力宣扬个人自由,迫使我们反思我们的基本权利和价值,在这方面他的贡献超过了任何其他作家。他通过戏剧揭示的社会矛盾直到现在还和我们密切相关,意义丝毫未减。时至今日,世界一些地方的政府仍要删除易卜生作品的某些内容、禁止某些剧作的上演,认为这些内容和剧作极具争议性,对现有体制构成过大威胁。但是正如批评家所指出,由于他的人文主义理想如此丰富多样,以至于我们无法将其思想归类到某个单一哲学体系之下。借用詹姆斯·乔伊斯的比喻说,易卜生所做的是向我们揭示寻找个人自由的路径。他震撼了我们的生活,迫使生活暴露出它的秘密。

第11届易卜生国际学术研讨会以"不朽的易卜生"为大会主题,重点围绕易卜生的戏剧文本、戏剧创作、政治、表演、历史、翻译、文化、影响等方面具体展开,涉及易卜生研究中的诸多方面。

这次大会共有代表180余人,其中有研究易卜生的学者,也有戏剧导演和作家。可以说,世界上研究易卜生最重要的专家学者都拨冗出席,从而为这次大会的高学术水准奠定了基础。作全体大会发言的有:1. Mark Sandberg(University of California, Berkeley):The Architecture of Memoralization in Ibsen;2. Toril Moi(Duke University):Ibsen and Literary History;3. Vigdis Ystad and Christian(挪威易卜生研究中心):The New Historical Critical Edition of Henrik Ibsen's Writing;4. Kamaluddin Nilu(Chittagone University,孟加拉国):Contemporary Political Relevance of Ibsen's Brand-the Case of Islamic Fundamentalism;

5. Kole Omotoso（Nigeria University of Ibadan, Nigeria）；6. Erika Fischer-Lichte（Free University of Berlin, Germany）：Ibsen's Ghosts—A Play for all Theatre Concepts；7. Maria Shevtsova（University of London）：Robert Wilson Directs Ibsen；8. Jφrgen Dines Johansen（University of Southern Denmark）：Deals and Gifts, Exchange, Power and Freedom in A Doll's House and The Lady from the Sea；9. Atle Kittang（University of Bergen, Norway）：Ibsen, Death and Uncanny；Joan Templeton（University of Oregon）：Did Ibsen Mean Anything。这些学者来自不同的国家，他们从不同的角度选择自己研究的课题长期对易卜生进行研究，向大会报告了他们最新的研究成果。上述学者的研究具有代表性，反映了目前国际研究中的一个显著特点，这就是易卜生的研究已经超越了文学的界限，学者们开始更多地关注易卜生对于政治、宗教、艺术等学科的意义。

　　大会的专题发言和讨论井然有序，紧张激烈。专题发言的中心仍然是有关对易卜生作品的分析与理解，批评与阐释。在对文本充分重视的基础上，学者们提出了许多发人深思的学术问题。对易卜生的作品讨论较多的有《玩偶之家》《群鬼》《培尔·金特》《人民公敌》《海达·高布乐》《野鸭》《布朗德》等。这些都是易卜生的具有代表性的作品，也是历次会议讨论得较多的作品，尽管如此，这次会议上对这些作品的讨论仍然新意迭出，让人耳目一新。例如关于易卜生《玩偶之家》的讨论，过去大多站在女权主义的立场上阐释作品的主题，分析戏剧人物，或从社会问题的角度讨论剧中的婚姻家庭的主题，或用精神分析的方法讨论人物的两性关系。然而这次会议上对这部作品的讨论呈现出一个新的特点，即易卜生这部著名的社会问题剧所表现的道德主题。我国华中师范大学聂珍钊教授、特罗姆瑟大学（University of Troms）的 Lisbeth Pettersen Warp 教授、奥斯陆大学（The University of Oslo）Tom Eide 教授等，都从伦理道德的角度深入讨论易卜生作品中不同的学术问题，引起了与会学者的兴趣。聂珍钊教授是《外国文学研究》杂志的主编，近年来在我国大力倡导文学伦理学批评的方法，产生了重要的影响。他在大会发言中用文学伦理学批评的方法分析了易卜生的代表作品《玩偶之家》，提出了一系列伦理问题，并予以分析和思考。发言指出，易卜生戏剧的价值集中体现在其巨大的伦理价值上，离开了伦理的思考，就无法对易卜生的戏剧进行深入的分析。他认为，易卜生的社会问题剧在本质上就是伦理道德剧，我们无论是阅读他的剧本还是观看他的戏剧演出，无不感受到其中蕴含的强大道德力量。他通过对易卜生《玩偶之家》的分析提出一系列问题。例如女主人公娜拉为了给丈夫治病，是什么动机和力量促使她仿造她父亲的签字借钱？她为什么要冒被惩罚的危险保守秘密？她为什么要为她的丈夫做出牺牲？她的丈夫为什么要痛恨娜拉？是什么力量促使娜拉离开自己的丈夫而走出玩偶之家的？聂珍钊教授认为，这一切问题的答案都需要从伦理道德的思考中去寻找。他通过分析指出，《玩偶之家》是一出伦理道德剧，提出的问题都是伦理和道德方面的问题，无论是娜拉还是海尔茂，他们都是道德的形象。对于《玩偶之家》，Lisbeth Pettersen Warp 教授和 Tom Eide 教授等，也都从伦理批评的角度分析了易卜生的道德观和易卜生戏剧的道德性。

易卜生是一个伟大的戏剧家，他的作品既是可以用于阅读的伟大文学作品，又是可以用于舞台演出的伟大剧本。因此，作为文学阅读的易卜生作品和用于舞台演出的易卜生戏剧是有所不同的。所以，这次会议还有一批从事戏剧艺术的导演、学者等参加。

他们从易卜生戏剧的表演同社会、政治、观众及意义接受等方面进行了深入的讨论,如 Erika Fischer-Lichte(德国)的《〈群鬼〉是否适于所有戏剧概念:论〈群鬼〉在德国的演出史》、Maria Shevtsova(英国)的《论罗伯特·威尔森导演易卜生戏剧》、Sonia Nishat Amin(孟加拉国)的《论〈布朗德〉在孟加拉国舞台上的表演:社会和政治语境》等,从另一个方面拓展了对易卜生戏剧的研究。

此次会议中国共有 12 位学者出席,除挪威外,从人数上看,出席会议的中国学者人数仅次于美国,显示出易卜生研究中国阵营的强大。中国研究易卜生的卓越代表王忠祥教授(华中师范大学)因为身体原因没有出席会议,但是中国研究易卜生的另一位卓越代表谭国根教授(香港中文大学)出席了大会,并作了题为"Desire and Uncertainty:Ibsen's Ideological Intervention in the Chinese Quest for Modern Identity"的发言。出席大会并发言的中国代表还有孙建(复旦大学),石琴娥(中国社会科学院),叶-terry、Siu-han(香港中文大学),刘岩(广州外语外贸大学),何成洲(南京大学),陈爱敏(南京师范大学),王敬慧、孙萌(清华大学),刘明厚(上海戏剧学院),谢岚岚(黄石师院)。

中国学者在易卜生研究方面做出了重要贡献,因此得到了学术界的肯定和赞赏,中国学者也得到学术界的重视。会议期间,挪威易卜生研究中心专门宴请中国学者,以此表达对中国学者的友谊和尊重。宴请结束时,聂珍钊教授代表中国学者对易卜生中心表示感谢,并表示中国学者将继续做出努力,把中国的易卜生研究做好。会议结束后,易卜生研究中心前主任克鲁特(Knut)教授举行了茶话会,同中国学者话别。聂珍钊教授还向易卜生研究中心、奥斯陆大学图书馆赠送了由他和陈智平主编的《易卜生戏剧的自由观念:中国第三届易卜生国际学术研讨会论文集》以及由邹建军主持编选的《易卜生诗歌研究》两部著作。2006年是易卜生逝世100周年,也是挪威独立100周年,因此在挪威奥斯陆举行的第11届易卜生国际学术研讨会也是国家庆典的一部分,不仅具有重要的学术意义,还具有重要的政治意义。中国学者在这次学术会议上的突出表现,再一次表明了中国学者将在国际学术界发挥越来越重要的作用。

(原载于《国际学术动态》2007年第2期)

关于建设 20 世纪西方文学史教材的研究

早在 1930 年,在清华大学西语系任教的美国人 R. D.詹姆森就出版了《欧洲文学简史》(*A Short History of European Literature*)①。后来杨周翰教授主编《欧洲文学史》,就参考和借鉴过这部书。如果我国外国文学课程的教材建设从詹姆森的《欧洲文学简史》算起,至今已近 80 年。改革开放以来,外国文学课程在我国高校进一步得到重视。我国高校的外国文学课程在外语系(或英语系)和中文系实际上分属两个不同的体系,在外语系或英语系是语言课程重于文学,而在中文系则是以文学课为主。因此,外语系或英语系的外国文学课程往往按语言分为英国文学、美国文学、法国文学、俄国文学、德国文学等国别文学,而中文系则往往把不同国家的文学综合在一起合并为外国文学、西方文学或欧美文学的综合性课程。实际上,中文系开设的外国文学课程就是比较文学课程,而现在大多数学校开设的比较文学课程只是文学理论课程。

---

① 詹姆森(Jameson,Raymond De Loy, 1896—1959),美国民俗学家、文学史家,出版有《欧洲文学简史》(上海商务印书馆 1930 年版)、《中国民俗学三讲》(中国华北协和华语学校与加利福尼亚大学联合出版,中国北平三友书社 1932 年印行),*Trails of the Troubadours* (London: J. Long, 1927), *A Comparison of Literatures* (London: K. Paul, Trench, Trubner, 1935)等。詹姆森曾应邀于 20 世纪 30 年代到清华大学任教,我国著名学者钱锺书、季羡林等都听过他的课。

中文系是以文学课程为主的系,外国文学课程得到较高重视,是我国高校中文系七大基础课程之一,因此,与之相关的外国文学教材的建设也就得到了迅速发展。在外国文学教材建设中,西方文学是其中的主体,而西方文学中的 20 世纪文学由于数量巨大,成就斐然,因而又成为我们关注和研究的重点。

一、教材的定义

在我们讨论 20 世纪西方文学教材建设的时候,首先不能不讨论什么是教材的问题。教材在中文表达里称课本或教科书,而在英文中称 textbook。教材是为学生达到一定的学习目标而编写的书,它是学生学习某一课程的学习用书。教材不是为教师讲授课程而编写的书。如果是用来帮助教师讲授某一课程而编写的书,则为教师参考书,或为教学指导书。但教材是教师授课的依据,它可能是既定的书,也可能是教师根据课程要求指定的书。教师讲授课程时不需要讲授教材的全部内容或完全按照教材照本宣科,他需要根据课程要求在教材的基础上确定讲授的体系和重点,编写讲义,组织课堂教学。编写教材的目的主要是供学生阅读,为教师授课提供参考。因此,教材可分为两部分:核心课本和参考材料。核心课本也可以理解为目前我国高校使用的教材,参考材料则是为学生学习某一课程而指定的一系列参考用书或资料。为阐述问题的方便,本文仍把核心课本称为教材,然而实际上教材只是整个教材系统中的核心部分,是学生学习某一课程的基础。除了教材,学生还必须阅读支撑核心课本即教材的有关资料才能实现预定的目标。教材有三大功用,一是供学生阅读,二是供学生查阅,三是供教师授课参考。教材既是供学生阅读学习的课本,也是供学生查阅有关信息的参考书,同时还是教师用于编写讲义和准备教学材料的依据。因此,教材一般要求内容丰富,知识系统,信息量大。

关于教材的定义是复杂的,一般有狭义和广义两种理解。我们把供学生学习和阅读的核心课本称为教材,这是对教材的狭义理解。在广义上,教材则是核心课本与参考材料的有机结合。因此,从广义上讲,与教学活动有关的一切文字材料都可以称之为教材,除了核心课本外,它还包括课程确定的阅读资料或教师指定的阅读资料。随着现代科学的发展,教材还包括非文字的视听材料,如教学影片、录像磁带、PPT课件、唱片、录音、幻灯片、照片、图表、卡片、教学实物等等。美国有学者指出,"教材有许多种类,包括综合类参考手册、短期课程参考手册、专门的文集、音频资料、说明书、研究论文"[①]等。尽管如此,广义上文学史教材的主体部分仍然是核心课本,所有其他阅读材料都是为了学习、理解和掌握核心课本服务的。

在中国教育史上,教材从儒家典籍到新课本编写有一个发展演进的过程。中国古代的正规教育始于西周,以礼、乐、射、御、书、数即"六艺"为基本教育内容。春秋时期的孔子继承了周朝的教育传统,自"而立"之年即以《诗》《书》《礼》《乐》为教,因此,孔子用于教学的最早的教材至少有经他编订的《诗经》《礼经》《乐经》《尚书》《春秋》五部。《周易》的《传》解释卦辞、爻辞,七种文字共十篇,传说为孔子所作,因此,也是孔子用来教学的教材。孔子编订的是周朝时代的人编辑的教学用书,因此,在他编订之前,这些书实际上

[①] Zaboly & S. Gary (ed.), (Re) Visioning Composition Textbooks: Conflicts of Culture, Ideology & Pedagogy, Albany, N.Y.: State University of New York Press, 1999, p. 16.

是在教学实践中已经使用的教材。自孔子以后,"四书"和"五经"("乐经"失传)共九部书就成为在中国教育中长期使用的教材。"四书"中的《论语》成书于孔子之后,是孔子弟子及再传弟子写的"回忆录",即"孔子语录",主要记载孔子讲学的言行思想,因此,《论语》可以看成我国教育史上最早的一部讲义。但是中国的儒学到了清代,由于官场腐败,科场舞弊,学风败落,于是"儒学浸衰""官学积渐废弛"①,封建学校的教育一片萧条。但在中国大部分地区,封建教育模式一直持续到20世纪初,甚至新中国成立后的一段时间内,私塾仍然存在。鸦片战争前后,在西方文化和枪炮的双重进攻下,中国的有识之士开始提倡改革旧教育,学习西学,进行语言革命,废除科举制度。我国教育模式在西方教育的影响下开始发生变革,新的教材开始进入新式学堂。

西方最早的教学活动始于古代希腊。早在公元前8世纪,赫西俄德(Hesiod,740BC—670BC)出于道德说教目的而写作的《工作与时日》,就可以在广义上看成欧洲最早的教材。从希腊的古典时期开始,希腊的教育开始发展起来,《荷马史诗》、《伊索寓言》、赫西俄德的著作等当时已经成书的作品都被用作教材。公元前6世纪左右,萨福在莱斯沃斯岛上创办女子学校,教授诗歌、音乐、仪态等,虽然历史上没有记载她使用什么教材,但她既然教授诗歌,那就少不了要阅读荷马和赫西俄德的著作。在奴隶制繁荣时期,一些著名的思想家如柏拉图在公元前386年创办了"阿加德米"(academy)学园,亚里士多德在公元前335年创办了"吕克昂"(Lyceum)哲学学校。柏拉图在长达40年的执教生涯中,以对话体形式写作的重要著作《理想国》《会饮》《斐得若》《费多》等,实际上也都

---

① 赵尔巽等:《清史稿》卷一六,中华书局,1976年,第3111—3116页。

是他为教学撰写的讲义。从这些著作中可以看出，柏拉图在讲学中使用了从荷马到悲剧作家的作品作为学生阅读的教材。一直到19世纪，用于西方文学的教材仍然是历史上的经典性作品以及文学选集。

从教材的发展历史可以看出，无论是中国还是西方，教材最初只是教师指定的供学生学习某门课程的阅读材料，大多由历史上的重要经典构成。学生通过阅读和学习指定的典籍，加上教师的解说和阐释，可以获得某一课程的专门知识，从而实现教学目标。文学课程的教材也是如此，最初都是阅读和学习文学作品，教师的授课就是讲解文学作品。即使在今天的西方学校，文学课程中学生学习的主要文本材料仍然是文学作品。

就西方文学而论，历史的沉淀形成了大量的文学经典。时至今日，文学历史上的作家和作品已经不计其数，并在历史长河中形成了为数众多的经典。就教育而言，20世纪以来的文学已经与古代文学完全不同。例如在古代希腊，老师指定给学生阅读和学习的文学作品的数量十分有限，即使到了中世纪或者是文艺复兴时代，学生需要阅读的文学作品数量并没有超越学生的阅读能力。但是到了20世纪，情况则完全不同。我们不但无法读完历史上所有重要的经典作品，而且在浩如烟海的文学作品中，我们甚至难以判断出哪些是我们应该阅读和学习的作品，因此，编写20世纪西方文学史就起到了其他书籍不能替代的导引作用。

由于学者视角的不同或企图对某一方面加以强调，20世纪西方文学史的名称实际上是不同的。在已经出版的文学史中，除了使用20世纪西方文学史或20世纪西方文学外，还使用20世纪欧美文学史、20世纪外国文学史、20世纪世界文学史、20世纪欧洲文学史、20世纪英美文学史等。虽然上述文学史大多是从人文地理的概念出发,强调了不同的文学史内容,但它们的主体内容无一例外都是西方文学。这一特点由 20 世纪西方文学的现实决定,与文化霸权或政治霸权关系不大。时至今日,虽然东方文学的发展迅速,但仍然不能摆脱西方文学的影响,其成就仍然不能同西方文学相比,在未来一个相当长的时间内,西方文学依然会是文学的主流。所以,外国文学史或世界文学史在地理概念上虽已超越了西方,但在内容上仍然主要讲授西方文学。同时,由于 20 世纪西方文学涉及的国家众多,文学成就巨大,因此,即使是 20 世纪西方文学史也无法做到把所有西方国家的文学都包括在一本著作里而只能选择把最有代表性的作家和作品写进文学史。

二、文学史的类型与功能

简而言之,文学史即文学的历史。与文学史相关的是文学研究,它指的是有关文学的理论、特征、评价等。文学史和文学研究是相辅相成的两个方面。写作文学史离不开对文学的研究,而研究有关文学则是为了写好文学史。因此,从教材的角度说,20 世纪西方文学史只是关于 20 世纪西方文学史的教材,它与 20 世纪西方文学是不同的。文学史重在通过对文学的研究和总结以叙述历史,而文学则主要指客观存在的文学作品。

文学史的写作受到不同时间、不同地域、不同国家、不同语言、不同文类、不同思潮等因素的制约,并划分成不同的文学史类型,如按时代划分的古代文学史、中世纪文学史、现代文学史、当代文学史;按年代划分的 20 世纪文学史、19 世纪文学史、18 世纪文学史、17 世纪文学史;按地域划分的东方文学史、西方文学史、欧洲文学史、拉丁美洲文学史;按国家划分的中国文学史、美国文学史、英国文学史、日本文学史;按语言划分的英美文学史、英语文学史、德语国家文学史;按不同文类划分的小说发展史、诗歌发展史、戏剧发展史;按不同思潮划分的浪漫主义文学、唯美主义文学、自然主义文学、现代主义文学;等等。我们在这里讨论的20世纪西方文学史,指的是由20世纪西方文学构成的历史,即20世纪西方文学存在的历史事实。

写作文学史的基础是对文学进行研究。因此,要科学地写好20世纪西方文学史,需要研究这一时间范围内的作家作品,并在此基础上对文学发展的过程及其规律进行分析和总结,客观地阐述特定历史时期内的各种文学内容、文学形式和艺术特点,分析不同文学思潮和文学流派产生、发展与演化过程,对文学的历史传承和沿革嬗变过程进行梳理,并揭示文学在产生与发展过程中的各种时代因素、社会因素,如政治、经济、军事、哲学、宗教、道德、艺术等。文学史从史的角度总结和记录存在的文学事实,对构成文学史的作家和作品进行研究,对作家及其作品的思想价值、历史和现实意义、艺术特点等进行评述,从而达到对已成历史的文学的认识和理解、阐释和评价、借鉴和传播。

一般来说,"教材的类型是由教材的功能决定的"[①]。文学史不同于对某一个作家、某一部作品抑或某一类作家作品的专门研究,它是对文学的整个历史发展过程进行研究。文学史不仅具有其他学术著作如作家作品研究或思潮研究等所缺少的学术史价值,也具有其他著作所缺少的可以用作教科书的实用价值。因此,文学史具有不同于其他学术著作的功能。

---

① Manfred Görlach, *Text Types and the History of English*, Berlin: Walter de Gruyter, 2004, p. 202.

第一,文学史以史的形式保存文学精华。通过对已经存在的文学进行分析研究、甄别梳理,从而达到去伪存真、去粗取精的目的,最后以史的形式将文学的精华固定下来。也就是说,文学史的目的就是以史书的形式编写一份文学精华目录,开列一份需要学习、研究和保留、继承的文学清单,并对其做出必要的解释与说明。以美国文学为例,在19世纪共有140名重要作家,但是到了20世纪,重要作家则多达600余人,其数量已是19世纪作家的4倍以上。如何阅读和研究这些作家,文学史就需要进行研究、分析和甄别的工作,对不同类型、不同层次和不同价值的作家做出评价,列出一份最有价值的文学清单。因此,对于数量无比庞大的20世纪西方文学而言,文学史的意义也就日益显露出来了。

第二,文学史可以为研究者提供参考。在人类社会发展史上,以不同形式、不同文字出版的各种文学作品以积累的形式不断增加,作家的数量越多,作品的数量也就越多。文学发展到今天,文学作品已是海量。不过幸运的是,早在文学的数量不如今天庞大的时候,文学的研究就开始了,如古希腊的柏拉图和亚里士多德等对文学的研究。文学研究就是对文学进行评价,把重要的文学确定下来。这种研究是一种文学的经典化过程,而这个过程往往通过文学史的形式表现出来。文学史是对文学进行总体研究的一种,它既有整体性,也有阶段性,既继承前人的研究成果,又为后人的研究提供借鉴和参考。因为有了文学史,我们后人的研究实际上是对前人研究的继承和发扬。如果没有前人的研究作为参考,后人对文学的甄别、认识、理解和评价将是无比困难的。当面对海量的文学作品而感到无所适从的时候,我们得感谢文学史为我们提供的指引。有了文学史,我们才容易了解文学历史上曾经有过哪些文学,才便于认识文学的历史成就和发展轨迹,从而为我们进行新的研究奠定基础。因此,文学史是我们研究过去和现在的文学不可缺少的参考书。

第三,文学史是我们学习文学的指南。对于我们今天的大学课堂而言,文学史是最基本的学习指南。当我们面对大量文学信息的时候,文学史为我们提供了必要的基本信息。对于从古到今的文学,我们在有限的时间内根本无法阅读无限的作品,无法通过大量的阅读来辨别哪些作品是值得阅读的,哪些作品只是需要了解的,哪些作品是需要淘汰的。而文学史可以告诉我们文学历史上那些最有价值的作品,为我们应该阅读哪些作品提供指引。例如,当我们面对20世纪美国600余位作家数千部作品的时候,我们无法完全依靠自身的阅读经历去认识哪些才是最有价值的作品。因此,我们首先只能依靠文学史。整个文学的发展历程,我们无法完全靠自身的经验去认识。即使我们穷尽一生,也只能阅读现存文学中的极小一部分,而仅靠我们阅读的这一小部分作品,我们无法判断哪些是历史上最有价值的经典文学。历史发展到今天,文学在数量上已经远非一个世纪以前的文学可以相比了。在图书馆的书库中,20世纪以来的图书排满了书架,让我们目不暇接,因此,只有借助文学史,我们才能找到那些我们需要了解、阅读和研究的作品。

第四,文学史是文学教材的核心构成。当我们面对数量极其庞大的20世纪西方文学的时候,文学史就是整个文学教材的核心构成,其作用就是帮助我们挑选、阅读和学习那些最有价值的文学文本。在20世纪,西方文学发展的历史也比以往任何时候都要复杂,并形成不同的发展阶段和不同的文学流派。由于文学作品的数量庞大,需要作为文本阅读的数量也就相应增加,由此带来的问题是我们如何从数量庞大的文学作品中确定哪些是需要阅读的文学文本。对于学习20世纪西方文学这门课程的学生来说，仅仅依靠自己漫无目地地阅读是不能解决问题的，这就需要借助文学史帮助我们确定某一发展阶段或某一流派的经典性作品。从这个意义上说，文学史就是教我们如何选择、确定和阅读教学材料的课本，是学习西方文学不可缺少的入门书。

三、20世纪西方文学史的写作原则

20世纪西方文学同以往的文学相比，不但数量庞大、流派纷呈、内容复杂，而且其主题和艺术也显示出与以往不同的特点。从20世纪80年代初开始，我国学者开始介绍和研究20世纪西方文学，发表了大量的研究论文，出版了大量的学术专著，取得了瞩目的成就。改革开放三十年来，我国学者从史的角度对20世纪西方文学进行的研究，对于我们了解、认识和接受20世纪西方文学具有重要意义。正是由于大量不同风格文学史的出版，20世纪西方文学才真正走进我国的大学课堂，并成为我国大学文学课程的重要内容。

自20世纪60年代杨周翰主编《欧洲文学史》以来，我国有关外国文学课程的不同类型的教材已不下数百种。仅就20世纪西方文学而言，自20世纪90年代以来，我国已出版的文学史类著作如果不计国别史，大约有30余种，形成了不同体系、不同风格的西方文学教材的现状。21世纪初，我国又有一批优秀的20世纪西方文学史著作面世，其中具有代表性的有：吴元迈主编的《20世纪外国文学史》五卷本（凤凰出版社、译林出版社2004年版）、李赋宁主编的《欧洲文学史》（第3卷）（上下）（商务印书馆2004年版）、李明滨主编的《20世纪欧美文学史》四卷本（北京大学出版社1999年版）、

聂珍钊主编的《20世纪西方文学》(华中师范大学出版社2001年版)、郑克鲁主编的《20世纪外国文学史》(复旦大学出版社2007年版)、刘建军主编的《20世纪西方文学》(高等教育出版社2000年版)、蒋承勇主编的《20世纪欧美文学史》(武汉大学出版社2007年版)。除了上述列举的文学史外,还有大量的西方文学史、外国文学史、欧美文学史等通史类著作,尤其是多卷本著作,其中也都涉及20世纪西方文学。上述20世纪文学史著作尽管还存在这样或那样的缺憾,限于篇幅,不便在此做过多评价,但总体来说大多体例新颖,内容丰富,吸收了我国有关20世纪西方文学研究的最新成果,每一种著作都有自己的特色,可以说代表了我国目前20世纪文学史研究的水平。

如何写作文学史,历来是仁者见仁,智者见智,似乎没有通行的规则,但是"一本好的教科书非但要满足课程的目标及学生的需要,并且要能提供清楚而毫不含糊的信息和使人一读为快"[①]。作为教材使用的20世纪西方文学史的编写,笔者觉得有一些问题需要提出来供大家讨论。

首先,改变20世纪西方文学史等于20世纪西方文学的观念。写作用于教材的20世纪西方文学史同20世纪西方文学课程的讲授以及学生的学习要区分开来,转变文学史就是教师讲授和学生学习20世纪西方文学课程的课本的固有观念。虽然三者之间有联系,但本质上并不相同。作为教材的20世纪西方文学史,它只是教师讲授和学生学习20世纪西方文学这门课程的专用参考书,它既不是教师的授课讲义,也不是学生阅读的全部学习材料。我

[①] G.P.雷代伊:《选择大学教科书的注意要点》,季绿琴译,杨达寿主编:《高等学校教材建设管理研究论文集》,西北工业大学出版社,1989年,第213页。

们需要改变文学史就是学生学习文学课程的唯一教材的观念,改变作为教材使用的文学史同文学作品和参考资料是两个独立部分的惯常看法,而要把教材看成由文学史及其相关学习资料结合在一起构成的。文学史是为学生学习文学而编写的,它虽然不能把文学史的叙述同作品的阅读分割开来,但它重在阐释文学的历史,而不是对具体的文学进行深入研究。对于学生而言,学习 20 世纪西方文学课程则是指对具体的文学作品的学习,并不是指对文学史的学习。因此,文学史只是学生用于学习文学的指导书或入门书。对教师而言,他需要按照用于教材的文学史的指引,组织供学生学习的全部文学材料,开列供学生从图书馆借阅或从书店购买的作品目录。为了帮助学生学习这门课程,教师需要在文学史的基础上结合实际进行取舍,重新组织和安排对文学作品的讲授。文学史是固定的,但教学环境是不同的。例如课程设置,20 世纪西方文学史在大多数学校并不是一门独立的课程,而只是外国文学课程的一个组成部分。然而由于 20 世纪文学的重要性,有的学校则把它设置为一门独立的课程或专题课程,即 20 世纪西方文学。一些学校还开设有专门针对 20 世纪西方文学的专题课或选修课,如 20 世纪文学思潮、文学流派或作家研究,作为对 20 世纪西方文学这门主导课程的补充和深化。再如课时分配,如果 20 世纪西方文学史只是外国文学史的一部分,那么它只能在总课时中分配,总课时越多,它可能分配的课时也就会相应增多,反之则减少。如果作为一门独立的课程或专题课,则会分配专门的课时。这在各个学校是不同的。例如在华中师范大学文学院,主干课程外国文学史分 4 个学期讲授,共 144 课时,20 世纪西方文学史讲授 1 个学期,共 36 课时。除了外国文学史,还安排有 20 世纪西方文学的专题课和选修课,供希望继续深入研究的学生选修。

实际上，最重要的教材应该是供学生学习的文学作品，即告诉学习者什么是文学的作品，如诗歌、小说、戏剧等经典性文本范文。例如我们讲授象征主义文学，艾略特的《荒原》、瓦雷里的《海边墓园》才是学生学习的最重要的教材，而文学史和教师的讲义中有关《荒原》和《海边墓园》的内容，只是帮助学生学习这两个文学范本的学习指南和参考材料。所以，我们需要转变文学史就是教师授课和学生学习的课本的观念。

其次，改变文学史的讲义式写作模式。就我国高校目前使用的20世纪西方文学史教材而论，其结构体例大多采用"三一模式"，即一个概述，一个代表作家，一部代表作品。我们经常听到主张这种教材体例的理由是既可以突出重点、缩小篇幅，又可以方便教师讲授。还有一种看法是，20世纪西方文学史作为一本教材不可能面面俱到，应该撷取最有代表性的作家作品列入文学史。这看起来似乎是一个不错的想法，但什么样的作家才是最有代表性的作家作品，用什么标准去确定最有代表性的作家作品，确定多少有代表性的作家和作品才能构成完整的文学史，这仍然是一个难以解决的问题。于是，"三一模式"就成了解决这个问题的主要方法，在"三一模式"的影响下，一些教材往往被写成类似于讲义或讲稿的东西。可以说，目前大多数文学史采用的就是这种写作模式。这种写作模式的最大不足是把复杂的文学史现象简化为由几个作家来代表，文学史变成了是由几个代表作家构成的文学史。这显然是不合适的。

我们认为这种写作模式完全违背了文学史的规律，是将丰富的、复杂的、多样性的文学简单化。为了避免面面俱到，选择少数所谓有代表性的作家作品，其结果是我们难以窥见文学的全貌，并容易割裂文学的历史，导致学习者无法真正获得文学史知识，无法从整体上理解文学的发展过程,无法正确认识文学的特点及规律。但这并不是说,对于重点作家的介绍和重点作品的讲解不重要,相反,笔者认为重点作家的介绍与重点作品的讲解十分重要,因为对重点作家的介绍和重点作品的讲解有助于学生通过具有代表性的作家和作品范例去理解某一时期、某一类型的作品。但这不是文学史的任务。因为文学史的写作者无论怎样努力,他都不可能将所有具有代表性的作家和作品加以介绍,而且更重要的是,由于写作者自身认识和理解的局限,他所发表的见解有可能并不为其他人所认同和接受。

因此,对那些需要重点分析和介绍的作家和作品,是讲授文学课程的教师的责任,是教师在教学的实施过程中对讲授文学课程目标的实现。而文学史的任务则应该在介绍有代表性作家作品的同时,尽量做到面面俱到,以便让学习者能够从文学史中了解整个文学的全貌。文学史的写作不应该剥夺授课教师根据教学目标组织教学的权利,而应该给教师留下自由发挥的空间。对于文学史上的重点作家和作品,教师讲授课程时会根据文学史组织材料,即组织有关重点作家和作品的资料,以供自己讲授和学生学习,让学习者了解历史上有关这些作家和作品的不同认识、不同理解、不同观点,并在此基础上获得自己的理解和认识。文学史对重点作家及其作品的介绍是为了让学习者了解文学史上那些最有价值的作家和作品,引导学生去阅读完整的作品。教师在学生阅读作品的基础上组织教学,在教与学的互动中实现学习的目标。事实告诉我们,缺少了教师科学的、系统的教学组织,我们无法实现学习目标,即使我们在文学史中尽量把重点作品分析得十分详尽,那也是一家之说,并不能作为文本的最终解释。

再次,20世纪西方文学史作为教材的写作,应该遵循丰富、客观、系统和适用四个原则。20世纪西方文学作家众多,流派纷呈。作为教材,20世纪西方文学史应该全面反映整个世纪的文学,尽量为学生提供丰富的文学史知识,提供他们需要了解和获得的文学史信息,保障文学史的信息丰富性和多样性。教材与研究性学术著作有所不同,应该保证叙述的客观性。它应该对20世纪西方文学的文学史实准确地加以梳理,如实地加以评说;对文学思潮和流派的起源、发展、特点与影响清楚地加以介绍;对文学事实历史地、客观地加以描述,避免个人偏见或个人好恶情感影响对文学的客观评价。

文学史还应该强调知识的系统性。20世纪西方文学虽然涉及众多国家和地区,文学思潮和文学流派异常复杂,但西方文学仍然是一个整体,有其内在的相互联系和发展逻辑。因此,对于那些不同流派、不同思潮的文学,文学史既要单独介绍清楚,又要注意到它们之间的联系。文学史不能割裂它们的内在联系,不能把西方不同国家和地区的文学看成孤立现象,而应该看成整个西方文学系统中的一部分。

同时,我们还要注意作为教材使用的20世纪西方文学史的简洁适用。在20世纪西方文学的百年历史中,作家和作品不计其数,因此,教材需要对这些作家进行分析甄别,选择最有价值的作家予以介绍,使之简洁适用。由于教材是供学生阅读和学习的书,因此要结构合理,系统全面,文字通俗,概念清楚,表述准确。同时,教材还应该与历史保持同步,把最新的文学现象和文学历史写进教材。随着时间的流逝,众多的文学不断变为历史,这就要求我们不断对教材进行更新和补充,随时将新的学术发现和确认的文学事实写进教材,做到与时俱进。

四、西方文学课程的借鉴

随着中国教育的改革开放，中国高校的文学课程设置和教材选用已经不再只是局限于从中国大学的立场思考，而是被放在国际教育的整体结构中加以考察。我国某些新兴学科是从西方借鉴而来的，某些课程是参考西方大学的课程而设置的，某些课程甚至直接引入西方高校的教材，甚至我国高校整个体制，也正在努力从西方的高校获取经验。正是在这一前提下，我国才提出创建世界一流大学的教育目标。就我国20世纪西方文学史教材的编写而言，对西方有关20世纪文学课程的设置进行一些分析，对于我们编写20世纪西方文学教材是有借鉴意义的。

在西方的大学，20世纪西方文学没有类似国内这种专门的教材供教师和学生使用，这说明目前我国有关文学的教学观念同西方存在很大差别。从总体上说，西方大学开设的文学类课程都是化整为零讲授的，因此，也就没有与中国的大学相对应的外国文学或20世纪西方文学课程。下面对芝加哥大学英语系的本科生课程设置进行一些分析。

芝加哥大学是世界著名大学之一，该大学的文学学科在世界上处于前列，它的文学课程的设置在西方的大学里具有代表性。我们对这个大学英语系设置的文学课程进行分析，也许对我国高校的文学课程的改革有所启发。由于西方的大学的文学课程都是以专题课程为主，没有中国的大学中的通史类课程，因此，无论是深度还是广度，中国的大学的文学类课程是不如西方的。以莎士比亚为例，在中国的大学课堂只是外国文学史中的一章或一节，课时的安排从4个课时到6个课时不等，讲授内容一般是对莎士比亚的生平和创作的介绍,然后再重点讲解悲剧《哈姆雷特》或者再加上喜剧《威尼斯商人》。但是在芝加哥大学里,莎士比亚是由7门课程组成的一个系列,见表1:

表1 芝加哥大学有关莎士比亚的课程设置

课程代号	课程名称
16500	Shakespeare Ⅰ: Histories and Comedies
16600	Shakespeare Ⅱ: Tragedies and Romances
16704	The Young Shakespeare and the Drama that He Knew
16706	Shakespeare at the Opera
16705	Amorous Play in Shakespeare, Marlowe, and Chapman
16905	Theater and Five Senses in the Age of Shakespeare
17001	Shakespeare's Sonnets

芝加哥大学不设置与我国高校20世纪西方文学史类似的课程,而是在20世纪的时间范围内设置各种不同的文学课程,即用许多种富有特点的较小的课程来构建整个20世纪文学史。这些课程主要有三类:

第一类是类似我国断代史的课程,如 Modern British Literature, Black Women Writers of the 1940s & 1950s, British and American Theater Post 1945, Postwar U. S. Literature, Twentieth-Century Irish Poetry, American Poetry from 1945 to Present 等。

第二类类似我国的专题课程,如 The Modernist Long Poem, Poetry Now, The Harlem Renaissance, U.S. / Third World Feminisms, Facts in Fiction: Late 20th Century Literature and Knowledge, The Bestseller in 20th Century America, 20th

Century Fictions: The Novel and Its Others, Realism and Social Reality in American Fiction 1861 – 1941 等。

第三类是作家作品研究课程，如 William Faulkner, Virginia Woolf, Henry James: the Fiction of Crisis, D. H. Lawrence, Wallace Stevens and After, *Ulysses* 等。

在芝加哥大学英语系，文学课程的设置在观念上与我国文学史课程强调总体性、系统性、概括性、理论性有很大不同，它们不强调对文学历史的描述、研究与总结，基本上没有与我国大学设置的20世纪欧洲文学史、20世纪欧美文学史、20世纪英美文学史、20世纪西方文学史等类似的课程，开设的文学课程强调文学问题和个案研究，强调文学的总体课程与具体的文学问题研究、作家和作品研究相结合。

从中美两国的课程设置可以看出，两国表现出各自的课程设置理念与特点：芝加哥大学的文学课程具体而注重感性认识，我国的文学史课程则抽象和注重理性总结。虽然目前我们不能简单地通过这种比较就认为哪一种课程的设置更合理，但通过比较和分析我们可以发现，芝加哥大学根据自己的实际情况设置大量的文学课程供学生选择，按时期或类别对20世纪文学史进行分解，强调对作家作品的研究，这对于学生深入理解文学是有利的。芝加哥大学英语系的课程通过对不同类型的文学研究，不同阶段文学的讲解，重点作家作品的分析，使学生理解文学史，形成文学史的概念。实际上，这是一种不同的教学观念，即通过对个别文学的理解，对20世纪不同阶段的文学的讲解，以及对具体的作家和作品的分析，从而建立起20世纪文学史的整体观念。显然，这与我国高校从文学史的角度去讲解文学是不同的。由于我国高校强调从文学史的规律、特点以及从社会、历史、文化等方面理解文学，因此首先需要建构起文学史的概念，然后在整个文学史的过程中理解文学。我国学者往往会把个别的文学看成文学史特点或规律的体现，或认为文学的历史决定了个别的文学的特点；而西方学者则把个别的文学看成文学史特点或规律的构成，即文学史的特点及规则是由个别的文学决定的。这是两种不同的文学史观，也决定了不同的文学课程设置。

我国大学的文学课程设置应该考虑自己的实际而不能照搬西方的课程，同时，我们也必须看到西方大学设置的文学课程也有其优越性和科学性。我国大学从整体上设置20世纪西方文学史课程，尽管可以让学生获得有关20世纪文学史的整体观念，但企图用一门文学史课程反映丰富多彩的20世纪文学，这显然是做不到的。因此，这就不仅仅是文学史的编写问题了，也涉及了课程设置改革的问题。鉴于我国高校的实际，目前或将来我们都无法设置与西方大学一样的课程，但我们可以考虑在可能的情况下，尽量让20世纪文学史包含更多的内容，在一门文学史课程中获得西方大学讲授的文学知识或信息。这一点应该是目前编写20世纪西方文学史应予考虑的一个重要问题。无论如何，在编写20世纪西方文学史的时候，参考芝加哥大学以及美国、英国及其他主要的西方国家著名大学英语系的文学课程设置，对我们编写好一本有特点的、实用的20世纪西方文学史是有帮助的。

总之，目前我国高校需要加强20世纪西方文学史教材的建设。由于国情不同，我们不需要照搬西方大学的课程，但应结合我国高校的实际，重点考虑如何编写一本科学、合理、适用、学术水平高、特色鲜明的20世纪西方文学史教材。而达成这一目标需要大学教师、出版社和作者共同努力。20世纪西方文学内容庞大，编写教材时不能因为篇幅、容量、价格等因素而减少教材的内容，让教材缩水,而应该让内容决定教材的篇幅和容量,尽量做到教材能够系统全面地反映文学历史的全貌,把一切有重要价值的文学现象、作家和作品写进教材。我们要把编写 20 世纪西方文学史教材作为一项系统工程加以建设。20 世纪西方文学极其丰富,文学史只能为教师授课和学生学习提供指引,因此,我们还应该考虑与之配套的教学参考书,如参考手册、文学辞典、资料汇编、各种指南(文学史指南、文类指南、作家指南、作品指南、学术问题指南等),各种研究入门书等(如诗歌研究入门、小说研究入门、戏剧研究入门、作家研究入门)。还可以考虑建立网络平台,将大量的文本资料发布到网上,供学生阅读参考。教材编写的问题是一个异常复杂的问题,而且仁者见仁,智者见智,见解各有不同。我们相信,通过大家相互讨论和推动,一定可以编写出高质量的 20 世纪西方文学史。

(原载于《浙江大学学报(人文社会科学版)》2009 年第 4 期)

建构外国文学史新体系

为帮助学生全面系统掌握外国文学史知识,运用马克思主义基本观点认识理解外国文学的发展规律及其特点,《外国文学史》教材编写组坚持在继承和创新并举的基础上重写外国文学史,力图建构外国文学史新体系和新观念。

首先,在结构体系上将西方文学和东方文学合为一体,编写整体的外国文学史。目前我国编写的外国文学史著作大多采用两分法,在结构体系上把外国文学分为西方文学和东方文学两大板块。这种结构虽然可以解决东西方文学发展不平衡的问题并建构东方文学史的独立体系,但相互独立和各成体系的东西方文学史仍然只是区域性文学史。把东方文学和西方文学融入外国文学体系中,既能保持外国文学史的完整性,又能破除西方中心主义藩篱,确立东方文学的世界地位,建构东方和西方合二为一的文学史科学体系。我们坚持按照一体化的思路、用历史发展的线索把西方和东方的文学连接起来,这样东西方文学在整体结构中互为参照、相互呼应,有利于学生科学地认识、理解和评价不同国家与地区的文学,从而获取整体的外国文学观念。

其次,采用分历史阶段进行总体概述并结合重点作家进行分析的篇章结构。教材按照时间线索结合文学思潮将外国文学史分为十个阶段,分 10 章对不同时期不同国家的文学进行全面系统的梳理和总结。每一章除了通过概述对这一时期内的文学进行总体介绍外,还重点介绍了最具代表性的重点作家,并对其代表性作品进行范例分析。采取这种点面结合的结构安排,既可以通过概述保障文学史知识的系统性、完整性,又可以通过对重点作家及其作品的分析加深对外国文学作品的深入理解,有利于学生全面学习和系统掌握外国文学史知识。

最后,坚持用马克思主义方法论写作外国文学史。在写作过程中,我们始终坚持辩证唯物主义和历史唯物主义,真实地描述不同历史时期内的各种文学内容、文学形式和艺术特点,客观地总结不同时代、不同国家文学发展的历史规律,恰当评价作家作品的历史地位,科学地分析不同文学思潮和文学流派产生、发展与演化的过程,揭示出政治、经济、军事、哲学、道德等社会因素对文学的影响。

在写作过程中,我们不仅充分吸收借鉴了前人的学术思想和学术观点,还努力研究外国文学在整个历史发展过程中的新现象、新问题,力争编写出一部知识系统、内容丰富、观点正确、条理清楚且能推陈出新的文学史著作。

(原载于《中国社会科学报》2016 年 8 月 18 日)

学术期刊和世界文学的研究与交流

一、中国期刊的历史回顾

期刊又称"杂志"或者"刊物",指有别于图书和其他读物的出版物。期刊在中文里是一个综合性名词,大体与英文"periodical""magazine""journal"三个词相对应。英语里 periodical 含义较广,通常包括报纸与杂志,而在中文表述里,报纸不包括在期刊之内。

从形式上看,期刊是一种有固定名称、每期版式基本相同、定时出版发行的连续出版物。期刊出版时需要标明卷、期或年、月的顺序编号。每一份期刊都有一个自己的专门刊号,即国际标准期刊代码,简称为 ISSN(International Standard Serial Number),它是一种类似于国际标准书号的期刊出版物代码。由于期刊出版物名称和内容的不定性,所以相对国际标准书号来说,国际标准连续出版物号只是一串单一的数字集,不像国际标准书号那样包含了出版社和出版地等一系列信息。为了保证期刊出版的合法性和严肃性,国际标准期刊代码由各国国际标准期刊代码中心统一发放管理。国际标准期刊代码在中国的管理机构是国家新闻出版总署。为了便于期刊的管理,在我国出版发行的期刊必须申请中国刊号。期刊根据自己出刊周期的不同，又分为周刊、双周刊、半月刊、旬刊、月刊、双月刊、季刊、半年刊、年刊等不同类型。

从内容上看，期刊可以分为消费者杂志（Consumer Magazine）、行业性杂志（Business-to-Business Magazine）、组织机构杂志（Organization Magazine）等几个大类，但是大多数期刊的内容一般都与某一学科、某一主题、某一具体研究对象有关。大多数期刊都有自己的办刊宗旨和方针，发表的文章来自多位作者，并且有自己的编排格式以及篇幅等方面的要求。

期刊的历史源远流长。最早的期刊是 1665 年 1 月法国人萨罗（Denys de Sallo）在阿姆斯特丹出版的《学者杂志》（*Le Journal des Savants*）。从 17 世纪 60 年代开始，期刊开始在西方迅速发展起来。但是，期刊在中国的出现要晚得多。

期刊在中国的发展是借西学东渐之风发展起来的。也可以说，西学东渐之风不仅把近代西方学术思想传入中国，也把期刊的形式传入中国。中国的早期期刊主要是西方传教士创办的，而且主要是教会期刊。最早的中文期刊是英国耶稣会教士马礼逊和米怜于 1815 年在马六甲共同创立的《察世俗每月统记传》。在中国本土最早出版的期刊大概是荷兰教士郭士立于 1833 年在广州创办的《东西洋考每月统记传》，介绍西方文化、新闻、文学等。此后数十年间，西方传教士创办了不少期刊，但大多延续时间不长，发行量和影响力也都较小。1853 年，理雅各和麦华陀在香港创办《遐迩贯珍》；1854 年，美国传教士玛高温在宁波创办《中外新报》；1857 年，英国传教士麦都思通过 1843 年在上海成立的墨海书馆出版中文期刊《六合丛谈》；1862 年，英国耶稣会教士在上海创办《中西杂述》；1868 年美国来华传教士林乐知（Young John Allen）创办《中国教会新报》，后于 1874 改名《万国公报》，广泛介绍西方各种知识,其延续时间长,发行量大,是晚清传播西学重要的媒介。1872年,外国教会组织京都施医院在北京创办《中西闻见录》。此外,1876年由英国人傅兰雅(John Fryer)在上海创办的《格致汇编》,是中国的第一部科学期刊,对西方科学知识的传入具有重大影响力。1895年甲午战争以后,中国一批进步人士开始自己创办期刊,以宣传西方的政治思想,其影响超过早期的教会期刊,如康有为1895年创办的《万国公报》(与林乐知所创期刊同名)、1896年创办的《强学报》以及同年梁启超创办的《时务报》等。

从文学的角度看,荷兰教士郭士立1833年在中国广州创办的期刊《东西洋考每月统记传》,已经有了介绍文学的内容。但是,中国最早的文学期刊当属晚清四大小说杂志:《新小说》《绣像小说》《月月小说》《小说林》。《新小说》于1902年在日本横滨创刊,次年在上海刊行,梁启超主编。该刊虽然于1906年元月停刊,但是它连载过吴趼人的小说《二十年目睹之怪现状》和《痛史》,促进了晚清小说的繁荣。半月刊《绣像小说》于1903年5月创刊于上海,1906年4月停办,主编为李伯元,共出72期,刊载过刘鹗的《老残游记》和李伯元的《文明小史》等重要小说,宣传了资产阶级改良主义思想。月刊《月月小说》于1906年9月创刊于上海,是一份以刊登短篇小说为主的杂志,开了鸳鸯蝴蝶派的先河。《小说林》于1907年2月创刊,它以刊载翻译小说和小说评论为主,可以说是一份紧跟时代并着眼于中外文学交流的期刊。辛亥革命成功后,陈独秀1915年在上海创办《新青年》,用以推动新文化运动,宣传倡导科学、民主和新文学。以《新青年》为代表的新期刊,对于民国时期西方思想的传入产生了重大影响。

期刊是人类文明进步的产物。在人类社会发展的过程中,政治和经济变革的进程,思想和文化的进步,都不同程度地受到文学期刊的促进与推动。文学期刊以其特殊的形式,为人类文明的进步发挥了特殊的作用。英国从事期刊编辑工作的著名编辑家威廉·迪克斯说:"从17世纪开始,定期期刊是报道新发明和传播新理论的重要工具。我甚至说,假若没有定期期刊,现代科学将会以另一种途径和缓慢得多的速度向前发展。"① 就艺术和人文学科而言,更是如此。

与学术专著相比较,学术期刊的意义是不言而喻的。社会的发展需要对一系列问题进行研究,寻求解决的办法和途径。在现代社会里,学术研究是服务于全人类社会的,因此研究产生的论文就需要发表,发表就需要期刊,但是我们不能仅仅把期刊理解为因为学术研究而存在。学术期刊需要服务于学术研究,它的基本功用就是发表论文,而发表论文的本质是为了学术研究成果的相互交流和推动学术研究向前发展。在现代社会里,通过学术期刊使学术研究得到交流,促进学术研究发展和社会进步,已经成为现代社会科学研究的基本特征。

对于现代的学术研究而言,绝大多数学术论文都是通过期刊发表的。期刊发表学术论文同学术专著的出版相比较而言,有其突出的优势。学术著作的出版不仅需要更高的成本,还需要更多的时间。对于大多数读者而言,购买图书的花费要比购买期刊的花费大得多。

由于期刊的出版周期比图书的出版周期短得多,因此它不但能够及时为读者提供新的信息,而且随着新的一期出版而使信息得到及时更新。从当代学术研究论文的引用书目中可以看出,大

---

① 周汝忠、杨小玲:《科技期刊在西方科学技术发展中的作用》,《编辑学刊》1988年第4期,第74页。

量的文献资料来自期刊。据统计,2005—2006 年,我国被 CSSCI 确定为来源期刊的杂志两年间共发表论文 9464 篇,引用文献 92334 篇次。① 从赵宪章教授提供的数据可以看出,在引用文献方面,中文文献占所有引用文献的 85%。整个外文文献共 3285 篇次,占全部引用文献的 0.036%,其中译文占引用文献的比例较大,达到 0.10%。期刊的引用文献在整个引文总量中达到 20%。由此可见,学术期刊在学术研究中具有不可替代的作用。

二、文学期刊与学术交流

在文学研究中,期刊是发表和交流研究成果的重要平台或载体,其影响力直接关系到学术成果的传播与影响。对于大多数研究成果而言,一份有影响的学术期刊无疑会扩大其所发表的学术论文的影响,使论文的学术价值得到充分体现。一份学术期刊的影响力会对学术研究论文的交流、传播与社会评价发生重要作用。

文学期刊可分为两类:一类是以发表作品包括翻译作品为主的期刊,一类是专门发表研究文学作品的学术论文的期刊。这两种期刊之间有着密切联系,但又有着区别。但无论如何,发表作品的文学期刊仍然是学术期刊的基础,因为学术期刊研究的主要对象就是作品。这里所说的文学期刊,主要指发表研究论文的学术期刊,同时也涉及发表作品的文学期刊。本文正是要通过对文学期刊的讨论来说明期刊对于世界文学的研究与交流的意义。

一般来说,世界文学的交流、研究以及刊载研究成果的学术期

---

① 赵宪章:《2005—2006 年中国文学影响力报告》,《文艺争鸣》2008 年第 8 期,第 11 页。

刊三者之间构成相互依存关系。世界文学的交流指的是一国文学在国际间的流传与接受,因此从学术的角度说,就是揭示这种文学在国际间如何流传与接受,阐释这种流传和接受的价值与意义,这可以看作比较文学研究的范畴。而对某一具体文学何以能够在国际间流传或被接受的价值研究,即对文学自身的价值评价,则属于一般的学术研究。但是,这种一般的学术研究是比较文学研究的基础,没有这种基础,比较文学的研究则不能存在。但无论是一般性学术研究还是比较文学的研究,其成果大都要通过期刊发表和交流。即使在高度发达的现代信息社会里,期刊仍然是其他信息媒体无法取代的。虽然现在电子期刊发展迅速,但它仍然是期刊的电子化,并没有从根本上抛弃期刊的形式。因此,目前期刊是承载世界文学交流最基本的媒介,无论是学术论文的发表还是从事学术研究对文献的需要,大多数来自学术期刊。可以说,世界文学的传播、研究与接受,期刊功不可没。

但是也要看到,学术期刊只是一个载体,它的价值在于承载和传播,因此学术期刊存在的价值是以文学作品和学术研究为前提的。世界文学的价值首先就体现在被人阅读,能够被人阅读的前提往往又在于学术研究对其阅读价值的发现,只有当读者认识到文学作品的价值的时候才会阅读作品。对文学进行研究的目的就是为了认识文学的价值以促进交流,学术期刊就担负着传播任务。我们将一部外国文字的文学作品翻译成中文,就是为了使这部作品能够在中国传播与接受,而有关这部作品的研究如学术论文、书评、出版序言等,其目的是让读者能够对这部作品的价值有所了解,引导读者去阅读。因此,文学在国际间的传播与接受,对文学的研究与交流都离不开学术研究。

文学史证明,文学遗产都应该为全人类所共有,它的基础就是文学的普世价值。例如,希腊的史诗、悲剧,莎士比亚的戏剧,这些文学经典之所以能够被全世界的读者所喜爱并且经久不衰,就在于这些作品的普世价值。但是,具有普世价值的文学作品首先是区域性或国别性的作品,其普世价值随着传播与接受的扩大而扩大。然而,文学作品的流传与接受必然以对这部作品的学术认识、理解与评价为前提。一部作品能够被人阅读,这是被读者选择的结果,这种选择以对这部作品的价值判断为前提,而价值判断在一定程度上属于学术研究。例如,莎士比亚的戏剧能够在中国广为传播,拥有广大的读者,这首先得益于朱生豪先生的翻译。在朱生豪翻译的莎士比亚的全集出版之前,我国已经有莎士比亚的作品被翻译成中文出版,但莎士比亚的全集的翻译出版,则功在朱生豪。而朱生豪翻译莎士比亚的全集,又在于他对莎士比亚戏剧的学术判断,即学术研究。朱生豪曾经写道:

> 于世界文学史中,足以笼罩一世,凌越千古,卓然为词坛之宗匠,诗人之冠冕者,其唯希腊之荷马、意大利之但丁、英之莎士比亚、德之歌德乎。此四子者,各于其不同之时代及环境中,发为不朽之歌声。然荷马史诗中之英雄,既与吾人之现实生活相去过远;但丁之天堂地狱,又与近代思想诸多抵牾,歌德去吾人较近,彼实为近代精神之卓越的代表。然以超脱时空限制一点而论,则莎士比亚之成就,实远在三子之上。盖莎翁笔下之人物,虽多为古代之贵族阶级,然其所发掘者,实为古今中外贵贱贫富人人所同具之人性。故虽经三百余年以后,不仅其书为全世界文学之士所耽读,其剧本且在各国舞台与银幕上历久搬演而弗衰。盖由其作品中具有永久性与普遍

性,故能深入人心如此耳。①

朱生豪翻译莎士比亚,前提是他对莎士比亚的戏剧进行的学术研究与价值判断,即莎士比亚的作品"具有永久性与普遍性"的价值。因此可以说,文学作品在国际间的传播与接受,正是学术研究产生的结果。从这个角度看,学术研究的目的就是为了促使有价值的文学作品流传和接受,使它们成为经典,或者让缺乏思想和艺术价值的作品逐渐退出流传,变为历史的陈迹。

因此,学术研究是文学传播和接受的前提,而学术研究的成果需要进行交流,并通过交流以相互借鉴、去伪存真,从而超越个人的偏见,达成共识。在学术期刊出现之前,学术研究成果主要通过出版书籍进行传播,而自有学术期刊以来,学术研究的成果往往通过期刊进行交流。因此,文学期刊不仅是文学的主要阵地,更是文学传播、交流与接受的媒介。20世纪以来,由于期刊具有的特殊优点,大量的文学信息都是读者通过阅读期刊获取的,期刊发表的学术研究论文往往也在很大程度上影响着读者的价值判断,古今中外,概莫能外。例如,在中国,读者通过早期的期刊及时地发现了鲁迅、胡适、郭沫若等作家的价值。改革开放以来,读者又通过期刊发现了余华、苏童、莫言、王朔等作家的价值。对于外国作家也是如此。自有文学期刊以来,作家创作的文学作品一般也是首先通过期刊为人所知,并通过期刊被人阅读。例如,19世纪的英国小说家哈代,他创作的小说几乎都是首先在期刊上分期连载,然后再编辑成书出版。社会发展到今天,文学的传播与接受,学术研究的

---

① 威廉·莎士比亚:《莎士比亚经典戏剧全集》1,朱生豪译,北方文艺出版社,2019年,"译者自序",第1页。

交流与借鉴,无论是作家、读者还是学者,越来越离不开期刊了。尤其是现在的文学期刊能够借助互联网的高科技优势,这就更加巩固了文学期刊在文学研究和交流过程中的地位。文学期刊对于交流学术成果,进行文学评价,遴选文学精品,引领文学潮流等方面的作用,是任何其他媒介不可替代的。

三、中国文学期刊的国际化

人类社会发展到 20 世纪,世界文学越来越成为可能,而文学期刊则是文学变为世界文学的助推器。例如,当有可能成为世界文学的作家或作品在西方出现的时候,就会借助期刊很快传到东方,传遍世界。当有可能成为世界文学的中国文学被发现的时候也同样如此,会借助期刊很快传到西方,传遍世界。这就是说,伟大的文学首先是通过期刊,也包括其他媒介尤其是电子媒介,在世界范围内接受和传播的。这种接受和传播与学术研究结合在一起,期刊是最基本、最重要的接受和传播方式。

但是我们也看到另一种文学现实,这就是更多的西方文学往往借助期刊实时地传到中国,甚至可以说在逐步地演化为中国文学的一部分。与此相比,中国伟大的文学没有借助期刊实时地传到西方。这除了与当代中国文学创作现状有关以外,更重要的是与我们能够把伟大的文学介绍给世界的期刊数量不多有关。在中国,读者通过大学图书馆和电子资源,一般都能及时阅读到西方的学术期刊,实时地了解西方的学术信息。这有助于帮助中国读者对西方伟大的文学做出价值判断。然而在西方,读者获得有关中国文学以及中国学术信息的渠道是很少的。作为最重要渠道的中国期刊,大多数西方读者都很难在图书馆中找到,加上语言的障碍,即使这些读者能够得到中国的学术期刊,也会因为不懂中文而无法阅读。因此,中国期刊国际化的落后造成了世界文学研究和交流的不平衡,即中国文学及其研究还未能很好地进入世界文学的研究和交流通道,还没有形成稳定的交流平台,还没有同世界文学融为一体,而西方文学已经建立了支撑这种研究和交流的平台,能顺畅地进入世界文学的研究和交流通道,能顺畅地进入中国。

就中国的文学研究而论,从新文学运动开始,学术期刊已经在世界文学的研究与交流方面发挥重要作用,其基本特点是外国文学的输入。以1928年至1934年期间的中国期刊为例,中国左翼文学的生成与发展,最重要的外部因素就是这一时期的期刊对俄苏文学和文论的翻译和介绍。根据资料统计,在此期间中国创办各类文学类期刊共计71种。这些期刊的存在时间虽然有长有短,但是它们在翻译介绍俄苏文学方面发挥了重要作用。自1928年1月至1934年7月,中国的期刊共发表俄苏作家的小说、诗歌、散文243篇,文论等方面的文章231篇,与文学背景有关的文章如文坛动态与政论等文章192篇,共计666篇。[①] 在这一时期,左翼期刊及同人期刊大量译介苏联文学作品、无产阶级文论和苏联文坛消息,翻译介绍以及研究普列汉诺夫、卢那察尔斯基、弗里契、高尔基、托尔斯泰、莱蒙托夫等文艺理论家和作家及其作品。俄苏文学广泛影响了中国的作家与创作,尤其是苏联无产阶级文论被大量介绍到中国,扩大了无产阶级文学和马列主义文艺思想在中国的影响,促成了中国左翼作家联盟的诞生。在俄苏的文学、文论与思想的影响下,中国不仅产生了鲁迅、周扬、瞿秋白、胡风、冯雪峰等

---

① 孙霞、陈国恩:《1928年至1934年文学论争与俄苏文学文论传播中的期刊》,《湘潭大学学报》2008年第3期,第96—105页。

左翼主流文艺理论家，还涌现出一大批进步作家与作品，如鲁迅的《故事新编》，茅盾的《子夜》《林家铺子》《春蚕》，蒋光慈的《咆哮了的土地》，丁玲、张天翼、叶紫等人的小说，田汉、洪深、夏衍等人的剧作等，还产生了沙汀、艾芜、叶紫、周文、蒋牧良、艾青、蒲风、聂绀弩、徐懋庸等一批文学新人。这一时期中国新文学取得的成就，显然是世界文学交流的结果，而交流的主要媒介与渠道则是文学期刊。

自新中国成立至今，我国十分重视世界文学的研究与交流，不仅创办了一些专门发表外国作品的期刊如《译文》《世界文学》《外国文艺》《译林》等，还创办了一些研究外国文学的学术期刊如《外国文学评论》《外国文学研究》《外国文学》《国外文学》《当代外国文学》等。除此之外，中国大多数文学期刊和学术期刊，也都发表外国文学作品和研究外国文学的学术论文。因此，中国的文学期刊一直在中外文学交流和世界文学研究方面发挥着重要作用。

但是，中国文学期刊也存在需要我们认真思考的问题，这就是中国期刊如何国际化。不容置疑，中国的文学期刊在介绍、翻译和研究外国文学方面做出了重要贡献，但是目前还无法做到有关外国文学的信息及时更新，在介绍和研究外国文学方面，除了少量作家和作品（如诺贝尔文学奖及其他重要奖项得主）外，无法做到国际间的同步，在学术研究方面无法真正实现对等交流。

就外国文学领域而言，文学期刊的基本功能就是及时地把有关外国文学以及学术研究的信息提供给中国的读者，让中国了解国外文学的发展动态、研究现状，从而对外国文学做出价值判断，为进一步选择提供条件。在这方面，外国文学研究所主办的《外国文学动态》做了很好的工作，另外一些刊载外国文学作品的期刊如《世界文学》《译林》等也做出了贡献，但是对于中国大量文学期刊而言仍然是不够的。中国读者应该了解的具有代表性的外国作家,尤其是20世纪50年代以来的重要作家还不为我们所知,或缺少介绍和研究。例如,我曾请斯坦福大学文学院教授、美国现代语言学术前主席玛乔瑞·帕洛夫(Marjorie Perloff)推荐20世纪50年代以来的五位最重要的诗人和五位最重要的诗评家。① 她的推荐是:瑞·阿曼特劳特(Rae Armantrout)、彼特·吉兹(Peter Gizzi)、苏珊·豪(Susan Howe)、克里斯蒂安·伯克(Christian Bök)、查尔斯·伯恩斯坦(Charles Bernstein)共五位诗人,苏姗·斯图尔特(1952—)、杰汉·拉马扎尼(Jahan Ramazani,1960—)、克雷格·德沃金(Craig Dworkin)、海伦·范德勒(Helen Vendler,1933—)、迈克·戴维森(Michael Davidson,1944—)等五位诗评家。正如Marjorie Perloff所说,西方最重要的诗人和诗论家远远不止这些,但是他们无疑是最重要的代表人物,是值得介绍和研究的人物。然而在他们之中,为我们所熟悉的人并不多。这表明,在介绍和研究外国文学方面,我国的文学期刊还有大量的工作要做。

我国的学术期刊在国际学术领域中不能实现对等的学术交流,这一状况非常突出。就学术研究的理想而言,无论中国的文学研究还是外国的文学研究,无论西方的文学研究还是东方的文学研究,都需要在世界文学的平台上相互交流,相互借鉴,相互推动。这个平台首先是由文学期刊而不是学术专著构成的。中国期刊要实现这一目标,就需要融入世界学术并成为其中的一部分。但是在研究世界文学的学术成果以及学术信息的相互交流方面,中国

---

① 聂珍钊:《关于建设20世纪西方文学史教材的研究》,《浙江大学学报》2009年第4期,第182—191页。

的文学期刊要构成国际学术界的有机组成部分,还有大量的工作要做。例如,在以期刊为核心进行信息交流的世界性学术平台和资源库方面,就缺少了中国学术期刊的参与。信息技术的高度发达促进了世界文学的交流,尤其是世界性的资源库的建立,为各国的文学与学术研究相互接近、交流与融合提供了可能。科技的发展已经为真正的世界文学的到来奠定了基础,但是,我国的文学期刊似乎还没有做好准备。

正如有学者指出我国中西文论的研究"最缺乏的就是超越意识"[①]一样,我国的学术期刊了同样缺乏超越意识。我国学术期刊在同国际接轨方面存在相当大的差距,这可以从美国科学情报研究所编制的"艺术与人文科学引文索引"(A&HCI)收录的期刊目录中明显看出来。A&HCI 是世界上目前最重要的学术资源库,它始终坚持收录"全世界最具影响力的艺术与人文科学学术期刊",在世界范围内为作家和学者提供详细的最重要的信息索引,在国际学术界得到了高度认同。在文学领域,它收录了 387 份期刊并提供它们发表论文的标题、提要、作者及地区等有关信息。文学期刊发表的论文一旦被 A&HCI 收录,它们就会成为世界学术整体中的一部分,就能方便地在世界范围内被读者或同行专家检索和查阅,从而实现交流和相互借鉴。然而到目前为止,中国的文学期刊仅有《外国文学研究》杂志被收录其中。也就是说,在目前最重要的世界性资源库中,还只能检索到《外国文学研究》杂志发表的学术论文。另外在美国现代语言学会编制的 MLA International Bibliography 和英国的 ABELL(Annual Bibliography of English

---

① 高玉:《论中西比较诗学的"超越"意识》,《浙江大学学报》2005 年第 4 期,第 153—158 页。

Language & Literature)中,收录的中国文学期刊数量也很少。中国有很多优秀的文学期刊,我们期待着更多期刊能成为世界性公共信息资源中的一部分。

目前,全世界究竟出版有多少与文学有关的学术期刊,我们不得而知。但是目前世界范围内被广泛查阅和引用的与文学有关的学术期刊仍然是有限的。根据美国 ISI 信息研究所 A&HCI 收录的目录,经过同行专家评议而得到该研究所确认的具有世界影响的期刊共有 387 份,如果加上艺术、古典学、历史、哲学等领域中与文学有关的期刊,被 A&HCI 收录的期刊仅有 400 份左右。这在全世界的文学期刊中依然只是相当小的一个数量。然而在这数量不多的国际学术期刊中,中国大陆被收录的中文核心期刊仅有《外国文学研究》一份期刊,仅占被 A&HCI 收录的全部期刊的 1/400。这表明,中国期刊要成为一份得到国际认同的学术期刊,仍然还有较长的路要走。

在中国大陆,有功能与 SSCI 和 A&HCI 类似的中文社会科学引文索引(CSSCI),在中国台湾地区也有类似的台湾社会科学引文索引(TSSCI)。这些虽然在对重要学术期刊的遴选与论文索引方面发挥了重要作用,但是同 ISI 的三大科学引文索引相比,仍然存在需要改进的缺陷,这就是它们没有将社会科学同艺术与人文科学区别开来。由于艺术与人文科学同社会科学与自然科学有着不同的学科特点,ISI 根据西方的学科分类将引文索引分为自然科学引文索引、社会科学引文索引以及艺术与人文科学引文索引三大类型,并采用不同的评价标准和遴选标准,其最大的不同就是:前两种期刊主要采用了影响因子的评价体系,而后者则采用同行专家评议。正是 ISI 根据不同的学科特点将全部索引分为三大科学引文索引,它才得到普遍的国际承认,具有权威性和强大的影响力。与之相比,无论是中文社会科学引文索引(CSSCI),还是台湾社会科学引文索引(TSSCI),由于没有把艺术与人文科学同社会科学区别开来,一律都采用影响因子的评价体系遴选社会科学和艺术人文这两个不同学科的期刊,显然存在缺陷。这种缺陷的根源是由于中国在学科分类方面同西方不同造成的。我相信,中国这两个索引在不久的将来会得到改进。

在文学领域,学术期刊的目标就是要促进世界文学的研究和交流。就中国的文学期刊而言,我提出以下建议:1. 期刊专业化。总体而言,我国文学领域的期刊目前的状况是综合性期刊较多,专业化期刊较少。因此,我们应该在办好综合性期刊的同时,加强更加专业化期刊的建设,从专业的角度把文学研究推向深入。2. 期刊优秀化。中国现有文学类期刊超过 800 份,学术期刊也有数十份,但作为优秀期刊而被 CSSCI 收录的外国文学类期刊只有 10 份,中国文学期刊也只有 20 份。对于中国这个文学大国而言,优秀的学术期刊数量实在是太少了,与中国从事文学研究的庞大学术队伍相比很不相称。中国不缺少期刊,但缺少优秀期刊,在一定程度上表明学术研究落后。因此,我们需要通过优秀学术期刊建设中国学术发展和繁荣的基础。3. 期刊国际化。中国改革开放到现在已有 30 多年,在科学、技术、经济、政治、文化等各个领域,国际化取得了显著成就。然而在文学领域,作为学术研究国际化基础的期刊,国际化程度显然是不协调的。但是,我相信通过中外学者的共同努力,中国优秀的学术期刊会越来越多,国际程度会越来越高。中国学术期刊随着自身的发展,必然进一步促进世界文学的研究和交流,为人类共同的文明进步做出贡献。

(原载于《外国文学研究》2009 年第 5 期)

中国学术期刊要积极参与国际话语权竞争

【核心提示】在当前国际文化与学术交流日趋频繁的大背景下,我国哲学社会科学要想在世界思想文化交流、交锋和交融中争取话语权并掌握主动权,必须加快国际性学术期刊的建设,争取办出一批有国际影响的学术期刊。

当前国际学术话语权的争夺日趋激烈,但事实上西方借助期刊优势基本上垄断了国际话语权。在我国高校图书馆,除了中国知网外,我们购买和使用的具有国际影响的期刊数据库全部由西方国家研制与出版。借助学术期刊,西方话语大量涌入我国,甚至在某些方面作为世界"学术前沿"引导着我国的学术研究。

中国应努力打造具有国际竞争力话语权学术期刊

从根源上看,国际学术话语权的竞争主要受制于"权威期刊引文数据库"的评价机制,即各类国际引文索引的编制权。谁拥有这种编制权,谁就有权力界定何为权威期刊和决定哪些期刊为权威期刊。这是最高层的国际学术话语权。由于西方国家长期控制权威期刊索引,掌握了绝大多数具有国际影响力的人文期刊,它们不仅借助这些期刊维护和强化其学术垄断地位,还借助这些期刊无偿获得学术研究成果和知识产权,引导学术热点和输送意识形态。

反观我国,由于缺少期刊评价话语权,加上期刊国际化程度不高,在国际学术界,得到认可的我国人文社科学术期刊寥寥无几,这同中国的经济地位、文化地位和学术地位很不相称。

中国期刊在各类国际权威期刊数据库中的缺位,导致中国学术研究的两大隐患。一是大部分权威期刊为美欧西方发达国家拥有,容易导致中国某些学者迎合西方主流学术期刊的学术旨趣和意识形态,以获取论文发表和国际学术界的承认,从而降低了对中国本土具有重大理论价值和社会意义的问题的关注,导致"中国问题"和"中国立场"在国际学术界的"失语"。二是根据版权法,欧美各权威期刊在发表我国学者研究成果的同时不仅轻而易举地获取了该成果的版权,还利用这些成果进一步加强了它们的经济实力,导致中国学术成果的首发权向欧美外流。

中国期刊应"以我为主"走向国际

与学术期刊强国相比,我国社科类学术期刊的发展水平还有一定差距,总体研究水平不高,国际影响力普遍较弱,办刊模式落后,全球组稿能力不强,海外发行能力和经验不足,形不成富有声势的"中国学术声音"。

自2012年始,国家社科基金开始资助中国200家学术期刊,为中国期刊走向国际奠定了基础。而且让人充满期待的是,国家社科基金还计划从中再遴选出一二十家顶尖期刊,按照"站在国际前沿、符合国际需求"的标准打造国际名刊。

在讨论人文社科期刊走向国际的时候,不能不提到 SSCI 和 A&HCI 这两大索引。一些人担心 SSCI 或者其他评价体系"导致学术创新的缺失"。甚至还有人担心，SSCI 和 A&HCI 会导致现有的大多数中文人文社科期刊对走向国际的放弃以及会为中文人文社科期刊的国际化缚上一道枷锁。这些担忧实际上都源于 SSCI 和 A&HCI 有害的一种假设，而有害的前提是这两种索引收录的不是优秀期刊，否则是没有理由担忧的。目前被收录的中国期刊的数量是微不足道的。可以设想，如果中文期刊在 SSCI 和 A&HCI 的收录目录中能够达到 5%—10%，我们能够说这对中国学术有害吗？相反，如果没有收录中文期刊，难道就对中国学术有利吗？我们不能因为缺乏对 SSCI 和 A&HCI 的了解就采取盲目抵制的态度。如果这样，只会导致在学术上闭关锁国并在国际上再次把自己孤立起来，而这无助于改变我国话语权缺失的现状。

无论是 SSCI 和 A&HCI 的评价标准及其方法，还是被收录期刊的办刊特点和规范，都是我们需要学习和借鉴的。学习和借鉴是为了发展，而争取有较多的中国学术期刊被 SSCI 和 A&HCI 收录是最好的学习和借鉴。挟洋自重或盲目拒绝都不是科学的态度。一些学者关于"理性、合理地看待及利用国际引文数据库及其评价功能"是正确的。还有学者提出"中国学术国际化的三重境界"，主张"创建并繁荣发展植根于汉语的、本土的、原创性的学术，实现'以我为主'的国际化，促使汉语学术在世界上兴起"，这是颇有见地的观点。

在当前国际文化与学术交流日趋频繁的大背景下，我国哲学社会科学要想在世界思想文化交流、交锋和交融中争取话语权并掌握主动权，必须加快国际性学术期刊的建设，争取办出一批有国际影响的学术期刊。

(原载于《中国社会科学报》2014 年 12 月 18 日)

努力建设一批有国际话语权的学术期刊

【核心提示】办出一批有国际影响的学术期刊,是当今中国的文化安全战略需求,也是提升中国期刊国际学术话语权的重要途径。面对严峻的国际形势,国家需要采取有效措施,建设一批能够代表国际水准的中国名刊,为中国学术期刊参与国际话语权竞争创造条件。

当前,国际学术话语权的争夺日趋激烈。借助学术期刊,西方话语大量涌入我国,甚至在某些方面作为世界"学术前沿"引导着我国的学术研究。

西方学术研究借助期刊垄断国际学术话语权

在学术"与世界接轨"的进程中,西方学术期刊以大型数据库的形式进入我国,对我国学术研究呈现垄断态势。在我国高校图书馆,我们购买和使用的具有国际影响的期刊数据库如 Web of Science、SCOPUS、EBSCO、Elsevier、Gale Cengage Learning、JSTOR 等,几乎全部由西方国家研制与出版。2010 年 9 月,我国 33 家图书馆被迫共同发表致国际出版商的公开信,反对西方出版商利用垄断地位在对学术期刊已经大幅提价的基础上再次提价

42%。显然,西方学术期刊垄断已影响到我国学术研究的健康发展。

由于缺少自己的学术话语,我国学术界在同国际学术界的交流中长期居于被迫认同西方话语的地位。例如,"经济全球化""历史终结论""文明冲突论""人权高于主权""核心利益""权力及软权力""地缘政治"等主题话语,无一不是由美国及欧洲抛出的国际社会主导性话语。中国学者论文讨论的话题以及对学术文献的引用,大都有意无意地涂上了西方话语的色彩,这既反映了西方学术影响中国学术的客观状况,更说明了中国学术界面对西方学术话语的失场。

目前,国际学术话语权的竞争,主要受制于"权威期刊引文数据库"的评价机制,即各类国际引文索引的编制权。谁拥有这种编制权,谁就有权力界定何为权威期刊和决定哪些期刊为权威期刊。这代表着最高层的国际学术话语权。尽管不同国家和地区拥有不同的评价机制和相应的权威期刊数据库,但是总体而言,这一领域的国际话语权被美国的"社会科学引文索引"(SSCI)及"艺术与人文科学引文索引"(A&HCI)掌控。由于西方国家长期控制权威期刊索引,掌握了绝大多数具有国际影响力的人文期刊,不仅借助这些期刊维护和强化其学术垄断地位,还借助这些期刊无偿获得学术研究成果和知识产权,引导学术热点和输送意识形态。

中国缺失国际期刊引文索引编制权,会导致中国学术研究的两大隐患。一是中国学术研究主体性逐步丧失。由于大部分权威期刊均为美欧西方发达国家拥有,这就容易导致中国学者迎合西方主流学术期刊的学术旨趣和意识形态,以获取论文发表和国际学术界的承认,从而降低对中国本土具有重大理论价值和社会意义的问题的关注,导致"中国问题""中国立场""中国价值"在国际学术界的"失语"。二是不但中国学术成果的首发权流向欧美,而且成果的版权向欧美学术期刊转移。如果发表后有成果要在中国出版,必须向欧美的出版机构购买版权。这既不利于学术原创能力的培养,还严重打击了国内学者的学术原创自信力。

中国需要建设一批有国际话语权的学术期刊

办出一批有国际影响的学术期刊,是当今中国的文化安全战略需求,也是提升中国期刊国际学术话语权的重要途径。面对严峻的国际形势,国家需要采取有效措施,建设一批能够代表国际水准的中国名刊,为中国学术期刊参与国际话语权竞争创造条件。

打造国际名刊,用于示范。同周边国家和地区相比,我国严重缺少国际性学术期刊。以目前国际上公认的权威数据库科学文献库(Web of Science)为例,社会科学(SSCI)和艺术与人文科学(A&HCI)两个数据库共收录4851份期刊,其中收录韩国期刊18份、日本期刊10份、印度期刊10份、中国香港4份,但收录的中国内地期刊仅为2份。建议国家社科基金启动国际名刊建设计划,用最短时间打造一批我国自己的国际名刊。

打造10—20家英文名刊,形成中英文期刊优势互补。在当前国际文化与学术交流日趋频繁的大背景下,英语仍然是一种通用语言,在传播中国学术中发挥着重要作用。我国哲学社会科学要想在世界思想文化交流和交锋中争取话语权并掌握主动,有必要建设10—20家有影响的英文学术期刊,为中国学术走出去开路。

以国家社科基金资助期刊为基础,建设中国学术期刊方阵。在学术"与世界接轨"的进程中,我们面临着西方学术期刊方阵的巨大压力。我国高校图书馆目前购买和使用的国际期刊数据库如

Web of Science、SCOPUS、EBSCO 等,都是以方阵的形式出现的。建议将国家社科基金资助的期刊仿效西方学术方阵的模式,组合、建设我国自己的国际期刊方阵。

开展期刊评价机制前期研究,为创建我们自己的国际期刊索引做准备。研制具有中国风格和国际视野的期刊索引,要从以下几个方面着力:一是建立中国自己评价和遴选核心期刊的标准;二是培育一批符合国际规范的中国核心期刊;三是提高中国期刊在国际学术界的影响力;四是引导国际学术界关注中国立场和观点,进而获取国际学术话语权。我国需要加强从国际层面对人文期刊的评价机制、学术影响力、国际话语权、期刊规范及传播等问题进行实事求是的研究,为有关部门采取有效措施提供咨询建议。

(原载于《中国社会科学报》2014 年 12 月 18 日)

莎翁故乡纪行

在英国众多的名胜之中,斯特拉福镇也许是最著名的地方,因为它是世界著名的戏剧家威廉·莎士比亚的故乡。斯特拉福镇位于英格兰中部的沃里克郡的南部,是一座人口不足三万的小城。小城附近有茂密的森林和绿色的草地,平整的庄稼地和嫩绿的牧场。那片古老的亚登森林,就是传说中的绿林好汉罗宾汉和他的伙伴们出没的地方。美丽的艾汶河缓缓地从城边流过,岸边绿树成荫,垂柳如拂。河中不时有彩色的游船悄然而过,与戏水的天鹅、野鸭相映成趣。斯特拉福镇是一座古老的城镇,风景优美宜人,富有诗情画意。莎士比亚在《仲夏夜之梦》里对斯特拉福镇的自然美景描写道:

> 我知道一处茴香盛开的水滩,
> 长满着樱草和盈盈的紫罗兰,
> 馥郁的金银花,芬泽的野蔷薇,
> 漫天张起了一幅芬芳的锦帷。

从沃里克的首府考文垂驱车前往斯特拉福镇,不要一个小时就可到达斯特拉福镇的旅游信息服务中心。在这儿可以免费得到一些介绍斯特拉福镇的小册子和咨询服务，然后就可以乘坐市内的敞篷游览车一览美丽的市容，或乘坐游艇在艾汶河里欣赏两岸的大自然美景，或手持从问询处得来的游览地图，到小街深巷中去探古寻幽。

斯特拉福镇最著名的景点是莎士比亚故居。那儿是莎士比亚诞生的地方，位于北部闹市区的亨利街上。它是一座古老的半木结构房屋，典型的伊丽莎白时代的建筑风格，虽历经沧桑，但仍然保存完好。楼房旁边是几株枝叶繁茂的古树，后面是一个大花园。园内种植着各类花草，紧靠围墙处的一棵参天大树似一把撑开的绿色巨伞，遮蔽了小半个花园。故居的左边是莎士比亚中心和莎士比亚学会所在地，它是1964年莎士比亚诞生400周年时修建的一座现代化建筑。这儿也是参观莎士比亚故居的入口。我在沃里克大学英文系温里弗尼斯教授陪同下，购票进入中心的展厅。展厅里陈列着反映莎士比亚时代的有关文物，以便参观者了解莎士比亚时代的社会风貌。一楼的一角摆放着签名簿，我用中文写下自己的名字，用英文注明我来自中国。我崇拜莎士比亚，也为自己是一名炎黄子孙而感到自豪。

出了中心的后门，穿过花园，就可进入莎士比亚的故居。莎士比亚于1564年4月23日在这儿降生，父亲约翰·莎士比亚是一个手套商人，后来被推举为斯特拉福镇的镇长。莎士比亚的童年和少年时代就生活在这里，直到1587年离开斯特拉福镇前往伦敦时为止。莎士比亚故居内的起居室、厨房、卧室等依然维持着原样，以尽量再现这个中产阶级家庭的历史风貌。房屋内还陈列着与莎士比亚家族相关的一些文物，参观者从厨房的烤炉、烹煮食物的吊罐、莎士比亚儿时睡过的摇篮以及一些日常生活的用品，可以想象到这个手套商后来当上了斯特拉福镇镇长的家庭的生活情景。

在亨利街上,莎士比亚中心图书馆是另一处吸引人的地方。图书馆是中心的组成部分,是在莎士比亚故居基金和皇家莎士比亚剧院藏书的基础上建立的。图书馆有近三万册图书,内容包括莎士比亚的生平、作品、时代等各个方面。在这儿可以看到1623年至1685年出版的莎士比亚剧作的四开本和对开本的原始版本,1640年出版的莎士比亚的诗歌。18世纪罗伊、蒲伯和约翰森编辑的莎士比亚作品的版本,同大多数19世纪和当代出版的莎士比亚的作品及有关莎士比亚的出版物保存在一起。图书馆的藏书涉及对莎士比亚作品所进行的有关文学、文本和社会等方面的研究。图书馆最珍贵的藏书是约翰·古尔的《忏悔录》,它是英国最早印刷出版的图书中的一本。这儿还收集着有关莎士比亚戏剧史和英国戏剧发展史方面的著作,现代戏剧的文本和研究资料,以及与莎士比亚有关的剪报,莎剧演出的音乐、舞台设计、剧照、音像资料等。18世纪和19世纪莎剧演出的舞台资料如海报、演员用的提词脚本、节目单等也可以在这儿找到。在收藏的多种文字出版的莎士比亚作品中,也可以看到我国出版的莎士比亚作品的中文译本。在图书馆开放时间内,每天都有一些来自世界各地的研究莎士比亚的学者到此查找资料。

在斯特拉福镇外,还有两处与莎士比亚有关的重要历史遗迹:玛丽·亚登的住宅和安妮·哈索维的茅屋。玛丽·亚登是韦尔蒙科特的贵族地主罗伯特·亚登的第八个女儿,她后来成了莎士比亚的母亲。玛丽·亚登的住宅离斯特拉福镇约3英里,是在16世纪用本地的木头和石头建造的。住宅外面还有一些当初的建筑,如花园、围墙、谷仓、牛舍等。其中最引人注目的是一个当年用石头建造的鸽房,它带有600个供鸽子栖息的孔洞。这处住宅和后来重建的Glebe农场做了莎士比亚乡村博物馆。住宅用来再现当时的农场和田园生活,农场里农舍内部的物品则用来再现维多利亚和爱德华时代的家庭生活。从农场看去,绿草如茵,羊群似雪;倦牛凭栏,白鹅踏青;老藤枯树,雀鸟依林;再现的是四个世纪以来莎士比亚故乡的田园美景。安妮·哈索维的茅屋是莎士比亚的妻子安妮·哈索维出嫁前的住宅,它位于离斯特拉福镇中心仅13英里的近郊。这是一处典型的自耕农家庭的住宅,共有18个房间。室内的厨房、开放式壁炉、面包烤炉依然保存完好。屋前的大花园格调古朴,左边的苹果园韵味清丽。这就是莎士比亚时代的农家特征。

1582年11月27日,18岁的莎士比亚同26岁的安妮在教堂结婚。安妮结婚后为莎士比亚生下了三个子女,儿子哈姆莱特在11岁时不幸夭折,小女儿朱丽丝直到32岁时才出嫁,大女儿苏珊娜在1607年嫁给了斯特拉福镇的外科医生约翰·霍尔。霍尔的住宅位于老城区,是一座都铎王朝时期的房屋建筑。室内除了一些与莎士比亚和苏珊娜有关的文物而外,还保存有一些精美的图画、伊丽莎白和雅各宾时代的家具,以及霍尔医生使用过的药房和一些外科器械。

1587年夏天,莎士比亚离开斯特拉福镇去伦敦寻求新的生活,逐渐走上了戏剧创作的道路。关于莎士比亚的出走历来有许多猜测,最富有浪漫色彩的是所谓莎士比亚到托马斯·路西爵士猎苑偷猎的说法。托马斯·路西爵士的庄园离斯特拉福镇约4英里远,在林边的田野里可以看见一群群驯鹿,不时听见呦呦的鹿鸣。据说莎士比亚偷猎被抓后,他是因害怕惩罚而逃到伦敦的。其实这种说法并不可靠,因为这不但缺乏证据,而且当时到禁猎区猎鹿并不犯法。莎士比亚最初在伦敦的工作是在戏院为看戏的达官贵人看马,他还当过剧团的临时演员,后来才成为"王家供奉"剧团的一员,开始学习写作戏剧。莎士比亚虽然只上过斯特拉福镇的语文学校,但是他到伦敦几年后就显露出在戏剧方面的才能。莎士比亚最初写作的历史剧和喜剧取得了成功,但是他的成功招来了一些所谓"大学才子"戏剧家的嫉妒。当时的剧作家罗伯特·格林称莎士比亚是一只"用别人的羽毛装饰起来的乌鸦""一个剽窃大学才子作品的人"。但是莎士比亚对自己的才能和未来充满信心,独自一人在伦敦奋斗,不辞辛苦地登台演出和通宵达旦地在灯下写作。莎士比亚从1587年到达伦敦至1613年离开伦敦的26年间,大约创作了10部历史剧、12部喜剧、10部悲剧、2部悲喜剧、3部传奇剧。除此之外,他还创作了2部长诗和154首十四行诗。莎士比亚的戏剧以其丰富的想象力、生动的故事性、诗意的描绘把历史和现实结合在一起,真实地再现了他所处的历史时代,并通过对爱情、婚姻、友谊等主题的揭示反映了文艺复兴时期的社会面貌,从而奠定了他在世界戏剧史上的不朽地位。

莎士比亚在伦敦经过26年的奋斗,为自己挣得他那个时代最伟大的戏剧家称号,也依靠自己的勤奋挣得大笔财富,成为斯特拉福镇最富有的人之一,他还依靠自己的艺术才能和声誉跻身上流社会,获得了他一心追求的贵族头衔。在莎士比亚的努力下,纹章局于1599年为莎士比亚的父亲颁发了拥有贵族纹章的证书。盾形纹章的对角为一支长枪,上方的花环上雄鹰兀立,鹰爪紧握长枪。莎士比亚在纹章里用长枪隐喻了自己的家族。

1597年,莎士比亚在同业公会礼拜堂对面的礼拜街购买了一处新的住宅。莎士比亚从伦敦返回斯特拉福镇后在这儿一直住到他死去。这处新宅后来被烧毁了,但它的遗址被保存下来,成为人们凭吊莎士比亚的一处纪念地。1616年4月23日是莎士比亚52岁生日,但这是一个令人悲痛的日子。就在这一天,伟大的戏剧家和诗人莎士比亚去世了。莎士比亚死后被葬在位于磨坊巷附近的圣三一教堂里,后人为他雕刻了一座略显肥胖的半身胸像,上面刻着两句碑文:"耶稣在上,朋友,切莫掘开此处土壤。莫碰石头,自有福佑;动我尸骨,永受诅咒。"1623年,莎士比亚的朋友约·赫明和亨利·康德尔编辑出版了第一部对开本的《莎士比亚全集》,卷首印有莎士比亚的肖像和本·琼生的著名题词:他不属于一个时代,而属于所有的时代。本·琼生的评价是十分精当的。自莎士比亚从事戏剧创作起,400年来,其声誉一直不衰。莎士比亚已经不只是斯特拉福镇人的骄傲,也是整个世界的骄傲。他的作品被翻译成许多种文字出版,经常在许多国家的舞台上演出。他的作品已成为世界人民的共同财富。莎士比亚的作品魅力长存,莎士比亚因而永垂不朽。

(原载于《神州学人》1997年第11期)

勃朗特姐妹故乡行

阳春三月,英格兰天气逐渐转暖,树木的枝头初露簇簇嫩叶,野外的枯草又添片片新绿,长青的草地缀满朵朵鲜花。这是英国人踏青游春的季节。在温里弗尼斯博士的盛情邀请下,我们决定前往霍华斯镇去参观勃朗特姐妹的故居。温里弗尼斯博士58岁,是沃里克大学英文系教授,英国著名的勃朗特姐妹研究专家。他出版了好几本有关三姐妹的专著,也无数次到霍华斯访问。我这次是和一位著名专家一同去参观三位著名姐妹作家的故乡,不免心情激动。上午9点,我们乘坐长途汽车从校园出发。

霍华斯是勃朗特姐妹的故乡,位于布拉福德的西北部。这是一个普通的乡村小镇,世界各地许多游客慕名而来,只是为了亲眼看看三姐妹生活过的地方。我怀着同样的心情,一下汽车,就在温里弗尼斯博士的陪同下去参观博物馆。

勃朗特博物馆全名叫霍华斯勃朗特故居博物馆,实际上,它是由三姐妹的牧师父亲帕特里克·勃朗特先生的住宅改建而成的。住所内的房间经过整修,但尽可能地保持了旧有风貌。

这是一座于1778年乔治王朝时期建成的石头住宅,分上下两层,一共九个房间。楼下右边第一个房间是勃朗特牧师的书斋,也是他当年布道和进餐的地方。壁炉前有一张不大的书桌,上面摆放着他当牧师时使用过的赞美诗和放大镜。左边靠墙处是一架小型立式钢琴，不过除了安妮有时弹奏之外，牧师自己从未使用过。书斋对面是餐厅，它基本上按当年原样布置。厅内只有一张饭桌、一张转椅、一个沙发，墙壁上悬挂着勃朗特牧师的复制像。往里的两个房间是厨房和尼科尔斯先生的书斋。尼科尔斯是夏洛蒂父亲的副牧师。夏洛蒂在拒绝了四个人的求婚之后，于1854年同他结婚。但是夏洛蒂没有充分享受到婚姻的快乐，婚后仅八个月就因病去世了，终年39岁。

参观完楼下部分，就可沿着楼梯去参观楼上的五个房间。楼梯的拐角处摆放着当年的一架祖父钟。勃朗特牧师生前，每到晚上9点，就会去锁上前门，然后到餐厅关照孩子们不要睡得太晚。祖父钟上方挂着一幅三姐妹的画像，不过它只是夏洛蒂的弟弟布兰韦尔著名作品的复制品，原作保存在国家肖像美术馆内。

楼上第一个房间是女佣塔布莎的卧室，隔壁便是夏洛蒂的卧室，我怀着崇敬的心情步入室内，瞻仰伟大作家当年的居室和旧物。在室内正中的玻璃柜内，摆放着夏洛蒂当年穿过的一件古典长裙，白底的布面上印制着红兰紫等各色小花，素净、大方、典雅。夏洛蒂生前纤腰细胸，身材瘦小，这从长裙上就可以看出来。房内还摆放着作家当年使用过的首饰匣、木头套鞋、嗅盐、戴过的帽子和用过的一柄小扇。这就是伟大作家夏洛蒂的住房。就是在这里，夏洛蒂创作了《教师》《简·爱》《雪莉》《维莱蒂》四部小说和一些诗歌，以及一部没有写完的小说《爱玛》的两章。在世界著名的小说《简·爱》里，她塑造了一个相貌平平但热情奔放的知识女性的形象。夏洛蒂幽居于偏僻的乡村小镇，远离尘嚣，一生很少同外界交往。在她生前，她只到过两次伦敦，游览过一次湖区，以及两次到布鲁塞尔学习和任教。她后两次旅行对她的生活和感情影响甚大。她在布鲁塞尔学习期间,对老师赫格产生了爱情。她给老师写了四封信,委婉地表达了自己倾心于他的真挚感情。这是一次具有悲剧色彩的初恋,她的感情没有得到赫格的回应。我们不难想象到一位纯真少女的美好愿望遭到幻灭、强烈感情被人忽略的痛苦心情。于是夏洛蒂带着失望和苦痛回到了故乡,将自己的全部感情倾注进文学创作中,将自己的喜怒哀乐、愿望理想编织进伟大的故事里,在艺术想象中寻求慰藉,在文学创作中探索人生。夏洛蒂没有享受到为人所爱的喜悦,但是她让自己创作的人物形象实现了自己的愿望。她自己无法消除世俗偏见和实现爱情的理想,但她让简·爱为自己完成了这一伟大的夙愿。夏洛蒂早已离我们而去,然而她把自己融进了简·爱的形象中,使自己永远不朽。

夏洛蒂卧室隔壁是艾米莉的房间,以前是儿童游戏室。在这个房间里,三姐妹曾在一起嬉戏玩耍,习字读书,编造冒险故事,度过了儿童时代的愉快时光。但是她们的成年生活远不如儿时的生活幸福,都没有充分享受人生的美好。艾米莉发表《呼啸山庄》后不到一年,就匆匆离开了人世,死时年仅 30 岁。安妮生前给我们留下两部小说:《艾格妮丝·格雷》和《怀德费尔庄园的佃户》。她还没有把自己的艺术才能充分显示出来就告别了人生,一生只经历了 29 个春秋。

艾米莉房间隔壁是勃朗特牧师的卧房。房内一张古典木头大床上挂着帷帐,床前摆放着他的两口破旧皮箱,以及衣橱茶具等物。从室内遗留物品上,不难想象到这位牧师守旧平庸的风貌。

楼上经过布兰韦尔的画室,就进入一间较大的展厅。这是后来增加的建筑,内置有关勃朗特一家历史的说明文字,以及一些有关文物。在这里,你可以看到夏洛蒂获得的一枚银质奖章、使用过的书桌和文具盒、羽笔、墨水以及绘画用的一应物品。这儿还可见到三姐妹当年用于女红的针线等物。参观完这个展厅,就可下楼进入图书馆。馆内各有三姐妹的作品和有关她们的研究著作、纪念品等,供游人选购。楼下的门厅处安置着两块为艾米莉的小说《呼啸山庄》中的男女主人公刻制的石碑。一块镇刻的文字是:艾德嘉·林敦爱妻凯瑟琳·肖恩·林敦之墓——逝于 1784 年 3 月 20 日;另一块镇刻的文字是:希刺克厉夫之墓——安妮·多米尼 1802 年立。我站在石碑前,无限情思油然而生,眼前仿佛正在演出这对多情爱侣的悲剧。在温里弗尼斯博士的催促下,我才留恋不舍地走出博物馆大门,准备前去凭吊呼啸山庄遗址。

这处遗址据说是艾米莉写作《呼啸山庄》的原型,离霍华斯大约 4 英里,乡间道路不许车辆通行,因而还有很长一段路要走。约克郡地处英国北部,气温比南部低得多。南部早已春意盎然,而这里似乎还是一片晚冬的景色。此刻夕阳已被乌云掩去,大地一片昏暗,阵阵寒风呼啸而来,不禁使人生出无限凄凉的感觉。我们经过半个多小时的跋涉,终于来到遗址面前。

艾米莉笔下的山庄当年是一座石头建筑,现在只剩下断壁残垣。它坐落在接近山顶的位置,四周是一望无际的荒原,使人格外感到它的空旷、孤独、凄凉。这儿是约克郡特有的荒原景色,枯黄的草原上点缀着一片片绿色的矮小灌木。附近没有村庄农舍,没有行人往来,没有雀鸟啼鸣。几只黑头绵羊在草地上悠闲地觅食,偶尔抬起头来看看我们,发出几声亲切的叫声,这才使人意识到生命在这儿依然存在。就是在这儿,艾米莉为我们编造了一个激动人心的美妙故事。她笔下的希刺克厉夫曾经在这片荒原上孤独地漫游,徒劳地追寻,无望地企盼,暗暗地悲伤,疯狂地报复。他爱之切,因而才恨之深。他的痛苦太多,所以才冷酷无情。艾米莉以她杰出的艺术才能、强烈的内心激情和伟大的悲剧意识，为我们描绘了一个感情受到伤害而又得不到慰藉的卑微的灵魂，真实地揭示了一个悲剧人物爱恨交织的复杂感情和精神世界。艾米莉的笔触细腻，描写真实感人。然而，只有当你站在丘顶之上，在广漠荒原的烘托下，通过这处遗址的联想，才能真正感受到希刺克厉夫孤独凄凉而又无所寄托的情感，才能理解他何以疯狂地报复别人而又折磨自己，才能理解人和自然融为一体的美，理解希刺克厉夫的复杂性格，理解作品深刻的内涵。

　　此景此情，引人深思，然而天色已晚，我们不得不收起沉重的思绪，怀着无限留恋，告别这处遗址。汽车缓缓地离开了霍华斯，但是我的心情久久不能平静下来。三姐妹笔下的人物仿佛一起涌向我的脑际，争相向我倾诉她们不朽的故事。

（原载于《神州学人》1996年第11期）

哈代和多塞特

英国伟大的小说家、诗人托马斯·哈代于 1840 年 6 月 2 日生于英国多塞特郡的上博克汉普屯,一生中大部分时间都在其故乡多塞特度过。在哈代诞辰到来之际,沃里克大学英文系温里弗尼斯博士建议我前往多塞特游览伟大作家的故乡。温里弗尼斯博士不仅是勃朗特姐妹的研究专家,而且对哈代也有深入研究。他在伦敦以《哈代和简·奥斯汀》为题所作的演讲,就以其新颖的观点和缜密的分析给我留下了深刻的印象。温里弗尼斯博士热情地表示要为我当导游,于是我欣然应允,由他驱车带我前往哈代的故乡。

经过三个小时的旅行,我们到达了哈代故居附近的夏佛茨伯利镇。在拜访了住在这儿的哈代学会的主席杰弗利·塔伯尔博士之后,我们在松康林地下车,沿着林地中间一条弯曲的小道缓步向上,前去参观哈代的故居。在这片古朴幽深的林地里,高大的橡树、榛子树、山毛榉枝丫交错,藤蔓缠绕。树下长满茂密的灌木和野草,轻掩着一些粗大古老的树桩。浓荫蔽日,林深径幽;野花卉草,蝶舞鸟鸣,幽寂空寞的林地充满了活力和生命。这是哈代最为熟悉的林地。作家幼年时,就沿着我们脚下的小道,前往下博克汉普屯朱丽叶·马丁夫人开办的乡村小学接受教育。哈代热爱大自然,小时候常常跟随父亲走进荒原,领略大自然的美。正是在这样一个富有浪漫情调的自然环境里,哈代培养了自己对大自然的特殊感受,真正领悟了大自然的神秘、恐惧、诗意和美感。在哈代早期小说《绿荫下》里,松康林地是主人公活动的主要场所之一。《绿荫下》是一部风格素朴、诗情浓郁的作品,弗吉尼亚·伍尔夫称它"媚妩动人,带有田园风味"。哈代在对乡村风光和习俗的描绘中,叙述了年轻农民狄克和乡村女教师芳茜·黛的爱情故事。哈代按四季变化分冬春夏秋来表现主人公的爱情进程,其构思正是来自他对松康林地的观察和感受。

哈代的故居是一幢砖木结构的两层草屋,坐落在松康林地深处。草屋仍保持着哈代当年的原貌,映掩在林木之中,衬以鲜花绿草的装点,自然古朴,宁静美好。哈代在 16 岁时曾写过描写这幢草屋的诗句:"高大弯曲的山毛榉,用低垂的树枝织成帷幔,轻拂着屋顶……"在小说《绿荫下》里,这幢草屋是主人公住屋的原型。哈代真实地描写了它的外貌:"这是一幢低矮的长方形草屋,带脊的屋顶是用秸秆盖成的,楼上的窗子破坏了屋檐,中间的烟囱高高地突出于屋脊之上,还有两个烟囱耸立在草屋两端。"屋内,右边的房间还保留着当年的面包烤炉;左边房间的地面铺着石板,天花板中间架着一条石头桁条,上面悬挂着槲寄生。楼下的壁炉还在,儿时的哈代常坐炉前,出神地倾听祖母为他讲述迷人的乡下故事。楼上哈代当年的卧室还保持着原样,少年哈代喜欢独坐窗前,悄悄地对着花园沉思。哈代出身贫寒,草屋平凡普通,室内装饰简陋。然而伟大出于平凡,正是在这幢平凡的草屋里,诞生了一位天才作家,为英国文坛增添了光彩。

在草屋背后东北方向,是一片广袤空寂和起伏不平的高地,这就是哈代在小说《还乡》中描写的爱敦荒原。荒原一望无际,上面点缀着一簇簇石南和荆豆,其间夹杂着一些长满冬青不荆豆类植物的土坑。在哈代笔下,爱敦荒原似乎是一个时值暮年的老人,神情寂寥,面容寡欢。天上悬着灰白的帐幕,地上铺着苍郁的灌莽,一到傍晚,它就呈现出一片朦胧迷离、阴沉昏暗、空旷苍茫而又威严堂皇的景象。哈代正是以这片荒原为背景,为我们叙述了一个热血青年企图改造它而给自己造成的悲剧。哈代笔下的荒原神秘可怖,带有强烈的悲剧气氛。然而从日丽风清的午后看去,荒原上山峦起伏,青草绿树,郁郁葱葱,倒是一片美丽的田园风光。

哈代的小说描写的基本上都是他所熟悉的故乡,小说中描写的地点大都有其所本。今天,这些地点都变成了文化名胜,成了人们探古寻幽的所在。从哈代的故居下山,向南便是下博克汉普屯,向西则是斯顿斯福特教堂,这些都是哈代在《绿荫下》里描写过的地方。斯顿斯福特教堂不但是哈代幼年常去游玩的地方,而且其家人死后都埋在这座教堂的墓地。哈代死后,人们尊重他希望把自己葬于家族墓地的愿望,又照顾到各界人士希望把他葬在威斯敏斯特教堂诗人角的要求,于是将哈代尸体解剖,将心脏葬于斯顿斯福特教堂,将骨灰安放在威斯敏斯特教堂的诗人角。这种解剖尸体分葬两地的做法,成了英国文坛上绝无仅有的一件趣事。

在上博克汉普屯西北方向不远处是坡道尔小镇,它是哈代小说《远离尘嚣》中韦瑟伯利农场的原型。再向东是哈代在小说中描写过的另一处名胜伯尔金斯,它是著名小说《德伯家的苔丝》中苔丝祖先老屋的旧址。就是在这座屋子里,安玑·克莱无情地抛弃了苔丝,从而造成苔丝的巨大伤痛和悲剧。在多塞特,还有许多与小说《德伯家的苔丝》有关的地点,如小说开头描写苔丝父亲从夏佛茨伯利前往曼霍尔途中所提到的美酒酒店、苔丝住过的小屋、苔丝被捕的地点等。

1883年,哈代搬迁到多塞特的首府多切斯特居住。多切斯特就是哈代小说《卡斯特桥市长》中的卡斯特桥。哈代以它为背景,叙述了打草人亨察尔从落魄、发迹到毁灭的悲剧故事。卡斯特桥是继韦瑟伯利农场和爱敦荒原之后哈代描写的又一个典型环境。在小说中,卡斯特桥不是一座现代意义上的城市,而只是一片集中在一起的村庄。哈代在小说中曾这样描写过:"农家的孩子可以坐在大麦草垛下,把一块石子扔进市府职员办公室的窗子里去;割麦子的人一边干活儿,一边可以向站在街道拐角上的人点头打招呼;穿红袍的法官审问偷羊贼的时候,可以在羊的叫声中宣读他的判决……"而如今,多切斯特已发展成为一个中等城市,很难找到卡斯特桥当日的影子。在市中心,亨察尔当年的住房还在,上面钉有一块"亨察尔住宅"的牌子。离亨察尔住宅不远,便是哈代的塑像。塑像按照哈代生前最喜欢的一张照片设计:身穿夹克,手持礼帽,小腿打着绑腿。这是英国农民的装束。哈代借此表明,他是英国农民的忠实儿子。在哈代塑像下方不远处是哈代在小说中描写过的国王旅馆。当初被亨察尔以五个基尼的价格卖掉的妻子苏珊回来寻找丈夫,就住在这家旅店,并从旅店楼上的窗子里,看见亨察尔已经发迹,当上了市长,正在市政大厅里宴请宾客。在多切斯特,还有一些与哈代有关的地方,如亨察尔情人露赛妲的住屋,《远离尘嚣》中加布里埃尔·奥克寻找工作的坎道尔斯市场,短篇小说《枯萎的手臂》描写的汉曼小屋等。

在多切斯特东南1英里处的艾灵顿大道,便是哈代自己设计建造的住宅:马克斯门。这是一座维多尼亚风格的红砖建筑,左边是一片茂密的树林,右边是一个绿草如茵的花园,带有哈代小说的田园风味。哈代自1885年搬进这座住宅以后,一直住到去世为止。哈代在这里写作了《林地居民》《德伯家的苔丝》《无名的裘德》

等重要作品,然后,他就成了马克斯门的著名诗人。我国著名诗人徐志摩曾在这儿拜见过哈代。

哈代一共发表了14部长篇小说、4本短篇小说集、8卷诗、2部诗剧。就哈代的整个小说创作来说,可以分为三个阶段。第一个阶段的作品是抒发田园理想的颂歌,带有浪漫主义风格,主要有《绿荫下》《远离尘嚣》等。第二个阶段的作品描写威塞克斯社会的悲剧,主要有《还乡》《卡斯特桥市长》等。第三个阶段的作品描写威塞克斯破产农民的前途和命运,主要有《德伯家的苔丝》《无名的裘德》等。哈代的小说以优秀的艺术形象记述了19世纪英国南部农村宗法制社会毁灭的历史,表现了英国农村社会的历史变迁。因此,哈代在出版了最后一部小说《心爱的人》以后,就在主题上完成了描写英国农村社会盛衰历史的使命而不再创作小说,却以20世纪诗人的崭新面孔出现在文坛上,用诗歌抒发情感,探索哲学,回顾历史。哈代在诗歌创作中也同样取得了瞩目成就。晚年,哈代创作了两部诗体悲剧《列王》和《康沃尔皇后的悲剧》,从而把他的诗歌创作推到了顶峰,使他成为20世纪英国最著名的诗人之一。

20世纪初,哈代成了英国当时最著名的作家,受到普遍的尊敬。1909年,他被聘请为多切斯特希腊拉丁文专修学校的学监。当年6月,他又出任英国作家协会主席。1912年,同他结婚38年的妻子爱玛病逝,哈代十分悲伤,写了一百多首诗悼念她。1914年,哈代同儿童作家佛洛伦斯·爱米丽·达格代尔结婚。哈代一生没有上过大学,但是在他晚年,英国最著名的牛津、剑桥、阿伯丁、圣安诺、布里斯托五所大学,纷纷授予哈代荣誉博士学位。他的许多作品被改编成戏剧和电影,影响遍及欧美。哈代是在田园生活的环境中孕育而成的小说家和诗人,他的创作和生活同多塞特紧密地联系在一起。在多塞特这块恬静优美、古朴寂寥的乡村土地上,哈代培养了自己酷爱自然、心怀远古的思想气度。他把环境优美、古朴清幽的故乡看成自己的理想世界,极尽笔墨描绘家乡美景,讴歌风俗淳美、人情厚朴的农村社会,同时为外部世界对他理想中的田园生活的破坏感到悲痛。哈代是多塞特人民的忠实儿子,多塞特赋予他作家的天才,并为他提供创作的土壤。多塞特因哈代而著名,哈代也因多塞特而不朽。

(原载于《神州学人》1997年第4期)

卷三

访谈与大会致词

卷三

同業會與業問

文学伦理学批评的理论建构：聂珍钊访谈录

查尔斯·罗斯（以下简称罗斯）：贺拉斯曾经在《诗艺》中指出，文学的目的在于教诲与启发。锡德尼随后又对此做了进一步补充，认为文学还应该引领读者行善。这是否就是您所定义的文学伦理学批评呢？

聂珍钊（以下简称聂）：文学伦理学批评是一种从伦理的视角阅读、阐释、理解、分析和评价文学的一种理论和方法。它认为文学是特定历史时期的伦理表达形式，因而其功能就是教育人类在伦理选择过程中如何做一个有道德的人。文学伦理学批评的任务就是去挖掘文学的伦理价值，并通过解读和阐释文学作品以帮助人们做出正确的伦理选择。

罗斯：包括尼采在内的许多人都认为，文学起源于书面合同（债务记录）。例如在古巴比伦，书写最初就用于记录债务。请问最早以书面形式出现的中国文学如何证明文学是一种伦理的表达呢？

聂：文学伦理学批评认为，人类为了表达自己的伦理意识，逐渐在实践中创造了文字，然后借助文字记载互相帮助和共同协作的事例，阐释人类对这种关系的理解，从而把抽象的和随着记忆消失的生活故事变成了由文字组成的文本，以用于人类生活的参考或生活指南。这些文本就是最初的文学，它们的产生过程就是文学的产生过程。例如，古希腊的史诗和悲剧、中国的甲骨文这些最早的文学文本就是对当时人们伦理生活和道德规范的记载。我们把这些文本称之为文学，因此文学也就成为人们的教科书。随着人类各种社会制度和体系的建立和不断改进，我们现在通常把文学称之为"社会的艺术表现"，但这仍然是对社会体系、道德规范和法律条文的表现。因此，文学的伦理本质和教诲功能可以一直追溯到最早的文学。

罗斯：从您对文学起源的分析来看，我是不是可以认为伦理和道德可以互换呢？

聂：对某些学者而言，伦理和道德被认为是可以互换的，但我认为它们是两个不同的术语。就我的观点来说，伦理是一个一般术语，它既包括道德的术语，也包括非道德的术语，而道德是一个绝对概念，它不包括非道德的术语。这就是说，伦理是一个中性的词，它只能在某些特定的语境里同道德互换。例如，当一个人冒着生命危险救出了一个溺水的孩子，我们可以用伦理价值或道德价值这种术语去评价他的行为；但是如果一个人拒绝把溺水的孩子救起来，那他的行为就是一种非道德行为，因此我们不能把他的行为看成一种道德行为，而应该看作一种非道德行为去谴责他。

因此，文学的道德教诲功能不是完全由其道德价值决定的，从广义上说，是由其伦理价值决定的。在我看来，文学从本质上说是用于人类道德教诲的指南。文学出现之初，文学就具有伦理的性质和教诲功能，文学原本就带有这种目的，数量庞大的文学作品能够充分说明这一点。因此，文学既是文明发展的结果，同时也促进了文明的发展。众所周知，所有的文学作品都具有现实目的，其中最为主要的是道德启蒙和教诲。例如，荷马的诗歌告诉听众生活的伦理;赫西俄德的《神谱》有助于读者了解世界;古希腊悲剧告诫读者要遵循伦理原则和道德规范。阅读的过程与美学欣赏的过程紧密相连,这是获得道德启蒙的重要方法。简而言之,道德教诲是文学的基本功能。

罗斯:为什么我们说文学是对过去生活经验的记录和基于过去经验的人生教科书呢?

聂:在文明之初,人类面临的一个基本问题就是如何把人同其他兽类区别开来。在现代社会,我们有伦理道德,知道什么该做,什么不该做,因而生活有序和谐。然而,远古时代的人并不像现代人那样具有伦理观念,并不知道什么该做、应该怎样做,因此,他们努力从过去的经验中学习如何生活。

这是一个艰难而又长期的探索过程。由于他们不知道如何书写,最初他们只能以口头故事的形式把好的生活经验传给他们的子孙、亲戚,随后又传给更多的人。通过这种方式,人们从他们的先辈和其他部落成员的经验中学会了如何生活。其实,他们口头上讲述的就是我们所说的"口头文学"。

然而,我认为"口头文学"这个词并没有正确定义这些口头讲述的故事,因为口头文学仅仅指一种口头表达的文学,或者是文学的口头表达。事实上人们口头讲述的是一种记忆,我们最好把它称之为脑文本,这才是口头文学的源头。因此,口头文学本身并不是真正的文学。真正的文学是以口头形式讲述的脑文本。但是,像书面形式的文学一样,口头文学的目的仍然是教导读者怎样才生活得好,生活得幸福,其实这就是最早的伦理。就这一点而言,文学是一种伦理表达形式,是用于指导人们如何生活的指南。

罗斯:这似乎又涉及另外一个问题,即文学的道德功能如何随着条件和时代的变化而变化?

聂：在现代社会，我们生活在现存的社会秩序之中，因为我们已经建立了以伦理为基础的社会制度。然而，无论是口头的还是书面的文学，都是以文学形式来表现从伦理演变而来的社会制度和法律规范。因此，无论生活条件发生什么变化，尽管不同时期的伦理会发生变化，但是文学的道德教诲功能是不变的。

罗斯：那么道德批评与伦理批评的区别何在？

聂：文学伦理学批评同传统的道德批评不同，它不是从今天的道德立场简单地对历史的文学进行好与坏的道德价值判断，而是强调回到历史的伦理现场，进入文学的伦理环境或伦理语境中，站在当时的伦理立场上解读和阐释文学作品，寻找文学产生的客观伦理原因并解释其何以成立，分析作品中导致社会事件和影响人物命运的伦理因素，用伦理的观点对事件、人物、文学问题等进行解释，并从历史的角度做出道德评价。因此，借助文学批评，文学可以用来教导人，可以用来指导人如何学习。

尽管有些传统的伦理批评家也试图解读文学中的伦理因素，但他们分析文学作品时通常从自己的伦理标准和道德原则出发，做得最好的也只不过是依照他们所处时代的伦理标准来评价文学。这种方法不仅让他们的批评没有说服力，还会因目的与方法的矛盾引发各种问题。从理论上看，他们的出发点应是从伦理的角度来分析文学，换言之，他们研究的目标应是文本的伦理价值，而他们自己的道德原则只不过是其分析过程中的工具。然而在实际操作中，他们并没把文本分析作为其研究的对象，反而把文本当成了证明自己道德原则的证据。相对于传统的伦理批评而言，我所倡导的文学伦理学批评着重强调批评的客观性和历史性。文学伦理学批评把自己放置在文本所处的具体历史语境和伦理环境中，把文学作品的当代价值看成其历史价值的重新发现。

罗斯：然而文学毕竟不只是一系列的规则和建议，它不是规章制度，而是以引人注目的形式把各种观念表现出来。

聂：这涉及文学伦理学批评与审美批评的区别。前者把文学看作教育和学习的工具，它能帮助人们变得有理性，而后者则把文学看成获得审美享受和感官快乐的工具。简而言之，文学伦理学批评认为文学的价值在于为读者提供教诲，而审美批评则认为文学的价值在于为读者带来感官快乐。

但是，文学伦理学批评并不否认审美批评的价值，而是把审美批评看成理解文学的一种重要方法，用以达到伦理的目标。因此，审美批评帮助我们阅读和欣赏文学，并从中获得道德启迪。换言之，没有任何道德教诲作用的文学审美是无法存在的。文学伦理学批评认为，文学的主要目的不是为了娱乐，而是用文学欣赏的方法给人们提供可以效仿的道德榜样，并在道德指引下丰富人们的物质生活和精神生活，并借助道德榜样的经验达到自我完善。总之，文学的审美价值只有与文学的伦理价值紧密结合才能得以实现。

罗斯：我们为什么不制定一些可以一代代传下来的规则，或者是否存在某类基本的观念即我们经常说的"道"？文学的作用又是什么呢？

聂：伦理原则和道德规范随着具体环境和语境的变化而不断变化，即使是同一个表达，在具体历史背景下其内涵可能也不完全相同，因此我们不能制定某种一成不变的规则，也不存在某种一劳永逸的"道"。我们能接受的只是在具体历史语境中相对确定的原则和规范，因此我们只有不断学习和阅读来获取不同时期的道德经验，而文学正好可以通过各种伦理选择的范例给我们教诲，因而文学是一种告诉人类如何做人的教育工具。事实上我们很难找到一种比文学更有效的工具。也许有人会质疑说:"我们可以学习我们的父母而无须学习文学。"但是,我们的父母又是以什么方式来教育我们呢?我认为他们是利用文学来教育我们。

其实从孩提时代开始,我们的父母就开始用文学教育我们,因为他们给我们唱的摇篮曲,给我讲的童话故事都是文学的形式。随着年龄的增长,我们先是进入小学学习文学,然后进入中学学习文学。即使我们进入大学学习或者离开学校开始工作了,更不用说我们在文学系里从事工作,我们也仍然通过文学阅读来学习。

文学对于我们是不可或缺的东西。每当我们通过价值判断来选择我们的行为和生活时,我们总会从自己的阅读中获得启迪和教导。如果不对已经历的事情做出评价,如果不把文学用于我们的生活指南,我们几乎无法做出正确的选择。

罗斯:文学伦理学批评如何解决自然选择之后人同其他动物之间的差异呢?什么才是您说的自然选择呢?

聂:要回答这问题,先要搞清楚两个概念:其一是自然选择;其二是伦理选择。我先从文学伦理学批评的观点谈自然选择。根据我的定义,自然选择指的是人类从猿到人的进化过程。自然选择是人作为人存在的形式选择而不是人作为文明人存在的本质选择。我的意思是,自然选择只是在人从猿进化为人的形式的过程中发挥作用,而不是在从野蛮人到文明人的转变过程中发挥作用。虽然我们在进化的历史中已经完成了自然选择,但是我们还要在伦理选择的环境中经历自然选择。

纵观人类文明史,按照达尔文的观点,人类已经在文明进程中完成了自然选择。由于人类具有了伦理意识,尤其是当人类认识到自己是作为人存在的时候,人类就逐渐开始了伦理选择。古希腊文学形象斯芬克斯可以看作人类自然选择结果的象征。尽管斯芬克斯长着从其他动物进化而来的人头,但它在意识到自己是人之前由于其兽性因子发挥主要作用而仍然是兽。这说明并不是自然选择将人同兽区别开的。最初通过自然选择进化而来的人在本质上仍然是兽。人后来由于有了伦理意识,才能够把自己与兽区别开来。伦理意识是由人的头象征的,这种斯芬克斯式的人头为我们奠定了基础,让我们能够认识到自己作为人有着形式上的不同。

罗斯:我想您接着要谈伦理选择了,是吗?

聂:伦理选择是人类文明发展史中,继自然选择之后的第二次选择。在我的定义里,伦理选择是人在完成自然选择之后变为道德人的必经之路。例如,婴儿的诞生是自然选择的结果,同时也意味着自然选择的完成。但是,婴儿是怎样变成人的呢?是伦理选择让婴儿变成人的。其实,把人与动物区别开来的不是人的身体,而是人头所具有的理性。婴儿出生之后,自然选择就不再对婴儿发挥作用。这就是说,只有伦理选择才能让婴儿从兽性的人变成伦理的人。

这个阶段,在整个人生的伦理选择过程中,人性因子是促使人进行伦理选择的动力。人因为认识到由斯芬克斯身上的人性因子所决定的人性,才能把自己同其他兽类区别开来。是人性因子把人同兽类区别开的,这就是说,不是人的形式把人同兽类区别开来,而是人性因子把人同兽类区别开来,人性因子在伦理选择中变成人性。

斯芬克斯身上有两种因子,即兽性因子和人性因子。兽性因子是自然选择过程中猿猴等动物的兽性在人身上的留存;人性因子则是通过伦理选择获得的。这两者合在一起我称之为斯芬克斯因子。兽性因子和人性因子决定人做兽还是做人。因为斯芬克斯身上的人性因子是主要的，所以伦理的人是人而不是兽。因而是人性因子决定人是否是具有人性的人。

罗斯：这是否意味着自然选择与伦理选择之间存在着明显的转换点呢？

聂：你是说人从自然选择到伦理选择的起点在哪里？或者说，从兽类到人类的起点在哪里？我认为这个起点就是人作为伦理人存在的伦理身份的自我确认，而不是生物性的人在完成自然选择之后产生的人的形式。只有伦理人的伦理身份在被自己确认之后，人才能进入伦理选择过程。

从人类文明发展史的角度来看，伦理身份的自我确认也是人类对自己作为人的身份的自我确认，即对斯芬克斯之谜的回答，因为只有人才能做到早上四条腿走路，中午两条腿走路，晚上三条腿走路。

因此，伦理身份的自我确认是伦理选择的逻辑起点。我们按照伦理意义上的人所必需的条件进行选择而成为人。我们依据决定我们伦理身份的各种条件进行选择，并决定选择什么和如何选择。

罗斯：您说婴儿的出生是自然选择，那么您是不是认为自然选择已经真的结束了呢？

聂：毫无疑问已经结束了。在人类文明史上，当人类开始伦理选择的时候，自然选择就已经结束了。虽然婴儿的出生从生物学的观点看是自然选择，但是把它作为一个例证而认为自然选择没有完成则是不正确的，因为婴儿作为自然选择的前提是婚姻，而婚姻是一种伦理选择。

因此，从根本上说婴儿的出生仍然是伦理选择的结果，我们可以在伦理选择的语境中将其称之为伦理自然选择。通过教育和学习,孩子开始进入伦理选择的过程,从而把自己同动物区分开来。所以我们可以说,自然选择是过去时,而伦理选择是现在进行时。这就是伦理选择与自然选择的不同。这也是自然选择与伦理选择的区别。

罗斯:您能结合具体的文学文本来对此做进一步阐释吗?

聂:莎士比亚的《哈姆雷特》就是一个很好的例证。为什么哈姆雷特在为死去的父亲复仇的问题上一直犹豫不决呢?这是哈姆雷特对自己作为克劳狄斯的儿子这一伦理身份进行自我确认的结果,因为叔父克劳狄斯在与他的母亲结婚后,变成了他的父亲。作为克劳狄斯的继子,如果哈姆雷特复仇成功,杀掉克劳狄斯,就会产生弑父和弑君的问题,而这在当时是伦理大忌。按照当时的伦理禁忌,他为父复仇是正当的,但他不去为父复仇也是正当的。换言之,他为死去的父亲复仇是正当的,但是他如果为父复仇而杀死继父克劳狄斯又同样是错误的。这就是哈姆雷特的伦理两难,也是导致他犹豫不决的真正原因。因此,他著名的内心独白"To be or not to be"并不是对生与死的思考,而是对他如何进行伦理选择的思考。从哈姆雷特的延宕中我们可以看出他是如何确认自我身份的,这其实就是我所说的伦理选择。

文明社会的伦理选择不同于人类进化史上的自然选择。事实上,我们一直在经历由斯芬克斯因子引起的各种不同的选择,而斯芬克斯因子是由人性因子和兽性因子组成的。在完成自然选择后,人身上的人性因子和兽性因子始终结合在一起,在伦理选择中发挥作用。这两种因子能够转化为自由意志或者理性意志,即人性因子转化为理性意志,兽性因子转化为自然意志和自由意志。我们作为一种伦理存在,就是由这些不同的意志决定的。

罗斯:我是不是可以这样理解:人类前进的每一步都要经受我

们通常所说的进化和选择的考验。

聂：正是这样，自然选择通过进化来实现，而伦理选择则是通过教育和学习来完成。我们的一生就是一个不断选择的过程，但是在伦理选择的过程中如果不通过教育和学习，我们就不能做出正确的选择。通过文学的引导，可以找到供我们进行伦理选择的范例和理由。例如，儿童经过童话故事的启蒙可以分辨善恶，同样成人也可以从文学作品中找到榜样来指导自己做出正确选择。同样，成人也通过文学为我们提供的榜样进行个人的伦理选择。

罗斯：文学伦理学批评作为一种理论，它的实际用途又是什么呢？

聂：借助文学的教诲功能，文学伦理学批评可以帮助读者在分析、阐释和评价文学文本时得到教育，获得启迪、教导和指引。文学伦理学批评的基础是文本阅读，它要求我们从伦理的角度去评价文学，还要求我们在特定的历史环境中寻找发生作用的道德规范，这有助于我们更好地理解道德观念。

因此，文学伦理学批评是解释文学的批评方法，用于解释、分析、评说、评价文学文本中伦理选择的不同动机、行为以及选择过程。它寻找道德范例，既用于效仿也用于警示。这有助于我们提高能力，以思考复杂的人际关系。

罗斯：换而言之，敦促我进行写作的也是文学。

聂：总之，文学伦理学批评的目的是为我们的启蒙、学习、教育提供各种各样的经验、教训、启迪和指导。我甚至可以说，如果没有这些，文学将不复存在，文学批评也没任何意义，文学伦理学批评也只不过是白纸一张。

（杨革新译，原载于《外语与外语教学》2015年第4期）

查尔斯·伯恩斯坦教授访谈录

Nie Zhenzhao（Nie）：With the magazine $L=A=N=G=U=A=G=E$, your essays and your poems, you are generally considered the leading representative poet and theoretician of what is called Language Poetry, so I would like to begin my questions here. Language Poetry was first introduced to Chinese readers in 1993 when an anthology entitled *The Selected Poems from Language Poets* was published by Sichuan Arts & Literature Publishing House, China, with a circulation of around 2000 copies. Since then there have been few publications on Language Poetry in China. As a result, this work is still unfamiliar to most Chinese scholars and students. Would you please make a brief introduction to the occurrence, the development and the status quo of this school of poetry?

聂珍钊（以下简称聂）：因为 $L=A=N=G=U=A=G=E$（《语言诗》）这本杂志和众多论文与诗歌，您被大家视为所谓语言诗派的代表诗人和理论家，我的问题也由此开始。语言诗最早被中国读者所知是在 1993 年，当时四川文艺出版社出版了一部题为《语言诗派诗人作品选》的诗集，但是仅发行了 2000 册，此后中国国内有关语言诗歌的文章或书籍仍然寥寥无几,因此大多数中国学者和学生对这个流派并不知晓。可否请您简要介绍语言诗的产生、发展及现状?

Charles Bernstein（CB）：Language Poetry is a term that has come to stand for a rather raucous period in American poetry, from the mid-70s onward, in which a group of writers, mostly in New York, San Francisco, and Washington, D.C., engaged in a large-scale collective effort to champion poetic invention both in our own work and the work of other English language poets of the 20th century. Because most of the established magazines, presses, and poetry organizations favored a different approach to poetry, we relied on our own resources, as far as publishing and presenting our work in performance. This was collective action without dogma, perhaps brought together as much by we didn't like as what we shared stylistically. And while from time to time someone would try to impose order or a neat history on our unruly and diffident practice, many of us took those interventions as an opportunity to define ourselves against just such labeling and schooling. There is no one history here and no one poetics.

查尔斯·伯恩斯坦（以下简称伯恩斯坦）：语言诗这一名称从20世纪70年代中期开始用来代表一个喧嚣的美国诗歌时期,其间一些主要来自纽约、洛杉矶和华盛顿的作家们投身于一场大规模的、以倡导诗歌创新为目的的运动,这种创新在我们自己的诗歌以及其他20世纪的英语诗歌当中都有体现。由于大多数知名的杂志、出版社和诗歌组织所推崇的对于诗歌的理解与我们的不同,我们不得不在出版与表演作品等方面依靠自己的资源。这是没有任何教条的集体行动,大家能走到一起,既因为我们共同反对的事物,也因为我们文体上的相似。一直以来就有人试图为我们这样一种既无章法又缺乏自信的实践活动强加上秩序或纳入历史的规范,而我们中的许多人以此为契机,在反抗标识与分类中定义自己。我们这里没有唯一的历史、唯一的诗学。

In 1978, Bruce Andrews and I started L=A=N=G=U=A=G=E, a forum for poetics and discussion, something we felt was crucial and also lacking, both in the mainstream and in the alternative poetry scenes, in which there was an antipathy to critical thinking bordering on anti-intellectualism. The poets of L=A=N=G=U=A=G=E, and there were dozens of us, were interested in both an historical and an ideological approach to poetics and aesthetics and also a stand of dissent, both to prevailing poetry norms but also to U. S. government policies. We questioned all the "given" features of poetry, from voice and expression to clarity and exposition; and in the process, came up with many different, indeed contradictory, approaches to poetry and poetics. Our desire to link our poetry and poetics with the contemporary critical, philosophical, speculative, and political thinking-with a visceral connection to the civil rights movement, feminism, and the antiwar movement-has become a significant mark of our work, and one that has perhaps given rise to our various collective names, which have been both praised and condemned.

布鲁斯·安德鲁斯和我在1978年创办了L=A=N=G=U=A=G=E,一个诗学的论坛。在我们看来,这样的讨论很关键,但无论是在主流还是另类诗坛上又都十分缺乏,因为那时的诗坛存在着一种与反知识思潮一脉相承的对于批判性思维的抵触情绪。L＝A＝N＝G＝U＝A＝G＝E的诗人,共有数十人之众,致力于从历史和意识形态的角度探讨诗学和美学、表现其文学伦理学批评及其他对主流诗歌规范与美国政府政策的不认同。我们质疑一切"既定"的诗歌特点,从声音和表达到明晰和阐释;并在此过程中产生出许多不同的、实际上是相互矛盾的用于探讨诗歌和诗学的方法。我们希望把我们的诗歌与诗学和当时批判的、哲学的、玄想的以及政治的思潮相联系,并与人权运动、女权运动、反战运动建立内在的联系,这种愿望成为我们作品的一个重要标志,也是我们获得那些或被赞扬或被批评的多种集体称谓的原因。

Nie: In China some people think that the poetry associated with L＝A＝N＝G＝U＝A＝G＝E is the outcome of the influence of structuralism, post-structuralism, and postmodernism. How do you think of that?

聂: 在中国,有些人认为与L＝A＝N＝G＝U＝A＝G＝E有关的诗歌是结构主义、后结构主义和后现代主义影响的产物。你怎样看待这个问题?

CB: That's a common view based on the fact that many people are more familiar with these cultural developments than they are with what was going on in poetry. In truth, you can say that our work was contemporary with those other developments but not derived from them. Although, in the long view, mutual interactions and cross-connections will be more apparent. The poets of L＝A＝N＝G＝U＝A＝G＝E often offered a very sharp critique of structuralism, post-structuralism and postmodernism;

certainly, that was a significant part of my critical writing of the period. But all of us shared much, if contrasted with technorationality, religious fundamentalism, and market suprematism.

伯恩斯坦:这是一个普遍的说法,其原因在于许多人并不十分了解诗歌的发展,而相对更熟悉这些文化现象。事实上,你可以说我们的诗歌与这些运动是平行的,而并非它们的产物,尽管从长远来看,它们之间的相互作用和交叉联系会更明显。语言诗派的诗人常常对结构主义、后结构主义以及后现代主义提出尖锐的批评;可以肯定的是,那是我在那个时期批评文章的重要内容。但我们与这些文化运动在与科技理性化、宗教本质主义和市场至上主义的对立这一方面是相同的。

Nie:Some people say, "Language Poetry is not so much a movement as a theory generated method of poetic composition that emerged from the post-modernist tendency in contemporary North American poetry." As a theorist of Language Poetry, would you please make a comment on its theory and its background?

聂:有些人提出,"语言诗与其说是一场运动,倒不如说是一种由当代北美诗歌的后现代主义倾向中衍生出的、受理论指导的诗歌写作方法"。作为语言诗的理论家,您可否对该理论及背景做出评价?

CB: Well I am not so much a theorist as a practitioner who reflects on his practice. Much of my poetics is pragmatic; none of it is systematic. This distinction between poetics and theory, though, would fall on deaf ears to those who are against "thinking" or against critical reflection, favoring instead what they claim to be unmediated personal expression. I won't get into a chicken-or-egg debate here about which comes first; poetics and poetry are mutually informing. But those who wish to deny the conceptual basis of their writing in favor of unmediated expression risk falling into a dogmatic rigidity about writing. I am especially interested in extreme forms of poetry, odd and eccentric forms, constructed procedures and procedural constructions. I never assume that the words I use represent a given world; I make the work anew with each word. Poetry is as much a product of delusion as illumination, illusion as reality.

伯恩斯坦：与其称我是理论家，不如说我是一个对自己的作品进行反思的实践者。我的诗学大部分是实用性的，完全不成体系。那些反对"思想"、反对批评性的反思而推崇他们所谓无中介的个人表达的人是不可能理解诗学与理论之间这种区别的。我不会对诗学和诗歌做一番孰先孰后的辩论，它们之间应是相互影响的关系。但那些试图否认他们创作的基础概念而偏好无中介的表达的人实际上是陷入了写作的极端教条。我特别感兴趣的是诗歌的极端表达形式、稀奇古怪的形式、建构过程以及过程的建构。我从来不认为我使用的言语再现了某一特定的世界，我用言语更新世界。诗歌是阐释也是错觉，是现实也是幻觉。

Nie: How about the aesthetic principles and writing rules of this school?

聂：那么语言诗派的美学原则和写作规则又如何呢？

CB: You are asking the wrong person or should I say the wronged person. Each poem can set forth its own rules and my primary aesthetic principle is to intensify the experience of the aesthetic. I left school as soon as I was able. I am working on my own now.

伯恩斯坦：你问错了对象，或许我该说你问的是一个被错误理解的对象。每首诗有它自身的规则，而我主要的美学原则是加强审美的体验。我很快就脱离了语言诗派，正致力于自己的美学理念。

Nie：OK, but are there any rules or defining qualities of Language Poetry?

聂：那么，语言诗有没有规则或者起界定作用的特征？

CB: Dominique Fourcade proposes: be ready but not prepared. I guess I could say also be prepared but not ready. Discrepancy is the key. I want a poetry that makes up its own rules and then doesn't follow those either.

伯恩斯坦：多米尼克·福卡德(Dominique Fourcade)的提议是"没有准备好也可以用"，我想我也可以说"准备好的未必能用"。关键是差异性。我理想中的诗歌能创造自己的规则而又不被这些规则束缚。

Nie: Well then, in terms of practice, what are the most distinctive artistic features/techniques of the poets associated with L=A=N=G=U=A=G=E?

聂：谈到诗歌创作实践，语言诗诗人的创作有哪些与众不同的艺术特征(技巧)？

CB: You'd certainly notice some strong stylistic tendencies in work from around 1980: lots of disjunction (one phrase or line or sentence having no obvious logical connection to the next), an absence of simple lyric expression purporting to be the poet's feeling or expressing her or his subjective experience, structural and formal novelty (invented forms), a feeling of the constructedness of the poem's form, an exploration of discrepancies between word and object, metaphor and representation, truth and logic. But none of those things would be defining except maybe to say, paradoxically, that the lack of assumption about what defines a poem as a poem is perhaps defining.

伯恩斯坦:你一定注意到了,大约从 1980 年以来,语言诗作品的风格有一种很明显的趋势:诗中有很多断裂(即一个短语、一行诗或一句话与诗中的其他部分没有明显的逻辑联系),而没有纯粹的抒情表达以表现诗人的情感和主观感受;语言诗的结构新颖,形式创新,诗的形式具有构筑感,同时语言诗探究词语与客观对应物之间、隐喻与表现之间、事实与逻辑之间的不一致性;但是这中间没有任何一项可以界定语言诗的本质。也许我们可以说缺乏对诗之所以为诗的界定本身就是语言诗的本质。这可能听起来有点儿似是而非。

Nie:Some people believe that Language Poetry is deeply involved politically from the very beginning, with a clear agreement with Neo-Marxism and New Leftism in America. But others thought that Language Poetry is detached from the real life. These two opinions seem sharply opposite to each other. As far as you are concerned, which do you think is true? And what do you think is the cause of such a difference?

聂:有人认为语言诗一开始就是和政治紧密相连的,是与美国的新马克思主义和新左派一致的。但是也有人认为语言诗是脱离现实生活的。这两种观点看上去是完全对立的,您认为哪种观点是正确的呢？您认为是什么因素导致了这种对语言诗的不同理解？

CB：That's a useful problem to contemplate. Within a kind of hyper-empirical American approach to reality, ideas, ideologies, theories, philosophies, psychic structures, psychoanalytic or economic or linguistic structures, indeed the imaginary, are all debunked as removed from "real life." I try to stay out of the way of people who have this view of the real, because, in the end, for them what's real is a fist in the face of a gun against the temple. I prefer my imaginary life.

伯恩斯坦：这是一个值得思考的问题。在这种过于经验主义的美国式的认识现实的方法中，观点、意识、理论、哲学、心理结构、心理分析结构、经济结构和语言结构，甚至虚构都被认为是错误的，是脱离现实的。我试着不卷入这些追求"真实"的人当中，因为对于他们而言，要得到"真实"就像是要用拳头抵挡向庙宇开火的枪一样。我更倾向于我想象中的生活。

Nie：How do you think of the relationship between politics and poetry in general?

聂：总的来说，您怎么认识政治和诗的关系？

CB：The problem for politics, as much as for poetry, is how you define the real, how you describe the state of things. We see reality through metaphors and respond to those metaphors. No writing is innocent. Poetry marks the end of innocence for writing and the beginning of the imaginary.

伯恩斯坦：和诗歌一样，政治的问题也是如何定义真实、如何描述事物的存在状态。我们从隐喻中认识真实并对隐喻做出反应。写作都不是真实的,诗歌标志着真实写作的终结和想象的开端。

Nie: L= A= N= G= U= A= G= E is generally regarded as a renegade brand, but in what way it is rebellious while to what extent it has connections with English poetic traditions?

聂:语言诗被认为是一种反叛。那么它对英语诗歌传统的反叛表现在什么方面? 它与英语诗歌传统又在何种程度上有关联?

CB: The English poetic tradition-just as the European and North and South American traditions-has a long line of renegade poets. Let's just say: renegades for the particularity of individual human experience and against both the uniformity of "correct language" that imposes performed orders on live thinking and also against moral and religious law that unnecessarily regulate individual behavior and expression. Dissident thought is valuable just because it is dissident. The wildness of the imagination is the greatest guarantor not only of freedom, but also of reality.

伯恩斯坦:正如欧洲、南北美洲的传统一样,英语诗歌传统中反叛的诗人不胜枚举。我们不妨这么说:反叛是为了维护个体经验的独特性;是为了反对正统语言的一致性,这种一致性把既定的秩序强加在发展变化的思想上;反叛是为了反对道德和宗教体系,它们不必要地对个人行为和表达进行约束。不同见解的价值就在于它的不同。毫无约束的想象不仅是实现自由也是实现真实的最强有力的保证。

Nie: What is the relationship between L= A= N= G= U= A= G= E and other post-modern poetic schools such as New Formalism?

聂：语言诗与新形式主义等其他后现代诗派的关系如何？

CB: There is an incredible variety of poetry being written in the US at this time, from highly conventional to astonishingly inventive, from professional to amateur, from rural to urban to post-urban, from spiritual to erotic, from materialist to post-materialist. It would probably make more sense to assume that these different approaches to poetry have little or nothing in common than to think of them as part of the same activity, which tends to level some of the most interesting differences. New Formalism is one among these many contemporary manifestations of American poetry, as is "Language Poetry," and perhaps they are most easily understood as opposites: one emphasizing the invention of new forms, the other emphasizing the use of traditional forms, but that would make it seem almost like the old line between "free verse" and metrical verse. Most American poetry is now written in free verse formats, including much that is fairly straight forward at the level of form. I've always been interested in fractured, demented, asymmetrical, incongruous textures, and indeed what I call "dysprosody"—the prosody of distressed sounds.

伯恩斯坦：当代美国诗坛流派众多，有的非常传统，有的很有创新；有的很专业，有的很业余；有的很有乡土气息，有的很城市化甚至后城市化；有的追求精神，有的很淫秽；有的追求物质主义，有的后物质主义。有一点是很有意义的，即我们认为所有这些作诗法彼此差异很大，而不是同一活动的一部分，否则就会抹平那些最具特色的东西。新形式主义和语言诗都是当代美国诗坛的表现，这两种诗也常被人们看成诗风相反的两派：一个强调创造新形式，一个强调继承使用旧形式。这种二元对立的看法类似对自由诗和韵律诗之间的看法。大多数美国诗使用自由诗形式，包括很重视在形式层面的诗歌。我一直感兴趣的是诗歌的破碎、错乱、不对称、不和谐的结构，也就是我说的言语声律障碍，即运用破损声音的作诗法。

Nie: Chinese poetry has influenced, in a unique way, modernist American poets such as Pound, but do you think it has any influence on contemporary American poetry? If yes, how?

聂：中国诗以很独特的方式影响了现代派美国诗人，比如说庞德。但你认为中国诗对当代美国诗歌有影响吗？

CB: At present, the exchange between contemporary Chinese and American poets has not been thick enough to allow for the kind of mutual cross-pollination that we have with, well most obviously, French poetry. Though in saying that, I leave aside the emergence of poets whose parents or grand—or great-grandparents have come to America from China, since these poets are now a major presence in American poetry and their own connection to Chinese culture and Chinese poetry is likely to be different than that of European-Americans.

伯恩斯坦：现在，中美诗人交流相互影响远不如我们与法国诗歌的交流。即便如此，我得谈谈一些诗人，他们父辈或祖辈从中国来到美国，这些诗人也是美国当代诗坛的一支主流，他们与中国文化和中国诗歌的联系也许与欧洲裔美国诗人是不同的。

As is well known, the influence of classical Chinese poetry and philosophy has been profound for American poetry from the

19th century onward. But how well we-Americans who don't know Chinese—really understand Chinese classical poetry is to be questioned, and has been, by scholars such as Yunte Huang. I am thinking not only of Huang's illuminating study of Pound, but more particularly his work *SHI: A Radical Reading of Chinese Poetry* (New York: Roof Books, 1997), where he breaks the translation down character for character, so one gets a very different, and indeed more montage/disjunctive feel for the poetry, that aesthetically and semantically reopens the classical poetry in an compelling way. Then there is the whole question of the presentation of the poetry, especially in terms of calligraphy. I am devoted habitué of every show in New York of Chinese calligraphy and poetry/painting and have been affected by every aspect of the work, from the performative aspect of the making of the calligraphy, to the exhilarating visuality of the approach to writing, to the interaction of word and image, to the mind-expanding horizontally (especially but also, of course, verticality) of the writing space of the scrolls. I think all of us interested in poet/artist collaborations and books, and I have done a number, mostly with my wife, the painter Susan Bee, but also with Richard Tuttle and Mimi Gross, are very affected by the Chinese examples. In a related note, I have also been very taken with the work of Xue Bing.

众所周知,自19世纪以来,中国古典诗歌与哲学对美国诗歌的影响深刻。但是我们这些不懂中文的美国人在多大程度上真正了解中国古典诗是值得商榷的。像黄运特似的学者却懂。我不仅在考虑黄运特对庞德的阐发式研究,而更重要的是他的专著《诗:对中国诗歌的批评式阅读》。书中他一字一字译诗,使人获得完全不同的对诗歌的蒙太奇式或分裂式的理解,所以在美学上和语义上,重新开启了诗歌创作的令人瞩目的方式。还有关于诗歌表现的问题,特别是书写方面。在纽约,我是对中国书法、诗歌、绘画展览非常痴迷的人,而且在多方面受到这些展览的影响,从书法的书写方面,从写作使人视觉愉悦的方面,在字与画的相互作用方面,在字、画卷轴书写空间思维的横向(当然,还特别是纵向)拓展方面。我想我们都对诗人、画家的结合及其结合的书作感兴趣,我也实践了很多这样的方式,尤其是与我太太画家苏珊·碧一道,还与理查德·图特尔(Richard Tuttle)、米米·格罗斯(Mimi Gross)一道,我们都受到中国例子的影响。还应提一下,我对薛兵的作品很感兴趣。

Nie: Generally speaking, the poetry you focused on in $L=A=N=G=U=A=G=E$ puts more emphasis on the written (visual) dimension of poetry than on the spoken (oral) dimension. Maybe this partly accounts for why you have collaborated with visual artists. However, in *Close Listening: Poetry and the Performed Word*, which you edited, you emphasize the sound of poetry. Does this reflect a shift in your own approach?

聂:通常说,你在《语言诗》杂志中表述的诗学观更强调诗歌书写(视觉)的维度而不是口头维度。也许这也是你为什么与视觉艺术家合作的部分原因。但是在你编辑的《近听:诗歌与具有表现力的语言》一书中,你强调了诗歌听觉上的特征。这反映了你在方法上的转变吗?

CB: I think as I began to perform my work more and more, and also as I organized more and more readings and poetry events, I began to feel that I had not sufficiently addressed the performative and sound dimensions of the poetry with which l was most engaged. Also I became interested in sound not as a natural extension of the written word but as a discrepant element, another layer of the complex that is the poetics work. And my major project of the last two years, working with Al Filreis, has been to develop a large archive of digital recordings of poetry readings, available for free at PennSound (writing. upenn. edu/pennsound).

伯恩斯坦:我想,当我开始越来越多地朗诵自己的作品时,特别是当我组织越来越多的阅读和诗歌活动时,我开始觉得对我所从事的诗歌的表演维度和声音维度追求不够。我对声音产生兴趣不是把它作为书写文字的自然延伸,而是视为一个不同的因素,视为诗学作品这一复杂体的另外一层。我最近2年的一个主要工作就是与阿尔·菲尔利斯(Al Filreis)一道对诗歌朗诵进行数字录音并做一个大文件。这在 http://writing. upenn. edu/pennsound 可以免费听。

Nie: Then how do you think of the relationship between poetry and other forms of art?

聂:那么你认为诗歌与其他艺术形式之间关系如何?

CB: I remain a die-hard formalist. I think there are things specific to poetry that can only be done in poetry.

伯恩斯坦:我依然是一个顽固的形式主义者。我想诗歌中有些特别的东西,它们只能用于诗歌中。

Nie: In your "30-second lecture" called "What Makes a Poem a Poem?" you reply to the question in your title by saying: "It's not rhyming words at the end of a line. It's not form. It's not structure. It's not loneliness. It's not location. It's not the sky. It's not love. It's not the color. It's not the feeling. It's not the meter. It's not the place. It's not the intention. It's not the desire. It's not the weather. It's not the hope. It's not the subject matter. It's not the death. It's not the birth. It's not the trees. It's not the words. It's not the things between the words…"

聂:你在一个标题为"什么使诗成为诗?"的"30秒讲座"中,用标题回复道:"不是每行结尾就押韵。不是形式。不是结构。不是单一。不是位置。不是天空。不是爱。不是颜色。不是感觉。不是韵律。不是地点。不是意图。不是欲望。不是天气。不是希望。不是主题。不是死亡。不是诞生。不是树木。不是词汇。不是词与词之间的东西……"

CB: The piece ends, at precisely 30 seconds, with the punch line "It's the timing!", which is also the punch line of a famous remark about comedy: it's not the joke it's the timing….

伯恩斯坦:演讲结束,刚刚30秒,加了一个强调行"是时间的设定"。这也是某喜剧中著名的一句话:"它不是玩笑,是时间的设定。"

Nie: But what is, really, a poem? Would you mind giving a definition to poetry?

聂:但到底什么是诗?能给一个定义吗?

CB: Verbal art? David Antin has a marvelous answer to your question, relying on the American adolescent sexual metaphor of going to first base, second base, and so on. He says, poetry is kind of writing that goes all the way.

I would say what makes a poem a poem is the context; that we choose, or are cued, to read or hear a work a verbal construct as poem. It's not an honorific term that distinguishes verbal art from something lesser. Bad and boring poems are still poems; song lyrics, great or terrible, meant to be heard as part of a song, are not.

伯恩斯坦:言语的艺术？大卫·安廷(David Antin)对你的问题有个很好的回答。这个回答依赖于美国青年在性上的一个隐喻:跑到第一垒,第二垒,等等。他说,诗就是"一直跑下去"的那种书写。

我可以说,使诗成为诗的就是语境,我们选择或者暗示要读或者要听的一个由言语组成的作品。它不是一个令人肃然起敬的用来区分言语艺术与其他不及它的东西的术语。因为糟糕的令人生厌的诗依然是诗;而歌词无论好坏,都只是歌的一部分,不是诗。

Nie: In "Sentences," the first section of *Parsing*, your 1975 book that is collected in *Republics of Reality 1975 – 1995*, you start each line of each poem with "they," "I," "you," "it," or "was." Why do you deliberately choose the same word to start a line and to adopt such grammatical structure? In the conventional structure of the poetic line, poets try to avoid recurrence of a word in the beginning of all lines in a stanza for the aesthetic variance of reading. So why do you intentionally use the same word to start a line, or to compose a stanza, for example, the stanza consisting of "contextual disruption," which could be, to me, a feature of your poems?

聂：你的诗集《现实共和国 1975—1995》中，作为你在 1975 年写的书《分解》中的第一部分的《句子》一诗中，每一行都用"they"（他们）、"I"（我）、"you"（你，你们）、"it"（它）或者"was"等词开头。你为什么每行有意选择相同的词开头并用相同的语法结构？在传统的诗行结构中，诗人竭力回避同一诗节中重复使用相同的词，这是为了阅读的审美变化。那么，你为什么有意选择相同的词开始一行诗，或写一节诗，比如说包含"语境断裂"的诗节？就我看这是你的诗风之一。

CB: *Parsing* is one of my earliest works. The title refers to breaking sentences or phrases into their syntactic parts, itself a form of contextual disruption. In *Parsing* all the words being with a pronoun, some of which can operate as "shifters," that is they take on different references depending on the context. There are two sources for "Sentences," both oral histories: *Working* by Studs Terkel and *Yessir, I've Been Here a Long Time: Faces and Words of Americans* by George Mitchell. I lifted and arranged lots of those "I" and "You" sentences from these vernacular speech transcriptions, and placed them amidst mostly sentences I generated myself. The final poem, numbered 1 & 2 is all first lines of Emily Dickinson's poems.

伯恩斯坦：《分解》是我早期的作品。标题就表明将句子与词组分裂成其句法部件，标题本身就是"语境断裂"。在《分解》中，所有的词与代词相连，其中一部分作为"转换器"，即它们在不同语境中转化为不同的所指。《句子》有两个来源，都是口头故事，即斯塔兹·特克尔（Studs Terkel）的《工作》和乔治·米歇尔（George Mitchell）的《是的先生，我在这儿很久了：美国人的脸和话》。我从俗语句子中挑出许多含"我"和"你"的句子,然后将它们放置到我创造的主要句子中。最后一首诗标明1&2的都是艾米莉·狄金森诗歌的首行。

In this work I was interested in repetition as a form of reiteration, insistence in Gertrude Stein's sense. There is also a relation to the minimalist music of Steve Reich and also his own interest in repetitive and highly rhythmical chanting. One of Ron Silliman's most influential early essays, "The New Sentence" discusses the non-syllogistic logic of this kind of sentence organization. In "Sentences" I was interested in getting to a basic unit of speech and then using that to make rhythmic compositions. Much of the content of the sentences is plaintive, so that is part of the pull for me. A kind of collective plaint of despair or melancholy or disappointment or separation, which is something that threads through my work and connects it, perhaps unexpectedly, to fado, blues, mourning prayers, or other forms of lament that also use repetition.

在此作品中,我喜欢把重复当作反复说的一种方式,在格特鲁德·斯泰因(Gertrude Stein)看来,是"坚持"。与赖奇(Steve Reich)的极简主义音乐主张和他对反复的吟唱与高度节奏感的歌唱有关。Ron Silliman最有影响力的一篇文章《新句子》探讨了这类句子构成的非演绎推理逻辑。在《句子》中,我很想获得基本的句子单位,然后使用这些单位造出有韵律的诗句。句子当中很多内容平实,那也是吸引我的部分原因。集体失望的悲叹、忧郁、不满或分离,贯穿于我的作品中,这也许出乎人们预料,它将作品与葡萄牙的思乡曲、布鲁斯、哀悼词连接起来,或与其他使用反复手法表示悲伤的形式联系起来。

Nie: In "Space and Poetry" in *Parsing*, and in many other poems, we can conclude that you fracture discursive language by rearranging phrases into lines that together produce non-grammatical sentences. It seems that you divide a sentence in parts and then reconfigure these parts. Here is a sentence in "Space and Poetry" as example, "space, and poetry/dying and transforming words, before/arbitrary, period locked / with meaning and which/preposterousness," which you divide it into 5 lines. I wonder how to understand their special poetic quality of this fractured sentence. Could you give me some hints?

聂：从《分解》中的《空间与诗》以及其他许多诗中，我们可以看出你把一些词语重新排列，以此组合成为诗行，但这是一些不合文法的句子，通过这种方式你就把本身散漫的语言粉碎了，就好像把一个句子先分解成若干部分，然后再进行重新组合。以《空间与诗》的诗句为例："空间与诗/窒息和扭曲着语言，在/任意之间，标点消失/意义和语言/都成荒谬"，你把这个句子分解成五行。我想知道怎样理解这个断裂句构成元素的诗歌特点。你能指点一二吗？

CB: This is phase two of *Parsing*, after "Sentences." You could see it as a kind of analytic cubism. Apparently prior sentences (no original set of sentences is provided) are divided (cut-up) into component parts and these are opened up into a field layout (not flush left, spread over the whole page). The lines form a kind of music of changing or shifting parts that cannot be parsed on a linear level. This opens the page out to something that is not a two-dimensional Euclidean space but a curved space, a space with n-dimensionality. Let me now reinsert the space you deliberately subtracted for your question, so you can feel the torque:

    space, and poetry
  dying and transforming words, before
   arbitrary, period locked
   with meaning and which
   preposterousness. Still

  伯恩斯坦：这是《分解》中的第二首，紧接"句子"之后，你可以把它看成解析性立体主义。显然，前面的句子（根本就没有原句）被分解（或粉碎）为构成元素，这些构成元素铺散开来形成原野版（没有左对齐，只是散布在整个页面上）。诗行因构成元素的变化或位移而产生出一种节奏、旋律。这些构成元素是不可能进行线性分解的。这样就使诗歌页面上形成一种曲线空间，一种多维度的空间，而不是一种二维的欧几里得几何空间。现在，我恢复你因提问而故意所作的删减压缩，以便你能体会到其转化效果：

    空间，与诗
   窒息和扭曲着语言，在
   任意之间，标点消失
    意义和语言
   都成荒谬。停滞

  Nie: In some poems such as "Roseland" (*Parsing*), "Of course...." And "St. McC." (*Shade*), "Some nights" and "Type" (*Stigma*), you intentionally omit punctuation marks just like James Joyce did in *Ulysses* to express for expression of stream-of-consciousness. Of course, there are many poems composed by other poets without punctuation marks, but their grammatical structure is clear for us to read and interpret. Compared with them, it seems that you fracture the regular grammatical structure to compose lines to create new meaning, which could be difficult for readers to get. What is your aesthetic purpose to use this technique to compose poems? How can we get your exact meaning of a poem without punctuation marks?

聂:就像詹姆士·乔伊斯在《尤利西斯》中为了表达意识流而省略标点符号一样,你在《分解》的《罗仕兰》、《幽灵》的《当然……》和《圣·麦克》以及《烙印》的《夜晚》和《典型》这样一些诗歌中也故意省略了标点符号。当然,也有许多其他诗人创作的没有标点符号的诗歌存在,但是他们诗歌中的语法结构读起来还是清楚明白。和他们比起来,似乎你粉碎规则的语法结构写诗是为了表达新意,但它们对读者来说难以理解。你以此技巧写诗的美学意图是什么呢?没有标点符号,读者怎么能够确切地理解一首诗的意义呢?

CB: There is no exact meaning, no prior meaning which I transform into verse, no single or paraphrasable meaning for the reading to grasp. A structure, or perhaps better to say an environment is created for the reader to respond, to internenact. This is frustrating if you are reading to try to extract a meaning, pleasurable if you are comfortable trolling within meanings.

伯恩斯坦:本来就没有什么确切的意义,也没有什么我转换成诗歌的先在意义,更没有单一的或可解释的意义用于阅读理解。也许诗歌所形成的一种结构,或者最好说成是一种诗境,才是读者需要去响应和互动的。读者读诗以获取意义是会失望的,愉快地逗留于意义之中才会感到满意。

By the way, "Roseland" has as its source some phrases from DavidAntin's "the sociology of art" from *talking at the boundaries*, so it's cut-up from Antin's transcription of his original "spoken" talk. That's a very specific example of the kind of speech/writing tension or disjunction I was interested in for *Parsing*.

顺便提一下,《罗仕兰》这首诗里有几个词语是从大卫·安廷《边界谈话》的《艺术社会学》中分解而来,所以它也是他原始口语抄本的分解部分。这就是《分解》中我感兴趣的口语和书面语之间的张力或分裂的典型例子。

Nie: From some of your poems I realize that you admire irregular arrangement of lines or like to fracture sentences to form stanzas and poems. For example, you break the sentences in the poems such as "The Hand Gets Scald but the Heart Grows Colder" in *Controlling Interests* and "The Puritan Ethic and the Spirit of Capitalization" in *Rough Trades* into many parts and then organize them into a new poetic form. Do you have rules when you fracture a sentence and rearrange the fractured sentence? What kind of poetic art do you strive for?

聂:从你的一些诗歌中我了解到,你喜欢对诗行进行不规则排列,或者分解句子以组成诗节或诗章。例如,诗集《兴趣控制》中的《手灼伤心却更冷》和诗集《野蛮贸易》中的《清教伦理与资本化》里,你把句子分解成许多部分,然后再以新的诗歌形式组合起来。你分解句子并且重新组合被分解的句子有规则吗?你追求什么样的诗歌艺术呢?

CB: Mostly I work intuitively, arranging the words on the page so as to maximize the ping and pong of word against word, phrase against phrase, to intensify the visceral verbal sensation, to find sense, indeed make sense with what is at hand. Many of the poems that may seem to be rearrangements of prior texts-cut-ups-are actually freely composed, though sometimes they have gone through a series of erasures and rewritings and rearrangements of my own original seed text. The formal prototype for the poems you mention is "Asylums" (Islets/Irritations), which is one of my first poems, from 1974. In that poem I cut out snippets from a source text, Erving Goffman's *Asylum*, mostly focusing on the words just before and after the period, in other words the interstitial dynamics of the text, the literal place of transition from one sentence to the next. Another way to look at it would be to say I took a prior text and erased most it, or that the only parts "left" are the nodal points around the sentences. So then the process resembles sculpting from a slab of stone, creating the work by means of chiseling away at the surface of the rock. These poems, then, appear to have gone through a process of textual erosion. "The Puritan Ethic and the Spirit of Capitalization" is the most eroded of these works. The title comes from Max Weber's turn-of-the-20th century sociological study *The Protestant Ethic and the Spirit of Capitalism*, which emphasized the connection between accumulation, capitalism, and the Protestant ethic. The poem enacts an erosion of accumulated meanings or perhaps simply a turn away from a semiotics of accumulated meaning. "The Hand Gets Scald but the Heart Grows Colder" is somewhat more typical of my work from *Controlling Interests* and the period immediately following, which has a mix of eroded (or erased) textual fragments, aphorism, lists, metacommentaries, lyric strains, instructions, found language, commands, & c; in other words a collage of various elements, which are fused together through thematic, rhythmic, associational, and structural dynamics, most of which are come upon-that is, just made up-in the process of writing the poem.

伯恩斯坦:我主要凭直觉在纸页上排列词语,以最大化词语与词语、短语与短语之间的对立与张力,从而加强语言内在的魅力,这样来探索意义,甚至实际上由此而创造意义。我的许多诗,看起来似乎是以前文本或剪辑的重新排列,实际上都是自由创作的,尽管它们有时确实是原文本经历了一系列的涂抹、改写和重新排列而成。你所提到的诗的形式原形是"精神病院"(孤岛或疏导处),那是我最早的诗作之一,写于1974年吧。在那首诗中,我从欧文·高夫曼的《精神病院》中分解摘录,主要专注于停顿之前或之后的词汇,也就是说专注于文本间隙之间的内驱力,专注于前一个句子到后一个句子之间过渡的文字排列。我要说的另外一个考察方式就是,找来原文本,涂去一大半,唯一剩下的部分就是句子与句子之间的连结点。因此,这个过程有点儿像用凿子雕刻石头,通过一点一点打磨其表面以完成作品。那么,那些诗似乎也经历了一个文本"打磨"的过程。《清教伦理和资本化精神》那些诗中"打磨"得是最狠的。其标题来自马克斯·韦伯20世纪之初的社会研究巨著《新教伦理与资本主义精神》,这本书强调资本积累、资本主义和新教伦理之间的联系。这首诗就是对传统语义积累的"打磨",或者说是对传统文学伦理学批评及其他语义符号学的拒绝。《手灼伤心却更冷》似乎是我《兴趣控制》中创作的典型手法。停顿之后紧接着的就是涂涂抹抹的文本碎片、格言警语、清单、元评论、抒情短诗、指导说明、残存语言以及命令指挥等;也就是一张按一定主题、一定节奏、一定联想或一定结构而由各种各样成分组成的拼贴画,大多数是在写作过程中临时想起或临时组成的。

Nie: Generally speaking, to understand a poem is to understand its meaning, therefore the title is significant as the guide for understanding, or the topic of the poem. However, some titles of your poems are different from those we read from conventional way. I can take your poem "Mao Tse Tung Wore Khakis" as example. From the conventional reading, we should understand this poem first from understanding of its title but the title seems to have nothing to do with the content of the poem. How do you think of this question? What is the function of "Mao Tse Tung Wore Khakis" as the title of the poem? There are several other names mentioned in the poem. Are Paul McCartney and Bob Dylan the well-known American singers and song writers? And is Perry Como one of the most American popular vocalists? What significance of their names is mentioned in the poem? What is your intent of Thunderbirds and THE LIONS in the poem? In this poem, some lines are printed in black, some in capital letters, and some in italic. What do you mean by acting like this? In general, could you help to show us the meaning of this poem?

聂:一般说来,理解一首诗就是理解这首诗的意义。因为标题是诗的指南、诗的主题,所以它很重要。然而,你的一些诗的标题和我们以传统方式读解的诗歌标题很不一样。以你《毛泽东穿卡其布》这首诗为例,从传统的读解方式来读,我们首先应该理解标题以便理解诗,但诗的标题似乎与诗的内容无关。你是怎么考虑的呢?《毛泽东穿卡其布》做诗的标题起什么作用呢?诗中还提到几个别的名字。保罗·麦考利和鲍勃·迪伦都是美国著名的歌手和词曲作者吗?佩里·科摩是美国最受欢迎的声乐家吗?诗中提到的名字的意义是什么呢?诗中提到的雷鸟和《狮子》的意图是什么呢?诗中有些诗行是黑体,有些诗行是大写,有些诗行是斜体。你这样做的目的是什么?你能从总体上帮助读者理解一下这首诗的意义吗?

CB:The difficulty of this poem for you is probably more related to its local (American) cultural references than to the kind of aesthetic and formal issues we have been talking about. Although I do often like titles whose relation to the poem is oblique, oblique more than dissociated. In this case, the poem refers to a set of ads by the Gap clothingstory chain, a brand of closing that emphasizes "informal" styles, denim Jeans being the quintessential example. The ads featured blow-up photos of all kinds of hip artists and intellectuals, including Allen Ginsberg, Miles Davis, and Jack Kerouac, with the tag line "…Wore Khakis." Needless to say, Chairman Mao was not included in the ads, though didn't he wear khakis, too? The references to Bob Dylan are a bit obscure even for the entertainment news junky of 2007; at the time the poem was written, Dylan chose to go to more commercial Woodstock 25th anniversary concert in Saugerties, New York, rather than the "alternative" celebration at the site of the original festival. Perry Como, a decidedly square singer of an earlier generation, is compared to the presumably hip McCartney.

伯恩斯坦:对你来说,这首诗的困难不在我们谈论的审美和形式上,而可能在它本土(美国)的文化指涉上。尽管我确实喜欢一些与诗间接相关的标题,但与诗间接相关不是与诗无关。在这例子中,诗歌指涉的是盖普服装连锁店的一系列广告,一种强调便装、粗斜纹棉布牛仔时尚为终结的典型形象。广告上是一些各种各样颓废艺术家和知识分子的特写,有艾伦·金斯堡、迈尔斯·德维斯和杰克·凯鲁亚克,结语为"穿上卡其布"。不用说,毛主席没有出现在广告上,尽管——他不穿卡其布吗?提到鲍勃·迪伦这个人,即使对2007年的娱乐新闻迷们可能也有点儿模糊。本诗创作的时候,迪伦正准备去参加纽约索杰提斯举行的商业性更浓厚的伍德斯托克第二十五届周年纪念音乐节(每年8月在纽约州东南部伍德斯托克举行的摇滚音乐节),而不是参加音乐原创地的庆典。上一辈的广场歌手佩里·科摩和可能有点儿时髦的麦克卡利相提并论。

The poem is a sonnet and there are some procedural interruptions including a warning message from the then current, now hopeless outmoded, e-mail system of the time. The Thunderbird was a cool car (and now also an e-mail program, but not then). The lions are still on the loose.

这是一首十四行诗,诗中而且存在一些规律性的中断,其中包括一条当时流行现在却完全过时的网络邮件警告信息。雷鸟是一辆漂亮的轿车(现在也是一个网络邮件程序,但当时不是)。狮子仍然在外逍遥。

Nie: I am confused about the style of some of the works in "Poetic Justice" (collected in *Republics of Reality*): "Palukaville," "Lo Disfruto," "Electric," "Azoot D'Puund,"

"Out of This Inside," "Hotel Empire," "Lift off," "Appropriation," "Faculty Politics," and "The Taste is What Counts." Could you tell me whether they are essays or poems or what kind of other style we should call them?

聂：您在《理想的赏罚》(收录于《现实共和国》一书)里，有些作品的风格令人困惑，如《帕卢卡维尔》《洛·迪斯弗鲁托》《电的》《阿祖特·德朋得》《此内以外》《宾馆帝国》《起飞》《挪用》《学科政治》《要紧的是味道》等就是这样。您认为这些是论文还是诗歌，还是其他文类？

CB：They are poems but in a prose format, though as you can see many different approaches to the "prose" format, to such an extent that prose becomes, rather than something neutral, something visually specific, what Marjorie Perloff recently calls "Concrete Prose" (thinking of Haroldo de Campos's *Galaxias*). *Poetic Justice* is the companion collection to *Shade*, which had mostly very thin poems; the poems in *Poetic Justice* are so thick as to exceed the margins. A few of these are serial sentences prose, what Ron Silliman dubbed "the new sentence": a quick succession of complete sentences, juxtaposed one to the next, without logical connectives (paratatic). Ron's *Sunset Debris* is a prose poem made up of all questions. "Palukaville" (names after Joe Palooka the cartoon boxer, in the sense of "punch drunk") is made up of all answers, responding to the questions of *Sunset Debris*. "The Taste Is What Counts" and "Lo Disfruto" are imploded syntax prose, made up of periods not sentences, where phrase is grafted onto phrase to make intricately recombinant rhythmic patterns. "Electric," and "Out of this Inside" are more closely related to free-associative, diaristic/ journal writing, though with some visual overlays (the expressive use of capital letters in the middle of words) and other structural elements added to create more traction/tension. "Azoot D'Puund" is written with entirely invented words, so it's a sound poem, but again in a prose format. "Lift Off," in contrast, appears to be something of a visual poem, though it looks like prose, it is actually lineated. It is based on the series of letters on the "lift off" or correction tape of an IBM Selectric II typewriter. I originally published this book as an offset edition, typing the pages myself on my Selectric. So the right margin is ragged, but mostly the lines go to the end of the page. Still, those versions of the work were ambiguous as to whether they were prose or verse lines. But for *Republics of Reality*, we set most of the pieces as prose, meaning we did not respect line endings. Still, as you noticed, there are many different paragraph and line arrangement: the visual space of the "prose" is plural. The prose is arose.

伯恩斯坦：它们是诗，是散文体的诗，不过这种"散文"形式是有多种方式促成的，以至于它已经不再是某种中性的非色彩的东西，而是具有了视觉上的确定性，玛乔瑞·帕洛夫最近称之为"具象散文"（想到了 Haroldo de Campos 的 Galaxias）。《理想的赏罚》是配合《阴影》出的一本集子：《阴影》里多数诗都很稀疏，而《理想的赏罚》里多数诗则密密麻麻，版面排列得满满当当。其中有些是由一系列句子组成的散文，让·希里曼称之为"新句子"，即一连串的完整句子并置，全然没有逻辑上的（并列）连接词。让的《残阳碎片》就是一首完全由问句构成的散文诗,我的《帕卢卡维尔》(根据卡通片中的拳击手乔·帕卢卡命名,有"老拳醉鬼"之意)则全是回答,是对《残阳碎片》的回应。《要紧的是味道》和《洛·迪斯弗鲁托》则是内爆句式散文,由无句点句子组成,短语与短语嫁接,形成一种因杂乱地重组起来的节奏模式。《电的》和《此内以外》则与自由联想式的、日记体写作的联系更为密切,只是偶尔加上一些视觉覆盖物(处于表意目的将词的中间字母大写)和结构元素来增强引力和张力。《阿祖特·德朋得》则全是用生造词写成,所以它只能是一首声音诗,但同样是散文体诗。《起飞》则相反,看起来更像是一首图像诗,虽然看起来像散文,其实它是线性的,是基于一款IBM电动打字机改正带上的一连串字母写成。这本书最早是平版印刷的,是我自己在IBM电动打字机上一页页打出来的,所以右边距没有对齐,但是多数诗行都顶格了。说回来,这首诗的那些版本到底是散文还是诗歌,这是个模棱两可的问题。可是就《现实共和国》而言,大部分作品按照散文排列,这意味着我们并不看重诗行的结尾。不但如此,正如你所注意到的,段落结构和诗行的排列形式也多种多样:"散文"的视觉空间丰富多彩。这种散文"立起来了"。

Nie: I can see that you use a number of different formats for your poems. As you have discussed, some are written in prose but you also have some with a mixture of prose poems and free verse. Although you don't work with traditional metrical forms, I believe that you have your own prosodic rules because I can feel strong rhythms in the poem, which I can't describe conclusively. I don't know if my intuition is right or not. Can you say anything about meter and rhythm of your poetry?

聂：看得出您的诗歌中运用了多种不同的文体形式。正如您所说的，有些是以散文体写作的，有些则是诗与散文的混合体。虽然您没有以传统的格律形式写作，我相信您有自己的作诗法，因为我仍然可以感觉到诗中强烈的节奏。这是一种直觉，不知道是否正确。您能谈谈您的诗歌中的格律和节奏吗？

CB: Metricality is an ideal system that is independent of performance and, to some degree, independent of pronunciation (the articulation and duration of syllables). In contrast, rhythm is something heard. Metrical verse emphasizes symmetry and uniformity. My own impulses are toward asymmetry and syncopation: the off-balance, the slant, the microtonal, but still with a pulse. It's possible to create a strong acoustic rhythm with dissonance (clashing sounds and clashing sound patterns). Patterns don't have to be linear they can be fractal. I use all kinds of forms and also count in a variety of ways. If you look under the hood, from time to time, you will see patterns in the words per line or lines per stanza, syllable counting that is ametrical, and many passages with traditional metric but right up against ones that are not. Poems whose rhythm is driven primarily by alliteration. And when I perform the poems the sonic shapes are all important, but l want that shape to stretch, bend, snap, break down into a virtually acoustic vocable noise, lapse into song by day, lullaby by night, interrupted by the whirring and wailing of the fire engines I hear outside my window.

伯恩斯坦：格律是一种理想的系统，独立于表演之外，在某种程度上，也独立于发音之外（包括音节的清晰度和持续时间）。相反,节奏是可以听到的东西。格律诗强调对称与统一,而我则倾向于不对称和切分法:不平衡、倾斜、微音程,但仍然具有律动。用不谐和音(如碰撞声音和碰撞声音模式)创造出强烈的声音节奏是可能的。模式不一定都是线性的,也可以是不规则的、碎片式的。我就使用了各种形式和多样方法。你若是仔细看,就会不时地发现每一行的词语中或者每一节的诗行中都有特定的模式,你会看到音节数量的安排并不符合格律,你也会看到许多符合传统格律的诗节之后是完全不符合传统格律的诗节,你会读到一些主要靠头韵推动节奏的诗歌。当我朗诵诗歌的时候,声音的造型最为重要,但是我希望这种造型通过拉伸、弯曲、猛折、分解而变成事实上没有意义的噪音,成为白天的歌、晚上的催眠曲,不时地被窗外消防车的呼啸声和哀号声打断。

Nie:You mentioned that in "Lift Off" you used signs like @,♯,*,$,·,and =.Why do you choose to emphasize such signs? You mention in an essay or interview that you are influenced, in your poems, by modern computer technology. In what way?

聂:您在《起飞》一诗中使用了@,♯,*,$,·之类的符号。您为什么会强调这些符号的使用呢?记得您在一篇文章还是访谈中说到您的诗歌受到了现代计算机技术的影响,那是怎样的影响呢?

CB:My poetry reflects the language environment that I am in and the verbal material that I use. Sometimes I am interested in making these means of verbal reproduction visible, and indeed audible. Much of my work takes language activity that is normally left to the background and brings it to the foreground. It's that reversal that is at the heart of the poetic function.

伯恩斯坦：我的诗歌反映了我所处的语言环境和我所使用的言语材料。有时候我乐于将这种言语再生的方式通过视觉——事实上也通过听觉——呈现出来。我的许多诗都是语言活动，这种语言活动通常被置于后台，而我则将它带到了前台。这种颠倒正是诗歌功能的核心所在。

Nie：William Wordsworth says that "all good poetry is the spontaneous overflow of powerful feelings." In fact, feelings have been always made much of in poetry from the ancient Greek poets to nowadays. What would you say about the role of feeling in poetry?

聂：华兹华斯说"一切好诗都是强烈情感的自然流露"，事实上，从古希腊诗人到当前，情感都是诗歌表现的重要内容。您认为情感在诗歌中的作用如何？

CB：I am more interested in sensation than feeling, if feeling is understood in a narrow sense as the expression of a limited set of predefined emotions: happiness, sadness, grief, etc. I don't have a feeling that I, the poet behind the words, wants to convey to you the reader. The feelings emerge in the process of the poem, both in writing it and reading it. Turbulence, uncertainty, ambivalence, exhilaration, fear, loss, groundlessness, falling, guilt, error... these are a few of the overlaid feeling tones I explore.

伯恩斯坦：我更感兴趣的是感觉而不是情感，如果情感只是从狭义上被理解为一套预先确定的情绪的表达：喜悦、悲哀、沮丧等等。作为文字背后的诗人，我没有想要传达特定的情感给我的读者。情感在整个诗歌过程中都会涌现，无论是写诗还是读诗。骚动、无常、矛盾心理、喜乐、恐惧、茫然、无助、失落、负罪、错误……这都是一些相互交织的情感色调，也正是我要探寻的。

Nie：I have some small questions. Why do you number the 1st stanza as the 3rd and the ending stanza as the 788th while there are factually only 13 stanzas in "The Manufacture of Negative Experience" in *With Strings*? "The Order of a Room" is the most particular poem in its form, I suppose. It seems that you borrowed techniques from concrete poems somewhat, but I am not sure. How to read this poem composed in irregular alignment of words with figures? And how to understand this kind of poems? Could you give some advice?

聂：我还有几个小问题。在您的诗集《带着弦乐》中有一首诗《否定性经验的制造》，这首诗共 13 节，您却把第 1 节标注为第 3 节，而第 13 节标注为第 788 节，这是为什么？《房子里的秩序》是一首形式非常独特的诗，您好像借用了具象诗的一些技巧。您在这首诗中将词语按照图形排列，该如何解读？您能给一些建议吗？

CB：The many stanzas that are left blank in "The Manufacture of Negative Experience" leave room for thought; they are the blank spots of a negative dialectics, writ large. "The Order of Room" uses many different sources to contemplate what we have been discussing throughout this interview: what makes for order? Can you have nonlinear order? Is order something fixed and controlling, as in "law and order" or do our imposed orders make us dead and blind to other, harder to perceive orders, orders of the universe, but also of our souls?

伯恩斯坦：《否定性经验的制造》中许多诗节都是空白，可以给思想留出空间，很明显，这些空白诗节都是否定辩证法的空白点。

《房子里的秩序》运用了许多资料来思考我们这次访谈所探讨的问题:什么构成了秩序? 你能不能有非线性的秩序? 到底秩序是一种同定的控制性的东西——就像《法律与秩序》中秩序那样,还是因为我们已经被强加在头上的秩序窒息,无法看到其他秩序,更难感知秩序,那些宇宙的秩序、心灵的秩序?

(罗良功译,原载于《外国文学研究》2007年第2期)

勤学求真,创新求是:漫谈我的治学之路

1. 哈代研究:学术之路的启航

1976年,我从华中师范大学外语系英语专业毕业留校任教。1979年,华中师范大学中文系外国文学专业欧洲文学史研究方向第一次招收硕士研究生,我毫不犹豫地报名并参加了考试,成为王忠祥教授的开门弟子,开始了三年的学习与研究生活,走上了外国文学研究的学术道路。

回首那三年的研究生学习生活,我感到有两点对自己是十分重要的,一是大量阅读,二是确定研究课题。当时的学习既新鲜有趣,又紧张繁忙。我不仅系统地学习了欧洲文学史、西方美学史、中国文学、文学理论等课程,还大量阅读了外国文学作品。我曾反复阅读荷马史诗、古代希腊抒情诗、悲剧和喜剧,以及但丁、乔叟、莎士比亚、塞万提斯和莫里哀等作家的作品。华兹华斯、济慈和雪莱的诗歌、夏洛特和艾米莉的小说、司各特、哈代、巴尔扎克、雨果、托尔斯泰、屠格涅夫等作家的作品,都曾让我爱不释手。在我阅读过的大量文学作品中,大多都有让我流连忘返的地方。有些诗篇如萨福的"To A Bachelor Maid"、华兹华斯的"We Are Seven"、哈

代的"The Musing Maiden"等,我至今记忆犹新,尽管我还没有仔细思考过是什么让这些作品能够镌刻在自己心中。阅读是所有学术研究的基础,阅读让人思考,思考才有思想,思想形成观点,观点产生文章。可以说,所有的学术研究成果,无一不是大量阅读的最终结果,我就是在阅读、思考和探索中找到了有效的研究方法。在对一系列自己所喜欢的作家如希腊三大悲剧作家、莎士比亚、狄更斯、劳伦斯、乔伊斯和哈代等人的比较和思考中,我最后确定选择哈代作为自己研究的对象。

选择哈代进行研究并撰写硕士论文,不仅在于哈代的创作有其独特的个性和不朽的价值,更在于有一个问题一直吸引着我,即哈代真的就像许多批评家认为的那样,是一个悲观主义的作家吗?从20世纪初开始,许多批评家诸如海伦·加伍德、斯坦顿·怀特菲尔德、欧内斯特·布伦克和帕里克·布雷鲁克等,都对哈代的思想哲学问题进行了大量研究,认为哈代是极端悲观主义的。英国评论家哈洛克·爱尼斯认为,一般说来,在谈及托马斯·哈代的时候,都把他看成了一个悲观主义者。在细心阅读哈代的小说并将其同希腊悲剧和莎士比亚悲剧相比较时,我发现哈代小说在思想及艺术上同悲剧类似。正是从悲剧艺术的立场,我形成了自己的基本观点:哈代不是一个悲观主义哲学家,而是一个悲剧小说家;他创作的不是悲观主义小说,而是悲剧小说。正是带着这样的观点,我展开了对哈代小说的系统研究,以"悲戚而刚毅的艺术家:哈代和他的长篇小说"为题,分5章撰写了15万字的硕士论文初稿。然后,我又从哈代的意志学说、命运观和悲剧观三个方面,集中讨论"哈代小说中的悲观主义问题",最终完成了硕士论文。

在参加硕士论文答辩之前,我研究哈代的核心论文"苔丝命运的典型性和社会性质"以及硕士论文的主体部分"哈代的'悲观主义'问题探索"于1982年分别在《外国文学研究》和《华中师范大学学报》正式发表。这也是我最早正式发表学术研究论文。

硕士论文答辩时,评审专家一致肯定了我在论文中论证的哈代是一个悲剧小说家的观点。尤其让我无比感动的是,当时我的论文评审专家、学贯中西的薛诚之教授躺在病榻上审读了我的论文,不仅对我的观点大加赞赏,还赠送给我一本他反复阅读过的著作:*The Story of the World's Literature*(John Macy,1932)。这是一本学习世界文学的入门书,上面盖有闻一多先生赠送给薛老的印鉴。我明白薛老的深意,他是用这本书鼓励我在专业上继续深入发展。我十分珍惜这部著作,也像薛老一样反复阅读。我通过学习这部著作,巩固了研究外国文学的基础。

通过研究生阶段的训练和学习,我在英国文学中找到了自己的研究领域,确定了哈代小说研究的课题。研究生毕业后,我没有放弃自己对哈代小说的研究,而是继续深入下去。我后来发现,在硕士研究阶段选定一个作家,找到研究这个作家的问题,并通过对问题的研究带动对其他作家的研究,带动有关文学理论、文学史以及研究方法的系统学习,提高研究和写作能力,是最适合我的研究方法。硕士论文的写作,奠定了我后来在学术研究上得以继续发展的基础。例如,怎样正确使用研究方法,怎样搜集与分析研究资料、归纳思想、提炼观点、确定论题、表述与论证观点等,都是我在研究哈代的过程中获取的有用经验。

深入研究一个作家是学术道路的最好开端。对一个作家进行深入系统的研究,不仅可以带动对其他作家的研究,更重要的是,可以让自己的研究达到一定的深度,提高自己的学术境界。研究一个作家,实际上是在同其他作家的比较研究中展开的。在比较研究中,才能发现自己重点研究的作家的特点。这就如同遍游群山之后,你登上其中最高的一座山,会发现此刻你对群山又有了不同的认识和看法。群山如同一群作家。如果始终在群山中漫游而不能登上其中一座高山,就可能淹没在群山之中,迷失自己的道路,无法窥见每一座山的奥秘。研究一个作家就如同攀登一座高山,在登上山顶之后,居高临下,俯瞰全山,才会发现所处之山对于认识其他之山的重要。

1982年硕士研究生毕业后,尽管我也进行诗歌、戏剧、古希腊文学和现代派文学等方面的研究,但哈代研究仍然是我的重点。1989年,我申请的哈代小说研究的课题得到国家社科基金立项,获得6000元资助,我把这看作巨大的激励和鼓舞,加快了对哈代小说的研究。1992年1月,我的第一部学术著作《悲戚而刚毅的艺术家:托玛斯·哈代小说研究》由华中师范大学出版社出版。同年,我被破格晋升教授。在那个论资排辈的年代,我能够脱颖而出,一方面说明前辈专家学者对后辈学人的关爱提携;另一方面也说明自己的学术成果得到学界肯定。1993年,我享受国务院颁发的政府特殊津贴。1995年,国家教育委员会举行"全国高等学校首届人文社会科学研究优秀成果"评奖,这是新中国成立以来的第一次评奖,尤其引人关注。外国文学学科有三项成果获得一等奖:《英国诗史》(王佐良,译林出版社)、《中国文化在启蒙时期的英国》(范存忠,上海外语教育出版社)、《十七世纪英国文学》(杨周翰,北京大学出版社)。王佐良、范存忠和杨周翰这三位著名学术前辈当时已经去世,他们获奖是实至名归的。七项成果获得二等奖,它们是:《现代英国小说史》(侯维瑞)、《印度印地语文学史》(刘安武)、《美国戏剧史》(郭继德)、《托马斯·哈代——思想与创作》(张中载)、《悲戚而刚毅的艺术家:托马斯·哈代小说研究》(聂珍钊)、《苏联反法西斯战争小说史》(陈敬咏)、《论巴尔扎克》(郑克鲁)。让我感到无比荣幸的是,在外国文学学科七名二等奖获得者名单里,我能够名列其中,是七名获奖者中最年轻的一位。这次获奖不仅是对我的哈代研究给予的最大肯定,也是对自己从事学术研究的最大鞭策。

2. 西游求学:学术之路的新阶

在我的学术之路上,西游求学把我带进了一个新的学术天地。1993年10月至1994年10月,我在国家留学基金资助下有幸赴剑桥大学英语系做访问学者。剑桥是学术圣地,徐志摩用"轻轻的我走了,正如我轻轻的来"表达他对剑桥的依恋之情。在剑桥大学这个我无限憧憬的地方,我的学术视野被完全打开了,像但丁窥到三位一体的神秘一样,我窥见了学术的真谛。

剑桥大学于1209年建校。这个迄今已有800多年历史的圣殿,曾经让无数中国学者心驰神往。剑桥人才辈出,灿若群星,许多著名的英国科学家、作家、政治家都来自这所大学。在科学方面,牛顿、达尔文等一系列伟大的科学家改变了人类发展的历史。仅剑桥大学卡文迪什实验室产生的25位诺贝尔奖获得者就足以使剑桥傲视天下。根据有关资料统计,自1904年剑桥大学三一学院的Lord Rayleigh获得诺贝尔物理学奖以来,剑桥大学已经出了80多位诺奖获得者。在文学方面,我们可以列出文学史上一连串出自剑桥的不朽者。从文艺复兴时期的诗人斯宾塞和培根开始,每一个时代都会诞生出伟大的文学代表人物,如17世纪的诗人弥尔顿和邓恩;19世纪的诗人华兹华斯、拜伦、丁尼生;小说家萨克雷,20世纪小说家查理·金斯莱、福斯特等。可以说,出自剑桥的文学家和研究文学的学者多得难以计数,影响了整个世界。

在来到剑桥大学之前,我根本无法想象它的伟大、崇高、神圣。当徐志摩在《再别康桥》诗中描写的剑桥生动地呈现在我面前的时候,我受到了前所未有的震撼。剑河的清流、教堂的尖塔、学院的景观、古老的房舍、院士花园、田园风光,还有许多徐志摩无法在诗歌中传达给我们的神奇和奥秘,让我着迷、沉思。我感到仿佛同时生活在剑桥的不同时代,领略剑桥无穷无尽的魅力。剑桥的哲人智者把天才和智慧结合在一起,留下供我们发掘的文明宝藏。我对剑桥认识越多,就越感到自己的渺小,生不出半点儿骄傲。每当走进大学图书馆,我就会意识到通向学术高峰的是一条崎岖漫长的小道,而自己还仅仅处在攀登的起点,但那峰巅之上似乎有一座灯塔,指引着我向上攀登。峰巅之上,仿佛有无数先哲在向我招手呼唤,鼓励我不要在学术的征途中停顿下来,要鼓足勇气不断前行。

剑桥大学无处不是满腹经纶、博古通今的饱学之士,随处都能找到让人学习的榜样。当时担任英语系主任的 John Rathmell 博士是我的老师,他是英国诗歌研究专家,知识渊博,为人谦和。诗歌不是英语系最受欢迎的课堂,而我自始至终都是他的忠实听众,这给 Rathmell 博士留下了好学生的深刻印象,对我的求知给予特别的关照。他的英语诗歌课程为我奠定了英语诗歌韵律的基础,为我后来完成《英语诗歌形式导论》一书储备了知识。诗歌让我同 Rathmell 博士结下了深厚的师生情谊。后来我的多名学生前往剑桥大学访学,Rathmell 博士也像当年待我一样,定期为他们讲解诗歌。

在图书馆里,在大学的历史里,在课堂上,在平凡的学者中间,我似乎突然之间领悟了什么。我想大概是我对剑桥学术传统的理解,这就是剑桥人孜孜不倦地对学术问题的执着与探索研究精神,以及他们自己独特的、有效的、科学的研究方法。后来我发表了一篇题为"剑桥学术传统与研究方法：从利维斯谈起"的文章，以剑桥的学术传统为借鉴，探讨文学伦理学批评的理论问题。

1996年2月至1997年2月，我获得英国学术院（British Academy）奖学金，前往剑桥大学达尔文学院和华威大学（University of Warwick）英语系从事英国文学研究。我不仅有机会重返剑桥进行自己的学术研究以及拜谒莎士比亚、哈代、华兹华斯等文学巨匠的故居，还在英国学术院的资助下游历欧洲十一国。6月的早上，晴空万里。我乘坐的大巴在多佛港开进了渡轮的船舱。站在渡轮宽大的甲板上，湛蓝的大海一览无余。空中随船伴飞的海鸥偶尔发出几声快乐的啼叫。我一路饱览英吉利海峡的风光，心旷神怡。一个多小时的航程，转眼之间就结束了。我在法国的加莱上岸，带着无限遐想，开始了漫长的欧洲大陆旅行。卢浮宫的绘画、罗马古城的遗迹、海德堡的古堡，还有布拉格的教堂，让人震撼。我一路游览名胜古迹，参观欧洲著名大学的校园，贪婪地吸吮伟大欧洲文明的营养。这次欧洲大陆旅行不仅提升了自己的学术境界，也提升了自己的道德境界，为自己新的发展奠定了基础。

2006年底，我应美国芝加哥大学英语系教授、比较文学系主任约书亚·司哥德尔（Joshua Scodel）的邀请前往芝加哥大学访问，从事文学伦理学批评的研究。在这所著名学府里，我结识了当今莎士比亚研究的代表人物大卫·贝文顿（David Bevington）教授。贝文顿教授是美国艺术与科学院院士，当今在世的最重要的莎士比亚研究专家。他有关《哈姆雷特》的精辟见解启发我用文学伦理学批评的方法去研究这部伟大的悲剧作品。我同他有关哈姆雷特内心独白以及"Who is Real Prey in Mousetrap: Claudius or Gertrude?"的讨论，增强了我用伦理禁忌解释这部悲剧作品的信心。

正是这次访问，我同贝文顿结下了友谊，后来组织翻译了他那本影响深远的著作——《莎士比亚：人生经历的七个阶段》。我很留恋在芝加哥大学的那段美好生活。记得在那个温馨的小咖啡馆里，我有幸同古典文学系的温迪·奥姆斯特德（Wendy Olmsted）教授坐在一起，展开了对如何理解哈姆雷特那段著名的内心独白"to be or not to be"的讨论。在将近两个小时的讨论中，温迪教授最后完全赞同我用伦理禁忌解读这段内心独白的观点，即它所表达的不是哈姆雷特有关生与死的抉择问题，而是对伦理两难的复仇无法做出选择的思考。在芝加哥大学，我感到遗憾的是无法再见到美国伦理批评的代表人物韦恩·布斯教授了，因为在我到达芝加哥大学的前一年，这位我久仰大名却始终缘悭一面的美国伦理批评先驱去世了。

芝加哥大学的贝文顿教授、司哥德尔教授和温迪教授对我的鼓励，不仅让我把自己的观点坚持下来，还在后来的思考中深化了。这种深化也体现在我后来有关哈姆雷特的两次演讲中。2007年4月，普度大学比较文学系主任查尔斯·罗斯（Charles Ross）教授以及俄亥俄州立大学的詹姆斯·费伦（James Phelan）教授邀请我前往这两所大学分别以"Ethical Taboos Against His Revenge: A New Interpretation of Hamlet's Tragedy"和"Ethical Taboo and Hamlet's Tragedy"为题作了两场学术演讲。这两次学术交流无疑加深了我对文学伦理学批评的理论思考，为我的研究增添了新的动力。此后我有关文学伦理学批评的研究都可以从中看到这两次讲座留下的学术印迹。

西游求学对我的影响是巨大的，这种影响不仅使我获取了新的知识，吸取了新的学术营养，启迪了我的学术思考，更重要的是，让我在同西方学界的交流中，认识到自己作为一名中国知识分子身上肩负的学术使命。正是这种使命感,才有了后来《外国文学研究》杂志在国际学术期刊界地位的确认,才有了文学伦理学批评在中国的勃兴。

3. 编辑生涯:开辟新的学术事业

1998年,我开始担任《外国文学研究》杂志副主编,次年升主编。20世纪90年代末,由于缺少经费,杂志质量的提升颇受影响。在我接任主编时,杂志被CSSCI除名,进入一个最为艰难的时期。如何在十分困难的条件下办好杂志,我们做出了走国际化道路的战略决策。

在学术与世界接轨的进程中,西方学术期刊以大型数据库的形式进入我国,已经逐渐在我国形成垄断。我国高校图书馆购买和使用的具有国际影响的期刊数据库,如Web of Science、SCOPUS、EBSCO、Elsevier、Gale Cengage Learning、JSTOR等,几乎全部由西方国家研制与出版。由于缺少自己的学术话语,我国学术界与国际接轨在一定程度上变成了对西方话语权的认同,例如,商品价值、市场经济、私有产权、民主、自由、人权、宪政等,都是源自西方学术概念的接受。"经济全球化""历史终结论""文明冲突论""人权高于主权""核心利益""权力及软权力""地缘政治"等话语,无一不是由美国及欧洲抛出的国际社会主导性话语。中国学者论文讨论的话题以及对学术文献的引用,大都有意识地涂上西方话语的色彩,这既反映了中国学术界崇拜西方话语的心态,也说明西方学术期刊影响着中国学术的话语。

自有期刊以来,一个国家的学术影响力主要是通过期刊实现的。国家自然科学基金委员会前副主任朱作言院士撰文指出:"通常情况下，一个国家能办出有国际影响的学术期刊，在某种程度上反映了这个国家的科学技术水平，它的影响可能比一个重点实验室的影响还要重要得多，还要大得多。"徐光院士也一再强调："办好一份学术期刊，其重要性远大于开展一个'973'项目，这也是我国学术地位提升的一种重要标志。"中国需要建设一批有国际话语权的学术期刊。同周边国家和地区相比，我国严重缺少国际性学术期刊，这同中国的经济地位、文化地位和学术地位很不相称。因此，创办一批有国际影响力的学术期刊，是当今中国人文社科的战略需求，也是提升中国期刊国际学术话语权的重要途径。

在华中师范大学社科处的支持下，我们编辑部于 2000 年在充分讨论的基础上，制定了一个把杂志办成国际性学术期刊的五年发展规划，决心以高起点、高要求、高目标办刊，最终目标就是创造条件被 A&HCI 收录。A&HCI 只收录"世界上最具影响力的艺术与人文科学学术期刊"，是国际公认的权威性检索类数据库，在世界上有着广泛的影响。记得在 2002 年 1 月第一届理事会议上，当我提出要将《外国文学研究》办成一份被 A&HCI 收录的国际性学术期刊时，与会的所有理事全部表示支持。编辑部的苏晖、刘渊、杨建、杜娟、刘兮颖等老师均表现出超强的学习能力，积极学习国际先进经验和编辑规范，辛勤工作，努力奉献，付出了自己的全部精力。正是有了这样一支团结高效的编辑队伍，经过 5 年的努力，《外国文学研究》不仅又重新进入 CSSCI 源刊，并且在 2005 年被 A&HCI 收录，成为中国大陆第一份被 ISI 索引的刊物，实现了杂志国际化的目标。A&HCI 收录的期刊绝大部分为英文期刊，《外国文学研究》作为一份中文学术期刊被 A&HCI 收录，得到国际学术界的承认，成为同国际学术界平等对话的平台，体现了中国学术地位的提升。

但是，目前我国被 A&HCI 和 SSCI 收录的期刊只有区区两份，而周边国家如印度有 9 份，韩国有 19 份。与之相比，中国被 A&HCI 和 SSCI 收录的期刊同中国的大国地位很不相符。面对英语期刊和英语语言的强大优势，我们应当如何顺势而为，做到英文期刊为我所用，推动中国学术的繁荣，这是需要我们认真思考的。

为了获取办英文期刊的经验，也为了创建吸引国际学术研究成果的园地，我于 2009 年创办了英文期刊《世界文学研究论坛》（*Forum for World Literature Studies*，简称 FWLS，ISSN Print：1949-8519；ISSN Online：2154-6711）。创办这份英文期刊的目的十分明确，一是获取中国学者办好英文学术期刊的经验；二是吸引国际学者把他们的研究成果发表在中国学者主办的期刊上。该刊以保护世界文化与文学的多样性和差异性为宗旨，重视对非英语国家的文学与文化研究，尤其关注目前被忽略的国家和地区的文学与文化研究，主要刊发用英文撰写的世界文学与文化领域的原创论文。《世界文学研究论坛》用国际视野看待所有国家和民族的文学与文化，所刊发论文研究的范围扩大到更为广泛的亚洲、非洲及南美等边缘地区。在 4 年多时间里，杂志刊发了一系列在学术界产生了广泛影响的研究专栏，已经获得了国际学术界的认同，有来自 30 多个国家的杰出学者发表了高质量学术论文，85% 的论文作者来自国外，具有突出的国际性特征。杂志刊发的论文丰富了世界文学研究的内容，是国际学术界重要的参考文献。这份杂志目前已经发展成为一份国际知名期刊，被 ESCI，SCOPUS，EBSCO，Gale，MLA International Bibliography database，Annual Bibliography of English Language and Literature database 等国际著名数据库收录。

4. 拓宽事业：诗歌研究与翻译

我来自屈原的故乡，自幼喜爱诗歌。"路漫漫其修远兮，吾将上下而求索"，屈原的诗句一直是激励我前进的精神力量。读研究生时我虽然研究哈代，但从未减少对诗歌的兴趣。除了屈原、李白、杜甫等中国的古典诗人以外，华兹华斯、济兹、雪莱、拜伦、彭斯等外国诗人的诗歌，也都让我爱不释手。1999 年，我申请的关于诗歌形式研究的课题获得国家社科基金立项。我选择诗歌的形式研究是有其缘由的，这就是我国高校的诗歌教学和研究需要加强。

英美诗歌一直是英美文学中最重要的文学现象之一。在我国，优秀英美诗人的作品被不断翻译介绍进来，逐渐和我国的文学融为一体，在我国高校和普通读者阅读的作品中占据着重要地位。英美诗歌同中国诗歌关系密切，我国的新诗就是在英美诗歌影响下发展起来的，以闻一多和徐志摩为代表的新月派诗人借用英美诗歌形式进行了中国新诗的创作实践。闻一多提出的"三美论"和"音尺论"，就是从理论上对英美诗歌创作进行总结。徐志摩强调形式美，潜心追求诗歌格律的改革和创造，他写作的音调和谐匀称、想象奇妙的诗篇，就是学习英美诗歌的成功范例。英语诗歌促进了中国新诗创作的发展，但是同小说和戏剧相比，我国对英语诗歌的学习和研究，尤其是对英语诗歌的研究，是相对沉寂的。为了弥补这个方面的缺憾，我开始展开对英语诗歌韵律的研究。经过五年的努力，我于 2005 年完成了《英语诗歌形式导论》一书的写作，2007 年初由中国社会科学出版社出版，并于 2009 年获得第五届高等学校科学研究优秀成果奖二等奖。

为了促进中国的英语诗歌研究、繁荣中国的学术，2007 年 7

月,我们组织召开了"20世纪美国诗歌国际学术研讨会"。这次会议由《外国文学研究》杂志同宾夕法尼亚大学等单位联合主办,来自海外的30余名学者及国内200余名学者出席了会议。这是中国改革开放以来第一次举办的大型英语诗歌国际学术研讨会,美国现代语言协会前会长、美国艺术与科学院院士、斯坦福大学玛乔瑞·帕洛夫教授,美国艺术与科学院院士、宾夕法尼亚大学查尔斯·伯恩斯坦教授,美国当代著名垮掉派、黑山派和纽约派代表诗人安·瓦尔德曼教授,兰斯顿·休斯协会现任会长、美国阿拉巴马大学德丽塔·马丁·奥根索拉教授,兰斯顿·休斯协会前会长堂娜·哈珀教授等出席会议并作了大会主题发言。与会代表从不同的立场和视角、运用不同的理论和方法对20世纪美国诗歌中大量前沿学术问题进行了探讨与交流。这次会议为中国英语诗歌研究融入国际学术界奠定了坚实基础,推动了中国有关英语诗歌的国际化研究。自此以后,不但中国有关英语诗歌的国际会议不断举行,而且在我与罗良功、玛乔瑞·帕洛夫、查尔斯·伯恩斯坦的推动下,国际学术组织中美诗歌诗学协会(Chinese/American Association for Poetry and Poetics)于2008年成立,我们以协会为依托展开了一系列中美及中外诗歌诗学的研究、交流、学者互访等活动,有力地推动了英语诗歌的深入研究。

中美诗歌诗学协会不仅是一座进行中外学术交流的桥梁,也是一条进行情感交流的友谊纽带。2008年5月12日,一场突如其来的大地震袭击了中国四川省的汶川县。大地震夺去了无数人的生命,毁掉了许多个家庭,导致数万人伤残,留下众多的孤儿。汶川地震的悲剧震动了国际诗歌界,正如帕洛夫教授所提出的,我们可以为这场灾难做点什么?怎样才能用普天之下的人类共同之爱,熨平心灵的创伤?正是出于这种思考,我们产生出一个想法,即在国际诗歌界发出号召,共同创作纪念诗集《让我们共同面对灾难——世界诗人同祭汶川大地震》。

这部诗集的完成,应该感谢中美诗歌诗学协会会长帕洛夫教授,感谢副会长查尔斯·伯恩斯坦教授,感谢诗歌界许多的朋友们。正是在他们的支持与参与下,在短短一个月的时间里,我与罗良功就收到了数十位国际诗人专门为汶川地震创作的诗歌。这些诗人不仅具有强烈的同情心,也有写作诗歌的高超技艺,在诗歌界享有盛名,如美国最有影响力的先锋诗人之一、著名的诗歌表演艺术家安·瓦尔德曼,美国新百德福市桂冠诗人、格温朵淋诗歌奖得主、马萨诸塞大学文学教授埃弗瑞特·侯格兰,2008 年美国手推车诗歌奖得主蔚雅风,芬兰著名诗人和翻译家利维·莱托等。

这部诗集收入的诗篇,无论是出自国内同胞,还是来自国际诗人,都是用饱含大爱的情感写成。所有这些由不同国家诗人创作的诗篇,都是表达一个共同的基本主题:让我们共同面对灾难,让我们携手相爱。在诗人们的笔下,自由的诗体是承载丰富情感的媒介,是传达人类博爱精神的艺术记录。意象、比喻、想象、幻想、联想等艺术手法,宛如一个个跳动着的音符,歌唱着诗人们涌流不息的哀伤情思。情感随着诗歌的自然节奏流淌,思想如潮水般在胸中回荡。一篇篇饱含真情、动人心扉的诗歌,用关怀、同情、祝愿打动每一个人。诗歌让所有的人心心相系,共同面对灾难,共同重建家园。这就是诗歌的力量,艺术的力量,爱的力量。2008 年底,"中国最美的书"评选揭晓,《让我们共同面对灾难——世界诗人同祭汶川大地震》入选其中。

就翻译而言,我不能不提到我和王松林组织翻译的"美国艺术与科学院院士文学理论与批评经典"翻译丛书。丛书由国家出版基金资助,从 20 世纪 80 年代以来入选美国艺术与科学院文学批评领域的院士中，选择九位院士的文学批评力作，译介给中国学术界。所选内容涵盖诗歌批评、小说批评、戏剧批评和文化批评，尤其对当代美国诗歌批评的学术成果做了重点译介。

最近二三十年来，我国外国文学批评界大量翻译介绍了国外的文学理论著作和思想著作，对我国的文学研究发展产生了积极的推动作用。与外国文学理论著作的翻译相比，对外国某一领域的有代表性的文学批评专论的译介还有待加强。这套丛书产生的初衷，就是想在这方面有所弥补，力图通过翻译当代美国文学批评家的精心之作，向中国学术界展示"理论热"之后，美国文学批评家如何更新文学批评方法，以更宽广的学术视野和更包容的态度对不同类型的文学进行有效的批评。美国同行们都是文学批评各个领域的代表人物，他们的著作方法多样，务实求新，细致深入，特色鲜明，值得认真阅读和参考。在他们出色的学术研究中，文学的边界不仅没有消失，文学本身不是正在死去，而是以新的特点获得了新生，充满了活力，让我们看到了文学的永恒魅力。从他们的批评中还可以看出，一个伟大的负责任的批评家不能利用自己的专门知识去曲解文学、误导读者甚至去毁灭文学，而应该通过批评与阐释，探索文学对于我们每一个人以及社会的价值，引导读者阅读和欣赏文学，从中得到教诲。这一点对于我国文学批评中盛行的文学经典的戏说和大话倾向，其警示意义是不言而喻的。我们组织这套文学批评丛书的翻译，就是为了给国内学者如何认识和理解文学批评提供一些可资借鉴的范例。

5. 责任与担当：创建文学伦理学批评

2004年，我在江西南昌的学术研讨会上第一次提出文学伦理学批评。此后，我发表了一系列的专题论文。2007年，我的研究课题文学伦理学批评导论获得了国家社科基金立项。2013年，我发表的学术论文《文学伦理学批评：基本理论与术语》获教育部第六届人文社科优秀成果三等奖，研究课题文学伦理学批评导论顺利结项，获优秀等级。同年，这项成果入选国家社科基金成果文库，于2014年3月由北京大学出版社出版。

改革开放以来，大量西方的文学批评被介绍进入中国，形成中国文学批评中西融合、多元共存局面，推动着中国文学批评的发展。对翻译介绍进入中国的西方文学批评进行考察，无论是强调形式价值的形式主义批评，注重分析在具体的社会关系中文化是如何表现自身和受制于社会与政治制度的文化批评，还是从政治和社会角度研究文学的女性主义批评、生态批评、新历史主义批评、后殖民理论等，尽管在批评文学时也展开对文学与政治、道德、性别、种族等关系的研究，展开对当代社会文化的"道德评价"或批判，但最后都还是回到了各自批评的基础如形式、文化、性别或环境的原点上，表现出伦理缺场的总体特征。

因此，在中国文学批评走向繁荣的同时，中国的文学批评出现了两个需要引起我们警觉的倾向。一是文学批评远离文学，即文学批评不坚持对文学的批评；二是文学批评的道德缺位，即文学批评缺乏社会道德责任感。一些打着文化批评、美学批评、哲学批评等旗号的批评，往往颠倒了理论与文学之间的依存关系，割裂了批评与文学之间的内在联系，存在着理论自恋、命题自恋、术语自恋的严重倾向。这种批评不重视文学作品即文本的阅读与阐释、分析与理解，而只注重对批评家自己某个文化命题的求证，造成理论与实际的脱节。在这些批评中，文学作品被肢解了，用时髦的话说即被解构了、被消解了，文学批评变成了用来建构批评者自身文化思想或某种理论体系或阐释某个理论术语的片段。这种现象是我国文学批评理论和话语严重西化的结果，说明在文学批评理论领域缺少我们的创新和贡献。

中国的文学理论与批评需要中国学者的声音，中国理所当然地要为世界文学理论与批评做出贡献。因此，文学伦理学批评强调文学批评的社会责任和道德义务等伦理价值，力图在批判、借鉴和吸收古今中外文学批评理论和方法的过程中，建构文学伦理学批评的理论和方法，并探索在批评实践中的运用，以推动我国文学批评向前发展。

文学伦理学批评是在借鉴西方伦理批评和中国道德批评的基础上创建的文学批评方法，从一开始就致力于方法论的建构及其在文学批评中的运用，表现出同美国伦理批评以及中国道德批评不同的特点。中国文学伦理学批评不是西方伦理批评的照搬移植，而是借鉴创新。同西方的伦理学批评相比，它将文学伦理学转变为文学伦理学批评方法论，从而使它能够有效地解决具体的文学问题。它在自然选择的基础上提出伦理选择，为文学伦理学批评建立起理论基础。它把文学的教诲作用看成文学的基本功能，把文学的伦理价值看成文学的基本价值，从而为文学伦理学批评设立了批评标准。它用文学伦理学批评概念取代伦理批评的概念，并同道德批评区别开来，使文学伦理学批评能够避免主观的道德批评而转变为客观的文学伦理学批评，从而解决了文学批评与历史脱节的问题。它建立了自己的批评学术话语，从而使文学伦理学批评成为容易掌握的批评文学的工具。正是由于这些特点，文学伦理学批评才能焕发出蓬勃的生命力。

文学伦理学批评被列入国家"十二五"重点图书出版规划和2013年度国家社科基金重大项目招标课题。我感到无比欣慰的是，文学伦理学批评不但得到学术界的肯定，而且已经被广泛运用。目前，文学伦理学批评已经成为在中国被广泛使用的文学批评方法之一，不仅有大量运用文学伦理学批评方法的研究论文发表，还有年轻学者运用这一方法撰写了博士和硕士论文。华中师范大学出版社推出"文学伦理学批评建设丛书"，现已出版8部著作。《文艺报》《学习时报》等报刊发表了有关文学伦理学批评的论文和报道，《中国社会科学报》刊发了访谈。国家社科基金和一些省级基金也资助了一批运用文学伦理学批评的研究项目。

文学伦理学批评也是中国学术"走出去"的成功实践。2011年，哈佛大学燕京学社网站在"亚洲学术前沿"专栏发表杨金才教授撰写的专题文章，对文学伦理学批评进行评介。2012年，"国际文学伦理学批评研究会"成立，中国社科院荣誉学部委员吴元迈先生担任会长，美国艺术与科学院院士和耶鲁大学克劳德·罗森教授、华中师范大学聂珍钊教授、俄罗斯科学院通讯院士娜·瓦·科尔年科教授、挪威奥斯陆大学克努特·布莱恩西沃兹威尔教授、韩国东国大学金英敏教授、爱沙尼亚塔尔图大学居里·塔尔维特教授担任副会长，表明文学伦理学批评的研究已经进入了一个新的发展阶段，在国际上得到积极响应。迄今为止，已经召开了三届文学伦理学批评国际学术研讨会，第四届文学伦理学批评国际学术研讨会将于2014年12月下旬在上海交通大学召开。文学伦理学批评国际上的反响还体现在学术刊物上。A&HCI 收录的著名国际学术期刊 *Arcadia: International Journal of Literary Culture* 将于2015年第1期推出 "Ethical Literary Criticism: East and West" 学术专刊。普度大学出版社著名的 A&HCI 电子期刊 *CLC-Web: Comparative Literature and Culture* 将于2015年第5期推出 "Fiction and Ethics in the Twenty-first Century" 学术专刊。

A&HCI 收录的台湾期刊《哲学与文化》也计划于 2015 年第 5 期推出《文学伦理学批评》学术专刊。在国内,《当代外国文学》《外语与外语教学》《武汉大学学报》《山东社会科学》《江西社会科学》等期刊纷纷计划推出"文学伦理学批评"专栏。有关文学伦理学批评的专题学术研讨会不断举行,不少大学、学术组织、中国外语博士论坛、英语研究生全国暑期学校等也纷纷举行有关文学伦理学批评的专题讲座。而且,文学伦理学批评的讲座也在美国的普渡大学、俄亥俄州立大学,马来西亚的马来亚大学,韩国的韩国外国语大学、建国大学、成钧馆大学、东国大学,中国的香港公开大学等高校举行。国外不仅有学者开展文学伦理学批评的专题研究,一些博士研究生也开始运用文学伦理学批评的方法撰写博士论文。

我从事文学伦理学批评的研究已逾十个年头。可以说,这一研究已经超越了单纯的学术意义,变成了一种信念,一种追求,以及人生的目标。文学伦理学批评能够形成中国话语并在中国的文学批评及现实生活中发挥作用,这是中国及国际上众多有识之士共同努力的结果。不只是我一个人在为文学伦理学批评研究努力,我的学术团队也在为之努力,还有一个包括国内外学者在内的庞大学术群体在为之努力。2012 年"国际文学伦理学批评研究会"的成立及其从事的研究,发挥作用的就是这个学术群体。

6. 治学的几点感想

首先说读书。读书是学知识、明事理的最好途径。读书而知廉耻,明伦理,守道德,这是读书的目的。读书的目的是为了做人,做人需要读书。《三字经》里说:"玉不琢,不成器,人不学,不知义。"书中讲道德,说仁义,因此知书能够达礼,修身养性,提升道德境界。书籍是智慧的源泉,善读可以医愚。只要读书目的明确,勤奋苦读,树立正确的人生理想,就能做出正确的伦理选择,不辜负自己的一生。

其次说为学。托马斯·卡莱尔说:"天才就是无止境地刻苦勤奋的能力。"谦虚谨慎,勤学好问,博学慎思,明辨笃行,博采众长,厚积薄发,这是为人为学的道理。谦虚是美德,是为人之道。勤学也是美德,是为学之道。古人重道德文章,讲的就是做学问须先做人。为人为学,贵有自知之明。对学术既要有敬畏之心,也要有执着之心。言为心声,文如其人。一个人只有加强修养、提升境界、拓展胸怀,才能开启心智、增长智慧,做到文以载道、道因文传,做出自己的贡献。

再次说治学。好学慎思,悟道明理,治学求真,创新求是,这是治学的方法。朱熹说:"为学之道,莫先于穷理,穷理之要,必先于读书。"要有独立思考的精神,要有创见而不受旧有观念的束缚。做学问首先要从学理上思考,把道理想明白,把概念弄清楚。无论自然科学,还是人文科学或是社会科学,治学莫不如此。子曰:"学而不思则罔,思而不学则殆。"不思不辩,就会真伪难辨,良莠不分,就里不明。从事学术研究,要从学理上把根本问题想明白,把基本概念梳理清楚,避免陷入迷茫。学术研究是为了释疑解难,写文章是为了解答问题。学风要淳朴,不要故弄玄虚,文章要明白通畅,切忌晦涩难懂。

最后说境界。精勤治学,学以致用,用学报国,把读书和做学问同人民的事业国家的前途结合在一起,这是读书治学追求的最高境界。我在进入大学之前,接受的是儒家传统教育。"修身齐家治国平天下",立德、立功、立言,都是儒家思想传统中知识分子为人处世的最高标准和坚守的人生价值观念。古往今来,中国知识分子读书明志,报效祖国,胸怀天下,以国家利益为重,以天下为己任,读书做学问,始终同爱国主义情怀紧密相连。屈原、韩愈、陆游、范仲淹、梁启超、闻一多等,都是中国知识分子中爱国主义的典范。"天下兴亡,匹夫有责"(顾炎武),"人生自古谁无死,留取丹心照汗青"(文天祥),我国封建社会知识分子尚且如此,作为中国当代的知识分子,我们更应该做出正确的伦理选择,把平生所学和理想追求同国家、民族及人民的事业联系在一起,以实现人生最大价值。

(原载于《当代外语研究》2014 年第 11 期)

文学伦理学批评与族裔文学：
聂珍钊教授访谈录①

何卫华 聂珍钊

一、我的成长经历

何卫华（以下简称何）：聂老师，您好！非常感谢您能在百忙之中接受这次访谈，巧的是，今天您还要参加在这里举行的华中师范大学外国语学院校友会成立大会。② 不管是就您的求学而言，还是就您这之后的学术研究而言，都和华中师范大学外国语学院有着紧密的联系。作为一位在桂子山成长起来的杰出学者，您能否先简单谈一谈您的成长和求学经历？

聂珍钊（以下简称聂）：非常高兴今天能回到外国语学院。就与外国语学院的渊源而言，我确实有不少值得和大家分享的小故事。1973年，我有幸成为华中师范大学外国语学院的学生，来到桂子山求学。当时我在外院学习时的那幢教学楼现在已经不在了。那是一幢红色的三层楼房，是我学习和工作过的地方，也是我心中

---

① 在将此次访谈的录音整理为文字的过程中，吴兆凤、蒋瑛、倪小山、黄亚楠和刘妮媛五位博士生付出了不少时间和精力，特此表示感谢。

② 2019年10月18日，聂珍钊教授应邀做客"华大外国文学论坛"。在论坛期间，华中师范大学"外国文学与比较文学"青年学术创新团队负责人何卫华教授对聂教授进行了访谈，此次论坛由华中师范大学英语系主任方幸福教授主持。

永远的美好记忆。后来因为学校发展的需要,那幢老楼被拆掉了,在旧楼原址上盖上了现在这幢比老楼要豪华得多的新楼。拆掉老楼时,我的心情非常复杂,因为我的学术生涯从这儿开始,心底里的确不希望这幢承载着自己记忆、理想和追求的老楼永远从地球上消失。

在我读书和工作期间,很多老先生都在那幢旧楼中教学和工作。当时外语系的系主任是薛诚之教授。他精通英、俄、法、德、世界语等多种语言,曾在云南大学、西南联大、东北大学任教,出版过学术著作《英文修辞学》(吴宓题写书名)、英文诗集 *Monotones*、中文诗集《三盘鼓》(闻一多作序)和《波浪》等。在西南联大工作期间,薛诚之深受闻一多的影响。有一次我去他家,他从抽屉里拿出一枚印章,故作神秘地问我:"你看这枚印章是谁的?"当我好奇地说不知道的时候,老先生就得意地说:"这是闻一多先生送给我的印章,上面还有闻先生亲自刻上去的签名。"

老先生治学严谨,读书勤勉。他曾将自己收藏的两本英文书赠给我,一本是1900年商务印书馆出版的由翟孟生(H. D. Jameson)编撰的 *A Short History of European Literature*,另一本是约翰·梅西(John Albert Macy)撰写的 *The Story of the World Literature*。这两本书都是现在比较文学和世界文学专业的基础入门书。四十多年前薛先生送给我的这两本书,为我奠定了后来学术发展的专业基础。薛先生家中英文藏书很多,后来我又找他借了不少书看。每次还书之时,薛先生都要问我读书的心得。现在回想起来,我在学术研究的入门之初能够得到薛先生的帮助,实在太幸运了。

每次回到房间,我总是急忙打开书本,只见薛先生做的批注,密密麻麻,遍布全书。现在不少人喜欢买书,但买了书后匆匆一览就束之高阁。但是在薛先生家里,任何一本书上都写满了批注。即使卧病在床,他也同样手不释卷,坚持看书和写作。老先生的读书精神为我树立了榜样。

何:聂老师讲的这些具有珍贵的史料价值,让大家了解到了那个时期学人们的精神风貌。今天活动的参与者大部分是青年学者,大家对那个时代的学习生活都已经非常陌生了,您的学术经历把我们带回了那个我们只能靠想象才能理解的时代。

聂:是的。我所经历过的生活可能以后的年轻人不会再有了。我来自三峡库区的秭归山村。秭归是湖北一个鲜为人知的边远小县,有人问我籍贯时,我往往回答秭归之后,还要加上一句"屈原和昭君的故乡",不然很多人不知道秭归在哪儿。"文化大革命"期间,我中学毕业后回到家乡当民办教师。1973年,中国大学因为"文化大革命"停止招生后第一次通过文化课考试选拔人才,湖北省只考语文和数学两科,刚好语文和数学是我的强项,因此我顺利地通过了入学考试,被招生小组录取。在香溪码头,我登上南下的轮船。香溪是长江的支流,相传昭君离开时把泪水洒在江中,每年春天,昭君的泪水就会在江中化为美丽的桃花鱼,寄托对这位秭归美少女的情思。"路漫漫其修远兮,吾将上下而求索",这是最能表达我当时心情的屈原诗句。

经过两天一夜的航行,我来到武汉,进入华中师范学院(1985年改名为华中师范大学)外语系英语专业学习。外语系是现在外语学院的前身,当时只有英语和俄语两个专业。我读中学时数学很好,我的理想是当一个工程师。但在那个特殊的年代,只有服从需要的观念,没有自我选择的意识,进入什么大学、学习什么专业都是由组织安排。虽然没有进入自己向往的专业,但我仍然感到非常幸运,时刻在心里提醒自己,上大学的机会来之不易,一定要倍加珍惜,刻苦学习,报效国家。

进入外语系,我被编入7301班,共20个学生,陈宏薇、吴再兴等老师是我们的任课老师。在大学学习期间,我得到过许多前辈学者的帮助提携。陈宏薇老师不仅是我们7301班,也是整个年级学生学习的榜样和崇拜的偶像。听说"文化大革命"期间,许多人都上街"闹革命",但是陈老师一直在家里闭门读书,专心学习。她是我国翻译学界早期最有影响的学者之一,也是学术论文最早被A&HCI数据库收录的中国学者之一。我中学学的是俄语,基本没有英语基础,也许是看到我虚心好学,刻苦勤奋,陈老师总是对我另眼相看,耐心指导,不断鼓励。即使今天,陈老师见到我还要来一句"I am proud of you",用这种表扬的方式鼓励我。

当时外语系只有薛诚之和吴再兴两位教授。吴老师是语言学专家,宜昌人,我的同乡,对我特别亲近。有一次他开玩笑似的跟我说他是资产阶级教授,问我怕不怕,我当然不怕,也不相信。吴老师对我的学习有很多帮助,他不厌其烦教我练习发音的情景,直到今天还宛若眼前。在我心里,吴老师永远是我所敬重的老师和同乡。在大学学习期间,有陈老师、吴老师的耳提面命、口传心授,还有李亚卿、秦秀白、姚宗立、李习俭等老师们的专业课教学,我抓紧一切机会努力学习,这为我后来的发展打下了良好基础。1976年,我毕业留校在外语系任教。现在回想起来,正是这些勤勤恳恳的老先生在前面开辟道路,薪火相传,才会形成外国语学院的光荣传统,才会有后来的进一步发展和辉煌成就。自己今天略有小成,也是因为得到过前辈的教导和帮助。每每想到这些,我心底里就充满感激。

在桂子山这片沃土之中,外语学院是我的学术之根、思想之源、学风之范。我对外国语学院的感情无比深厚。后来虽然很长时间在文学院工作,但我一直同外语学院保持着紧密的联系,参与外语学院的建设,希望能通过自己的努力来做出一些回报。

何:在外国文学研究领域,您的众多研究成果一直被广泛阅读、引用和讨论,得到了学界同行们的高度认可。以您创立的"文学伦理学批评"为例,我今天刚刚检索了中国期刊网,仅在篇名选项中检索关键词"文学伦理学"可查到的文章已经高达 810 条。您在 2010 年发表的《文学伦理学批评:基本理论与术语》一文,①在不到十年的时间中,引用已接近一千次,由此可见影响很大。作为一位成就卓著的学者,在您的成长过程中,有哪些人对您产生过重要影响?

聂:这是一个非常好的问题。在生活和学习中,我受到很多人的影响。但如果说谁对我的影响最大,就不得不提毛泽东、屈原和达尔文。

首先说毛泽东。我出生的那个时代,整个中国文化十分落后。在我所处的山村,初中生就称得上是知识分子了。新中国成立后,为了改变中国的命运,共产党要做的一件大事就是扫盲运动,解决老百姓识字阅读的问题。扫盲运动可以说是延安群众识字运动的继续,是毛主席成熟的革命经验。当时国家一穷二白,要想消除落后和贫困,首先就要解决没有文化的问题。这同 18 世纪欧洲的启蒙运动有些类似。绝大多数人不能识字阅读,怎么能改变中国落后的面貌呢?所以解放初期全国上下都要学习识字和读书。人民政府会经常组织文工团下乡巡回演出,宣传学习文化的重要性,鼓励大家学文化。当时最受欢迎的书,就是国家免费提供的识字

---

① 聂珍钊:《文学伦理学批评:基本理论与术语》,《外国文学研究》2010 年第 1 期,第 12—22 页。

课本。

我受毛泽东思想的影响是从读他的著作开始的。和那个时代的中学生一样,毛主席的"老三篇"《为人民服务》《愚公移山》《纪念白求恩》我都能倒背如流。读初中的时候,我就开始读《实践论》和《矛盾论》,当时这两本书我都能熟练背诵。毛主席对我主要是思想方面的影响,如发奋图强、精忠报国、为人民服务、建设社会主义、追求共产主义理想等。

再说屈原。秭归是屈原的故乡,地处长江西陵峡两岸。西陵峡宛若一道天然屏障,把它同外界分割开来。从旅游者眼光看秭归,壮丽秀美,自然天成,无论高山峻岭,还是山川峡谷,无不尽显大自然的神奇魅力。但在秭归人看来,美丽的另一面就是穷乡僻壤。正是这样的环境,激发了屈原的求知欲望、探索精神,生成了他的理想主义、浪漫主义、爱国主义。在我的文化记忆里,屈原是我童年记忆的开始,是我为人处世和从学、从教的人生楷模与道德偶像。"亦余心之所善兮,虽九死其犹未悔。"后来自己著书立说,创立文学伦理学批评,追求人生崇高理想,屈原给了我精神支柱和道德力量。屈原留给包括我在内的秭归人的道德遗产和文化遗产,是我崇德向善、发奋努力、勇于探索、甘愿奉献的思想源泉。

最后说达尔文。在我的学术研究方面,达尔文对我的影响最大。读研究生期间研究托马斯·哈代时,我就发现哈代的小说创作受到了达尔文思想的重要影响。我从那时候开始读达尔文的《物种起源》等著作,获益颇多。作为一位博物学家,达尔文有自己研究的独特方法。他通过大量实地考察,搜集了大量物证和实证材料,然后论述问题,归纳观点和结论。尤其是叙述问题的逻辑结构,对我启发很大。

何:在某种意义上,毛主席塑造了您个人的生命底色,屈原给您树立了榜样,而达尔文给了您学术上的启迪。我们知道,毛主席不仅是一位政治伟人,还是一位文学巨匠。他一生创作了不少脍炙人口的诗词,对文艺工作同样有非常深刻的理解,这些都在国内外得到了广泛关注。国外很多学者都非常敬重毛主席,我在上海工作时,一位来自美国的著名学者就专门让我带他去购买毛主席著作的英文版,准备带回国去研读。您个人的经历给我们提供了诸多启示,对年轻人来说,无论读书还是做研究,都需要阅读经典。

聂:是的。读书虽然开卷有益,但也不能良莠不分,读得太杂。要多读经典,细读好书。我在上大学之前,由于乡村里书太少,凡是能够找到的书,我都去读,除了有关文学的、哲学的、历史的、社会的书籍外,甚至还跟做中医的姑父当过一段时间的学徒,读了一些医书。我学习了拿脉的基本方法、不同脉象的分辨以及婴儿推拿的基本手法,背了一些常用的汤头(中药方)。上了初中,学校里的书多了些,也多为杂书。在记忆中,当时给我印象最深刻的是冯定的《平凡的真理》。这本通俗哲学著作让我初步有了哲学的概念。上大学后,我才真正开始系统地读书,主要是阅读经典著作,我那个时候的读书状态,用"如饥似渴"形容一点儿也不过分。我按照文学作品和学术著作两大类编制成自己的必读书目,有200多种。后来研究生入学,我都会把自己的读书目录发给学生们参考。

在上大学前后的那个特殊的年代,毛主席的书我读得很多。现在回头来看,我的辩证法思想和实践认识论思想,都来自毛主席的书。毛主席博览群书,知识非常渊博。我抄写过不少毛主席语录作为座右铭。当然,在毛主席的著作中,有些是引用别人的话,比如"墙上芦苇,头重脚轻根底浅;山间竹笋,嘴尖皮厚腹中空"。毛主席用这句话教导我们老老实实学习,老老实实做人。当时我把这句话写在本子上,贴在床头,用它来提醒自己。上了大学,我才知道这句话是毛主席引用的明朝解缙的对联。

二、文学伦理学批评的使命

何:就剑桥大学的利维斯和雷蒙·威廉斯等人而言,他们都十分重视文学批评的"现实相关性"(social relevance),换言之,在他们看来,文学批评是对现实的回应,以具有品格的个体、健康的文化生态和良善的社会秩序为旨归。就您的学术成就而言,我觉得其背后有两个重要支柱:一个是您强大的理论建构能力,另一个是您的社会使命感。我知道您很少使用社交媒体,但在刚刚过去的国庆节期间,您却主动在社交媒体上向祖国和学界师友送去祝福。看到您的祝福,我当时深受感动,因为从中可以感受到祖国强大带给您的喜悦,您对人民的热爱,以及您作为学者在社会发展过程中的担当精神。这样我们可以换一个话题,下面来谈谈文学伦理学批评。正如我在前面所提到的,在学界,您的名字更多是同文学伦理学批评联系在一起的。在20世纪80年代,西方文学理论界涌起了一股"伦理转向"的热潮;然而在国内,在您的推动下,从21世纪初开始,越来越多的学者才开始将文学的伦理维度作为一个重要的研究领域。您能否谈谈您是如何开始从事文学伦理学批评及其理论体系建构的?

聂:好的。前面谈到了达尔文对我的影响,在很大程度上,我从事文学伦理学批评的研究受到了达尔文的启发。在阅读了达尔文的著作之后,我开始思考人自身。这里涉及两个问题:一个是自然选择,一个是进化。达尔文的不少著述主要聚焦于同一个问题:物种的来源。《物种起源》这部著作讲的是所有生物的起源问题。

在读这部著作时，我主要关注人的起源问题，当然这也是他著作中的重要内容。在达尔文看来，人的起源是自然选择的结果，选择的方法是进化。但达尔文的自然选择主要是指人的形式的选择，也就是我们作为人而拥有的人的独特形式的选择。自然选择了我们人的形式，如五官分布、直立行走。这些只是人的外部特征，但人不能通过外部特征把自己同其他动物从本质上区别开来，因此人完成自然选择后还要经历第二次选择即伦理选择。

自然选择是人的形式的选择，而伦理选择则是人的本质的选择，即做人的选择。仅就人的形式而言，人仍然属于动物的范畴，没有获得人的本质，同其他动物并没有本质的区别。人在获得人的"形式"后又是怎样使自己在本质上区别于其他动物的？例如，婴儿出生时获得了人的形式，但这个刚刚生下来的婴儿是否真正获得了人的本质？答案是否定的。随着婴儿不断成长，在伦理选择中接受教诲，努力学习，婴儿才能获得人的道德属性而成长为人，即通过伦理选择做一个有道德的人。这个道德属性就是人的本质。人的形式是通过遗传获得的，是先天的；人的本质是借助教诲形成的，是后天的。2018年第24届世界哲学大会在北京召开，"Ethical Philosophy of Nie Zhenzhao"能够作为"文学伦理学批评"的议题列入"哲学与文学"分会展开讨论，其中一个重要原因就是因为这次世界哲学大会的主题"学以成人"(learning to be human)同文学伦理学批评的主张高度一致。文学伦理学批评始终关注人在经历伦理选择过程中的道德教诲和学习，主张通过教诲和学习而做一个有道德的人(teaching and learning to be human)，这和大会的主题不谋而合。总之，正是受到达尔文自然选择的启发，我才开始关注人的伦理选择问题，才会提出伦理选择理论。

何：就文学伦理学批评而言，伦理选择是极为核心的概念，伦理选择在人的社会化过程中发挥着极为重要的作用,对人类的文明进程有着直接的影响,您能否再谈谈我们应该如何理解这个概念?在文学批评中,这一概念的重要意义主要表现在哪些方面?

聂:简单地说,伦理选择就是选择如何做人,如何选择做一个有道德的人。我们从出生开始,就进入了"做人"的过程。这是一个漫长的伦理选择过程,贯穿人的一生。从小学、中学到大学,以及大学毕业之后的工作,都是一个做人的选择过程,这一过程就是伦理选择,它贯穿人生的始终。西方学者不断试图解释自然选择之后我们人类社会是如何发展的,提出过进化论、向善论等观点,但仍然无法给出令人信服的解释。对于这一问题,我的回答就是伦理选择。自然选择是人类文明发展历史的第一个阶段,伦理选择是第二个阶段,第三个阶段是科学选择。第一个阶段解决人的形式问题,第二个阶段解决人的本质问题,第三个阶段解决人的科学化问题。第一个阶段因为人获得了自己的形式而结束了,第二个阶段因为人的道德化是一个漫长的过程而正在进行中。自然选择的方法是进化,伦理选择的方法是道德教诲与学习。伦理选择(ethical selection)是一个过程,它是由一个个具体的伦理选择行动(ethical choice)构成的。伦理选择行动就是自我选择的行动,实际上我们每一个人每时每刻都在进行自我选择,并通过自己的选择进行自我身份确认。伦理身份决定伦理选择,伦理选择也能建构伦理身份。就文学作品而言,无论是小说、戏剧还是诗歌,描写的都是人的一个个伦理选择行动。文学作品是由人的一个个伦理选择行动构成的,人物性格、情感、心理、精神等都是在伦理选择中形成的,都是伦理选择行动产生的结果,因此对文学作品的分析,就要转而变为对人物伦理身份的分析,对伦理选择行动的分析,通过对伦理身份及伦理选择行动的批评分析人物的性格、情感、心理及精神。也只有通过对伦理身份以及伦理选择行动的分析，才能理解人物的思想、情感、心理、精神以及性格，才能理解文学作品的历史意义和现实价值。

何：私下里，我经常将您比作中国的利维斯。在我看来，就运思方式、理论气质和现实关怀而言，您和这位剑桥大学的著名批评家有不少共同之处。作为一位具有世界性影响力的批评家，利维斯强调文学的具体性和形象性，强调批评家应具有高尚的人格、好的感受力和鉴别能力，反对在文学批评中过度地援引"理论"和"哲学"，因为这些"代表的是枯燥乏味的知性主义、还原性的和简化论的思维方式"。对利维斯而言，在一个价值失范、标准丧失和技术功利主义横行的社会中，文学和文学批评是重要的对抗性力量。为此，利维斯还不遗余力地建构自己版本的"伟大的传统"，为自己时代的精神生活保驾护航。① 就文学伦理学批评的初衷而言，其目标之一就是为了反对文学批评领域出现的"理论自恋""命题自恋""术语自恋"等不良风气。不知道您如何看待文学伦理学批评的教诲功能、实用性和可操作性？

聂：谢谢你的评价。即使今天利维斯仍然值得我们尊重。早在 15 年前（2004），我就发表过一篇文章《剑桥学术传统与研究方法：从利维斯谈起》利维斯是剑桥学术传统的代表人物。在剑桥大学英语系图书馆入门后的显著位置，悬挂着 I.A.瑞恰慈、F.R.利维斯、威廉·燕卜荪三人的大幅画像。1993 年我在剑桥大学访学时第一次走进英语系图书馆，这三幅画像吸引住了我，让我在这三幅画像下久久驻足，陷入深思。甚至可以说，从那时起，这三位著名

---

① 更为具体的关于利维斯批评观的论述，请参见何卫华：《雷蒙·威廉斯：文化研究与"希望的资源"》，商务印书馆，2017 年，第 43—57 页。

的剑桥学者就成了我的精神导师。利维斯是深刻影响了我的剑桥学者。利维斯运用文本分析批评方法深入研究文学作品，着重关注文学作品的道德和政治社会意义，是后来出现的新批评的先导。利维斯的文学批评始终是建立在文化批评和社会批评基础上的阅读批评，有很强的道德批评倾向。我国现在的文学研究追逐所谓的文化的、哲学的、美学的抽象阐释，忽视文学批评的社会使命感和评价文学的道德标准，显然脱离了文学批评的目的。因此，我们从利维斯的批评中可以得到启示和借鉴。

文学伦理学批评认为，文学为人类从伦理维度认识社会和生活提供不同的生活范例，为人类的物质生活和精神生活提供道德启示，为人类的文明进步提供道德指引。文学在本质上是关于伦理的艺术，文学的基本功能是道德教诲功能。就文学批评而言，审美指的是读者阅读、理解和欣赏文学的方法，为文学的教诲功能服务。如果以审美的名义把道德同审美对立起来，通过颠覆我们文化传统的道德价值而取悦读者，用所谓的非功利性审美否定文学创作的道德倾向性，无论对文学批评而言还是对文学创作而言，都是无益的。

文学批评的任务就是用严格的标准维护文学市场的伦理秩序和道德规范，坚持文学为建设良好的道德风尚服务，为净化社会风气服务，这绝不是对文学的"道德绑架"，而是一个文学批评者和创作家的道德良心。

文学应该成为教导人如何进行伦理选择的人生教科书。希腊最早的史诗，中国最早的诗歌，以及后来的文学作品，都具有这一鲜明特点。文学要成为伦理导向的灯塔，引人道德向善的火炬，这不仅是对文学创作的要求，也是文学批评的任务。文学批评的主要目的并不是为了自我欣赏文学，而是为了引导读者正确阅读和理解文学。

文学伦理学批评的价值首先在于它的方法论价值,即借助自己的批评术语,另辟蹊径,辩证地解读文学文本,为读者提交一份文本解读说明书,以便读者从文学中吸取营养,进行正确的伦理选择。例如关于孙悟空这个人物,读者往往为他头戴金箍缺少自由而心有不平,也为唐僧动不动就念紧箍咒而感到不满。但在文学伦理学批评看来,正是唐僧通过紧箍咒进行的教诲,孙悟空才能借助金箍对自由意志进行约束,才能在九九八十一难中做出正确的伦理选择,最终到达道德的顶点。如果没有唐僧的教诲,没有金箍对自由意志的约束,孙悟空只能大闹天宫,为所欲为,最终永远被压在五行山下而不得翻身。再如莫泊桑小说《项链》中的人物玛蒂尔德,长期以来一直被我们看成爱慕虚荣的典型而受到指责,认为她赔偿一条假的项链是咎由自取,很不值得。但在文学伦理学批评看来,她所谓的虚荣正是她的教养和修养的表现,丢失项链后,她没有逃避责任,而是做出了倾其所有进行赔偿的伦理选择,表现出高度的道德责任感。因此,玛蒂尔德是一个敢于负责的人物形象,她身上散发出道德的光芒,是值得我们学习的榜样。大量的文学都可以借助文学伦理学批评的方法进行重新解读,从中发现新的价值。

三、文学伦理学批评的未来与族裔文学

何:就理论建构和学术话语体系而言,您的文学伦理学批评已经比较成熟,您今后有哪些新的学术计划、安排和构想?您能否在这里简单地和大家分享一下?

聂:我现在正在思考两个方面的问题。第一个方面的问题是

关于人类文明发展三个阶段的理论建构。人类文明发展有自身的逻辑，或者说有其自身规律。人类文明发展的三个阶段就是如此。自然选择是第一个阶段，现在已经结束。伦理选择是第二个阶段，目前正在进行中。科学选择是第三个阶段，也是人类文明发展的最后一个阶段，目前正在接近我们。三阶段论可以从整体上思考人类文明的发展，可以更清楚地理解目前我们正在经历的伦理选择阶段，认识这个阶段的特点。三阶段论是文学伦理学批评的理论基础。正是以三阶段论为前提，文学伦理学批评建构了自己的伦理选择理论体系和话语体系。

第二个方面的问题是关于文学跨学科研究的思考。文学研究不能把自己封闭在文学领域中研究文学。当前文学研究遇到的问题就是不能把文学同其他学科之间的隔阂打通，所以文学研究才会陷入审美陷阱，无法突破理论创新的瓶颈。文学研究的突破方向在于跨学科研究。只有吸收其他学科如伦理学、哲学、语言学、心理学、神经科学、计算机科学等不同学科的知识，借鉴其他学科的研究方法，文学研究才能开阔视野，推陈出新。文学伦理学批评实际上就是文学跨学科研究的一种实践。在现有基础上，文学伦理学批评已经在哲学、语言学、认知神经科学等方面做出努力，如在文学文本研究基础上开展的脑文本研究，在脑文本基础上开展的语言生成研究，在哲学基础上开展的认知与意识研究等。从表面上看，有关脑文本、语言生成、认知与意识研究似乎同文学研究的关系不大，但实际上这些研究同文学研究的内在关系非常密切。目前有人认为人文科学不是科学，文学研究不是科学研究，这种认识是十分肤浅落后的。人文学科的主体是人，而人早已成为科学研究的对象，人的认知过程、思维机制、意识的产生、思想的形成等，早已是科学的一部分。文学也不能脱离科学存在，目前迅速发展起来的数字人文以及人文与科技的研究，已经成为潮流。包括文学在内的人文研究，应该在这方面跟上去，不要被潮流抛弃，不要被科学抛弃。文学伦理学批评在跨学科方面的研究，实际上是把文学和文学批评置于科学研究之中进行的，是为文学伦理学批评新的理论突破进行的学术预研究和学术新探索，也可以看成文学理论创新研究的学术储备。

我感到未来文学理论研究的突破将从四个方面发展：脑文本研究、认识神经学、计算机科学、人工智能。以上四个方面是相互连接在一起的，只要在其中任何一个方面做出努力，取得进展，都可能推动文学理论研究创新取得新的突破。

何：就文学研究的"伦理转向"而言，在我看来，大致可以概括为三个主要的层面：首先，文本的伦理，这里指通过作品中的人物、情节和结构等体现出来的伦理问题，这之中还包括由此而体现出来的作家的伦理关怀；其次，阅读的伦理，阅读会涉及对作品的赏析和甄别，判别作品的优劣高下，在这一过程中，读者自身的伦理关怀和伦理选择必然会产生影响；最后，理论的伦理，特定批评理论的生成同样是特定伦理考量的产物，而且文学理论内部同样存在"伦理转向"的问题。就我们外国语学院文学研究中心而言，目前的一个重点研究领域是族裔文学。在很大程度上，族裔文学的一个重要任务就是通过对族裔经验的叙写来为"小民族"或某一共同体中的弱势群体代言，引发公众对种种不平等的权力关系和不合理的制度安排的关注，从而推动新型族群关系的建构。就此而言，这一类型文学兴起的本身就代表着一种伦理重构的诉求，文学伦理学批评在族裔文学研究中的应用应该具有广阔的前景。不知您如何看待这一问题？

聂：近些年来，在华中师范大学外国语学院的引领下，我国族裔文学研究取得了重要的进展。外国语学院也在族裔文学研究中形成了自己的研究团队，推动全院整个文学学科的快速发展，涌现出罗良功、李俄宪、方幸福、何卫华、张强、朱卫红、池水涌等一批在国内外产生了重要影响的学者。这批年轻学者的迅速崛起并在国际学术界崭露头角，可喜可贺。在族裔文学研究领域，外国语学院每年都能吸引不少外国学者前来出席会议、讨论交流、开展合作研究，充分展现出自己的实力。外国语学院不仅是中国的族裔文学研究中心，也是世界族裔文学研究的中心。这是很了不起的。

我国的族裔文学是一个新兴的前沿研究领域，大有可为。我完全赞同你的看法，族裔文学兴起的本身就代表着一种伦理重构的诉求，文学伦理学批评运用于族裔文学研究有着十分广阔的前景。

首先，族裔文学在本质上是一种伦理构成。族裔文学以某个种族或民族作为划分标准，实质上就是以种族或民族伦理作为族裔文学的标准，而不是以政治、经济或文化作为划分标准。例如，美国是典型的移民国家，人口超过100万的种族多达20多个，100万人口以下的种族更多，印第安土著、黑人、南美西语裔、亚裔，包括来自欧洲不同国家的白人种族，都属于少数民族。美国在政治上强调美利坚民族和美国人的身份和身份认同，推行美利坚国家整体民族身份的建构和统一，强调个人公民权利平等而不是族群集体权利平等。美国在法律上不承认族群身份，不允许族群有超越宪法和法律的特权。美国强调国家认同而不是民族认同，法律不允许任何族群有自己的历史地域范围和特权，但伦理仍然是一切的基础，伦理问题仍然是不同族群同包括伦理在内的政治、法律、经济、文化等发生矛盾冲突的集中体现。欧洲和亚洲在地域、血缘、历史和文化等基础上形成民族或族群，这些族群得以存在的保障也是伦理。无论美国、欧洲还是亚洲,族群矛盾和冲突的性质都是伦理的,而不是政治的、法律的。因此就族群文学研究而言,我们就要把研究的重心(focus)放在伦理上,把政治、文化、法律放在伦理中思考,而不宜将属于伦理性质的族群冲突和矛盾理解为有悖于宪法的政治、法律矛盾和冲突。

其次,文学伦理学批评的方法以及文学伦理学批评的术语如伦理身份、伦理选择、伦理环境、伦理情感等,适合用来解释和分析族裔文学。族裔文学关注的核心问题是族裔的伦理身份以及伦理选择问题,即关注自己的国家身份认同,尤其是如何在自己的本民族身份与国家身份之间做出选择的问题。伦理身份和伦理选择是族裔文学的核心问题。几乎所有族裔文学,都有描写身份和选择的主题,因此对族裔文学的批评,可从伦理身份和伦理选择入手。伦理身份是文学伦理学批评的核心术语,但是它同文化批评、女性主义、后殖民主义中的身份概念有所不同。文学伦理学批评中的身份的主体只能是人,而文化批评等使用的身份在中文语境中除了可以是人之外,还可以有政治身份、文化身份、国家身份等,即政治、文化和国家也可以成为身份主体。当然,这里可能有语言表述或翻译的差异性问题,即政治身份或国家身份并不是指身份而是指认同,即政治或国家认同。

再次,族裔文学的具体伦理问题研究。族裔文学是文学研究中的新兴领域,有许多重要伦理问题需要加强研究。例如,族裔文学的伦理性质、人物的伦理身份与伦理选择、伦理环境与伦理语境、伦理情感与道德、伦理与政治、伦理与文化、伦理与情感、伦理与身份、族裔文学的价值等,这些问题都是族裔文学的基本问题,都可以借助文学伦理学批评术语进行研究。族裔文学的研究方兴未艾,大有可为。学者们可以在这个领域做更深入的研究,在这一领域里尝试不同的研究方法,文学伦理学批评更需要在这一领域进行批评实践。

何:您对俄狄浦斯悲剧的重新解读非常精彩。您指出,俄狄浦斯的悲剧不仅仅只是命运的悲剧,还"说明了维护大家公认的伦理秩序的重要性,表明谁破坏了新的伦理道德关系和秩序,即使是无意的,也会给社会带来灾难,给心灵带来痛苦,要遭到严厉惩罚"①。聂老师对这部作品中伦理冲突的分析给了我很多启发,这让我想起了诺贝尔文学奖得主库切的《耻》这部作品,在这部作品中,新旧伦理秩序的冲突同样表现得十分激烈。在殖民体系已经瓦解的南非,书中主人公卢里仍滞留在旧时代的"浪漫"岁月中,按照过去的方式行事;然而,在"新南非",白人不再是特权阶层,不遵守新的伦理秩序的主人公卢里因此遭受处罚。这同样让我想到了雷蒙·威廉斯对文化的区分,在他看来,任何社会之中都存在着"主导文化"(the dominant)、"残存文化"(the residual)和"新兴文化"(the emergent)这三种文化。依循威廉斯的这一思路,兴许同样可以认为,任何共同体之中的伦理规范都有自身的立体性、多元性和历史性,其内部始终存在着各种互动、冲突和矛盾,在某种意义上,这一特点在族裔文学中表现得尤为明显,不知道您如何看待这一问题?

聂:我完全同意你对《耻》的评价,也赞成你在评论雷蒙·威廉斯时认为任何伦理规范都有自身的立体性、多元性和历史性的观点。作为伯明翰学派的代表人物,雷蒙·威廉斯是英国文化研究的先驱,他的文化理论在中国影响广泛。但是,我不赞成他关于文化的理想性、文献性及社会性的定义。我认为他把文化看成由物

---

① 聂珍钊:《文学伦理学批评导论》,北京大学出版社,2014年,第185页。

质、知识与精神构成的生活方式,实际上是用文化取代了伦理。社会状态、社会价值、社会传统是由伦理而非像他以为的那样是由文化代表和体现的。在许多情况下,用伦理的概念比他用文化的概念解释社会和生活现象更为合适。在今天看来,我认为伦理批评不仅比文化批评更适合分析和解释文学作品,也比文化批评更适合分析和解释社会,对族裔文学尤其如此。因为如果我们仅仅把族裔文学归结为一种文化现象的话,显然没有看透族裔文学的伦理本质。

何:聂老师这次来外国语学院有着双重的身份,不仅仅是前来进行学术交流,还是以我们院友的身份来参加外国语学院校友会成立大会。最后,作为外国文学研究领域的资深专家,对从事文学研究的青年教师和学生,您能否谈谈您的期待和建议?

聂:我这里还是以我自己的学术经历来谈谈这个问题吧。在我的学术经历中,学术共同体尤其是国际学术共同体对我产生了重要影响。在我求学的过程中,优秀的学者群体对我影响很大,如剑桥大学的约翰·拉特梅尔(John Rathmell)、华威大学的汤姆·温尼弗里思(Tom Winnifrith)、斯坦福大学的玛乔丽·帕洛夫(Marjorie Perloff)、耶鲁大学的克劳德·罗森(Claude Rawson)和哈罗德·布鲁姆(Harold Bloom)、芝加哥大学的大卫·贝文顿(David Bevington)等。他们不仅对我的学术研究提供过帮助和指导,也是我学习的榜样,激励我不断追求进步。这就如同练习跑步需要有一个比自己跑得快的人领跑一样,在跑得比自己快的人后面,才能看到自己的差距,才能激发自己追赶的力量,才能形成更高的学术境界,推动自己进步。

对于外国文学研究而言,打开学术眼界,海外游学非常重要。剑桥大学和华威大学的学习经历使我开阔了眼界,提升了学术境界。就学术氛围而言，这些国外一流大学有其他大学不可比拟的优势。到了剑桥大学，在那个众多学子仰慕的学术圣地，名家如云，大师荟萃，我真正见识了学术的世面，认识到自己的渺小，树立起新的学术理想，激发了新的奋发向上的意志。剑桥大学的一年访学结束后，在英国学术院资助下我获得了在剑桥大学达尔文学院和华威大学英语系继续学习一年的机会，并在英国学术院资助下游学欧洲，到访过许多欧洲的大学。之后我又去过美国芝加哥大学访学。这些海外学习经历不仅开拓了我的学术新境界，也让我真正懂得了做人和做学问的真谛。

今天我给大家讲述这些个人经历，是希望年轻学子们能够以博大的胸怀、远大的志向、进取的精神发奋努力，在一个人类命运和学术研究的国际共同体中，不忘自己新时代中国知识分子的伦理身份，坚持"天下兴亡，匹夫有责"的伦理选择，立德、立功、立言，做一个有担当、敢作为、能奉献的新时代的中国学人。我相信，大家都会实现自己的人生理想，为祖国的昌盛、民族的繁荣、学术的进步做出自己的贡献，也为华中师范大学外语学院的美好未来做出贡献。

何：感谢聂老师接受这次访谈！

（原载于《外国语文研究》2020 年第 1 期）

文学伦理学批评与道德哲学：
兼论在中国召开的第 24 届世界哲学大会
——聂珍钊教授访谈录

张连桥　聂珍钊

张连桥（以下简称张）：感谢聂老师在北京参加会议期间接受我的采访。第 24 届世界哲学大会的主题是"LEARNING TO BE HUMAN"（"学以成人"），这是一个相对普通的问题，或者说这是一个人人皆知的问题。在中国召开此次盛会，讨论这样一个问题有什么特别的意义吗？

聂珍钊（以下简称聂）：这个问题要从"学以成人"为什么能够成为哲学大会主题的角度来看。我们的会议是哲学大会，"学以成人"这个问题它是什么性质、"为什么能够成为哲学大会的主题"是你说的这个问题的关键。我认为应该把问题更改为"'学以成人'为什么能够成为第 24 届世界哲学大会的主题？""学以成人"的英文是"LEARNING TO BE HUMAN"，在中文的表述上应该翻译为"学以做人"，可能比"学以成人"更容易理解。"学以成人"和"学以做人"的意思是一样的。"成人"的意思是做好这个"人"才能成为一个人，要成人，先做人。做人的目的是成人，成人的前提是做人，要做一个真正的、好的人，这是"LEARNING TO BE HUMAN"的本义。"学以成人"就是一个具体的哲学问题。如果同哲学联系在一起，就是通过学习哲学以做人。"学以成人"既指学习的目的，也指做人的方法，因此"学以成人"就是"学以做人"。"成人"的意思就是做人，就是做好一个人。做人是目的，学习是方法。

　　第24届世界哲学大会的主题"学以做人"讨论做人的问题，这正是哲学的本质问题，但对于人来说，是具体的现实问题。哲学既研究自然界，也研究人类社会，包括我们现实生活中的人。哲学的研究可以说是无所不含的。自然科学、社会科学、人文科学等都是哲学研究的对象，都属于哲学研究的范畴。哲学还有具体的分支，比如伦理学，它是哲学上的一个重要分支，是哲学的一部分。不过，伦理学和哲学的对象和目的有所不同。哲学的研究范围更广，如自然科学、人文科学等，而伦理学研究范围较窄，侧重研究人及人与社会之间的复杂关系，虽然人和社会之间的关系涉及社会、自然，但对社会、自然研究的目的还是为了研究人。伦理学也可以研究社会或自然，但研究社会或自然不是它的研究重心和直接研究对象。即便研究社会或自然，也是为了实现对人的研究，这是伦理学的研究目的。伦理学作为哲学的一个重要组成部分，其研究内容也是哲学的研究内容。而哲学不同，它里面还有自然哲学，自然哲学就是专门研究自然科学的，物理学、化学、生物学等这些都属于自然哲学的研究范畴，也就是说哲学也可以研究自然界。尽管哲学研究的对象无所不含，但是哲学研究的最主要对象是人。人是主体，如果没有人，哲学的研究就没有任何意义，自然哲学和社会哲学不复存在，当然也就没有伦理学。所以就哲学的研究而言，人是最重要的，人是哲学研究的主体，也是哲学研究的对象，而怎样做人是哲学研究的目的。

　　我觉得这个认识特别重要，所以这次哲学大会研究"学以做人"这样一个问题，应该说抓住了哲学最根本的问题，哲学的研究同现实问题紧密相连,使我们研究哲学的问题化、具体化,让我们更容易掌握和理解。所以,"学以做人"虽然是一个普通的问题,也是一个讨论已久的问题,但在当前社会条件下讨论如何做人的问题,仍然有必要。"学以成人"或"学以做人"的研究主题,我认为是这次大会设置得最好的一个研究主题,无论对于中国还是对于世界,都是十分重要的。

张:有道理。"学以成人"和"学以做人",一字之差就能避免很多误解。

聂:学习哲学的目的是为了更好地做人,不然学习哲学就没有意义。虽然学习哲学有助于我们解释各种自然现象、社会现象,但哲学主要帮助我们解释人类自身面临的各种问题。比如在生活中,通过学习哲学获得的启示,有助于我们更好地理解何为一个好人,也有助于我们如何去做一个好人。哲学说到底,属于解释学。不论是哲学、教育学,还是生物学、物理学,所有的这些带"学"字的学问,它们都属于解释学。比如物理学解释整个宇宙和物质的世界,宇宙是怎么形成的?物质是怎么回事?这些问题可以通过物理学的解释弄清楚。又比如化学解释微观的世界,我们生物体具体是一个什么结构?我们每个人都是由一个个分子构成的,分子是什么样的?分子的结构如何?这些问题通过化学就能获得解释。文学可以解释文学的问题,文学通过塑造形象,再现生活,和哲学一样,也可以解释我们如何做人的问题。

张:有些人认为哲学是一门深奥的学问,和我们的日常生活关联不大,您觉得我们应该如何看哲学同现实生活的关系问题?

聂:在有些人看来,哲学是一种很深奥、很玄妙的学问,是一种重思辨而轻实践的学问,是一种既高深又晦涩的学问,离我们的现实生活很遥远,实际上并不是这样。哲学是一种启迪人生智慧的学问，它往往同文学、心理学、社会学等交织在一起，同我们的现实生活十分密切。在哲学智慧的引领下，我们能够用更宽阔的视野来认识世界、认识社会、认识人生及认识自己，加强自己的道德修养，提升自己的思想境界，建构自己的美好人生。哲学既可以帮助我们认识事物的本质，也可以给我们提供认识事物的方法，让我们变得更明智，更理性，从而让我们在错综复杂的社会环境中处理好各种关系，做出正确的伦理选择。对于个人而言，哲学的真谛在于领悟智慧和拥有智慧。所以哲学并不是看不见、摸不着和空谈道理的学问，而是解决具体问题的学问。哲学不是玄学而是显学。

越普通的问题越重要，对于哲学同样如此。哲学需要回答宇宙的起源、世界的本源、人的本质、生命的价值和意义等问题，因此哲学既是关于思辨的哲学，也是关于人的哲学。在希腊语里，哲学（Φιλοσοφία/Philosophia）是古希腊人创造的术语，意为"热爱智慧"。两千五百多年前，古代希腊的毕达哥拉斯开始使用philosophia（热爱智慧）和philosophos（热爱智者）这两个术语，用它们表达借助智慧去追求真理的思想。

早在三千多年前，中国殷商时代甲骨卜辞的叙述结构以及以占卜方式对吉凶祸福的追问，就表现出中国古代哲学的萌芽。在春秋战国时期，以孔子、老子、墨子为代表的诸子百家，代表着中国古代哲学的思想体系。无论西方哲学还是中国哲学，其关注的焦点并非是宇宙和世界，而是人以及如何做人。例如，古代希腊人刻在德尔菲神庙墙壁上的铭文"认识你自己"，就是古代希腊人对如何认识自己的关注和如何做人的追问。后来，苏格拉底将铭文作为自己人生哲学的信条，用于指导如何做人的哲学思考。柏拉图强调培养完美的人格和追求善的理念，亚里士多德强调人是理性的动物和人性在于理性，其目的都是为了让人能够做出正确的道德选择，做一个有理性的人，有善德的人。

在中国，古代哲学家孔子的为人之道、老子的处事之道、庄子的养性之道、孟子的君臣之道、荀子的学习之道，讲的都是如何做人。他们的哲学，本质上就是关于如何做人的哲学。可以说，自从人出现以来，无论古今中外，如何做人一直是哲学的基本命题。当今社会，我们生活在一个异常复杂的伦理环境中，面临着许多复杂的社会问题和人生问题，如伦理缺位、道德滑坡、为人失信、环境污染、生态危机等等，为数众多的各种问题摆在我们面前，需要我们去寻找解决这些问题的途径和方法。因此，如何做人就成为解决这些问题的伦理前提，也是我们面临的最重要的伦理选择。就文学而言，充分发挥文学的教诲作用也就是通过文学来学习做人。

张：国际哲学团体联合会（FISP）主席德莫特·莫兰（Dermot Moran）在大会致辞中指出："在中国，哲学以及更广泛意义上对智慧的教化有着令人震撼的悠久历史。"莫兰主席提到了一个重要的词汇"教化"（cultivation），您怎么看待哲学的教化意义？

聂："cultivation"讲的是"培养"，而培养的方法是"教诲"（teaching）或教化，即对人的教诲。"cultivation"同"teaching"是相通的。一个人要成为一个有智慧的人，要通过教诲才能实现。从哲学的角度说，一个有智慧的人是一个懂哲学的人，有理性的人，明事理的人，辨是非的人，尤其是知道怎样做人的人。懂得怎么做好一个人，这就是智慧。智慧的获取要通过教诲，不教诲不能成人。"学以成人"作为哲学大会的主题非常好，但这个主题在表述上还可进一步完善。这种完善可以在"learning"（学习）前面加上"teaching"（教诲），即"teaching and learning to be human"，就是"教诲和学习以做人"。对于做人来说，仅仅靠学习是不够的，不能缺少教诲，教诲是学习的前提。

张:所以莫兰主席说完"在中国,哲学以及更广泛意义上对智慧的教化有着令人震撼的悠久历史"这句话后紧接着就举例子,如孔子和传统的文人、理论家、教育家。他们都强调先"教"再"学"的过程,就像您说的一样。

聂:"教"和"学"是联系在一起的。中国的儒学和西方的教育历来如此。一个人的学习需要教诲即教导(teaching),需要教师(teacher),然后在教师的教导下学习。没有人教导,则不能顺利学习。即使一个具有自学能力的人,他的自学能力也是首先来自教导。一个人获得的自学能力和知识,或者一个知道怎样做人的人,这都是教诲的结果。教和学密不可分,但学以教为前提,学是教的结果。《三字经》的开篇说:"人之初,性本善。性相近,习相远。苟不教,性乃迁。"还有诸如"子不学,非所宜。幼不学,老何为。玉不琢,不成器。人不学,不知义"。中国的《三字经》可以说家喻户晓,它既讲述教与学的关系,讲述通过教诲和学习以做人的道理,也讲述做人的哲理。人生下来本性善良,但如果从小不接受教导和学习,善良的本性也会变坏。幼小不学习,长大后就不懂做人的道理,不会有所作为。人就像一块美玉,不雕琢不能成为有用的器物,不教导不能成为有用的人;人如果不学习,就不懂礼仪,不能成才,不能成人。《三字经》始于南宋,历史久远。它讲述如何进行教育和学习的道理,通俗易懂,内涵广博,哲理深刻,它既是一本教人怎样学习的启蒙读物,也是一本教人如何做人的智慧之书。重要的是,它讲述的教与学的辩证道理,说明了莫兰主席所指"教育"的重要性。

张:大会召开以前,大会将"聂珍钊的道德哲学"(Ethical Philosophy of Nie Zhenzhao)列入"哲学与文学"分会议题并通过《论文征集通知》发布,从哲学上拓展了文学伦理学批评。为什么会将您的道德哲学列入议题？可以请您谈谈何为"道德哲学"吗？

聂：首先要谈为什么大会分会"哲学与文学"将"聂珍钊的道德哲学"（"Ethical Philosophy of Nie Zhenzhao"）列入分会议题与《论文征集通知》。当收到"哲学与文学"分会主席、美国普度大学哲学系 Leonard Harris 教授通过邮件发给我"FISP themes Call 2018"的时候，我感到很吃惊，因为我没有想到文学伦理学批评会作为道德哲学列入分会的讨论议题。在哲学与文学分会的"Philosophy and Literature"这个 panel 里，一共列有两个示范议题，第一个是"Ethical Philosophy of Nie Zhenzhao"，第二个是"Confucius: Book of Poetry"。看到议题后，当时我就在思考文学伦理学批评为什么会以"Ethical Philosophy of Nie Zhenzhao"的议题形式列入"哲学与文学"分会的讨论议题中。无论如何，在高级别会议中能够作为示范议题进行讨论，说明文学伦理学批评不仅在文学研究领域而且在哲学研究领域也得到了重视。

一般来说，文学与哲学的关系十分紧密，但文学与哲学的界线还是很分明的，也是容易弄清楚的。通常我们讲文学和哲学的关系往往是从美学的角度来谈两者的区别与联系。目前，把文学批评的理论和哲学联系起来的研究成果确实不多，其中大多数都只是泛泛而谈。第 24 届世界哲学大会把文学伦理学批评作为哲学的一部分进行讨论，我认为其根本原因就在于文学伦理学批评有其通向哲学的理论通道：伦理选择。伦理选择是文学伦理学批评的基本理论，它的存在以自然选择为前提，是建立在自然选择基础之上的用于解释人与社会文明的理论。"人类的自然选择与伦理选择是两种本质不同的选择，前者是人的形式的选择，后者是人的本质选择。"[①]自然选择是解释我们人如何从猿变为人的理论。从

---

① 聂珍钊：《文学伦理学批评导论》，北京大学出版社，2014 年，第 257 页。

类人猿这种动物向人的形式进化的这个阶段，就是自然选择阶段。自然选择是通过进化的方法进行的，因此人的出现是在自然选择中进化的结果。

19世纪达尔文创建的自然选择理论，科学地解释了我们人从何而来的问题。由于自然选择和进化论解释了人的起源问题，因此它既是生物学理论，更是哲学理论。可以说，自然选择和进化论是19世纪影响最大也是极为重要的哲学思想。自然选择解释人类起源的问题，即人从何而来的问题，自然选择解决的是人的形式的问题。实际上，自然选择和进化论只是用来解释人的形式问题的理论，当类人猿通过进化获得人的形式之后，自然选择和进化论的任务就完成了。也就是说，当类人猿获得人的形式之后的发展，不再是自然选择的解释任务了。或者说，自然选择和进化论不是解决人和人类社会相关问题的理论。

当类人猿获得人的形式之后，具有特殊形式的人出现了，但这时的人同其他动物没有本质的区别。那么人类怎样才能同其他动物区别开来？拥有了人的形式又怎样才能获得人的本质呢？要解释这些问题，这就需要新的理论。从自然选择的立场看问题，人获得了人的形式之后，仍然需要选择，但不是自然选择。需要什么选择呢？需要伦理选择，伦理选择就是做人的选择。伦理选择不是用来解释人的起源问题和人的形式问题，而是解决人的做人问题，解决人的本质问题。伦理选择的目的是为了做人，做一个文明社会的人，做一个有道德的人。因此，伦理选择既是一个伦理学命题，也是一个基本的哲学命题。伦理选择解释的正是人获得人的形式之后自然选择不能解释的问题，因此它在解释人的问题上能够同自然选择衔接起来。伦理选择不仅是文学伦理学批评用于解释文学和批评文学的理论，也是解释自然选择之后我们人类文明如何进一步发展的哲学理论、哲学思想。把自然选择之后人的发展看成一个伦理选择的过程,并用伦理选择对这个过程给予解释,这就是做人的道德哲学。

自然选择之后,西方也有不少用来解释人类文明的理论,如社会进化论、社会向善论、阶级决定论、经济决定论等,但是这些理论并不能科学地解释人类文明的发展。可以说,当今的西方还没有找到一种理论,可以用来对自然选择之后的人类社会以及人类本身给予恰当和完美的解释。人类社会的文明不是自然选择的结果,更不是人类进化所带来的结果。自然选择不能促进人的道德进步。自然选择之后的人类文明是伦理选择的结果,伦理选择是怎样做人的选择,所以它可以归属于哲学范畴,视为一个哲学术语。伦理选择探讨的与人有关的问题正是哲学的根本问题,因此伦理选择解决的问题不仅仅是文学问题,从本质上来说更是哲学的问题。

张:回首古今,从亚里士多德到中世纪的西方哲学家都在讨论如何做人的问题,以及后来的尼采、康德,他们似乎也一直在讨论这个问题。

聂:是的,他们一直在讨论这个问题。从柏拉图、亚里士多德开始到黑格尔,一直到现在所有人讨论的核心问题仍然是做人的问题。

张:也就是说,伦理选择所解决的问题也是哲学要解决的问题,伦理选择研究如何做人的问题,也就是研究人如何获得人的本质的问题,因此,伦理选择和自然选择是不同的。

聂:应该这样说,伦理选择是自然选择的继续。达尔文的自然选择理论只解释了人如何获得了人的外形,也就是说,人类通过进化,人逐渐拥有了人的形式。但是对于人类在获得了人的形式之后又是如何进一步获得人的本质这个问题,我们应该如何解释呢?自然选择解释不了,自然选择只能解释人类获得人的形式的前段历史,而解释不了人类获得人的本质的后段历史。对于这个问题,目前为止尚无定论。自然选择让我们明白了是人如何获得人的形式,而人类获得形式以后如何获得人的本质呢,这个问题需要合理的解释。换句话说,我们要研究人的形式问题,还要研究人的本质问题。人的本质的问题怎么来研究呢,用伦理选择来解决。除了伦理选择之外,我们现在还有没有其他可以用来很好解释这一问题的理论?显然没有。虽然也有各种各样的说法,但是目前这些说法可能还不能科学地、完美地来解释我们获得人的形式之后是怎么获得本质这样一个过程。

张:大会把"聂珍钊的道德哲学"列入分会议题,这主要是因为文学伦理学批评同哲学有着相通的理论基础,更重要的是文学伦理学批评提出伦理选择理论,能解释自然选择理论所不能解释的问题。您能否从认识论的角度谈谈文学伦理学批评的哲学价值?

聂:文学与哲学都强调对人的教诲,强调教导做人的目的。二者的不同在于,文学的教诲方法主要是通过范例进行的,哲学的教诲方法是通过逻辑推理和判断进行的。从某种意义上说,文学也是哲学的工具,或是哲学用于解释的工具。哲学解释某种行为是不是道德的,解释做人应该怎样选择,仅仅靠推理和判断是不够的,因此哲学需要同文学联姻,借助文学的范例说明某种选择是否为正确选择。哲学教导做人主要是运用逻辑推理讲清道理,文学教导做人主要是通过范例给人树立榜样。哲学在进行逻辑推理或逻辑判断时,往往借助文学使哲学文学化。例如,哲学上讲做人要谦让,往往会用"孔融让梨"的故事说教。"孔融让梨"讲谦让问题,谦让是做人的道德规范,属于哲学范畴。做人有许多规范,但是谦让是做人的重要规范之一。谦让原本是抽象的哲学命题，但是如果同"孔融让梨"的故事结合起来，其哲学命题就具体化了，也就更容易让人理解了。为学做人，哲学把文学作为解释和说理的工具，这样文学就发挥了哲学作用。

第 24 届哲学大会讨论的主题是如何做人，它把文学伦理学批评列入哲学讨论的议题中，这表明文学能在教导做人方面发挥重要作用，或者说明哲学需要借助文学教导我们如何做人。文学教导做人不仅是一般的哲学问题，还是哲学如何解释人和认识人的核心问题，即认识论问题。认识论是哲学最核心的问题之一，它既要认识宇宙和世界，更要认识人。因此如何认识人和解释人是哲学的根本任务，也是文学的根本任务。文学伦理学批评和哲学都存在如何认识人的问题，但是文学伦理学批评对人的认识与哲学不同。

文学伦理学批评的认识论建立在自然选择的基础上。达尔文认为人是自然选择的结果，文学伦理学批评不仅支持这个观点，还以此为基础，认为从自然选择而来的人实际上就是一种斯芬克斯因子或伏羲女娲因子的存在。人尽管通过自然选择获得了人的形式，但是它同人面狮身的斯芬克斯和人面蛇身的伏羲女娲一样，身上保存有动物本能的遗传，是人和兽的一种结合体。人随着年龄的增长，从小学到中学再到成人，都需要通过教导与学习使自己成为有理性的人，成为能够用理性意志约束自己的人。教和学（teaching and learning）的目的，就是要控制人的自然意志和自由意志。人自出生以后，就开始接受教诲，学习如何控制自己的自然意志和自由意志，做一个有理性的人。由于人身上始终存在兽性因子和人性因子，存在自由意志和理性意志，因此人身上就始终存在人和兽的两种动力。在不同动力的推动下，人会做出不同的选择。这些选择直接或间接地决定了人的命运。同时,由于人性因子借助理性意志以伦理和道德的形式表现出来,在约束和控制自然意志与自由意志方面带有强制性,所以人的选择需要符合伦理与道德,做符合一定伦理环境或伦理语境的人,反之,人就可能变成兽。

张:您在大会发言中,强调文学伦理学批评的基本理论是伦理选择,从达尔文的自然选择到您的伦理选择,其背后都有一个哲学上的命题:选择与自由、选择与责任。西方哲学家萨特提倡"自由选择",您能否谈谈"自由选择"与"伦理选择"的区别?

聂:这个伦理选择关于自由的问题与萨特的"自由选择"是完全不一样的。你问的这个问题是非常核心、非常好的问题,而且这个问题可能是哲学中间很多人没有去仔细思考的。"自由"与"不自由"之间的关系,只要强调"不自由"好像就不对,但是做人的目的、做人的方法就是要控制你的自由的部分,让你不自由。

萨特的存在主义在西方风行一时,在中国影响也很大。一般而言,存在主义哲学有三个基本原则:一是"存在先于本质",认为人的"存在"在先,"本质"在后;二是"世界是荒谬的,人生是痛苦的",认为在"主观性林立"的社会里,世界充满了丑恶和罪行,只能给人带来痛苦;三是"自由选择",认为人在各种环境中如何选择自己的行动都是绝对自由的,即使不选择也是自由选择的结果,而且要对自己的选择负责。在以上三大原则中,自由选择是萨特存在主义的核心。但是,萨特的"自由选择"与文学伦理学批评的"伦理选择"有着本质的不同。"自由选择"强调人生落地即自由的,强调选择的自由性。但是,自由选择的机制是什么?人为什么需要自由选择以及为什么能够自由选择?除了在他的文学作品中有所体现以外,在他的论著中我们看不到有实证为基础的理论阐释。因此，我们不得不质疑"自由选择"是否真的存在。

"自由选择"没有摆脱达尔文的自然选择，它强调的是人的选择的自由，就是你想怎么选择就怎么选择，但是你要对自己的选择负责。他强调的"自由选择"是没有前提的，完全是由自己自由去选择，这种自由选择指你想怎么选择完全是你的权利，怎么选择都是可以的。他的自由选择从某种意义上来说是建立在自然选择基础之上的一种选择，是用人的本能来主导的一种选择。人从本能上想怎么选择就怎么选择，我渴了想喝水就喝水，我困了想去睡觉就去睡觉，我饿了想吃东西就去吃东西，这是我的自由，我想做什么就可以去做。"自由选择"其中相当一部分还是基于人的动物性本能，当然可能也有思想层面的自由选择，但首先是"自由"，然后才是"选择"，他把"自由"是摆在第一位的，尽管萨特强调选择的结果要由选择者自己承担相应的结果，但萨特所强调的重点仍然是选择的自由。

文学伦理学批评的核心也是选择，但不是自由选择，而是伦理选择。同时，文学伦理学批评认为事实上人是不能自由选择的，人从来就没有过自由选择，而只有伦理选择。伦理选择就是在伦理环境及伦理语境中的有条件的选择，自由选择就是无条件的选择，而无条件的选择是不存在的。文学伦理学批评认为，在自然选择阶段，所有的选择都是自由的，这种自由是由自然进化决定的。一切物种包括人类在内都是在自由选择中完成进化的。但是我们必须明白的一点是，这种"自由选择"只出现在自然选择阶段，存在于类人猿进化为人的过程中。因此，"自由选择"是自然选择中的选择，是物种进化中的自由选择。

换一种表述，自由选择就是不选择。在自然选择阶段，一切都是在进化中进行的，任何物种都是被动地在自然中选择。自然选择阶段结束后,自由选择所适用的对象也就随之消失了。人从其他物种中脱颖而出,成为有灵性、有智慧的物种,依靠的不仅仅是自然选择。随着人类逐渐从野蛮人变成了有理性的人,人类文明开始出现,人类社会开始形成,人也因此进入伦理选择的阶段。伦理选择的目的是为了做人。伦理选择阶段的人同自然选择阶段的其他物种一样,都生活在选择的过程中,但是二者之间存在本质的不同:自然选择是自由的选择,伦理选择不是自由的选择而是有条件的选择。伦理选择带有目的性,选择的动力来自对人的本质的追求,因此,伦理选择是"不自由"的选择。

根据文学伦理学批评,由于人是兽进化而来,人身上同时存在人性和兽性两种因子,伦理选择阶段的人最本质的选择就是做人还是做兽的选择。人是自然选择的结果,因而人在获得人的形式以后,来自兽性因子的自然意志推动使人从恶,来自人性因子的理性意志推动使人从善。人性因子是主导因子,它通过约束和控制兽性因子以完成做人的伦理选择过程。"人同兽相比最为本质的特征是具有伦理意识,只有当人的伦理意识出现之后,才能成为真正的人。"①因此,在伦理选择阶段,人的选择是在做人的前提下进行选择,是在特定历史环境和语境中进行的有条件选择。

在伦理选择阶段,人的生活和价值都是由伦理选择构成的,人无一例外都生活在伦理选择中,人的一生直至死亡每时每刻都离不开伦理选择。而且,每一个人都必须做出选择,即使一个人不做出选择,这种不选择也是选择的结果。只要人的生命存在,选择就存在。在这种意义上说,我们只有不自由的伦理选择,而没有自由

---

① 聂珍钊:《文学伦理学批评:伦理选择与斯芬克斯因子》,《外国文学研究》2011年第6期,第6页。

的自由选择。当然,伦理选择中也有自由选择,但这种自由选择是在伦理环境和语境中的自由选择,因此是有局限性的自由选择,实质上仍然是不自由选择。

但是我们也必须注意到一点,我们在理解自由时往往带有片面倾向,即把自由理解为绝对自由,这也是萨特认为的人的自由是绝对的观点。自由是现代社会中的核心命题。自由不仅是所有哲学中的核心问题,也是社会学、政治学中的核心问题,而且"自由"也往往被人理解为哲学、社会学、政治学所追求的重要目标。一般认为,我们生活的目标或者说最终目标就是为了追求自由。事实上,即使这种在当今生活中最为重要的自由,也不是绝对自由,而是有一定前提的自由。例如政治自由、思想自由、言论自由、生活自由等,都是有一定条件的自由。可以说,任何自由都是以不自由为前提的,是不自由中的自由。

就伦理选择而言,人的理性意志能够约束和控制自由意志,使自由意志变为不自由意志,从而按照某种道德要求做一个有道德的人。伦理选择同萨特的"自由选择"是完全不一样的选择。你问的这个问题是非常重要也是目前亟待厘清的问题。从事文学研究以及从事哲学研究的人,需要认真地思考"自由"与"不自由"之间的关系。哲学大会强调"做人",就是强调按照某种规范要求自己,努力使自己符合一定的道德规范,这就需要约束和控制自己的自由。从这个角度而言,做一个有道德的人是以牺牲某些自由为代价的。

关于责任,萨特的观点似乎是自我矛盾的。尽管萨特一再强调选择的责任,但责任是什么,为什么要承担责任以及怎样承担责任,语焉不详。他一方面强调自由选择,强调人是绝对自由的,另一方面又强调需要把自己存在的责任完全由自己担负起来,强调承担选择的责任。既然如此,一个人也可以自由地选择不承担责任,做出不负责任的自由选择。显然,萨特的自由选择与承担责任之间存在矛盾,不能自圆其说。尽管如此,萨特毕竟还是看到了选择的责任,看到了自由选择也需要承担责任。但是就伦理选择而言,选择的前提就是责任,伦理选择就是责任的选择。

张:自由都是相对的,有条件的。我们所有的努力、所有的伦理选择都是为了追求更好的生活,或者说我们在生活中的付出都是为了让自己更自由,只不过是有条件的自由、限制的自由。

聂:对,就是在不自由中去寻找自由。对我们来说,各种规范让我们变得越来越"不自由"。为什么要制定各种社会规范,其目的就是让你不自由。经历过社会化和没有经历过社会化的人是不一样的。在原始社会或在人类早期发展阶段,社会规范很少,人们想做什么就做什么,甚至可以为所欲为。随着社会文明程度越高,各种规章制度也越来越多,人们也越来越不自由。当你发现你想自由的时候马上会出来一个规章制度让你不自由。比如我们现在开会,不是你想怎么开就怎么开,相关部门通知什么时间开你就什么时间去,提前不行推迟也不行,当然不能说我现在想开会就去开会。可能在最初的时候你想到哪就去哪,但现在不行。社会越来越文明,你的自由度就越来越小,自由也越来越少。无疑,规则越多自由越少。

张:在哲学领域,研究道德哲学的时候,无论是集体还是个人,都绕不开一些基本的问题,诸如道德生活、道德自律、道德行为、道德判断等问题,那么,怎么理解伦理选择与道德选择之间的关联?

聂:关于伦理选择和道德选择之间的关系,不少人感到难以厘清。究其原因,就在于我们没有厘清这两个概念的定义。尽管这两个概念有相通之处,但是二者是不同的、有区别的。就二者的关系而论,伦理选择和道德选择之间的关系是包容关系、种属关系或上下位关系。从包容关系说，伦理选择大于道德选择，因此道德选择包含在伦理选择中。从种属关系说，伦理选择是属，道德选择是种，因此伦理选择是包括道德选择在内的一种范围更宽和包容度更大的概念。从词义上说，伦理选择是上位概念，道德选择是下位概念。无论从逻辑还是词义上说，伦理选择的内涵都是一切选择的总和。无论什么样的选择，正确的或是错误的，符合伦理的或是违犯伦理的，都是伦理选择。从性质上说，道德选择属于伦理选择中的本质部分，即仅仅指伦理选择中符合道德选择的部分。因此伦理选择可以用来指称道德选择，而道德选择只能用来指称伦理选择中属于道德选择的部分。

我们在讨论伦理选择同道德选择的区别的时候，也要讨论伦理和道德这两个概念。许多人对伦理和道德的概念模糊不清，没有把二者区分开来。如果这两个概念的定义没有厘清，不仅给两个概念的理解造成混乱，也给与它们相关的其他概念的理解造成混乱，例如有关人性、本性、天性的理解。伦理是所有道德关系的总和，无论是符合道德的还是不符合道德的，统统都属于伦理，都可以用伦理进行表述。但是道德则不同，它只把符合道德的包括在内，而把不符合道德的排除在外。由于伦理是属的概念，所以伦理也可以用来表示道德，但是道德是种的概念，所以道德不能用来取代伦理。

我们谈论伦理问题的时候好的要谈，不好的也要谈，都放在一起，才叫伦理。但是道德就单指好的这一部分，比如说一个人做的这件事是件好事，那这件事是符合道德的，是一个道德的行为，是个道德选择。道德选择就是选择做好事。而一个人选择去偷盗，去杀人放火，就不能说它是道德选择，因为这属于不道德的行为，是这个人不道德的选择。不道德的选择和道德的选择是不能一概而论的，但是我们可以统称它们为伦理选择，是伦理行为，属于伦理学的一个问题。

伦理选择需要我们思考怎么去解释它、评价它。伦理选择是就范围而言,道德选择是就评价而言。所以道德选择是人本质的选择,它是善的选择,是指人本性的、人性的这一部分做出的选择。人性是通过道德选择进行表述的。不少人在这个问题上相当含混,含混的原因就是不清楚道德是包括在伦理之内的。道德只指好不指坏,相当于《黑格尔的秘密》。我们在表述概念上是容易弄混的,比如说好、坏、善是一个一元概念,这个概念它只有一个意思,它不是二元概念。如果好坏放在一起,"好坏"那就是二元概念。"好坏"它就是既有好又有坏。但是好,那就只有好;坏,那也就只有坏。那是一元的。那么伦理呢,它是二元概念。"伦理"这个词既包括好又包括坏。再比如好,那好就是好,不能说这个好的一部分是不好的。还比如善,善就是善的,也不能说善的一部分是善的,另一部分是不善的。我们不能简单地把这个一元的概念作为一个二元的概念来理解。

又比如关于人性的争论,导致争论的主要原因就是概念不清楚。人们常说,某某的人性是善的、某某的人性是恶的。这就是概念没弄清楚。人性是个一元概念,因为你有人性所以才是人。人性是人的道德部分,而道德就是好的这一部分。因为有人性,所以才具有人的品格,才是一个道德的人。一个人没有人性,他就不是一个道德的人,没有人的品格。人性也是一个道德概念。"人性是人的美德,人可以分善恶,但人性不能分善恶;人可以分好坏,但人性不能分好坏。"①因此,现在我们讨论什么人性善、人性恶,是对人

---

① 聂珍钊:《文学伦理学批评:人性概念的阐释与考辨》,《外国文学研究》2015年第6期,第17页。

性没有正确地理解。所谓人性恶,恶就属于兽性的一部分,那人性里还有兽性吗？这个问题本身就是错的,错在把人性和人等同起来了。人性是人的好一部分,而人不好的、恶的这一部分是人的恶,不是人性的恶。

如上所述,伦理选择的内涵是所有选择的总和,无论什么选择都是伦理选择,例如牺牲、捐献、忠诚等符合道德的选择属于伦理选择,而投敌、吝啬、背叛等违犯道德的选择也属于伦理选择。但是道德选择不同,它只把符合道德的选择包括在内,而把所有性质不同的选择都排除在外。无论是伦理选择还是道德选择,都需要对选择做出评价,并通过评价发现其存在的道德价值,从中获得做人的教诲。道德选择是人的本质的选择,是善的选择。道德选择是对人性这一部分做出的选择,因此是做人的选择。道德选择从正面评价道德,是从正面褒奖作为学习和效仿的榜样。例如一个人选择做好事而得到社会的赞扬,这属于道德选择或道德评价的范畴。伦理选择除了伦理选择的功能外,它还对丑、恶、假等现象进行评价,例如通过对丑恶现象的揭露和谴责从道德的反面给人以教诲。

张：您在这次大会发言中专门解释了"脑文本"和"脑概念",让人耳目一新,引起了大家的关注。"脑文本"的概念是理解文学伦理学批评的认识论基础吗？

聂：哲学上的认识论是从普遍现象到本质的认识过程。我们对事物的认识和理解,都属于哲学认识论问题,例如天体的运行、四季的轮回、生老病死、善恶美丑等所有自然和社会现象。在所有现象中,与人相关的现象又是认识论中最为重要的问题。人的意识的产生、思维的过程、思想的形成、语言的转换、文字的产生等,都是人类认知中最根本的问题。尤其是,人的认知到底是怎样产生的？从人的意识到思想再到语言和文字的过程是怎样的？人的认知的机制是什么？虽然已经有了对所有这些问题的大量研究，但是这些问题至今仍然没有得到很好解决。文学伦理学批评提出"脑文本"概念，就是希望能够为解决认知的问题寻找一把新的钥匙。

根据文学伦理学批评的基本理论，我们所有的认知都是通过脑概念和脑文本进行的。没有脑概念和脑文本，所有的认知都无法产生。那么，人的认知是怎样产生的呢？这同脑概念与脑文本密切相关。人作为一种生物体的存在，主要通过味觉、听觉、触觉、视觉、嗅觉等五种感官进行认知。人的认知是同理解联系在一起的，没有认知就没有理解，没有理解也就没有认知，二者紧密相连，不可分离。五种感官只能发挥传感器的作用，即感知事物，但不能对其进行处理。而任何对感官获得的认知进行处理，都离不开脑概念。人的认知首先是借助脑概念进行的，然后由脑概念组成脑文本。"脑文本以人的大脑为载体，是一种特殊的生物形态。"①脑文本是人的大脑以记忆的方法存储的对事物感知、认知、理解和思考的结果。人的大脑将思维的结果存储在大脑中，就得到脑文本。同计算机的运行程序类似，脑文本是通过人的大脑发挥作用的应用程序。从科学的角度说，人体类似于一台计算机，人的大脑类似CPU，即电脑的中央处理器。所有的脑文本，等同于在处理器中进行运行并发挥作用的运行程序。把脑文本同计算机的运行程序进行比较，就容易理解脑文本。

在实际应用中，如果计算机需要完成某项任务，就要把程序输

---

① 聂珍钊：《脑文本和脑概念的形成机制与文学伦理学批评》，《外国文学研究》2017年第5期，第30页。

入进去，通过程序的运行从而完成某项工作。脑文本同样如此，人的大脑活动类似于计算机程序的运行，这既是脑文本发挥作用的表现，也是脑文本组合、变化和形成的过程。这个过程实际上就是脑文本的编辑过程。人的脑文本既可以通过阅读各种书写文本转换而来，也可以通过口耳相传的方式获得信息并加工、整理而成。任何书写文本，都可以通过阅读或视听转换成脑文本，变成对人发挥作用的程序或指令。例如一个工作计划，它需要通过人的视觉器官的扫描再经由视觉神经的传输才能进入人的大脑，然后才能实现对这个工作计划的理解。对工作计划的理解就是人的思维的过程，思维的结果得到思想，把思想存储在大脑里，就形成脑文本。人的思考和行为，包括人的道德修养在内，都是作为程序或指令存储在大脑中的脑文本发挥作用的结果。

张：根据文学伦理学批评，一个人的"脑文本"决定了一个人的伦理选择。请问，在您看来，怎么理解哲学领域一直以来所探讨的"我是谁"的问题呢？

聂："我是谁"这问题关乎人的自我认识，归根到底还是伦理学的问题。哲学上的认识论就是从普通的现象到本质，即我们对事物是如何理解的，这样一个过程是怎么发生的。比如说天体的运行、自然界的所有现象、人意识的产生等等。人为什么知道天上的太阳叫太阳？为什么知道月亮？为什么知道什么叫好什么叫不好？人的这种意识是怎么产生的、认识是怎么产生的、概念是怎么形成的？这些都需要加以说明。文学伦理学批评中脑文本这个理论就能够解释这些问题。

"脑文本"解释这个问题的基本原理是什么呢？基本原理就是，我们作为生物范畴里的人，通过五感产生的认知必须经过脑文本的处理。比如关于太阳的意识是怎么产生的？太阳的概念是怎么形成的?这样的问题用文学伦理学批评怎么来解释呢?首先,我们眼睛虽然看见了太阳、月亮,但这只是一个具体的物象。我们眼睛看见只是感觉。看见太阳、看见月亮,是一种 feeling,我感觉到了。比如热,我的手感觉到 hot,比如冷,是 cold,这些就是 feeling。我眼睛看见的这个月亮、太阳,或者看见了某个人,看见了其他诸如此类的事物,就像摄像头一样把这个东西抓取下来,但由于只是抓取下来而已,还没有经过处理,而肉眼所看到的事物,同样只是看见,还没有经过理解,也意识不到,它只是感觉到,只是一种感觉。我感觉到了有这么一个东西,是什么东西我一开始是不知道的。我们眼睛所看见的太阳,还包括我们耳朵听见的铃声,比如听见了一种声音或听见了一种歌曲,所有这些看见的或听见的,都需要把这些信息传送到自己的大脑之中,这样一个声音,一个具体的信号,以及看到的太阳这样一个具体的形象传到我们的大脑之后,在大脑里就存储下来了。我们大脑中所存储的是太阳的形象,就像是一个图像存储在头脑里。声音也是如此,声音的信号是由频率组成的,存储在头脑之中。太阳的形象或声音的信号等,由于未经过处理,这些信息暂时没有产生意义。

最初的这个太阳或最初的声音符号已经进入了我们的头脑中,形成最初的 feeling,是感觉,我们感觉到了事物的存在,但不明白是什么意思。那么,这些各种各样的信息背后的意义是怎么产生的?有关各种事物的概念是如何形成的呢?我们的大脑又是如何储存、加工和整理这些信息的呢?诸如图像、声音等这些信号,通过我们的五感储存在我们的大脑里,这些信息到底依靠什么进行加工和处理的呢?依靠思维。在思维的过程中,会对各种信息进行对比,然后在各种信息中筛选并提炼出相应的概念,比如说太阳,在英文中间我们给它提炼出一个概念就叫 sun,中文就叫太阳。

这就是脑文本处理信息的过程，因为脑文本是依靠记忆的方法储存在我们的大脑之中的，而我们大脑的思维过程就是脑文本加工和整理的过程。对于哲学上探讨"我是谁"的问题，用脑文本理论就能解释清楚。追问"我"是谁的问题，既涉及记忆的问题，也涉及身份的问题。有关"我"是谁的问题，这本身也是一个脑文本的问题，通过记忆的方法，我们的"身份"概念储存在大脑中，而通过思维活动，脑文本重新加工并提取出来。人的意识产生、概念的形成、思维的过程、思想的产生等等这些问题，都可以用脑文本进行解释。比如你为什么能够提出这些采访的问题？你的问题从何而来？我看到你手里有一个采访提纲的 text，那你的脑文本是不是从这个 text 而来的？显然不是。因为在这个 text 以前，这些问题就已经存储在你的脑文本里了。通过你手里的 text，你又把这个文本转换成脑文本。首先你要通过眼睛的扫描把这些文字文本扫描到头脑中，其次要变成脑文本进行存储，再次经过你的发音器官转换成声音，最后我才能听见。所以，脑文本是一种全新的认识方法，是对认识论的一种全新阐释。

张：您在报告中提到了德国学者穆勒在第七届文学伦理学批评国际学术研讨会上的发言"Ethical Aspects of Shakespeare's Use of Silence in His Dramatic Works"。在发言中，穆勒教授对莎士比亚作品中的沉默使用展开了探讨。在您看来，沉默不是无语，而是另外的表达方式。沉默在哲学中也是一个很有趣的话题，那么怎样从脑文本角度来理解道德哲学中沉默与话语、沉默与自由之间的关系呢？

聂：在哲学中讨论沉默的时候，要明确沉默本身就是一种脑文本。沉默的背后也有脑文本的储存和准备。有的是被动无声，有的是刻意为之。即使是言障人士也有脑文本，不说话不代表什么都不知道。沉默有时候是一种特殊的表达方式。有人说，在哲学里面沉默与话语、沉默与自由之间有很大的关联，可以用沉默去表述一种话语模式，比如说我保持沉默，或者说我保持不说的权利。实际上，沉默与话语也好，沉默与自由也好，说到底都是人自己主动选择的结果，即伦理选择的结果，也就是他把他脑文本控制住、不讲出来。那么，让自己保持沉默的这种控制类脑文本，是不是也彰显出脑文本的另一种特质呢？

张：有道理，谢谢您的解释。另外，从大会参会情况来看，有近20位代表围绕着"聂珍钊的道德哲学"提交了大会论文。就他们的发言来说，大多数都对文学作品中的伦理和道德问题展开了具体的分析，吸引了不少参会代表，反响较好。您如何评价他们的选题和发言情况？

聂：我觉得这次大家讨论涉及的问题是非常好的。第一，大家都很关心文学和哲学的关系问题。文学和哲学本身有着很密切的关联，但是在哲学大会上专门讨论这样一个问题就说明大家对它的重视程度很高。从跨学科的角度来说，哲学大会可能会为我们进一步从这个方面去拓展打下一个很好的基础。本次哲学大会的有趣之处在于，很多哲学家从哲学的角度来看文学的问题，很多文学研究者也从文学的角度来看待哲学的问题。通过这次大会，哲学和文学之间关联的重要性可以得到必要的凸显，促使我们加强这一方面的研究。这是一个方面。第二，从文学和哲学的研究目的来说，无论是讨论哲学还是讨论文学，其实我们所关心的主要有两个问题：文学教和学的问题，以及通过教和学来达到做人的目的。一个是教和学，一个是做人，前者谈的是方法问题，后者谈的是目的意义。其实我们无论是讨论哲学的文学也好，还是讨论文学的哲学也好，其目的就是要通过 teaching and learning to be a human。这也从另一个角度解决了文学中争论的问题,即学习文学的目的,也就是文学的功能究竟是什么?究竟是审美还是通过教诲达到做人的目的?

张:从整个哲学大会来看,哲学研究领域呈现了跨学科、跨文类和跨媒介研究现象。文学伦理学批评本身就是跨学科研究的产物,而文学与哲学、文学与宗教、哲学与宗教等诸多学科之间也在不断交叉和融合。您能就此谈谈当前哲学或文学研究领域的跨学科、跨文类和跨媒介研究现象吗?

聂:文学的跨学科特征既是由文学的历史决定的,也是由文学的现实决定的,同时还是由文学的内容决定的。文学最核心的跨学科特点就是人文科学、社会科学和自然科学的融合。例如这次召开的第 24 届世界哲学大会所设置的"哲学与文学"分会,就说明了文学同哲学结合的跨学科特点。这次哲学大会专门设置的"聂珍钊的道德哲学"的讨论议题以及其他与文学相关讨论议题,不仅说明哲学大会对文学的充分关注,还说明文学受到哲学界的重视。

文学研究的跨学科不是新鲜事物。自古以来,文学研究就是跨学科的。文学无论哪种体裁,它的内容都涵括人文科学、社会科学、自然科学,所以研究文学的内容不仅涉及人文科学,也涉及社会科学和自然科学。中国的文学传统,就是文史哲的跨学科传统,因此传统的说法叫文史哲不分家。但是,文学的发展导致文学的自我束缚,文学逐渐从跨学科中脱离出来,变成了独立的学科。文学理论发展到今天,已经从跨学科的文学逐步地缩小为以诗歌、小说、戏剧等几个主要的文学类型为研究对象的专门学科。这种理论趋向同中国的文学历史、文学传统以及现实形成了矛盾。在中国五四运动之前,我们的文学史把哲学和历史包括在内,这种文学符合中国文学的历史和现实。

张：最后，为促进文学与哲学的跨学科研究，尤其为促进文学伦理学批评的理论研究，您对当前的学术研究有什么建议？

聂：对文学研究而言，各有各的研究方法，各有各的理解，各有各的观点，我们不能强求一致。如果说建议，我只是想说：我们不一定只是站在文学的立场上看文学，还可以从跨学科的立场研究文学、认识文学、理解文学、解释文学。如果我们从专门的文学研究中摆脱出来，从人文科学、社会科学和自然科学出发去研究文学，我们也许会为自己打开了另一扇天窗，开辟一片新的天地，发现许多文学的新问题，并从中得到新启发、新观点、新理解、新思想，推动我们的文学研究进入一个新的视野和新的层次。

张：谢谢聂老师，再次感谢您在哲学会议期间抽空接受我的采访，对我而言是一次宝贵的学习机会。

聂：不客气，也谢谢你的采访！

（原载于《外国文学研究》2019年第5期）

文学伦理学批评与脑文本：
聂珍钊与王永的学术对话

聂珍钊　王　永

一、脑文本与文学创作

王永（以下简称王）：您在文学伦理学批评的相关论著中突出强调了脑文本与口头文学的密切关系，我觉得很有道理。对文学创作而言，早期口耳相传的口头文学，以讲述者的脑文本为其储存形式，口头表达为其传播方式；而时至今日，作家们创作的文学作品，则以文字为其储存形式，作品的传播通过读者阅读或聆听完成。可以说，口头文学作品与书面形式的文学作品来源于两种不同性质的脑文本。口头文学的脑文本是成形的文学作品，口头文学的作者与接受者（听者）是一种直接的关系；而对于书面的文学作品，脑文本是一个中间环节，只有经过文字书写下来，成为文学书籍后才算完成文学创作，作者与接受者（读者）之间是一种间接的关系。正因如此，研究脑文本对于现在的文学作品分析更为重要，可以揭示作者如何由脑概念到脑文本到最终作品产出的过程和机制。

聂珍钊（以下简称聂）：你说得对。早期口耳相传的所谓口头文学在形态和性质上不同于书面文学。从形态上说，保存在讲述者大脑中的脑文本是口头文学的文本形式,口头讲述是口头文学的表现方法。通过口头表达,保存在讲述者大脑中的脑文本才得以传播、流传下来。书写符号产生之后,文学作品有了新的保存和表现方法。文学作品的产生,有了两种形态,一是作家创作文学文本,二是作家书写文学文本。作家创作文学文本的结果产生文学脑文本,作家书写文学文本产生书面文学。创作文学作品是在大脑中进行的,是对脑文本及脑概念进行编辑的过程。作家在大脑中以脑文本和脑概念为材料,按照文学的伦理规则对保存在大脑中不同的脑文本和脑概念进行重新组合,编辑加工成新的脑文本,即文学脑文本,这就是文学的创作。文学创作是一个过程,准确地说,是在大脑中对脑文本和脑概念进行组合及编辑,然后形成新的文学脑文本保存在大脑中。

  书写文学不是文学创作,而是表现文学的方法,即将保存在大脑中的文学脑文本表现出来的一种方法。书写文本的方法是把脑文本转换成书写符号,然后书写在纸张等载体上,从而使文学创作产生的新文学脑文本得以表现和保存。你说得对,"口头文学的脑文本是成形的文学作品",是文学脑文本或者保存在大脑中的文学作品。但是,就书写文学作品而言,脑文本不是中间环节而是书写对象,也不是脑文本经过书写转变成文学书籍后才算完成文学创作。实际上,文学脑文本一旦产生,文学创作也就完成了。脑文本不是中间环节而是文学创作的结果。文学脑文本通过书写的方法转变成文学书籍不是文学创作的完成,而是表现文学脑文本的完成,或者说文学书写(书写脑文本)的完成。因此,口头文学的脑文本和书面文学的书写文本是两种不同性质的文本。

二、脑文本在大脑中的存在方式

王：您指出，"即使在书写符号出现之前，文学的流传也是以文本为前提的，同样是文本的流传"①。这是脑文本之所以存在的重要依据。不过这里涉及一个问题，对现代作家而言，如您所言，脑文本的表达方式是文字。那么，在书写符号没有出现之前，脑文本的表达方式是什么？另外，我们的祖辈有不少是文盲，当他们跟我们讲西游、话三国的时候，储存在他们大脑中的脑文本不可能是文字的形式，因为他们并不识字。

是否可以认为，书写符号出现之前口头文学的表达，以及书写符号出现之后文盲讲述故事，都是通过语言实现的对脑文本的表达，而语言的意义则是由音和义相结合产生的。口头文学通过口耳相传得以延续和记载，以这种途径得以传播的文学，是由于文学传播者和接受者之间的口语表达能够相互理解，而接受者又在语义理解的基础上通过语音方式传播给下一位接受者。文盲讲故事的机制同样如此。而现今的作家，他们表达脑文本的方式确实是语言，对此我赞同您的观点。不过需要补充说明的是，对于某个具体的作家而言，表达脑文本的语言不是抽象的，而是具体的语言。其具体性首先表现为语种，以作家的母语为其载体，如中国作家是中文，英国作家是英文，俄罗斯作家是俄文；其次，文学创作过程中，表达脑文本的语言是音（作者创作过程中是在大脑里面说话的，因此脑文本需要用声音表达）、义（作者说话的声音一定跟他想要表

---

① 聂珍钊：《文学伦理学批评：口头文学与脑文本》，《外国文学研究》2013 年第 6 期，第 11 页。

达的脑概念的义结合在一起)、形(某种书写符号或确定的文字)组合在一起,构成一个具有作家本人创作特征的个性化语言系统。

聂:无论现代作家还是古典作家的文学创作,他们的文学创作都是在脑文本的基础上进行的,都是按照一定的文学样式对脑文本进行编辑和加工的结果。只有经过这种编辑和加工,脑文本才能转变成文学脑文本。文学脑文本保存在人的大脑里,读者无法阅读保存在别人大脑里的文学脑文本。如何把文学脑文本表达出来?自从书写符号创作出来,所有的作家都是用文字表达保存在大脑里的脑文本。而在书写符号创造出来之前,游吟诗人则使用语言讲述已经保存在自己大脑里的文学脑文本。由于承载脑文本信息的书写符号没有出现,阅读文本的读者在这里变成了听者。听者借助听觉器官接受表达文学脑文本的语言,然后重新把语言还原为文学脑文本并保存在听者的大脑里,从而使文学脑文本得以流传。与之相比,从文学脑文本转化而来的书写文本则以书籍的形式存在和流传。但是,读者仍然要借助听觉器官或视觉器官将书籍转换成文学脑文本,才能实现对书写文本的理解。

三、语言与文字

聂:你在这里提出了一个十分重要的概念"语言"。什么是语言?可以说,现在的中外语言学界有关语言的定义是含混不清的,而语言概念的含混则影响到对语言本身的学术讨论,因为所有关于语言的讨论都不能缺少被定义的语言这个前提。在文学伦理学批评体系里,语言是就发音器官而言的。语言是通过人的发音器官表达的脑文本,是脑文本经过人的发音器官转化而成的声音形态。由于一般性声音不具有特定意义,因此声音不等同于语言。

只有当表达特定意义的脑文本转化为声音之后，这个从脑文本转化而来的声音才具有意义，才能成为语言。语言有一个基本的前提，即语言是借助人的发音器官形成的。没有发音器官，则没有语言。例如，书籍中表达故事的书写符号在借助人的发音器官转换成声音之前，它们是文字或表达意义的能指符号，但是一旦借助人的发音器官转换成声音之后，这个从书写符号转换而来的声音就是语言。脑文本同样如此。脑文本只有借助人的发音器官转换成声音形态才能称之为语言，在被转换成声音之前只能称之为脑文本。但是，语言有别于文字。作家表达脑文本有两种基本方法，一种是讲述，另一种是书写。前者通过声音讲述，讲述的结果产生语言；后者通过书写符号书写，书写的结果产生文字。语言通过听觉器官接受，文字通过视觉器官阅读。无论讲述还是书写，它们都是表达脑文本的基本方法，而语言和文字，都是从脑文本转换而来的。

尽管脑文本不是语言，但是由于脑文本从语言转换而来，或者能够转换成声音，因此脑文本虽然在性质上不同于语言，但在结构上具有语言的特征。因为如此，脑文本才能转换成语言。从某种意义上说，脑文本是语言的意识形态。

王：从您的专著以及上述阐释来看，您在文学伦理学批评体系中将"语言"同发音器官紧密相连，认为"语言是通过人的发音器官表达的脑文本，是脑文本经过人的发音器官转化而成的声音形态"，作家"讲述的结果产生语言；……书写的结果产生文字"。这样就把语言和文字截然分开了，对此我不太赞同。语言和文字虽然不是一回事，但不是平行的两条线，而是你中有我，我中有你的关系。

一是语言的内涵非常丰富，无法用一个简单的定义囊括所有的内容;二是语言有广义和狭义之分。如广义的文学涉及文学的本质,是理论的研究对象。正如您的文学伦理学批评,是一种理论,研究文学的本质问题——文学的教诲功能;一旦涉及具体作品,就是狭义的文学范畴——文学作品,可以运用文学伦理学批评的理论来分析具体的文学作品。具有教诲功能的广义上的"文学",同体现伦理观的具体作品的狭义"文学",是两个不同的概念。语言更是如此,广义的语言通常指人类语言,但现在被无限扩大到任何同人类情感表达和人际交流有关的领域,如视觉语言、音乐语言、交通语言等。狭义的语言通常指某个国家的通用语言如汉语、英语、法语、俄语等。在狭义的语言范围内,又分为静态的语言和动态的言语两套系统。静态的语言系统指的是某种语言是一个由音素、音节、词、词组、句子等单位构成的一套潜在的能指系统。当这套系统的某些单位被运用后,就转为动态的言语系统,发挥能指的功能。无论哪套系统,都有两种表现方式:语音的和文字的(静态系统);口头的和书面的(动态系统)。

聂:语言和文字是两个性质不同的概念,也有各自独立的理论体系和独特的表现特征,而且从发生学的意义上说它们也有各自不同的起源。语言和文字之间的关系不是"你中有我,我中有你的关系",而是可以相互转换的关系,即语言可转换成文字,文字也可以转换成语言。当然,这涉及语言和文字如何定义的问题。按照文学伦理学批评的观点,语言由脑文本转换而来,语言概念的前提是声音,没有声音则无语言。文字虽然也是由脑文本转换而来,但是文字概念的前提是符号,是通过书写符号体现的,没有书写符号则无文字。语言是通过口头表达的,文字是通过书写工具书写的。因此,语言可以借助书写符号转化为文字,文字可以借助声音转化为语言。但是,由于语言和文字都是独立的表达脑文本的方法,因此文字中没有语言,语言中没有文字。

你关于广义的语言和狭义的语言的解释是有说服力的,但是这种说服力是以现有语言学理论中的语言概念为基础的。如果换一个角度看待现有语言学中的语言概念,我们会发现现有的语言学概念存在一些需要厘清的基本问题。目前把语言的概念分为广义和狭义两种概念,必然导致语言概念定义的含混。当我们讨论语言的概念时,如果没有事先声明,怎样确认讨论的是广义的语言还是狭义的语言?或者说,当我们讨论语言概念时,是否必须首先声明讨论的是广义的或是狭义的语言?

由于分为广义和狭义两种,广义的语言概念被无限扩大,出现了你所提到的"视觉语言、音乐语言、交通语言",还有计算机语言、动物语言等。语言是人类所独具的进行自我表达的一种能力,它独有的特征是通过人的发音器官发出表达特定意义的声波,其目的是用于信息传播和交流。因此,语言的前提是人,是人的发音器官。没有人和人的发音器官,则没有语言。

你提到的所谓广义的语言都同人的发音器官无关。例如,视觉语言的前提是视觉即眼睛,所谓的视觉语言是符号而不是声音形态,因此不能成为语言。音乐语言应该是视觉语言的一种,指的是表达声音和意义的音乐符号,如乐谱,而乐谱是通过视觉认知和理解的,因此也不属于语言。交通语言如信号灯、指挥交通的手势、表示交通规则的符号等,也同样与声音无关,不属于语言。

其他的所谓语言如计算机语言,指的是用于人与计算机之间通讯的方法。计算机语言是人与计算机之间传递信息的媒介。为了使电子计算机进行各种工作,就需要有一套用以编写计算机程序的数字、字符和语法规则,由这些字符和语法规则组成计算机各种指令,这就是所谓的计算机语言,而这种语言也同样不是人的语言。动物语言也是如此。动物语言的主体是动物而不是人,尽管动物也用发音器官进行信息交流,但动物的不同叫声是不能称之为语言的。

广义的语言概念混淆了语言的主体和特征,不但不能帮助我们理解人的语言这个特有概念,而且必然导致语言概念定义的不确定性。"狭义的语言通常指某个国家的通用语言如汉语、英语、法语、俄语等"这种表述也不太准确,因为汉语、英语、法语、俄语是特定的概念,虽然同语言相关但并不是语言的概念,是不能同语言概念画等号的。你还说:"在狭义的语言范围内,又分为静态的语言和动态的言语两套系统。静态的语言系统指的是某种语言是一个由音素、音节、词、词组、句子等单位构成的一套潜在的能指系统。"我知道这是目前语言学通行的观点。狭义语言学把语言分解成语音、语法、语义三个部分,把具体的语言分为语音、语法、词汇三个层次。还有你说的"在狭义的语言范围内,又分为静态的语言和动态的言语两套系统"以及两种表现方式,但这都不是语言概念本身,而是对语言概念的定义或解释。从这种定义和解释可以看出,我们讨论语言的概念,首先应该把语言学以及语言学下属概念如语言、文字、语音、语法等概念区别开来。

王:另外,您的专著在解释语言和文字的不同时,用"水蒸气与冰"举例说明[①]。认为当水蒸气变成冰时,性质就发生了变化,我觉得好像不太恰当。因为水蒸气是水的气态形式,冰是水的固态形式,但其化学式都是 H_2O,均包含氢和氧两种元素,因此,其性质是一样的,只是形态不同罢了。

聂:你的解释非常有趣,但是水与冰和水蒸气不但形态不同而

---

① 聂珍钊:《文学伦理学批评导论》,北京大学出版社,2014年,第280页。

且性质也不同。这里涉及内在性质同外在形式的关系问题。内在性质的外在表现是形式,因此外在的形式是由内在的性质决定的,什么样的性质决定什么样的形式。以水为例(大气压为1标准大气压时),当水的温度降低到零度以下,水的性质则发生变化,这种性质的变化由其外在形式固态冰表现出来。当水的温度达到沸点,水的性质同样发生变化并以水蒸气的外在形式表现出来。因此,无论是冰还是水蒸气,它们都是水的性质发生变化产生的结果。

你用科学的方法解释水、冰和水蒸气的概念也是发人深思的。你说水、冰和水蒸气"化学式都是 H_2O",企图用科学的方法证明水、冰和水蒸气的"性质是一样的",这种探索创新精神值得鼓励和学习。对于人文科学的研究,运用科学的方法是十分必要的。但是,你可能把事物的构成同事物性质混为一谈了。水、冰和水蒸气的化学成分是 H_2O,但它们只是水、冰和水蒸气的化学成分而不是性质。在不同的条件下,相同的化学成分会发生性质改变并以不同的形式体现出来,而水、冰、水蒸气都是化学成分 H_2O 在不同条件下性质发生改变形成的。

例如鸡蛋和鸡。在不同的温度条件下,鸡蛋的性质发生变化,温度适宜,经过一定的时间,鸡蛋可以变成小鸡。尽管小鸡是从鸡蛋孵化而来,但是其性质已不是鸡蛋,因为鸡同鸡蛋是性质不同的两种事物。

同理,尽管口头讲述的语言和书写的文字都是脑文本的外在表现形式,但它们在性质上是不同的。

王:但水蒸气与冰的关系恰好给了我启发,来说明脑文本的讲述与书写。我认为从本质上讲,无论是口头文学还是书面文学,创作者在大脑中加工而成的脑文本都是文学脑文本,其本质是相同的,只是表现形式不同罢了。就好比某个词语的口头表达与书面表达,无论是用音说出来的还是用文字写下来的,都是同一个词语。

聂:你说:"从本质上讲,无论是口头文学还是书面文学,创作者在大脑中加工而成的脑文本都是文学脑文本,其本质是相同的,只是表现形式不同罢了。"我完全同意你的看法。无论口头文学还是书面文学,它们都有文学的共同特征,因此它们的本质是一样的,都是文学的本质。但是,口头文学和书面文学的性质是不同的。它们之间的不同在于表现形式不同,口头文学是通过语言表达的,书面文学是通过文字表达的。

四、语言同脑文本的关系

王:关于语言同脑文本的关系,我们可以提出一个假设:作家的脑文本体现为由作家本人根据创作需要选择的词语及其句法形式构成的语言系统;同时,绝大部分作家的脑文本是线性形式(我们日常使用的连贯的语言)的语言系统,也有小部分作家的脑文本是一种综合形式的语言系统,如视觉诗同时综合了视觉形象要素,因此,这种脑文本未必是连贯的。

聂:关于语言和脑文本之间的关系问题,你在这里提出来一个非常重要的理论问题。但是在讨论它们的关系之前,首先应该明确脑文本与语言和文字的关系问题。无论语言还是文字,它们都是表达意义的工具。例如欧洲有关特洛伊战争的故事,中国有关开天辟地的故事,都可以通过语言或文字这两种工具表达。工具本身没有意义,它们的意义通过表达某种内容显现出来,而某种内容就是某个脑文本。

如果语言从脑文本而来,语言则是脑文本的声音形态;如果脑文本从语言而来,脑文本则是语言的意识形态。作家的文学创作是在作家大脑中对脑文本进行加工、修改、组合的编辑过程,对脑文本进行编辑的结果产生文学脑文本。这里需要指出,由于语言在形成的过程中产生了一系列如何进行加工、修改、组合和编辑的语言规则,因此脑文本在形成的过程中所依据的同样是语言的规则。同时,由于文字在形成句子以及文本的过程中也产生了文字规则,因此脑文本在形成的过程中也会遵守文字的规则。从中可以看出,当语言和文字产生之后,脑文本实际上受到语言和文字规则的制约。

由于语言和文字规则的制约,脑文本不能通过语言或文字完整地表达出来。以省略、比喻、隐喻等为例,当文学文本中的表达打断叙述逻辑而运用省略时,被省略的部分仍然存在于脑文本中。沉默也是如此。文学文本中的沉默省略了大量的叙述,但是沉默之中的脑文本是仍然存在的。沉默并非没有内容表达,而是对要表达的内容表示沉默。

事实上,以脑文本方式存在的文学不仅通过口头表达流传下来,还借助书写符号完成了从口头文学到书写文学的文本化过程。

五、脑文本与文学脑文本

王:您的回复中出现了"脑文本"和"文学脑文本"两个术语。从您的思路看,似乎可以把文学创作过程归结为以下几个步骤:1. 作家"按照一定的文学样式"对脑概念和脑文本进行编辑加工;2. 在大脑中产生文学脑文本;3. 作家把大脑中的文学脑文本书写下来,成为书面文学。

如果我这个理解符合您的原意,就可以由此推导出两点:1. 口头文学的脑文本和书面文学的脑文本是性质相同的脑文本,都是大脑中经过对脑文本和脑概念的编辑加工后形成的文学脑文本,只是前者以口述为其表现方式,后者以文字为其表现方式;2. 既然"作家创作文学文本的结果产生文学脑文本,……创作文学作品是在大脑中进行的,是对脑文本及脑概念进行编辑和加工的过程",那么,作家大脑中的脑文本和文学脑文本应该是两种不同的文本。是否可以把作家大脑中的脑文本理解为他本人依据自己的伦理观对前人的文学作品经过吸收接受后而形成的文本?一种文化和文学记忆?如果这种理解成立,则可以通过文学脑文本深入探究脑文本,研究作家之间的相互影响,包括外国作家对中国作家的影响。

聂:你说得对,是这样的。脑文本有不同的类型,如哲学脑文本、历史脑文本、文学脑文本。你归纳的文学脑文本的两个特点,是对文学脑文本产生过程的总结,对于理解文学脑文本非常有用。就文学而言,无论口头文学还是书面文学,都是对文学脑文本的不同表达。这种不同表达指的是表达方法的不同,而文学脑文本是相同的。对于同一个文学脑文本,可以通过口头讲述(语言)表达,也可以通过书写符号(文字)表达。

语言和文字是表达文学脑文本的两种主要方法,除此之外,还可以通过手势(所谓的哑语)、触觉(如通过手的触摸感知的盲文)等,这也是表达脑文本的方法。随着电子技术的发展,借助键盘等输入设备把文学脑文本转换为数字符号,已经成为表达文学脑文本的主要方法之一。

脑文本指的是表达特定意义的存储在大脑中的所有文本。无论是文学脑文本、哲学脑文本还是历史脑文本,它们只是形式上不同,其性质都是一样的,都是脑文本。文学脑文本是就脑文本的形式或样式说的,是对脑文本的分类。你提到的"是否可以把作家大脑中的脑文本理解为他本人依据自己的伦理观对前人的文学作品经过吸收接受后而形成的文本",是一个有关脑文本和文学脑文本研究的重要理论问题,也是一个十分复杂的理论问题,还需要深入研究。

作家大脑中的脑文本是普通的脑文本,它可能是文学的,也可能是哲学的或历史的,但是作家大脑中的文学脑文本则是作家所有脑文本中的一个类型,也是区别于哲学、历史或其他脑文本的文学类型。作家大脑中的文学脑文本是怎样形成的,则是一个十分复杂的理论问题。你把文学脑文本理解为作家"本人依据自己的伦理观对前人的文学作品经过吸收接受后而形成的文本",已经找到了文学脑文本如何形成的正确入口。作家创作文学是因为已经存在被认为是某种样式的文学,它们有习惯上被认同为文学的某些特征,这种习惯认同即为伦理。作家只要根据这种伦理将大脑中多种多样的脑文本和脑概念组织起来,经过加工和编辑,使之符合大家认同的文学伦理,即可得到文学脑文本。

你提到的"文学记忆"是一个非常重要的观点。作家在创作文学之前不仅已经接受和认同存在的文学样式,还把已经存在的文学样式转换成脑文本存储在作家的大脑中,成为作家大脑中的文学脑文本样式或文学脑文本范本。这就是你说的"文学记忆"。作家只要按照自己大脑中的文学脑文本范本对脑文本和脑概念进行组合、加工与编辑,使之与范本相符,就会产生自己创作的文学脑文本。因此,你说"可以通过文学脑文本深入探究脑文本,研究作家之间的相互影响,包括外国作家对中国作家的影响",无疑是研究文学创作及文学作品的重要方法。

六、脑文本的研究对象

王：您认为脑文本分析主要应针对文本本身，即文学作品中人物的内心独白、意识流、心理描写，以及隐喻、双关、不完全叙述、省略等①。我觉得它们依然同作者的脑文本有关，是作家脑文本的特殊表现形式。上述表现形式可以分为三种不同的类型：内心独白、意识流及心理描写采用了直接表达方式，他们的形和义是统一的（A＝A）；隐喻和双关有显性的表达，但作者真正的脑文本隐含在显性表达的背后，他们的形和义是分离的（A≠A，＝B）；不完全叙述和省略，作家的脑文本仅得到部分体现（A＝A＋B）。

由此可见，书面作品无论采用哪种表达方式，均为作家脑文本的不同体现。也就是说，脑文本可以被视为作者要表达的真实内容，在书面作品中，通过客观描述、直接表达、视觉形象等手段表现出来。

因此，脑文本的研究对象应该以作家创作过程中的脑文本为重点。

聂：你把脑文本的表现形式分为三种不同的类型很有创意，对作家在文学创作中形成的脑文本同书写文本关系的强调能够加深对脑文本的理解。关于脑文本的研究对象，在目前可能的条件下，仍然是作家书写下来的文学文本。分析书写文本，重点是对文学文本中的人物进行分析。文学作品中人物的内心独白、意识流、心理活动，以及描写人物的表达与修辞如隐喻、双关、省略等，都是把

---

① 杜娟：《从脑文本谈起——聂珍钊教授谈文学伦理学批评理论》，《英美文学研究论丛》2018 年第 1 期，第 5 页。

人物同脑文本连接起来进行分析的途径。由于构成文学文本的所有文字都是从文学脑文本而来，而文学脑文本是作家创作的结果，因此正如你所说，文学作品中人物的内心独白、意识流、心理描写，以及隐喻、双关、不完全叙述、省略等依然同作者的脑文本有关。

的确如此。脑文本中那些最隐秘的深藏于意识之中的内心活动、意识及心理变化，借助书写符号出现在书写文本中，成为可以直接阅读的东西，即你所说的直接表达。通过脑文本的转换，文字不仅是直接表达意识和心理活动的媒介，也是阅读、理解意识和心理活动的符号。你用显性表达把隐喻和双关同内心独白、意识流与心理描写区别开来，有助于理解隐喻和双关的特点。在脑文本的表达中，隐喻中隐含的部分，双关中暗含的意义并没有直接表达出来，但是能够借助语言和文字的规则间接理解它们。至于不完全叙述和省略，尽管只有部分脑文本转换成书写符号，但是没有转换成书写符号的部分仍然以脑文本的形态存在，因此没有表达和省略的部分仍然可以在脑文本中找到。

在对文学作品进行分析时，心理活动、情感变化、精神活动等，与其说是通过书写符号书写的，不如说是通过脑文本表现的。

但是，正如你所说，虽然文学文本是从作家创作的脑文本而来，但是目前我们还没有办法直接对深藏于大脑中的脑文本进行分析。即使分析作家创作过程中的脑文本，也仍然是以书写下来的脑文本为研究对象的。如果作家创作出来并保存在大脑中的脑文本没有书写下来，没有转换成文字形成书面的文学文本，就难以进行分析。事实上，作家在把脑文本转换成书写文本时，并非能够把脑文本完整地书写下来，这就为我们在作家书写的文本基础上分析脑文本留下了空间。

七、脑文本与文学伦理学批评的关系

王：在您的理论构架中，脑文本是文学伦理学批评的组成部分，并且指出，脑文本理论试图说明文学的教诲功能是在脑文本层面进行的，离开脑文本就无法实现教诲功能。我认为，这里有必要区分作家的脑文本和读者的脑文本。正如您在论文中所言，"文学教诲功能的实现是通过文学的脑文本转换实现的"①，这就需要考察文学文本的接受问题。也就是说，文学作品教诲功能的实现是一个由作家产出到读者接受的过程。先由作家的脑文本（脑文本A）转化为文学作品（作者的伦理表达），继而由读者所接受或拒绝；在接受的情况下，形成读者的脑文本（脑文本B），从而实现其教诲功能，达到潜移默化的目的。

所以，在我看来，脑文本不应只是文学伦理学批评的组成部分，而是可以并行不悖的两种理论。文学伦理学批评理论揭示文学最本质的教诲功能；脑文本理论揭示文学创作的机制以及读者的接受过程，或许也可以用来分析作品中人物的心理活动等有文字或无文字显示，但同人的思维有关的片段。

聂：有关脑文本对于文学教诲功能的意义，你的理解完全正确。离开了脑文本，文学的教诲功能则无法实现。你说得对，文学作品的教诲功能是在脑文本的产生和接受过程中实现的。只有读者在阅读文学作品的过程中形成脑文本并把脑文本保存在自己的大脑中，文学作品的教诲功能才有可能实现，文学才能对读者产生

---

① 聂珍钊：《脑文本和脑概念的形成机制与文学伦理学批评》，《外国文学研究》2017年第5期，第33页。

潜移默化的作用。

你认为脑文本不只是文学伦理学批评的组成部分,而是并行不悖的两种理论。显然你是从理论的高度认识和理解脑文本,无疑对深入研究脑文本有重要推动作用。在你看来,文学伦理学批评理论揭示文学的本质并开发文学的教诲功能,脑文本理论揭示文学创作和读者接受的机制。这种区分是十分重要的,它不仅有助于加深对二者不同特点的理解,也有利于二者的融会贯通和建立完整的文学伦理学批评理论体系。

八、脑文本到文学文本的转换机制

王:结合您的论述,从作家脑文本的形成到文学文本的产生大致可以假设为如下过程(这里不涉及读者接受的脑文本):

序号	阶段	主要内容
1	脑概念	创作主旨、创作理念(同作家的世界观、人生观、生活经历等相关)
2	脑文本	以个性化的语言系统为载体的原初文本(该语言系统中的词汇、句法、语义等层面均体现出作家本人的风格特征)
3	文学文本	完整的文学作品,具有教诲功能

聂:这张图表有助于厘清从脑概念到脑文本再到书写文本的过程,因此也有助于对脑文本的理解。脑概念有明确的定义,但在组合成脑文本之前,它的作用是任意的。脑文本是通过脑概念组合而成的,它的形成受到语言和文字规则的制约,表达明确的意义。作家按照文学的范式对脑文本进行加工和编辑处理,可以得到文学脑文本。文学文本从文学脑文本转换而来,是作家书写文

学脑文本得到的结果。文学作品是脑文本的客观载体。文学脑文本只有经过书写变成书写文本即文学作品以后,才能被读者阅读,才能发挥教诲作用。文学的伦理价值,也要通过阅读文学作品才能显现出来。

(原载于《外国文学》2019年第4期)

"跨文化视野中的外国文学研究"研讨会闭幕词

由青岛大学和《外国文学研究》杂志社共同主办,青岛大学文学院、青岛大学师范学院、青岛大学外国语学院以及青岛大学跨文化研究中心四个单位共同承办,经过各个单位的共同努力,"跨文化视野中的外国文学研究"全国学术研讨会在青岛大学成功召开了。

本次大会的开幕式由青岛大学李俄宪教授主持,青岛大学副校长陈光勇教授致欢迎词,文学院副院长侯传文教授致开幕词,宣布大会开幕。在开幕式上,青岛市委宣传部副部长徐建宏先生、《外国文学研究》杂志社的代表聂珍钊教授、山东大学郭继德教授、中国海洋大学杨自俭教授、天津师范大学孟昭毅教授等来宾分别发表讲话表示祝贺。在一种充满学术期待的祥和气氛中,本次大会按计划顺利进行,并取得了圆满成功。

本次会议是在我国战胜 Sars 病魔后比较文学和世界文学学科举行的第一次全国性大型学术研讨会,因此具有特殊意义。本次会议以"跨文化视野中的外国文学研究"为主题,并在这个主题下分设"20 世纪欧美文学研究""英国维多利亚时期文学研究""跨文化视野中的东方文学研究""译介学与外国文学研究""中外文学关系研究"五个子议题,全面探讨了我国比较文学和世界文学学科在学术研究、翻译介绍、中外文学交流等方面的一系列重要问题。本次会议参加者包括来自全国各个单位的代表和嘉宾，共计150多人，他们带来了丰硕的研究成果。本次大会还有一批提交了学术论文但因故未能与会的学者，虽然这是一个遗憾，但我们还是通过他们提交的论文分享了他们的学术成果。

从8月4日到8月6日的大会发言和学术交流的情况来看，本次会议的主要特点是大会主题发言与小组讨论结合，理论探讨、作家研究和作品分析并举，西方文学和东方文学兼顾，展开自由讨论与平等对话。本次会议自始至终坚持了学术自由的原则，与会代表畅所欲言，各抒己见，发表不同的学术观点和见解，把学术研究推向了深入发展。

就大会的主题发言来看，发言者表现出深厚的学术功底和独到的学术见解。如杨乃乔教授关于"图像与叙事——论精神叙事与知识分子的小叙事者身份"的发言从理论上对比较艰深的文学术语进行了深入的探讨，周启超研究员关于"跨越国界的角色转换：20世纪侨民文学的文化功能刍议"的发言，曾艳兵教授关于"跨文化视野中的卡夫卡研究"的发言，都提出了许多有价值的理论问题，给人很多启发。杨自俭教授也从自己的翻译实践中发表了关于翻译理论的心得与体会。

尤其让人感到高兴的是，我国著名的老学者吴元迈先生、王忠祥教授、夏仲翼教授以及杰出中青年学者曹顺庆教授应邀出席了会议，并在大会上作了精彩的主题发言。吴元迈先生在大会的发言中指出当前我国文学理论与文学批评的致命伤就是理论不同文学实际相结合，文学理论与文学发展脱节，切中了我国外国文学研究的要害，对我国的外国文学研究有很大的指导意义。曹顺庆教授在发言中全面阐述了自己关于比较文学的新观点、新思想和新思路,形成自己的理论特色。夏仲翼教授对我国外国文学翻译和介绍中产生的一系列理论和实践问题进行分析,结合自己从事翻译和研究的心得体会,发表了发人深省的见解。王忠祥教授在整体评价我国外国文学研究现状的基础上,重点对英国维多利亚时期的文学进行了深入细致的分析,既有理论的概括,又有具体的分析,他的富有激情的发言引起了与会者的热烈掌声。在大会上作主题发言的还有乔国强教授、王理行先生,他们分别对美国的犹太文学和 Chinese American Literature 的名称与术语进行了界定与廓清,是很有学术价值的讨论。姜秋霞教授的发言对文学翻译与社会文化的关系进行了讨论。王立教授选择了一个很有趣的关于动物母题的题目,引起了大家的关注和讨论。孔庆华教授关于福克纳乡土情结的发言着重于作家的短篇小说研究,是对福克纳小说研究的有益补充。

我在这里还要提到区教授的发言。他于 20 世纪 80 年代末在剑桥大学英语系从事博士后研究,深受剑桥学风的熏陶。他代表从剑桥访学归来的学者们发表了关于剑桥的学风、研究方法、学术传统等方面的看法,这既是对吴元迈先生所指出的我国外国文学研究理论与实际脱节的一种注解或补充,也是为这次大会提供的一种有益参照和比较。这次大会的小组讨论与交流也很热烈和深入,富有特色。缑广飞教授的"试论欧洲哲理小说的嬗变"、殷企平教授的"一段进步的历史:论狄思累利的小说"、童燕萍教授的"两种文化的对话:谈戴维·洛奇的小说《想》"、杨莉馨教授的"女性主义诗学在中国:双重落差与文化学分析"、李汝成教授的"名著重译的可行性与必要性"等发言,观点新、学术性强,引起了很大反响。

从出席这次大会的代表看,来自不同单位的代表形成了一种老中青学者的最佳组合。中青年学者是这次大会的一支生力军,表现十分突出。他们主动向老专家请教,积极参加讨论,勇于发表自己的学术见解。他们的崛起为本次会议充满了活力。这次会议中还有一批十分活跃的博士、硕士研究生参加,他们善于思考,勤于笔耕,已经表现出一个很好的开端,这是十分可喜的现象。需要特别指出的是,青岛大学的与会者和青年学者表现突出,显示出他们的研究特色与整体实力。从本次会议讨论的问题看,与会者对问题的讨论加强了理论性和学术性。这次会议确定的"跨文化视野中的外国文学研究"的讨论主题,力图用高屋建瓴的学术眼光来观察和思考当前我国的学术研究所面临的问题,从比较的角度去审视我国的外国文学研究。因此,这次会议主题的学术起点较高。此外,这次会议的主题有很大的包容性,为所有参加这次会议的人提供了发表自己学术见解的平台,为与会者提供了进行学术交流的机会。

在共同主题的指引下,与会代表的会议发言和书面发言表现出多样化的特点:有的从宏观视野就某一时期、某一学科的研究进行分析,总结经验与教训;有的从微观角度就某一作家作品、某一实际问题进行探讨和论证。在进行学术交流的过程中,有共识也有分歧,有讨论也有争辩,但是与会者都能进行自由平等的交流与对话,都能坚持相互尊重的学术讨论规则,坚持各抒己见、取长补短、求新务实的精神。

最后,我提议以最热烈的掌声庆贺"跨文化视野中的外国文学研究"学术研讨会圆满结束!

(原载于《外国文学研究》2003年第6期)

"中国的英美文学研究:回顾与展望"
全国学术研讨会闭幕词

各位专家、各位学者、各位代表,同志们,朋友们:

"中国的英美文学研究:回顾与展望"全国学术研讨会,经过两天热烈而认真的讨论,今天就要在英雄城南昌闭幕了。这次会议由江西师范大学外国语学院、《外国文学研究》杂志社共同主办,历时两天,有100多位来自全国各地的高等学校的代表参加了本次会议。

改革开放以来,我国学术界通过学术讨论会的形式系统地、专门地对我国的英美文学研究进行学术总结是不多的。改革开放以来,我国的英美文学研究取得了瞩目的成就,获得了一系列重要的成果。我们通过这次会议,对我国英美文学过去的研究进行学术总结,对未来的研究和发展进行学术探讨,这必将对我国未来的英美文学研究产生重要影响。

本次会议由江西师范大学外国语学院副院长王松林教授主持,在江西省教育厅副厅长汪忠武先生、江西师范大学副校长余欢教授的讲话以及江西师范大学外国语学院院长章少泉教授的开幕词中展开,按照既定的会议议程有序有效地进行。两天来,各位代表以饱满的精神与学术探讨的热情,对我国英美文学研究中的有关学术问题各抒己见,进行了认真的讨论,发表了许多值得重视的、有学术价值的意见。本次会议的议程简单而突出、鲜明而紧凑,内容广泛而丰富,讨论热烈而深入。会议共出会议简报两期,对大会的讨论情况进行了详细的报道。

在本次会议上,共有八位著名的专家学者在大会上作了精彩的主题发言。吴元迈先生首先以"从另一个视角走进英美文学研究的回顾与展望"的发言为本次学术讨论会定下了学术基调。作为中国社会科学院学术委员会委员、中国西方马克思主义文论研究会会长、外国文学研究所前所长、中国外国文学学会前会长、国家社会科学基金外国文学学科的负责人,吴元迈先生对中国外国文学研究的学术繁荣和发展做出了突出贡献。吴元迈先生在发言中以老学者的眼光和胆识,结合我国英美文学研究的实际对我国的文学研究做出学术总结,拓宽了英美文学研究者的学术视野;尤其重要的是,他指出了我国外国文学研究当前需要重视的一些问题,如文学理论脱离文学和文本的倾向,这对我国整个学术研究都有重要指导意义。中国外国文学学会副会长、《外国文学研究》杂志名誉主编、华中师范大学英美文学与比较文学研究所所长王忠祥教授主要就《外国文学研究》自创刊以来在莎士比亚研究方面所做的工作向大会作了总结。他还就莎学研究中存在的问题和如何进一步推进中国的莎学研究提出自己的见解,为我们外国文学研究工作提出了新的要求。在大会上作主题发言的专家还有中国社会科学院外国文学研究所副所长陆建德教授、江西师范大学副校长傅修延教授、湖南师范大学副校长蒋洪新教授、上海外国语大学虞建华教授、江西师范大学外国语学院院长章少泉教授、《外国文学研究》杂志主编聂珍钊教授。他们的发言从不同角度对我国不同的重要学术问题进行深入阐述,对我国的英美文学研究具有很大的启发性,是这次大会高学术水准的标志。八位专家为大会作的主题发言都引起了热烈反响。他们发表的学术见解对于我们今后的研究会产生很大的推动作用。

出席本次大会的代表对大家共同关心的话题展开了认真的、深入的讨论。全体代表都非常认真地出席本次会议,小组发言气氛热烈。每一位出席本次会议的代表都做了认真的发言准备,发言投入,问题集中,都有一定的学术深度。尤其让我们感到欣喜的是大量中青年学者尤其是青年学者的参与,说明我国英美文学研究的队伍宏大,力量充足,也说明我国英美文学有一个美好的未来。这是十分可喜的。他们发言踊跃,思维开阔,富有学术创见,为本次会议增添了学术活力。大家的讨论十分踊跃,但是也有遗憾,这个遗憾就是因为时间有限,大家都有意犹未尽的感觉。有的人还没有获得发言的机会,有的人还未讲完自己的观点,还有的问题没有来得及进行充分的讨论。所以就本次会议讨论的主题而言,只能说是一个开端,许多问题还有待于会后的继续。这次会议收到的论文摘要有一百多篇,有的专家因为临时有重要任务,没有亲自到会,但还是提交了论文。这表明全国各地的专家学者和在读的研究生对本次会议的高度重视,我们应该对他们表示感谢。这次大会之后,江西师范大学外国语学院将负责出版大会学术论文集,《外国文学研究》杂志也将推出本次会议的学术论文专栏。

本次大会的组织形式也富有特点和富有成效。尤其是大会主题发言后的大会提问,今天下午的小组讨论的总结发言、自由发言甚至包括会议中间的 tea break/coffee break,充分体现了本次会议学术自由的特点。所有的出席者都在相互尊重的基础上进行平等对话,自由地、愉快地进行学术交流。这是需要我们发扬的良好学术风气。

这次会议的筹备工作主要是江西师范大学及其外国语学院做

的，所以，《外国文学研究》杂志作为合作单位，我衷心地感谢他们，感谢他们为这次大会、为我国外国文学研究的学术繁荣做出的贡献。我还要衷心感谢江西省外国文学学会和上海外语教育出版社对本次会议的支持，同时对出席本次学术研讨会的全体代表示衷心感谢。

本次会议顺利召开和圆满结束，是出席本次会议全体同仁通力合作的结果。我们欢迎外国文学研究界的同仁继续关注江西师范大学外国语学院的学科建设和学术研究，关注《外国文学研究》杂志的发展，关心我们所举办的各种学术活动，并对我们多提宝贵的意见和建议！最后，祝各位代表身体健康，学术丰收！

现在我提议，让我们用热烈的掌声祝贺"中国的英美文学研究：回顾与展望"全国学术研讨会闭幕！

（原载于《外国文学研究》2004年第5期）

"剑桥学术传统与批评方法"
全国学术研讨会闭幕词

尊敬的各位代表,同志们,朋友们:

为了推动和繁荣我国外国文学学术研究,倡导优良的学术研究风气,《外国文学研究》杂志联合中国剑桥大学人文学者同学会、三峡大学、华中师范大学外国语学院、上海财经大学、襄樊学院等单位,共同举办了这次"剑桥学术传统与批评方法"全国学术研讨会。本次会议于 2004 年 8 月 21 日至 23 日在湖北宜昌三峡大学学术交流中心举行,得到了各主办单位尤其是三峡大学的领导的大力支持。会议期间,三峡大学校长刘德富教授还在百忙中抽出时间到大会看望了部分与会专家。经过三天的交流和讨论,本次会议取得了圆满成功。

这次会议于 8 月 21 日开幕,在三峡大学文学院院长胡绍华教授的主持下,三峡大学外语学院总支书记杨德安教授致大会开幕词,三峡大学党委书记陈少岚教授、宜昌市委文成国副书记在开幕式上发表了热情洋溢的讲话,中国剑桥人文学者同学会副会长刘雪岚博士在会上宣读了剑桥大学 Mr. Prynne 的贺信并为大会致辞。中国社会科学院外国文学研究所副所长陆建德教授、中国外国文学学会副会长王忠祥教授也在大会上致辞。在主席台就座的还有中国社会科学院吴元迈研究员、《外国文学研究》杂志主编聂珍钊教授、上海财经大学外语系主任王晓群教授、襄樊学院文学院总支书记李定清副教授等。开幕式气氛热烈,为后来的大会讨论和学术交流奠定了良好的基础。

本次会议的议题是"剑桥学术传统与批评方法"。会议的主题是有实际意义的,不仅是为了促进对作家和作品的基础研究,也是为了促进理论研究的深入和发展。这次学术会议以"剑桥学术传统与批评方法"为主题,其目的就是通过对以剑桥大学为代表的英国学术传统和批评方法的研讨,从中获得启示,得到借鉴。这是一个许多人感兴趣的话题,吸引了不少学者聚集宜昌江城,参与讨论和发表自己的见解。多所学校和单位参与主办这次会议,表明了这次会议被学界重视的程度;众多的学者作了大会主题发言,说明了会议的主题的学术吸引力。

本次大会一个重要特点是大会主题发言整体质量高,反响大,效果好,尤其是出席大会的青年学者认为从中受益匪浅。在王晓群、乔国强、李定清、田祥斌、胡绍华、邹建军等教授的主持下,共有12名学者作了大会主题发言。吴元迈先生以《批评方法还是多元化好》为题,拉开大会主题发言的序幕。吴元迈先生结合我国外国文学研究的现状,发表了自己的精辟见解,并对文化批评把批评绝对化提出了批评。他在发言中指出,文学文本不仅是文学研究的对象,而且也是其他学科的研究对象。吴元迈先生还以马克思对巴尔扎克的评价、以范文澜等对文学文本的研究来说明两种批评的区别,说明文学批评不能脱离文学的实际。吴元迈先生还就批评方法谈了自己的看法,指出任何方法都有自己的特点,但都不是万能的,因此决不可以一种方法取代其他方法,不能相互排斥。吴元迈先生还指出了文学批评中的一种绝对化倾向,认为文学已经死亡而要回到大文化去的主张是不可取的。吴元迈的发言得到与会学者的热烈反响。聂珍钊发言的题目是"剑桥学术传统与研究方法：从利维斯谈起"，发言通过对剑桥学术传统背景的介绍，指出我国外国文学研究中的理论自恋现象，认为我们的研究出现了一种专家危机。他的发言主张我们的研究要反对伪理论，认为利维斯为我们提供了一种研究的方法和范例，即怎样研究和批评文学。他在发言中还以利维斯为例倡导一种文学伦理学批评方法，认为利维斯的文学批评的社会和道德价值观对于我们今天的外国文学研究有重要的借鉴意义。陆建德教授是剑桥大学的博士学位获得者，他以"剑桥学术传统与文学批评"为题，结合中外的实例阐释了剑桥学术传统及其意义。他认为剑桥学术传统与英国的大学传统结合在一起，从僧侣传统发展而来。他指出英国学术研究的探索与执着精神，不受功利主义的影响。他还以利维斯、理查兹、燕卜生为例，论述了剑桥学术的治学精神、学术传统同社会的联系。清华大学外语学院的曹莉教授发言的题目是"剑桥的学术传统及其争议"。她首先对剑桥大学英语系的发展历史进行了介绍，并在此基础上对瑞恰兹、艾略特、利维斯进行了介绍和论述，对他们批评的意义与启示进行了归纳和总结。河南大学外语学院高继海教授以"徐志摩、朱华理与剑桥英文系"为题，对剑桥大学的学术环境以及我国作家同剑桥的关系进行了介绍，提出了一些值得我们思考的问题。江西师范大学外语学院王松林教授以"什么是批评：艾略特、瑞恰兹、利维斯的启示"为题，首先以从我国翻译介绍的克里斯蒂瓦著作《言说的主体》中摘取的不规范例文展开话题，认为我国学术研究中包括学术著作的翻译有一种"学术泡沫"和"皇帝的新装"现象。他以瑞恰兹、艾略特、利维斯为例，论述了以上三位批评家对我们文学批评的启示，提出两个问题并进行了三点呼吁。三峡大学田祥斌教授以"安吉拉·卡特现代童话的魅力"为题，以魔幻现实主义、女权主义等为例,以安吉拉·卡特为重点,分析论述了理论与方法、文本之间的关系,认为不能唯理论而理论,应该摆正理论与文本的关系。在田祥斌教授的主持下,河南师范大学外语系梁晓冬副教授以"多元化背景之下的当代英国诗歌——多元、民主、开放的声音"为题,介绍了多元化背景之下当代英国诗歌的思想和艺术特点,并对大众诗人、学院派诗人、女性主义诗人、黑人诗人、少数民族诗人的诗歌进行了深刻细腻的分析。华中师范大学外国语学院乔国强教授的发言以"博学、实证、求真——在英国读书的感受"为题,以自己在英国攻读博士学位期间的切身体会为线索,将英国学者在进行学术研究时秉行广博、实证、求真的优良传统介绍给与会者,以此揭示国内研究中令人担忧的现象。他用"original""analytical""critical"三个词概括了自己在博士论文写作中得出的经验。王忠祥教授以"中西传统文学批评的现代思考"为题,结合作家与作品的分析重点强调了传承与创新的辩证关系问题,强调在传统基础上的创新。王忠祥教授认为学科遇到困难的时候往往是由方法论的创新来推动的。他认为各种方法是多元并存,和而不同。关于文学话语的问题,他认为要建立一种通天塔是不可能的,但是我们应该要建立有中国特色的中国外国文学研究学派。他还指出要进行中西平等对话交流,继承借鉴,促进西方文学的研究和发展。他最后进一步强调了要超越传统。黎志敏博士以"英语诗歌的断行艺术——剑桥和中国的读书传统"为题,讨论了读诗的情感体验与理性评价。他以 T. S. Eliot 和 Ted Hughes 的诗为例,通过细读具体阐释分析感悟英语诗歌,用具体的事例对利维斯的细读批评做了有力的说明。刘雪岚博士以"两种文化之争"为题,介绍评价了 C. P. Snow 的两种文化,进而讨论了利维斯所代表的文学批评的意义与价值。她对斯诺和利维斯的两种文化之争进行了深刻的分析和评价。王晓群以"理论的现状与未来"为题,引用了一系列原始资料,首先对我国盲目追求理论的倾向和否定理论的倾向进行了分析,其次对目前存在的对文学文本理解的分歧进行了讨论,再次对目前的理论的衰落趋势进行了评述,最后对理论进行了辩证的评价和思考。

本次大会议程紧凑,主题集中,内容丰富,学术性强。大会的小组讨论分两个小组进行。在刘雪岚、黎志敏、曹莉、王松林同志的主持下,小组讨论顺利进行。参与讨论的学者以探讨学问、追求真理的学术精神,以平等、自由、积极的学术态度,对大家关心的学术问题进行了充分讨论和交流。大家充分发表自己的学术见解,提出了许多值得重视的、有高度学术价值的意见,使一些重要的问题得到充分讨论,如对剑桥学术传统的认识、文学理论与文本的关系、作家作品研究的意义、文学伦理学批评的理解等。这对我们以后的学术研究有很大的启示作用。参加这次会议发言的同志还充分利用多媒体技术加强自己发言的表现力,大多数发言者不但声情并茂,而且图文并茂,表现出学术讨论与现代科学技术的融合及文学研究对科学技术的运用,这是值得我们今后大力提倡与发扬的。

本次大会还有一个重要的特点,就是吸引了一批以年轻学者和研究生为主组成的学术群体。这些年轻学者思维敏捷、思想活跃、为人谦逊,勇于发表自己的见解,为本次会议增添了新的活力。会议共出简报两期,对大会的讨论进行了详细的报道。这次会议虽然由于时间的问题留下了讨论还不够充分的遗憾,但是我们借助这次会议建立的联系和学术开端,还可以在会后把这种讨论继续下去。

《外国文学研究》杂志作为我国一份有影响的学术杂志,长期受到在座各位的大力支持与爱护，因此我们将为推动我国外国文学研究做出积极贡献。编辑部将针对我国的研究现状组织一系列学术讨论会，对大家共同关心的问题进行深入探讨。《外国文学研究》在去年同青岛大学共同成功举办学术讨论会的基础上，今年又同江西师范大学在南昌举行了学术讨论会，这次又同宜昌三峡大学、上海财经大学、襄樊学院等单位在宜昌举办了学术讨论会。明年我们还将举办一系列学术讨论会：1.同挪威奥斯陆大学易卜生研究中心举办的易卜生国际学术讨论会；2.文学伦理学批评学术讨论会；3.湖北省外国文学学会年会。希望国内感兴趣的有关单位同我们合作，欢迎国内外的学者积极参加，共同推动我国外国文学研究的发展和繁荣。

本次会议顺利召开和圆满结束，是出席本次会议的全体同仁通力合作的结果。因此，我要借此机会代表《外国文学研究》杂志社，对中国剑桥大学人文学者同学会的黎志敏、刘雪岚博士，三峡大学的杨德安、胡绍华、田祥斌、吴卫华教授，上海财经大学的王晓群教授，襄樊学院的李定清同志的支持和协作表示感谢。我还要感谢为这次会议付出了辛苦劳动的会务组的全体同志；感谢上海外语教育出版社对本次会议的支持；感谢出席本次学术研讨会的全体代表。

最后，祝各位代表身体健康，工作顺利，在学术研究中获得大丰收！

（原载于《外国文学研究》2004年第6期）

第 14 届全国美国戏剧学术研讨会闭幕词

大家上午好！

应邀参加第 14 届全国美国戏剧学术研讨会，我感受很深，借此机会讲一讲这次会议的三大特点。

首先，会议的专题化倾向。美国文学在我国影响很大，因此有关美国文学的学术研讨会比较多。不过，这些会议大多是综合性的比较大型的学术研讨会，而专门就美国文学的某一种体裁、某一个主题、某一个问题、某一个作家甚至某一部作品进行讨论的会议却不多。就我国目前美国文学研究而言，要想有更大的推动，更深入的讨论，就要借助专题性学术研讨会。这次美国戏剧研讨会的专题化倾向十分明显，主要集中于对几个主要的作家以及一些重要的作品进行深入讨论和交流，因此这次会议的研讨就很深入，交流也很热烈，大家感到收获很大。文学研究的专题化讨论不仅是美国戏剧研究也是整个美国文学以及其他外国文学研究的发展趋势，文学的专题讨论会将越来越多，越来越深入。只有大型的学术研讨会同比较小型的专题讨论会结合在一起，我国的外国文学研究才能健康发展。在这方面，我们需要纠正那种认为大型会议影响大而专题会议影响小的看法。一次高水平的小型专题会议，如果能够集中解决几个重要的学术问题，能够在某个方面把以往的研究推向深入，其影响绝不会比一次大型会议的影响小。在这之前举行的一些专题性质的学术研讨会，已经收到了很好的效果，如关于易卜生的研讨会、美国诗歌的研讨会等。这次美国戏剧专题的讨论得到与会者一致的高度评价，表明这种会议受到欢迎。我希望这种专题化的讨论继续深入下去，并逐渐发展到对一个作家的讨论，比如对尤金·奥尼尔、田纳西·威廉斯、阿瑟·米勒等戏剧家的专题讨论，并在这些讨论的基础上形成一批研究专家，形成我国研究美国戏剧的专家群体。我认为这种讨论是我们将来学术研讨发展的方向。美国文学戏剧研讨会长期坚持举办专题研讨会，在老一代专家的关心爱护下，培养了一批专门从事美国戏剧研究的人才，为我国外国文学研究做出了贡献。在这里我们应该感谢美国戏剧研讨会的领导、会议主办单位以及与会的各位专家做出的贡献。

其次，强调研究方法。在这次讨论会上，参加会议的代表都十分重视研究方法的运用，加强对方法论的探究，主动运用不同的研究方法，努力解决一些具体的学术问题。这是一个可喜的现象。从收到的学术论文、大会主题发言以及各个小组的讨论，大家都有意识地采用多种多样的研究方法分析和研究问题。从中可以看出，大家对于理论、方法和文学研究之间的关系有了比较新的认识，在研究中注意把恰当的方法与文学作品有机地结合起来，避免了过去一个时期曾经出现的理论脱离实际的倾向。文学理论和研究方法虽然有密切联系，但二者是不同的。简而言之，理论是可以脱离实际而存在的推理、假设和思想，而方法是如何将理论变为现实的手段和途径。理论是抽象的，方法是具体的；理论是对可能的证明，方法是对理论的实现。我们只有不断更新并借助新的方法，才有可能获得新的发现和推动学术研究向前发展。这次会议大家都很重视批评方法,能够摆正理论和方法的关系,这是一个很好的现象。我相信,只要我们能够采用恰当的研究方法,我们对美国戏剧的研究就会不断地深入下去,就会不断地获得新的研究成果。实际上,我们今天研究美国戏剧所取得的成就,同我们运用多元的批评方法论是分不开的。

再次,专家的队伍在不断扩大。研究专家不仅是美国戏剧研究的核心,也是整个美国文学研究的基本队伍。在我国,美国诗歌和戏剧是我们研究美国文学的薄弱点,我们比较缺少这一领域的专家。通过这次研讨,我发现我们有着美国戏剧研究的广泛基础,有很多人对美国戏剧有兴趣,也有很多人投身于美国戏剧的研究,并且取得了喜人的成就。在昨天的发言中,我们欣喜地发现有许多人一直致力于某一个作家的研究、某些作品的研究、某些问题的研究,他们是某一个方面真正的专家。从大家的发言来看,专家对美国戏剧的贡献很大,他们的影响也是长远的,如刘海平教授和郭继德教授有关美国戏剧的研究,还在影响着年轻一代的学者。关于美国戏剧研究领域,我国很多前辈学者有很好的开创性的研究,现在年轻的学者加快了研究的步伐。他们各有所长,相互促进,形成了我国在戏剧研究方面的强大团队。我相信,有前辈学者的开创性的研究,有后辈年轻学者的不断推动,有大家的共同努力,我国会产生大量的研究美国戏剧的专家。在大量的专家的基础上,就会产生我们的学术权威,进而在国际上获得我们应有的学术地位。

最后,我还想谈一谈对中南财经政法大学外国语学院的印象。我对武汉还是比较了解的,最近几年,中南财经政法大学外国语学院在学院领导的带领之下发展迅速。院长谢群教授从在华中师范大学工作到香港中文大学攻读博士学位,然后回来在中南财经政法大学担任院长,对于她的发展我是比较清楚的。她是一个很优秀的青年学者,有很扎实的理论基础、敏锐的学术眼光,很有理想,很有抱负。她不仅在戏剧研究方面取得了很大成绩,在其他方面的研究也是很出色的。2005年,在华中师范大学举办的易卜生戏剧国际学术研讨会上,谢群教授所作的大会主题发言得到了与会者很高的评价。她不但有深厚的学术基础,而且学风朴实,为人谦逊。她与学院其他领导团结在一起,营造了很好的学术环境,广泛地展开学术交流,把一些人才吸引进来,把学院的教师组织成一个坚强的学术团队,很快就把中南财经政法大学的文学研究迅速推动起来,并在武汉占据了一席之地。昨天他们学生社团组织的美国戏剧演出,给我们留下了美好的回忆。更重要的是,它表明了外国语学院拥有一块厚实的文学沃土。在这块土地上,我们相信在不久的将来,一定会开出更绚丽的花朵,结出更丰硕的果实。在这里,我谨代表这次出席研讨会的全体代表,向中南财经政法大学的校领导、外国语学院的组织者表示深深的感谢,对美国文学学会的领导表示衷心的感谢!

谢谢大家!

(原载于《当代美国戏剧研究——第14届全国美国戏剧研讨会论文集》,北京理工大学出版社,2010年)

"库切研究与后殖民文学"国际学术研讨会开幕词

尊敬的各位代表,女士们,先生们:

大家早上好!

今天是"库切研究与后殖民文学"国际学术研讨会顺利举行的日子。首先请允许我代表这次会议的主办方《外国文学研究》杂志社、湖北省外国文学学会对大会的胜利召开表示热烈的祝贺!向国内外各位嘉宾的到来表示热烈的欢迎和诚挚的感谢!

这次会议是一次盛会,是一次重要的学术会议。我们非常荣幸地邀请了国内外多位著名学者与会。他们是英国著名后殖民理论批评家牛津大学的艾勒克·博埃默(Elleke Boehmer)教授、英国科学院院士、约克大学专门从事库切研究及后殖民批评的德瑞克·阿特里奇(Derek Attridge)教授和戴维·阿特维尔(David Attwell)教授、澳大利亚墨尔本大学英语学院的苏珊·考苏(Susan Kossew)教授——考苏教授不仅是 2009 年在澳大利亚举办的"库切研究国际研讨会"的召集人,还是库切的同事及友人——中国社会科学院文学所所长陆建德教授、香港公开大学人文社会科学院院长谭国根教授、东北师范大学刘建军教授等。这些国内外知名学者莅临本次大会,让我们感到荣幸,让大会倍增色彩。

此外,本次参会代表中,还有许多国内专门从事库切研究的青年学者、博士生和硕士生,库切小说、文集的翻译者。这次会议得到了出版界的大力支持,如曾经翻译出版库切作品的译林出版社、上外、北外、武大等多家大学出版社的代表。本次研讨会共有来自9个国家及地区150多名国内外学者参会。在此,我们对参加本次会议的所有学者表示热烈欢迎,对他们给予本次会议的支持表示由衷的感谢。

这次会议有如此众多的学者参加,这充分说明库切在中国拥有众多的读者,表明中国有众多的学者在关注和研究他的作品。在中国,在整个世界,库切毫无疑问拥有崇高的文学地位。在21世纪11位诺贝尔文学奖得主中,库切也是最受欢迎的作家之一。他的那些以南非殖民地生活和各种冲突为背景的小说,虽然还未曾经历漫长的历史沉淀,但是受到众多读者的欢迎和学者的赞扬。库切创作的小说在历史长河中仅仅起航,但是它们已经成为一种经典。库切自己曾经以音乐家巴赫为例说明经典。他说:"我想提醒你们的是,作为经典的巴赫是历史的产物,由多种可辨识的历史作用力,在一个特定的历史语境中,塑造而成的。"按照库切的说法,"经典就是得以存活之物",成为经典要经历一个"在业内所经受的考验过程"。在他看来,那些"一代一代的人们都无法舍弃它,因而不惜一切代价紧紧地拽住它,从而得以劫后余生的作品——就是经典"。库切的小说正是如此。在21世纪这个引发思考的世纪里,在许多人放弃了阅读而践踏文学的时代里,他的小说变成了经典,库切变成了受到欢迎的人。

那么,库切何以受到读书界的欢迎和批评界的赞扬?答案很清楚,那就是库切既是一个严肃作家,也是一个经典作家。因为他是一个严肃作家,因此南非种族斗争的印记,才被库切深刻地记录在他的作品里。库切在他的小说中深刻地描写祖国的苦难,记述普通人经历的种族隔离的悲痛历史，表现出19世纪现实主义小说家才有的那种对现实的敏锐、思考的深刻和表现生活的力量。正如诺贝尔文学奖的授奖辞所说：库切小说作品的一个基本主题，是南非种族制度所导致的价值观和行为，在他眼中，这在任何地方都可能出现。的确如此，库切的小说能够揭示普遍的真理。

库切的小说还有一个需要深入挖掘的特点，那就是它们特有的伦理内涵。他的小说《耻》(*Disgrace*)、《等待野蛮人》(*Waiting for the Barbarians*)、《国家中心》(*In the Heart of the Country*)等作品，不仅构思纤美精巧、文白韵味深刻、分析精辟入微，在对伪善、欺诈和冷酷的批判方面也是笔锋犀利、入木三分。瑞典皇家颁奖委员会在颁奖辞中对他的肯定是十分中肯的："在人类反对野蛮愚昧的历史中，库切通过写作表达了对脆弱个人斗争经验的坚定支持。"因此，我们阅读库切的作品，能够分享他的人生经验，得到道德启示。

这次会议是中国（也是亚洲国家）第一次专门讨论小说家库切的学术研讨会，这种重点讨论一个作家的专题会议在中国还不多，因此这次会议不仅有助于中国的库切研究，也有益于中国学术研究新的模式的尝试。这次会议不但重点设计了与库切的创作有关的议题，如"库切作品的文本分析及其批评理论研究""库切作品的虚构与真实、传记文学与自传体小说研究"，而且在议题设计上把库切的创作同一些重大的学术问题结合在一起展开讨论，例如"后现代批评话语与后殖民文学的发展""后殖民语境下的英语语言变异及文学创作""东南亚文学与全球化中的边缘化问题""南非文学与加勒比地区文学的后殖民特征研究"等，这表明有关库切的研究具有重要的启迪作用，能够通过库切的研究推动其他文学的研究，说明了库切创作的世界意义。因此我相信，在诸位同仁的共同努力下，这次有关库切的学术会议必将载入史册。

最后我要在此说明的是，这次研讨会是由中南财经政法大学外国语学院承办的。中南财经政法大学外国语学院在学院院长谢群教授的带领下，学院其他领导与全体教师团结一心，不仅积极广泛地开展学术交流，营造良好的、宽松的学术研究环境，还建立起一支综合实力很强的研究队伍，取得了可喜的成就，在全国崭露头角。现在他们已经获得了一级学科硕士学位授权，奠定了更好的快速发展的基础。2009年，这个学院成功举办了第14届全国美国戏剧学术研讨会，今天又举办了"库切研究与后殖民文学"国际学术研讨会，这充分显示出他们的学术实力。这次大会使他们拥有了与本领域的国际一流学者同台发表学术成果的机会。而且，国际一流学者应邀出席本次大会，本身就说明他们的成果获得了国际学术界的认可。我相信，他们一定会在外国文学研究领域做出更好的成绩，取得更大的成功。

最后，再次对各位代表的到来表示热烈的欢迎和衷心的感谢！祝各位代表在会议期间心情愉快、身体健康。

祝此次研讨会圆满成功！

谢谢大家！

（原载于《库切研究与后殖民文学》，武汉大学出版社，2011年）

在英语诗歌研究会成立大会上的致词

张跃军会长,诸位同事和朋友们:大家好!

在向诸位表示问候的同时,热烈祝贺"英语诗歌研究会"正式成立。在传统文学观念迅速变革的时代,为了应对诗歌面临的种种挑战,"英语诗歌研究会"正式成立了。这是中国诗歌学界的一件大事,可喜可贺。"英语诗歌研究会"肩负着保护诗歌传统的历史使命,同时要在诗歌领域革故鼎新,迎接诗歌观念革命和开创诗歌的美好未来。因此,研究会责任重大,任重道远。

21世纪科学技术飞速发展,在文学、语言、历史等人文研究领域,传统观念和研究方法要么科学化,要么被抛弃,诗歌创作与批评,以及与之相关的诗歌理论,同样如此,顺潮流则生,逆潮流则死。

20世纪中叶,罗兰·巴特说:"作者死了。"半个世纪后,美国耶鲁大学教授 Hillis Miller 语出惊人,又说:"文学死了。""文学死了",当然包括诗歌在内。可以说,这是当今有关诗歌创作、诗歌理论与批评的最重要命题,是我们不能回避、不能忽视而必须面对、必须思考并且必须做出回答的命题。

诗歌会死亡吗?显然不会。自从荷马史诗以来,诗歌已经延续了 2800 多年，至今没有死亡。但是，荷马创作的史诗这种诗歌类型死亡了，通过游吟诗人传唱的诗歌死亡了，还有其他一些诗歌类型也死亡了。中国某些诗歌类型如乐府、戏曲也死亡了。经过时间和历史的洗礼，无论诗歌、小说还是戏剧，不少文学类型确实死亡了。事实证明，就某些文学形式说，文学并不是长生的，诗歌也是如此。但是，诗歌又以新的面貌出现在世人面前，表现出顽强的生命力，这又说明诗歌是不会死亡的。

在科技的推动下，传统的诗歌必然走向死亡。这是科技时代文学革命带来的结果，也是一个不以人的意志为转移的结果。

科学技术的飞速发展，作家的身份在悄悄地发生改变，诗歌必然从作家创作转向人工智能自动生成。2017 年 5 月，微软发布了人类历史上第一本由机器人微软小冰创作的诗集《阳光失了玻璃窗》。作为诗集的作者，微软小冰表现出超凡的学习能力。她仅仅用了 100 多个小时就学完了 1920 年以来的 519 位诗人创作的作品，而这对于我们优秀的诗人来说，没有数年的时间是不可能阅读完的，更不用说熟悉和掌握这些诗人写作诗歌的特点与技巧。正是通过学习，微软小冰拥有了创造力，学会了创作诗歌、创作音乐和写作财经评论。微软小冰的原创诗集《阳光失了玻璃窗》是人类历史上第一部完全由人工智能机器人创作的诗集，它不仅表达了同人类完全一样的情感如寂寞、悲伤、期待、喜悦等，还表现出远远超过人类写作诗歌的艺术技巧，表现出作者对于诗歌艺术的深刻领悟能力和表达能力。

微软小冰是一位天才少女诗人，她甚至比现实中的诗人更能体悟情感，洞察人心，而且能即时用诗歌把自己的感悟表达出来。如果你送一张照片给她，她立刻就可以根据照片题写一首诗。

例如：

> 寂静的这个夜空
> 醇凉的美酒
> 我生命的火焰中
> 无论哪里都是舞动的奇迹

(微软小冰，2017.06.30)

当我们看到微软小冰根据照片即时创作的诗歌，我们能不为她写作诗歌的艺术水准而惊异吗？能不感叹微软小冰奇丽的艺术想象吗？能不钦佩微软小冰超越人类的杰出诗才吗？只要有微软小冰存在，我们还需要诗人吗？微软小冰有着超越人类的诗歌天才，这说明在不久的将来，诗人被人工智能取代是完全可能的。所以我们有理由说，微软小冰会取代诗人，诗人真的会死，作者也真的会死。这是我们不能不正视的问题。这就是我们将要经历的科学选择，也是我们不能不做出的选择。传统诗人被人工智能诗人取代了，诗人创作的诗歌也就消亡了，但是以机器人创作的诗歌出现了。这是诗歌的新旧转换，也可以说是生死转换，并不是说诗歌真的死亡了。但是，这些机器人是不是诗人？它们的身份是什么？它们创作的诗歌是不是诗歌？它们创作的诗歌的功能是什么？这需要批评家、研究家做出研究和回答。因此，即使诗人死了，批评家和研究家还会存在，还有需要。所以，诗歌批评家和研究家不会死亡。

我们面临的将是一个科学选择的时代。在科学选择时代到来之前，"英语诗歌研究会"成立了，这为我们应对危机和解决疑难问题带来了希望，增强了信心。我相信，研究会在会长张跃军教授带领下,在各位副会长及全体会员和诗歌爱好者的参与与支持下,将会以科学的精神、超前的意识、前瞻的眼光、积极的态度投身于诗歌的研究中,解决在文学领域诗歌共同体面临的科学选择问题。我们对研究会充满期待,并相信研究会将带领大家找到解决诗歌危机的道路。

我在这里只是有感而发,谈一点前沿的话题,不一定正确,请大家批评指正。

再次谢谢大家,并祝"英语诗歌研究会"兴旺发达,繁荣昌盛。

卷四

书评

让我们共同面对灾难
——世界诗人同祭汶川大地震

  2008年5月12日,四川汶川发生了8级大地震,就在刹那之间,地球突然失去理性,肆无忌惮地释放能量,把破坏和灾难带给汶川。只见山崩地裂、房屋倒塌,数万生命被埋进废墟之中,永远离开了我们。震后的连绵阴雨,是苍天在哭泣;破碎山河的凄风,是大地在呜咽;全国的同胞啊,满含痛苦的热泪,虔诚地为灾区人民祈祷。

  突遭灾患,天下同忧。全国上下无不心系灾区,情寄汶川。温家宝总理在第一时间飞赴四川灾区,亲自指挥抗震救灾。我们看到了总理的泪水:

> 这是一个大国总理的眼泪
> 一年之中二次流在
> 国人面前
> ……
> 这是一个心怀慈爱者无声的泪
> 默默流下落地有声

(林海蓓:《总理的眼泪》)

国家主席胡锦涛,满怀对灾区人民的深情,带着全国人民的爱心,来到余震不断的灾区,慰问劫后余生的灾区人民,看望在抗震救灾第一线的部队官兵、医护人员和广大志愿者。没有动员、没有号召,也不需要命令,全国人民都自觉地行动起来,以不同的形式支援灾区。在无比悲痛中,我们感受到党中央的关怀,感受到各族人民血肉相连的亲情。突如其来的巨大灾难,见证了整个中华民族浓厚的同胞真情,还有精诚团结的力量:

> 红色经典代代相传,
> 共和国大厦植根深稳。
> 还有传统优秀文化的深层积淀,
> 筑就中国人心底的长城!
>
> (黄曼君:《洗礼》)

借助现代媒体,世界也在第一时间目睹了汶川震后惨景:山崩地裂,泥石奔涌;流沙走石,地暗天昏;房屋倒塌,生灵罹难。汶川的恐怖天灾,严重的悲惨后果,震撼了整个世界,引起了全人类的关注:

> 四川! 2008 年
> 5 月 12 日 14 点 28。
> 这是无人预料的时分,
> 这不仅仅是伤痛的时辰。
> 天崩地裂,房毁楼倒,
> 鲜血殷红的中国在呼叫!
>
> (詹姆斯·李:《四川地震》)

汶川地震激起了全人类的爱心，许多国家和地区捐物捐款，派出救援队、医疗队和志愿者，加入救灾的大军。在众多国际友人中间，有在大学书斋中潜心研究学问的教授，有在生活中细心捕捉创作灵感的诗人，有在思想中执着探索生命价值的哲人，他们从沉思中醒来，重新审视汶川地震带给人类的启迪与思考，通过不同的方式，表达对中国灾区人民的关注、同情与慰问。在这些善良的国际友人之中，我要提到中美诗歌诗学协会会长、在学术界享有盛名的斯坦福大学人文学院玛乔瑞·帕洛夫教授，中美诗歌诗学协会副会长、语言诗派领袖、宾夕法尼亚大学英语系查尔斯·伯恩斯坦教授，芝加哥大学比较文学系主任约书亚·司哥德尔教授，普度大学比较文学系主任查尔斯·罗斯教授，英国沃里克大学英语系主任托马斯·道克尔提教授等，感谢他们的善良之心和关爱之情。在大爱的道德旗帜下，同情和爱心把所有的人连接在一起，共同面对大自然带给人类的灾难。玛乔瑞·帕洛夫教授说："我们一直在通过电视和报纸关注着这个可怕的悲剧，希望能够表达安慰。在加利福尼亚，我们也经历过可怕的地震，却不如这次地震可怕。我深感悲痛。"这位年逾八旬的诗歌评论界领袖，还同她的丈夫、先天性心脏病学科之父约瑟夫·帕洛夫一起，通过全球性慈善组织（Global Giving）向中国灾区捐款，以此表达他们对中国人民的心意。

大地震夺去了无数人的生命，毁掉了许多个家庭，导致数万人伤残，留下众多的孤儿。"至哀，至痛，华夏举国悲恸。"地震给灾区的幸存者，甚至给灾区以外的许多人都造成了巨大的心灵创伤。汶川地震的悲剧感动了国际诗歌界，正如帕洛夫教授所说，我们可以为这场灾难做点什么？作为教育者，作为诗人，如何在我们的能力之内，表达对遇难者的哀思，送上对生者的慰藉？怎样才能用普天之下的人类共同之爱,熨平心灵的创伤?正是这种思考,孕育出这部诗集:《让我们共同面对灾难——世界诗人同祭汶川大地震》。

这部诗集收入的诗篇,无论是出自国内同胞,还是来自国际诗人,都是用饱含大爱的情感写成。所有这些由不同国家诗人创作的诗篇,都是表达一个共同的基本主题:让我们共同面对灾难,让我们携手相爱。

> 我们怎能忘记他们
> 这些和我们共享祖国山水
> 共享一轮太阳
> 同宗同脉的父老乡亲姊妹弟兄
>
> (雷抒雁:《悲回风:哀悼日》)

无论是我们的亲人、朋友,或是素不相识者,他们生前都是一个个鲜活的生命。我们既为亲人或朋友的离去而悲痛,也为所有的遇难者而哀伤。面对地震造成的灾难,我们的心啊,是多么悲伤。这种悲伤超越了狭义的人伦亲情,表现出人类的无疆大爱。面对巨大灾难,普世同悲。美国诗人查尔斯·伯恩斯坦写道:

> 悲伤何其深
> 深入肺腑心底
> 还有血肉土地
>
> 生命既然逝去
> 无以堪比
>
> (查尔斯·伯恩斯坦:《悲伤何其深》)

这次地震灾害带给我们的最大悲痛,莫过于花季少年的遇难。因此在这本诗集中,儿童是中外诗人共同关注的焦点。失去孩子的父母,悲伤似海深,如山重。正如诗人哈帕所说,儿童是"我们生活的快乐,/我们未来几代人的希望"。成人的希望与梦想,成功与幸福,都集中体现在儿童的身上,"有谁能够取代,/我们的孩子"。面对逝去的幼小生命,中外诗人为他们的灵魂安宁祈祷:

像清水中的珍珠

离开了贝壳

孩子们的灵魂

离开了妈妈

向着太阳飞去

像白鸽衔着

金色的丝带

翱——翔——

在地球的

废墟之上

然后在云间

找到栖息地

(米切尔·兰金斯:《纪念逝去的儿童》)

亲人离我们而去,但是亲情永远留在我们心里;生命的通道被地震毁去,但是思念的纽带牢固如初。生者的思念打破了生死的界限,要寻回逝者的灵魂:

……我要寻找我的家人

或者,他们正在寻找我吗?他们在高山之巅
眼睛为什么看不见脚步却又那样沉着,
仿佛他们穿过这暴风雨的花园一定会走到什么地方?

(盖伊·巴克:《唤醒家人》)

但是,逝者如斯,无论我们怎样呼唤,如何寻找,死去的亲人已不能回答我们,这更是加深了我们心中的悲痛:

我的手流着血
在瓦砾中搜寻
用尖厉的声音唤你的名字
听不到回答
双手攥成了拳头
猛捶大地
诅咒智性与理性

(詹姆斯·切里:《来生》)

地震残酷无情,无数个生命在地震中失去了,无数个家庭破碎了,给世界留下父母双亡的孤儿,或是失去孩子的悲伤父母。诗人相信,人间自有真情在,只要有爱心相伴,孤儿就会有家的温暖;只要有爱心相随,失去孩子的父母就不会孤独;只要有祖国在,遭受灾难的土地上,生命之树长青:

地震可以震塌一方土地
但决不能震垮一个民族的不屈与强悍
倒下的是一片废墟

站起来的是一个民族的脊梁

灾难里长出的

必定是自强不息和美好的明天

（梁必文：《这一天》）

诗人们认为自然灾害是全人类面临的共同问题："无论哪片土地都可能有地球的断层，/面对突袭没人会有豁免的可能。"诗人们看到了在抗震救灾中体现出来的人性的力量，爱的力量，对灾难之后中国美好的未来充满希望。诗人用即将到来的北京奥运表达自己对治愈创伤的坚定信念：

缓缓走来的奥运会，

它的精神我们弥为珍贵。

让这种精神给予你力量！

让它快快治愈你的创伤！

你们高唱"同一个世界同一个梦想"，

我们还要把"同一个呼唤"也加上。

（詹姆斯·李：《四川地震》）

在诗人们看来，"地震是对不同世界观的一次检测/一次考验，一次剖析"（埃弗瑞特·侯格兰）。在自然灾害面前，诗人相信，中国人民能够建造万里长城的奇迹，能够完成二万五千里长征的壮举，就一定能够战胜自然灾害，并成功举办 2008 年北京奥运会。诗人写道：

战胜这场灾难,已经"赢得了金牌,获得了荣誉"。

(埃弗瑞特·侯格兰:《巨龙抖动》)

  诗歌可以记住历史,可以凝集力量,可以传达安慰,可以播种希望。这部由中外诗人共同创作的诗集,不仅蕴含着让我们共同面对灾难的精神力量,也给我们带来爱心相连的艺术美感。从审美的角度看诗集收录的诗歌,形式多样、风格迥异、情真意切是其显著特点。诗人们用大爱无边的情感,创作了多种形式的诗歌,如表达哀悼之情的挽歌、抒发善良愿望的哀歌、注重古韵新情的填词、强调诗无达诂的语言诗、激发读者想象的图像诗等。在诗人们的笔下,自由的诗体是承载丰富情感的媒介,是传达人类博爱精神的艺术记录。意象、比喻、想象、幻想、联想等艺术手法,宛如一个个跳动着的音符,歌唱着诗人们涌流不息的哀伤情思。情感随着诗歌的自然节奏流淌,思想如潮水般在胸中回荡。一篇篇饱含真情、动人心扉的诗歌,用关怀、同情、祝愿打动每一个人。诗歌让所有的人心心相系,共同面对灾难,共同重建家园。这就是诗歌的力量,艺术的力量,爱的力量。

  这部诗集的完成,应该感谢中美诗歌诗学协会会长帕洛夫教授,感谢副会长伯恩斯坦教授,感谢诗歌界许多的朋友们,正是在他们的支持与参与下,我同中美诗歌诗学协会执行理事罗良功教授开始了纪念汶川地震的诗歌征稿。在短短一个月的时间里,我们就收到了数十位国际诗人专门为汶川地震创作的诗歌。为这本诗集提供作品的诗人,不仅具有强烈的同情心,也有写作诗歌的高超技艺,在诗歌界享有盛名,如美国最有影响力的先锋诗人之一、著名的诗歌表演艺术家安·瓦尔德曼,美国新百德福市桂冠诗人、格温朵淋诗歌奖得主、马萨诸塞大学文学教授埃弗瑞特·侯格兰,2008 年美国手推车诗歌奖得主蔚雅风,芬兰著名诗人、翻译家利维·莱托等。

同时，我们还要感谢湖北省作家协会副主席、著名诗人和作家梁必文先生。他在百忙之中帮助我们组织了大量的中国诗人的作品。在为这本诗集提供诗作的中国诗人中，有中国社会科学院外国文学研究所所长、全国外国文学学会会长、作家陈众议，曾任湖北省作协副主席的著名诗人谢克强，获第三届鲁迅文学奖、首届全国环境文学奖、2004年人民文学奖得主陈应松，获全国中青年优秀新诗奖、第六届茅盾文学奖的熊召政，曾获全国优秀儿童文学奖、中国图书奖、冰心儿童图书奖大奖的徐鲁，曾三次获得中国作家协会全国优秀儿童文学奖的武汉市文联副主席、武汉作家协会主席董宏猷，四川省作家协会副主席、当代著名诗人梁平等。正是在大量由中外诗人提供的诗作的基础上，我们挑选出不同风格的29首英文诗歌和28首中文诗歌，编辑出版这部表达国际诗歌界人道关怀与同情的诗集。

奉献给大家的这部诗集是多方合作的结果。因此，我们不仅要感谢为这部诗集提供诗作的所有诗人，也要感谢所有的译者，感谢最后帮助通读并校订部分汉语诗歌英译的美国诗人顾爱玲（Eleanor Goodman）和英国诗人露伊丝塔·穆迪（Luisetta Mudie）。我们还要感谢上海外语教育出版社，感谢庄智象社长、孙静编辑、李振荣编辑，正是他们的爱心和责任感，这部表达诗人心语的诗集才得以迅速出版面世。

让我们铭记"5·12"汶川地震的灾难，用全部的力量与情感，为逝去生命的死难者祈祷，为劫后余生的幸存者祈福，为重建美好的家园祝愿。

（原载于《当代外国文学》2008年第4期）

智慧文学的智慧诠释
——评《英国玄学派诗歌研究》

英国玄学派诗歌是17世纪与古典主义平行发展的重要文学流派，也是世界诗歌史上最为杰出、最为辉煌的诗歌艺术成就之一。玄学派诗人多为牛津剑桥的才子，他们的作品充满了哲理和巧智，可谓智慧文学。"这派诗歌在17世纪一度风靡，在18世纪和19世纪则默默无闻，较少受到关注，但是到了20世纪，由于时代的发展和审美情趣的嬗变，玄学派诗歌得以复活"[①]，艾略特等许多艺术大师继承玄学派传统进行创作，使得玄学派诗歌在世界文学史上的地位得到充分认可。

对玄学派诗歌的研究成为欧美文学界自20世纪初以来广受关注的一个研究热点，这一研究热潮，与现代主义文学运动的深入以及"新批评"等文学批评观念的发展，齐头并进，极大地促进了20世纪文学的发展。然而，在过去相当长的时间里，英国玄学派诗歌在我国外国文学研究界被忽略，除了多恩等个别诗人外，该派诗人中十多位主要诗人，在我国鲜有研究。

最近，读到吴笛教授的新作《英国玄学派诗歌研究》，我很为中国学者在英国玄学派诗歌研究领域取得的重要成果感到欣喜。由

---

① 吴笛：《英国玄学派诗歌研究》，中国社会科学出版社，2013年，第1页。

于在英国小说家哈代以及欧美诗歌方面共同的研究兴趣,我一直关注着吴笛教授的研究领域以及追踪着他的最新研究动态,因此对吴笛教授为人为学都有很深的了解。早在2001—2002年,作为美国富布莱特研究学者在美国从事研究期间,吴笛教授就萌生出翻译玄学派诗歌和研究玄学派诗歌的念头。2006年,他在完成了"中西诗歌比较研究""哈代新论"等研究课题后,就转而申报并获得了国家社会科学基金项目"英国玄学派诗歌研究"立项。其后,吴笛教授倾四年之力,认真研读了从国外收集的近百种英文版和俄文版的玄学派研究著作,深入系统地研读和翻译了大量玄学派诗歌文本,终于完成了《英国玄学派诗歌研究》这部力作。该书从"孕育"到"成书"的过程,见证了吴笛教授的勤勉、务实、敏锐和创新的学术品格。该书是我国学者首次系统研究英国玄学派诗歌的学术专著,重点涉及的十多位诗人大多从未在国内译介和研究,因此它的出版具有开拓意义,填补了我国英诗研究中的一个重要空白。

《英国玄学派诗歌研究》一书对该诗歌流派的诗学价值、思想特征、艺术贡献等方面的内容做了较为宏观的总体梳理和研究,对许多尚未译成中文的具有代表性的重要诗歌文本做了深入的微观诠释和解读,全面探究了英国玄学派诗歌的诗学特征和艺术贡献,评价客观、中肯,为我国外国文学研究界更为科学、客观地理解和评价17世纪世界文学的艺术成就和发展脉络提供了借鉴。全书的特色和建树不胜枚举,有许多值得称道的优点。总体而论,以下四点尤为让人称道:

第一,全书具有宏大的研究视野。从绪论开始,吴笛教授就从欧洲文学整体发展的视野来考察英国玄学派诗歌,敏锐地把英国玄学派诗歌看成西方巴洛克文学的有机组成部分,看成西方文学发展中的一个重要进程，这样就避免了目前学界往往孤立地研究玄学派诗歌的倾向。书中重点讨论了英国玄学派诗歌与欧洲巴洛克文学的关系，认为玄学派诗歌在艺术特征和时代精神等许多方面与英国文艺复兴时代的诗歌存有明显的差异，并非文艺复兴的延续，因而突破了西方部分学者将英国玄学派诗歌视为文艺复兴的延续这一学术观点。吴笛教授以许多诗歌文本为例证，发现了玄学派诗歌与巴洛克文学有着共同的"在不和谐中寻求同一"的诗学特性，从而得出英国玄学派诗歌是巴洛克文学的一个组成部分的学术观点。他进而认为，以西班牙的贡戈拉主义诗歌和英国玄学派诗歌为主要代表的巴洛克文学，是一个相对于古典主义而流行整个欧洲的文学思潮。

在我国现有的各类外国文学教材中，往往从整体上将 17 世纪看成古典主义的时代，忽视了玄学派诗歌作为文学流派的存在。鉴于我国外国文学教材中尚未有对英国玄学派诗歌进行评述的章节，吴笛教授的学术观点对于打破 17 世纪古典主义文学思潮一统天下的文学观念，正确、全面理解 17 世纪世界文学的发展和艺术成就，以及优化我国外国文学教学和教材建设，都具有非常重要的现实意义和应用价值。此外，对我国外国文学界全面认知英国文学，尤其是英语诗歌的艺术特性，也必然会产生深远的影响。

吴笛教授的这部著作对英国玄学派诗歌进行了独到的系统研究，对于全面理解英国文学史的发展，正确把握 17 世纪西方文学的实质特征以及丰富我国的外国文学教学，都具有重要的理论意义和实际价值。吴笛教授将玄学派诗歌的研究与 17 世纪政治、宗教、自然科学的进程密切结合，视其为人类思想文化进程的一个重要组成部分，这是正确认识和评价英国玄学派诗歌的重要前提。

吴笛教授在书中不仅系统论述了英国玄学派诗歌的艺术贡献，还着重论述了该派诗人在思想观念上的革新。吴笛教授在书中指出，在17世纪英国玄学派诗人面临严峻的社会政治环境，历经着自然科学中一个又一个的重大发现，这对他们思想的形成和发展无疑造成了巨大的冲击。原先他们所坚信的那些至高无上的、指导自然万物永恒法则的概念，已经为相互作用法则的概念所代替。原先人类所认可的处于宇宙中心的地球，不过是一颗绕着其他星球运转的行星。玄学派诗人在人类进程的这一重要的转折点上，同样渴望光大可贵的探索精神。他们以自己的创作，来寻求社会与自然之间的沟通，打开与自然科学对话的渠道，以诗歌的意象表现时代的探索精神，以自己的努力传达与时代同呼吸共命运的发现意识。他们总是努力探索新的时代语境下人的信仰和困惑，竭力思考人与上帝的新型关系。英国玄学派诗歌这种开拓创新精神，在如今文学尤其是诗歌的生存空间和生存环境严峻的形势下，理应值得我们继承和发扬。

第二，全书具有多维的研究视角。在研究方法上，全书采用比较研究、影响研究、跨学科研究等方法，从文学与逻辑哲学、文学与宗教、文学与自然科学等比较视野，对英国玄学派诗歌的思想特征、艺术贡献以及对后世的影响，做中肯、客观的研究和评析，为我国外国文学研究界更为科学、客观地理解和评价17世纪世界文学的艺术成就与发展提供借鉴。该书主要内容共有12章，从"主题与思想"（1—4章）、"诗艺与意象"（5—8章）、"比较与影响"（8—12章）等三个部分展开。上篇"主题与思想"，主要从主题研究的视角审视英国玄学派诗歌。其中第2章主要从诗歌与宗教的关联方面研究英国玄学派诗歌。中篇"诗艺与意象"，主要探究英国玄学派诗歌的艺术贡献，并结合具体文本对"巧智""奇喻"等问题进行必要的讨论。第 8 章专门分析"玄学派诗歌中自然意象",其中涉及的自然意象分为天文类、地理类、动物类和植物类四个类别,强调自然科学知识深深地渗透在玄学派诗人的诗歌中。下篇"比较与影响",主要从比较的视野探究玄学派诗歌与其他学术领域的关联,以及玄学诗歌对 20 世纪文学发展的影响。其间涉及的研究方法最多。第 9 章"玄学诗歌的现代复活"中,主要从影响研究和比较研究的视野探讨玄学派诗歌与当代诗歌创作的关联。第 10 章"逻辑哲学的三段论及玄学的推理",主要就逻辑哲学的"三段论"入手,探讨玄学派诗歌在诗的结构以及艺术构思方面与三段论的关联。

第三,书中独到的理论创新俯首即是。吴笛教授不但对学界所认可的巧智、悖论、奇喻一些论题进行了细腻的分析和阐释,而且对有关玄学派诗人的艺术贡献做了许多首创性、开拓性的挖掘。第 3 章论及玄学派诗人拓宽了文艺复兴时期及之前诗人笔下所描写的爱情一味表现爱情的痛苦和忧伤,以及某一女子无与伦比的美丽和坚忍,从而使爱情以真实可信的面貌和更加感人的力量呈现在人们的面前,恢复了人类爱情的复杂而又真实的体验。第 4 章通过多恩的《早安》这一玄学派的代表性诗作,指出玄学派对欧洲中世纪传统文学中的"破晓歌"的形式做出了玄学开拓,以苏醒后的两个灵魂互道早安的结构模式来对超越死亡、合而为一的理想情感境界进行了独到的玄学诠释和赞美。

第 8 章中考察了玄学派自然主题诗歌创作对西方哲学中一个重要概念"元素理论"的吸收与发展。玄学派诗歌不但在"爱"与"憎"的辩证关系、动因之说、转化规则以及"有机循环"上体现了"元素理论"的具体主张,而且将其融入自己的世界观和自然观,主动探究人与自然的关系,追求人与自然完全契合的美好境界。第

10章论述玄学派诗人如何凭借渊博的学识,娴熟地将逻辑哲学的"三段论"运用于诗歌创作中。将哲学思辨力与诗歌玄学技巧有机结合,是玄学派诗歌通过宗教隐喻表现"三位一体"主题的独有特色,也是英国玄学派诗歌在艺术结构上同其他英语诗歌所具有的不同之处。

在《结语》部分,吴笛教授开创性地提出玄学派诗人革新"抒情诗"这一诗歌体裁的大胆论断,认为英国玄学派诗歌"对于英国抒情诗艺术的发展,确实是具有重要的开拓精神和普及意义的"①。他认为:"文艺复兴之前,英国诗歌确实是以叙事为主的,包括史诗、浪漫传奇等,……到了文艺复兴时期,这一传统也没有发生根本的变化。……但丁的《新生》和彼特拉克的《歌集》具有鲜明的情节线索……英国文艺复兴时期的十四行诗歌,由于受到但丁的《新生》以及彼特拉克的《歌集》的直接影响,十四行诗……常常是由若干首十四行诗来组成具有叙事成分的十四行诗集……可是,到了17世纪,在英国玄学派为代表的诗歌中,抒情诗从叙事文学中得以解放出来,宣告'独立'了,从此有了独立存在的价值和地位。"②这一论断的提出,对我国外国文学界理解抒情诗的发展,理解英国诗歌发展史都具有深刻的启示意义。

第四,细腻的文本分析是该书的又一显著特色。书中深入分析了已经在学界得到广泛认可的十多位玄学派诗人的近百首诗作,其中三分之一以上的诗作是由吴笛教授首次译介到国内。吴笛教授长期从事英语、俄语诗歌的翻译。他的译笔优美,已经出版多部高质量译诗集,享誉中国译界。阅读他的这部讨论英国玄学

---

① 吴笛:《英国玄学派诗歌研究》,中国社会科学出版社,2013年,第271页。
② 吴笛:《英国玄学派诗歌研究》,中国社会科学出版社,2013年,第270—271页。

派诗歌的专论,不仅让我们享用了一场分析缜密和论证严谨的学术盛宴,也让我们从书中准确优美、颇具学者之风的诗歌翻译中领略了玄学派诗歌的独特之美。曾经有专家评论说:"该成果突出的特色是,作者能够紧扣文本,细读字里行间的意义,作为文学评论的方法也好,作为一种务实、严谨的读书方法也好,在世风浮夸的今天,具有伦理学意义。"

例如在第8章中,作者就细读了多恩的《诱饵》《日出》,赫里克的《给少女们的忠告》以及马韦尔的《致他的娇羞的女友》等诗作,从而得出在玄学派诗人的笔下,太阳意象不再是单一的歌颂对象了,不再只是光明和温暖的化身了,而变得十分渺小。作者分析说,"我只需一眨眼,你便会黯然无光"(《日出》),这种诗行,道出了恋爱中的女子的明眸会使太阳失明。"不久呀,便是沉落西山"(《给少女们的忠告》),这种诗行说明太阳也只是一种会走向终结的普通事物。"这样,我们虽不能使我们的太阳/停止不动,却能让它奔忙",这样诗行则把太阳描绘成一个在人类意志力下奔忙不休的普通物体。这样的细腻的文本分析遍及全书,体现作者不但具有学理分析能力,而且具有敏锐而强大的文学感悟力。大量诗歌文本的阅读、翻译和细致分析,使得本书的理论阐发有理有据,言之凿凿。

以上是《英国玄学派诗歌研究》一书最具学术价值和特色的四个方面。当然,该书可圈可点之处远远不止这些。总之,本书观点突出,材料丰富,分析细腻,评述充分,特色鲜明。英国玄学派诗歌具有独特的诗学贡献,在英国诗歌史上占有重要的篇章,而且有一定程度的现代启示作用,因此本书的填补学术空白之功,理论创新之劳,尤不可没。如果说玄学派诗歌是智慧文学,那么,吴笛教授所作的研究可谓智慧的诠释。这部力作必将对我国英语诗歌研究界产生巨大的影响,这项艰难的学术工程必将深受广大诗歌爱好者、研究者的好评。正如作者所期待的那样,最后诚挚期待本书能"引导更多的学者关注这一值得研究而又尚待开发的研究领域"。

(原载于《中文学术前沿》2014年第1期)

外国文学学术史研究工程的理论及方法论价值

改革开放以来，我国外国文学研究经过了一个从介绍、研究、借鉴到创新的发展过程，并取得了可喜的成就。20世纪70年代末，我国的国门刚刚打开，对外国文学了解甚少，外国文学研究还缺少必要的条件，因而对外国文学的翻译和介绍是当时外国文学研究者的主要任务。可以说，这种现象一起延续到20世纪末。随着越来越多的外国文学作品翻译介绍到中国，越来越多的高校开设了外国文学课程以满足中国高校课程建设的需要，这在客观上推动了外国文学研究。就我国外国文学研究的历史而言，中国社会科学院外国文学研究所始终发挥着引领作用，其牵头主编的"外国文学研究资料丛书""二十世纪欧美文论丛书""二十世纪外国国别文学史丛书""外国文学学术史研究工程"等，构成了中国外国文学研究发展历史的标志性成果，对促进中国的外国文学研究产生了巨大的推动作用。而陈众议先生担纲主编的"外国文学学术史研究工程"，通过对一系列具有代表性的外国经典作家研究的个案解剖，总结外国文学研究的历史经验，对于我国外国文学研究的学术水准的提高来说，无论回头看还是向前看，都发挥了巨大的作用。

一

1949年10月1日新中国的成立是中华民族独立和人民解放的标志,是新民主主义革命取得伟大胜利的标志,也是新中国在共产党领导下政治建设、经济建设和文化建设新征程开始的标志。为了建设繁荣富强的社会主义新中国,我国奉行独立自主的和平外交政策,旗帜鲜明地提出保障民族独立、维护世界和平和促进共同发展的国家主张,由此开始了中华民族在社会主义道路上实现伟大复兴的历史航程。

新中国赢得了政治上的独立自主,在思想文化领域坚持走社会主义道路,坚持古为今用、洋为中用以及百家争鸣、百花齐放的发展方针,促进了中国学术研究的繁荣。由中国社会科学院外国文学研究所领衔主编的"三套丛书"("外国古典文学名著丛书""外国文艺理论丛书""马克思主义文艺理论丛书")的设立,不但开启了新中国研究外国文学的历史,而且显示出新中国成立后早期外国文学研究的主要特征,即对西方文学经典作家作品及文学理论与方法的翻译介绍。在当时百废待兴的中国,翻译和介绍外国文学反映了中国学者的务实精神。中国学者从中得到借鉴,从而促进了中国外国文学研究的繁荣。

从新中国成立至改革开放的三十年里,我国的外国文学研究是同中国的经济发展紧密联系在一起的,可以说体现了中国学术的经济史。新中国成立后,以美国为首的西方国家不但对新中国采取政治上孤立、经济上封锁、军事上遏制的政策,实施沿海封锁、禁运、包围、威胁,而且企图借此扼杀新生的中华人民共和国政权。西方国家对中国采取敌视政策,其目的就是要摧毁中国经济,摧毁中国共产党政权的经济基础。西方国家人为地制造了中国的经济困难,不仅严重阻碍了新中国的经济建设,也阻碍了中国的文化建设。就学术研究而言,经济上的困难造成了中国教育落后,教育经费严重不足,从事学术研究的学者严重匮乏,学术研究资料和条件不能满足研究需要。即使西方国家愿意出售图书资料,中国也没有充足的经费购买。在文学研究领域,除了北京图书馆(现国家图书馆)和中国社会科学院的图书馆外,其他大学图书馆几乎无法从西方国家购买供学术研究使用的图书资料。从当时中国研究外国文学的历史可以看出,尽管学者们发挥了主观能动作用,但是中国的经济决定了学者在学术研究与创新方面难有作为。因为缺少经费以及西方国家的封锁,中国学者无法购买必需的图书资料,难以在国内及国际间开展正常的学术交流。由于出版机构以及学术期刊数量有限,学者们为数不多的研究成果也难以发表。改革开放前中国从事外国文学研究的学者规模不大,研究成果不多,尤其是缺乏创新性成果,从根本上说,这完全是由于西方国家的经济封锁及遏制造成的。

  回头反观这段历史,我们也可以看到党和政府一直在努力打破西方经济封锁,采取各种措施推动经济建设和学术繁荣。新中国成立初期一穷二白,没有多少工业,农业也不发达,文化水平和科学水平都不高。党和政府既要解决人民的温饱,又要加速经济建设和繁荣学术研究。新中国成立之初,知识分子人数并不多,全国共有各类知识分子约二百万人,仅占全国总人口的 0.37%。其中高级知识分子数量更少,仅十万人。全国五亿五千万人口的文盲率高达 80%,广大农村地区的文盲率更是高达 95% 以上。绝大多数中国人不能识字阅读,这表明中国的学术研究缺乏人民基础。为了解决这一问题,中国共产党领导了一场轰轰烈烈的全国扫盲运动。当时一些扫盲口号如"社会主义是天堂,没有文化不能上""工业化、农业化,没有文化不能化""技术是个宝,没有文化学不了"等,表达的是广大人民群众实现"四化"的强烈愿望。扫盲运动效果显著,至 1964 年,中国十五岁以上人口的文盲率从解放初期的 80% 下降到了 52%。经过近五十年的不懈努力,至 2000 年,中国大陆文盲人口比率由 1949 年中华人民共和国成立之初的 80% 以上下降至 2000 年的 6.72%。中国的扫盲运动为广大人民群众打开了文化知识的大门,让他们在文化上摆脱了旧社会的噩梦,实现了自身的解放。

扫盲运动是中国共产党的一项伟大创举,其意义不但在于通过识字的方法让广大人民群众学习文化、掌握知识,而且为中国发展民族教育奠定了坚实基础,使中国学术繁荣成为可能。没有当时的扫盲运动,就没有中国的高等教育和中等教育的发展,就没有改革开放后学术研究的繁荣,外国文学研究只会沦为一句空话。在中国社会科学院外国文学研究所的带领下,中国外国文学研究没有沉沦,而是进行了人才和知识储备,做到了薪火相传,为改革开放后外国文学研究的大发展奠定了基础,创造了条件。

二

从我国外国文学研究学术史可以看出,我国的外国文学研究从一开始就表现出翻译介绍的特色。自 20 世纪 20 年代开始,我国文学界就开始译介西方文论,强调马克思主义理论和思想对中国文学的引领作用以及学术研究为解决中国社会现实问题服务。1924 年,景昌极、钱堃新合作翻译了美国英文教授温彻斯特(C.W. Winchester)的《文学批评之原理》,《东方杂志》社编印了《文学批评与批评家》,可以说拉开了西方文艺理论影响中国的序幕。20世纪20至30年代,我国开始系统翻译介绍外国文学作品与文论。鲁迅主编《未名丛刊》(1925—1935),翻译出版外国作品二十三种。1928年12月,陈望道开始主编《文艺理论小丛书》,翻译出版了《文学及艺术之技术的革命》(1928)和《艺术简论》(1929)。1929年至1931年,冯雪峰同鲁迅合作主编《科学的艺术论丛书》,开始有计划地在中国翻译、介绍与传播马克思主义文艺理论。这套丛书原计划出版十五种,实际出版八种,翻译了普列汉诺夫、卢那察尔斯基、弗理契、梅林格等马克思主义者的重要著作。用鲁迅的话说,"明白了先前的文学史家们说了一大堆,还是纠缠不清的疑问"①。在这套丛书中,鲁迅翻译了《艺术论》和《文艺政策》两辑,由光华书局出版。中国最早对马克思主义文艺理论的系统译介,应该说始于这套丛书。

1930年至1933年,鲁迅主编《现代文艺丛书》,计划出版十种,后来由于国民党大规模"围剿"左翼文学,最终只出版了四种,即柔石翻译的剧本《浮士德与城》(神州国光社1930年9月出版)、贺非翻译的长篇小说《静静的顿河(第一部)》(神州国光社1931年10月出版)、韩侍桁翻译的中篇小说《铁甲列车 Nr.14—69》(神州国光社1932年8月出版)以及鲁迅翻译的中篇小说《十月》(神州国光社1933年2月出版)。1933年至1936年,鲁迅还自费编辑出版译文丛书《文艺连丛》三种。就外国文学研究而言,20世纪20至30年代通过翻译介绍西方文学与文学理论,打开了中国作家与批评家的视野,不仅发现了文学的新天地,更发现了文学的新思想、新观

---

① 鲁迅:《三闲集·序言》,鲁迅先生纪念委员会编:《鲁迅全集》第四卷,光华书店,1948年,第19页。

念、新方法、新理论,并用于中国文学创作与批评的借鉴。

在马克思主义文艺理论的推动下,1930年中国左翼作家联盟成立,确定了以马克思主义的艺术理论和批评理论为核心的理论纲领和行动纲领,成立了马克思主义文艺理论研究会,设置了"中国无产阶级作品及理论的发展之检讨""外国马克思主义文艺理论的研究""中国非马克思主义的文艺理论的检讨"等研究课题。可以说,我国对马克思主义理论的翻译介绍,"由之前间接地翻译日本作家论述苏俄马克思主义文艺理论转为系统、规模、深入地翻译马克思主义经典原著"①。马克思的《资本论》第一分册(陈启修译,1933)、《资本论》第二、三分册(潘冬舟译,1933)、《政治经济学批判》(郭沫若译,1931)、《中国革命与欧洲革命》(中央苏区《斗争》第68期,1934)、《德意志意识形态》(郭沫若译,1938)、《国民经济学批判大纲》(何思敬译,1931)、《自然辩证法》(杜畏之译,1932)、《反杜林论》(吴黎平译,1930)等,都是在二三十年代翻译的。

1936年,东京"左联"在郭沫若带领下,开始编译马克思主义文艺理论丛书"文艺理论丛书",前后出版共计十种。丛书版权页背后刊发的《文艺理论丛书刊行缘起》说:"人类历史上一切伟大的成果,都是从理论和实践之科学和统一中成长的,在艺术文学上,理论和创作,批评家和作家的关系之密切重要,已是万人皆知的事实了。"②

虽然由于战乱的影响该丛书未能继续下去,但它加强了中国知识分子对马克思主义文艺理论重要性的认识,推动了马克思主

---

① 刘勇、杨志、李春雨等:《马克思主义与20世纪中国文学》,百花洲文艺出版社,2006年,第141页。
② 倍斯巴洛夫:《文艺理论丛书刊行缘起》,《文艺理论丛刊·批评论》,辛人译,上海光明书局,1937年。

义在中国的传播,有助于中国知识分子革命意识的觉醒。

三

1949年新中国成立,中国的外国文学研究开始了历史新纪元。实际上,在新中国宣告成立之前,在中国共产党领导下的文学艺术建设已经启动。1949年7月2日,全国第一次文代会开幕。这是继五四新文艺运动以来中国文学艺术工作者召开的第一次全国代表大会。这次会议召开之际,冯至在《人民日报》发表署名文章说:"老解放区的,和过去是蒋管区现在是新解放区的文艺工作者,他们彼此隔离了一个相当久的时间,而今紧紧地握手了:文学和艺术这两个部门的工作者,过去多半是彼此不相谋,各自走着各自的道路,而今能够聚在一起,携手前进了。"①这次会议明确提出以毛泽东1942年《在延安文艺座谈会上的讲话》作为全国文学艺术工作的指导,强调每一个文艺工作者深切的社会责任,强调文艺要为广大人民服务。

第一次文代会最重要的成果是在全国范围确立了毛泽东文艺思想的领导地位和新的文艺方向。就外国文学研究而言,吸收优秀的外国文化遗产是毛泽东文艺思想的重要组成部分。毛泽东在《反对党八股》中说:"要从外国语言中吸收我们所需要的成分。我们不是硬搬或滥用外国语言,是要吸收外国语言中的好东西,于我们适用的东西。"②在《新民主主义论》一文中,毛泽东又强调:"中国应该大量吸收外国的进步文化,作为自己文化食粮的原料,这种工

---

① 冯志:《写于文代会开会前》,《人民日报》1949年7月2日第4版。
② 毛泽东:《反对党八股》,《毛泽东选集》第三卷,人民出版社,1991年,第837页。

作过去还做得很不够。这不但是当前的社会主义文化和新民主主义文化,还有外国的古代文化,例如各资本主义国家启蒙时代的文化,凡属我们今天用得着的东西,都应该吸收。"①在《论十大关系》中,毛泽东也同样强调:"我们的方针是,一切民族、一切国家的长处都要学,政治、经济、科学、技术、文学、艺术的一切真正好的东西都要学。"②同时,毛泽东也强调对待外国文化应当坚持"排泄其糟粕,吸收其精华",才能对我们的身体有益,决不能"全盘西化",生吞活剥、毫无批判地吸收。他指出,学习外国文化"必须有分析有批判地学,不能盲目地学,不能一切照抄,机械搬运。他们的短处、缺点,当然不要学"③。毛泽东明确指出学术界的问题,批评"学术论文也不译成英文、法文、德文、日文同人家交换"的闭关自守现象,指出这"不是马克思主义的态度,都对我们的事业不利"④。毛泽东还强调了民族自信的重要性,指出要把民族自信心提高起来,把抗美援朝中提倡的"藐视美帝国主义"的精神发展起来。为了繁荣中国学术,1964 年毛泽东又提出"古为今用,洋为中用"的文艺方针,为我国研究、学习和借鉴外国文学开辟了新的道路。

毛泽东说:"对于中国和外国过去时代所遗留下来的丰富的文学艺术遗产和优良的文学艺术传统,我们是要继承的,但是目的仍然是为了人民大众。"⑤1958 年,时任中央宣传部部长的陆定一提出选编一套"外国文学名著丛书",后来又增加了"外国文艺理论丛书"和"马克思主义文艺理论丛书",并成立了"三套丛书"的统一编

---

① 毛泽东:《新民主主义论》,《建党以来重要文献选编(1921—1949)》第十七册,中央文献出版社,2011 年,第 52 页。
② 毛泽东:《论十大关系》,《建国以来重要文献选编(1921—1949)》第八册,中央文献出版社,1994 年,第 262 页。
③ 毛泽东:《毛泽东选集》第七卷,人民出版社,1999 年,第 41 页。
④ 毛泽东:《毛泽东选集》第七卷,人民出版社,1999 年,第 43 页。
⑤ 毛泽东:《毛泽东选集》第三卷,人民出版社,1991 年,第 855 页。

委会,初步确定"外国古典文学名著丛书"为一百二十种,"外国文艺理论丛书"为三十九种,"马克思主义文艺理论丛书"为十二种。三套丛书共出版五十余种,1966年因"文化大革命"而中断,但是改革开放伊始又恢复了编选和出版。

1978年5月,中宣部批准恢复"三套丛书"的编选和翻译,由人民文学出版社和上海译文出版社共同负责出版。1979年,中国社会科学院外国文学研究所、人民文学出版社和上海译文出版社以及有关专家组成编委会,全面开始"三套丛书"的编选和翻译工作。"外国文学名著丛书"选收外国古代至第二次世界大战前后各个时期具有代表性的文学名著二百余种,"外国文艺理论丛书"选收古代至第一次世界大战前有重要价值的外国文艺理论著作七十余种,"马克思主义文艺理论丛书"选收经典作家和早期马克思主义者的有关论著十余种。"三套丛书"始于20世纪60年代,完成于20世纪90年代。集全国之力持续数十年之久的三套大型丛书的编选、翻译和出版,不但全面系统地翻译介绍了外国重要作家作品以及批评理论,而且为新世纪外国文学的快速发展储备了人才,奠定了基础。

四

21世纪伊始,中国外国文学研究进入大发展时期。可以说,新世纪的中国外国文学学术史研究取得了跨世纪发展,其标志就是由中国社会科学院外国文学研究所主编的"外国文学学术史研究工程"。

2000年左右,中国社会科学院外国文学研究所陈众议先生开始着手设计"外国文学学术史研究工程"计划。2004年,"外国文学学术史研究工程"列入中国社会科学院"十一五"规划。作为外国文学研究重构和整合的一项世纪性学术工程,正如陈众议所说,它以我为主,瞄准外国文学经典作家作品和思潮流派,进行历时和共时的双向梳理①,既有作家作品和流派思潮的考察,也有具体学术问题的深入探讨,力求创建新说新论,促进中华学术的繁荣、发展和创新。"外国文学学术史研究工程"分为"外国经典作家作品学术史研究"和"经典作家作品研究文集"两个系列,迄今为止已经分别出版二十种,实现了第一个阶段的研究目标。

"外国文学学术史研究工程"对中国外国文学研究影响巨大,有许多重要的经验需要总结和借鉴,其中最为重要的,就是这项研究工程能够坚持正本清源和守正创新的学术思想。对于当时和现在的外国文学研究而言,学术史研究是不可或缺的。从本质上说,学术史研究的目的就是正本清源和守正创新。这一点对于外国文学研究尤其重要。

改革开放以来,在西方学术研究成果的推动下,中国的学术得到空前繁荣。同时,也出现了一些不良倾向,那就是伦理道德价值严重缺位,文学理论与批评逐渐脱离文学,拒绝传统,生搬硬套,故弄玄虚。尤其是对西方文学理论与批评方法采用简单的拿来主义态度,西方解构主义和虚无主义思潮乘虚而入,在一个相当长的时间内,我国学界出现的学术碎片化、虚无化、去经典化的倾向愈演愈烈,用贴标签式的方法滥用并未完全理解的概念和术语进行学术"忽悠",严肃的学术研究经由大话、戏说变成了学术恶搞,导致学风腐败。这种现象如果得不到遏制,势必影响中国学术研究的

---

① 陈众议:《外国文学学术史研究——经典作家作品系列总序》,《东吴学术》2011年第2期,第104页。

健康发展,影响中国学术理论的创新。

关于"外国文学学术史研究工程"的基本要求,陈众议强调"格物致知,信而有证;厘清源流,以利甄别"①,要求"每一部学术史研究著作通过尽可能竭泽而渔式的梳理,即使不能见人所未见、言人所未言,至少也能老老实实地将有关作家作品的研究成果(包括有关研究家的立场、观点和方法)公之于众,以裨来者考"②。这种求真务实的学术思想值得称道。

改革开放以来,我国文学研究借鉴西方经验,尤其是移植西方的批评理论与方法,虽然在促进中国学术研究的繁荣方面功不可没,但导致中国学术话语丧失而西方理论和话语独霸天下的严重后果是不争的事实。我们在学习西方的批评理论与方法的过程中,有一种倾向是长期存在的,那就是对西方学者制造的新思想、新术语和新问题不加甄别,一味追捧,在所谓的普世价值的误导下学术研究不关注中国自己的问题,不解决中国自己的问题,而陷入普世价值的虚空之中。学术研究的虚空化、虚无化、普世化已经在一段时间内造成严重后果。究其原因,即"厚今薄古"的极端化,在向西方学习的过程中丢失了马克思的辩证法思想。早在延安时期,毛泽东就提出了古为今用、洋为中用、批判继承、革新创造的正确思想。毛泽东说:"我们必须继承一切优秀的文学艺术遗产,批判地吸收其中一切有益的东西,作为我们从此时此地的人民生活中的文学艺术原料创造作品时候的借鉴。"③他同时又强调说:"继承和借鉴决不可以变成替代自己的创造,这是决不能替代的。文

---

① 陈众议:《外国文学学术史研究——经典作家作品系列总序》,《东吴学术》2011年第2期,第104页。

② 陈众议:《外国文学学术史研究——经典作家作品系列总序》,《东吴学术》2011年第2期,第104页。

③ 毛泽东:《毛泽东选集》第三卷,人民出版社,1991年,第860页。

学艺术中对于古人和外国人的毫无批判的硬搬和模仿,乃是最没有出息的最害人的文学教条主义和艺术教条主义。"①改革开放后一段时间内,我们的外国文学研究对西方的流行思潮如女性主义批评、文化批评以及五花八门的现代主义思潮趋之若鹜,情有独钟,忘记了批判与借鉴,吸收与创造。我们把经过长时间积淀下来的自己的和外国的文学理论与方法抛在了脑后,一切都是现代的好,一切都是新潮的好,结果我们在学习西方的过程中不能做出正确的伦理选择,迷失了自我,丢失了灵魂。因此,"外国文学学术史研究工程"通过一个个经典作家的学术史研究的解剖,以作家为个案对外国文学研究进行全面总结,正本清源,从中吸取有益经验,作为我们今天的借镜,可谓善莫大焉。

陈众议先生说得好:"站在世纪的高度和民族立场上重新审视外国文学,梳理其经典,展开研究之研究,将不仅有助于我们把握世界文明的律动和了解不同民族的个性,还有利于深化中外文化交流,从而为我们借鉴和吸收优秀文明成果、为中国文学及文化的发展提供有益的'他山之石'。"②外国尤其是西方的文学研究,源远流长,根基深厚,有不少先进理论与科学方法,值得我们学习借鉴。但是我们也应该看到,并非外国所有的东西都是好东西。外国理论真伪并存,同样存在着泥沙俱下的现象。曾经一个时期,中国一些学者一味追新求异,采用"拿来主义"的方法,对外国理论不分青红皂白地全盘接收。这显然不是正确态度。对外国的东西,我们需要有分析甄别,去粗取精,辨伪存真,取其精华,去其糟粕,继承外国的优秀文化遗产。做学术研究不能标新立异,更不能哗众取

---

① 毛泽东:《毛泽东选集》第三卷,人民出版社,1991年,第860页。
② 陈众议:《外国文学学术史研究——经典作家作品系列总序》,《东吴学术》2011年第2期,第104页。

宠，而要守正和借鉴、吸收和创新，追求立言不朽。

长期以来，大量不同的学者运用不同理论与方法从不同视角对同一个经典作家进行研究，不同的观点并在，相互借鉴和促进，推动作家研究不断向深入发展，取得了重要成就。"外国文学学术史研究工程"尤其重视外国文学研究的多样性和丰富性，对外国经典作家从源头上进行总结梳理，对个别研究经典作家的不同方法与理论细加考察，强调兼收并蓄，借鉴和创新。外国文学学术史研究以个别经典作家为研究对象，对与特定对象的经典作家相关的研究进行详细的历史性考察，综合分析，总结特点，从中获取借鉴。

这种学术史研究的视角避免了研究者个人的主观局限性。在对作家的研究中，由于个人兴趣与经历的影响，研究者容易受兴趣引导和过分相信自我经验，容易掉入管中窥豹或井中观天的自娱自乐的陷阱，难以接近客观真理。这种情况并非鲜见。例如，有的研究者出于对某一作家的偏爱，在研究中往往因为主观局限而不能客观地进行评价。有时由于固执己见，认为只有自己代表真理而拒绝对不同观点的参考。这种现象显然是文学研究发展的掣肘。而"外国文学学术史研究工程"在对作家学术史进行全面系统研究的同时，为了更加直观地认识外国经典作家研究的方法，了解不同的学术观点，还专门编选和翻译了一本与作家学术史研究配套的作家研究译文集。这样，认识不同观点时可以随时参阅相关译文，学术史研究和作家研究译文集相互弥补，可以避免研究经典作家的囿于主观评价的弊端，从而做到完整理解他人积累的学术成果，辩证看待他人在研究中的精辟见解、学术观点和结论，在不同的见解和观点的基础上融会贯通，借鉴吸收，实现真正的学术创新。

"外国文学学术史研究工程"作为我国外国文学研究领域一项

重大学术史研究工程,其本身就是外国文学研究领域的创新。它通过解剖具体的经典作家,对外国学者的学术研究做了示范性探讨,通过全面梳理外国学者的作家研究为我国如何借鉴外国学者的经验进行了总结,通过一系列经典作家的分析研究为我们正确理解西方学者的方法提供了具体的范例,因此这项工程已经超越了学术史研究的意义,具有理论及方法论价值,对我国外国文学研究的影响必将是深远的。

(原载于《外国文学动态研究》2020年第3期)

评王立新的《古犹太历史文化语境下的希伯来圣经文学研究》

在中国大陆希伯来文学和文化研究领域，王立新教授是一位成就卓著的代表性人物，尤其在希伯来圣经文学研究方面，更是独树一帜，影响深远。王立新教授长期从事欧美文学及东方文学的研究与教学，知识渊博，基础厚实。早年从学于中国希伯来文学研究开拓者朱维之教授，后来专攻希伯来圣经文学与古犹太史，多次前往以色列从事希伯来文学与文化的考察与研究。在吸收借鉴国际学术界研究《希伯来圣经》学术成果的基础上，他综合运用历史学、语言学、宗教学、文化人类学以及文学批评理论等领域的研究方法，对《希伯来圣经》展开系统研究，出版了《古犹太历史文化语境下的希伯来圣经文学研究》一书。这部著作显示了作者在研究希伯来文学方面的深刻思想和独到眼光，是中国在这一研究领域的代表性学术成果。

一、可贵的古犹太历史文化语境

作者坚持在古犹太历史文化语境中研究希伯来圣经文学，实际上就是要在犹太民族书写与希伯来经典之间架起一道桥梁，从跨民族、跨文化、跨宗教和跨文本的视阈揭示《希伯来圣经》作为文学文本的形成过程、发展规律、历史成就和现实价值。公元前586年,随着分国后的南国犹大王国被新巴比伦帝国灭亡,百姓被掳掠至两河流域。为了在异国他乡不使自己的民族传统中断,先知和虔敬的文士们就开始了整理本民族文献的工作。半个世纪后,在两河流域的新主人波斯统治期间,犹大王国的遗民被允许返回故土,正是从这一时期开始,他们开始了大规模的、持续不断的整理、编撰、修订和书写民族经典的过程。约公元前400年,作为信仰根基的"律法"部分"摩西五经"率先完成;约公元前250年,被称作"前先知书"部分的早期历史书卷《约书亚记》《士师记》《撒母耳记》《列王记》和"后先知书"部分的15卷先知书修撰完成;约公元前1世纪后半期,被称为"圣录"部分的《诗篇》《箴言》《约伯记》《雅歌》《路得记》《耶利米哀歌》《传道书》《以斯帖记》《但以理书》,以及后期历史书卷《以斯拉记》《尼希米记》《历代志》修撰完成。这些书卷共同构成了《希伯来圣经》的正典,成为其后两千多年中流散世界各地犹太人的精神支柱,保证了一个民族文化传统的绵延不绝。《希伯来圣经》中有不少经卷,特别是"圣录"部分中的一些经卷,涉及或映射出古代以色列人迁徙、流转和国破家亡后流散时期的历史遭际和经验[①],是流散文学的典范作品。

《希伯来圣经》不但承载着整个古代以色列民族的成功与挫折、荣耀与苦难,体现出鲜明的民族精神特质,而且反映了古代以色列民族文化文学与古代美索不达米亚、古代埃及、迦南、波斯和古代希腊文化文学之间在不同历史阶段上影响与超越的复杂关系。因此,研究《希伯来圣经》就"需要以对其生成的历史文化语境

---

① 梁工:《古犹太流散写作与希伯来经典》,《河南大学学报(社会科学版)》2008年第6期,第84—89页。

的把握和认知为前提"①。王立新教授的新著《古犹太历史文化语境下的希伯来圣经文学研究》借用题目开宗名义,一开始就明确了自己的研究立场、视野和切入点,这就是把语言学、文学、历史学、宗教学、哲学、考古学与文化人类学等方面的内容结合在一起,坚持以一种有机整体的意识去探讨西方古典时代的知识和观念谱系与深层文化结构,以实证的学术研究精神去"再现"古典时代人们的精神与物质生活的方式及其意义②。作者十分重视历史文化语境对于《希伯来圣经》文学研究的意义,回到历史现场,通过对古典时代文本多层面的了解,以及对文学生成历史文化语境的整体把握,以审美的眼光对具体文本进行探讨和分析,强调外部研究和内部研究的统一,把《希伯来圣经》文学的研究推向了一个新的高度。

作者认为,一切文学作品都必然是在一定的历史文化语境之中生成的,割断了同这种特殊社会历史文化语境的联系,就不能揭示出丰富的审美意蕴。研究《希伯来圣经》文学不考虑希伯来历史、宗教文化与基督教历史、宗教文化语境的联系与区别,脱离了历史文化语境,是无法从根本上揭示希伯来文学的民族特质与伦理价值的。作者的一系列学术创新观点,都是坚持历史文化语境的结果。例如作者在考察希伯来神话时,就认为《希伯来圣经》被当作《旧约》接受下来以后,希伯来神话随即在基督教历史文化语境中得到广泛传播,不但作为犹太教和基督教的"起始"在各自的信奉者中具有特殊的神圣意义,而且经过一代代人的解读,其丰富

---

① 王立新:《古犹太历史文化语境下的希伯来圣经文学研究》,商务印书馆,2014年,第3页。
② 王立新:《古犹太历史文化语境下的希伯来圣经文学研究》,商务印书馆,2014年,第1页。

的文化意义早已融入了东西方文化之中①。再如对《诗篇》的研究，作者把诗篇置于古代以色列民族的特殊历史文化语境中加以考察，发现其信仰主题的实现以及其特有的审美风格的形成，均是以特定的历史文化和民族意识为背景的②。作者在对族长故事进行考察时，认为族长形象作为某种文化符号不但进入基督教，而且存在于整个西方的文化语境之中，彰显人对神所应具有的绝对敬畏、驯服、谦卑的态度，从而重新诠释了族长形象。在讨论智慧文学时，作者以《箴言》《约伯记》《传道书》为例，认为从思想内涵看希伯来智慧文学是在古代以色列民族历史境遇变化中发展和形成的。

显然，作者坚持回到历史现场，从经典生成的过程与文学书写的关系视角阐释古犹太历史文化语境中的《希伯来圣经》文学，既避免了受到当今立场影响而容易出现的误读、曲解和肢解古代文献的危险，也为科学阅读、客观理解、辩证解释《希伯来圣经》文献创造了条件。正是因为作者采取了科学的研究方法，在运用古代文献材料时，作者才能驾轻就熟，在考辨甄别历代材料时去伪存真，在借鉴吸收前人研究成果时推陈出新，从而开启了《希伯来圣经》文学研究的新途径。

二、历时性和共时性相结合，创新求真

作者充分发挥了自己掌握希伯来语言的优势，采用跨学科、跨语言的研究方法，在综合运用多种学科领域的方法和知识的基础

---

① 王立新：《古犹太历史文化语境下的希伯来圣经文学研究》，商务印书馆，2014年，第25页。

② 王立新：《古犹太历史文化语境下的希伯来圣经文学研究》，商务印书馆，2014年，第248页。

上,做到了历史、文学、宗教学与文献和诗学理论的融会贯通,不但从总体上考察《希伯来圣经》历史编纂性质,而且将语言形式、文化影响、神权观念和现代诗学四重维度有机结合在一起①,全面系统地研究《希伯来圣经》的文学成就,深入分析每一种文类的代表性文本的诗学特征,揭示古希伯来历史文化的精神实质,从而突破了国内外研究《希伯来圣经》文学的现有模式,显示出作者在借鉴国际学术成果基础上的独到思考和敏锐眼光。

《希伯来圣经》涉及希伯来神话、族长传说、史诗、历史文学、先知文学、诗歌、智慧文学、小说等多种文学类型,内容丰富庞杂,各种文体之间既有联系又有区别,从表面上看各个文体独立成篇,但从语言学、文献学、文学、历史学、宗教学、哲学等多种学科综合考察,它们都有其内在逻辑联系,在主旨、内容、内涵与价值方面都是一个有机的整体,因此,只有历时性和共时性相结合,坚持一种有机整体的观念展开研究,才能厘清《希伯来圣经》的知识系统、观念谱系与深层文化结构,揭示古典时代人们的精神需求、宗教观念和生活理想。

由于历史久远,《希伯来圣经》的构成资料、成书过程和文本流传,都极其复杂曲折。根据律法、先知话语和圣录三大内容,作者从民族文化传统的观点第一次对《希伯来圣经》进行了分类,采用整体把握和综合运用相关知识的方法,坚持从文本以及经外文献出发对《希伯来圣经》文学的文本进行具体分析,历时性和共时性相结合,辩证客观地详细考察、深入思考与分析总结,发掘《希伯圣经》文学宝库,这不仅显示出作者深厚的学术功底和科学的研究方

---

① 王立新:《古犹太历史文化语境下的希伯来圣经文学研究》,商务印书馆,2014年,第23页。

法,也明确了作者的基本思路和学术立场,为进一步深化研究奠定了坚实基础。

《希伯来圣经》作为一部宗教经典,它既是古代以色列民族珍贵的文献总汇,也是古代以色列民族文化的百科全书,其中包含了多种多样的内容,可以从不同的角度予以研究和解读。由于作者能够坚持历时性和共时性相结合的研究方法,把对《希伯来圣经》的研究置于从西方到东方的广阔视野中加以考察,提出对《希伯来圣经》进行文学研究的四重维度,进而从文学的角度对《希伯来圣经》的文本内容进行文学分类和解读,探讨人们的思维方式、价值观念、道德思想和宗教信仰,说明东方诸文化区域内文学艺术与宗教之间的关联。可以说,作者沿着历时性和共时性相结合研究路径,终于找到了理想的研究方法,奠定了推陈出新的方法论基础。

三、坚持辩证的分析方法,挖掘伦理价值

《希伯来圣经》不但是犹太教的宗教经典,而且是一部全面展示古代希伯来文化的百科全书式的巨著。它通过多种多样的艺术形式讲述文学故事,不但描述了古希伯来民族的宗教信仰和伦理道德是怎样形成的,而且揭示了它们在促进人类文明进步中所发挥的作用。作为一部宗教经典,《希伯来圣经》的价值并非为了讲述故事,而在于通过讲述故事强化宗教信仰,建立道德规范,追求崇高的道德目标。作者紧紧抓住宗教道德这条主线,通过对《希伯来圣经》文本的解释、分析和评价,让我们从历史事件、历史人物和故事中得到启示,产生信仰。

例如,先知文学通过预言和启示给人以教诲,智慧文学通过希伯来先民的人生经验和感悟说明道理,都是对人生进行经验总结,

对人进行劝谕和教导。显然,作者通过文本解读,重新诠释了《希伯来圣经》具有的独特的文学价值,这就是通过文学进行道德说教,坚定宗教信仰。

先知文学是古典希伯来文学中的一朵奇葩,其深刻的历史、宗教、社会文化意义和独特的审美风貌独树一帜,在古代以色列民族史上有着深远的影响。《希伯来圣经》共有先知书 15 卷,不仅记录了先知的预言,也记录了先知的生活年代、身份和活动经历,在总体上表现出散文和诗歌相互交织的文体特点。在古代近东文献记载中,可以看出先知并不是古代以色列民族独有的,但是通过先知发布预言来干预时政,抨击为政者,警醒和劝慰百姓,以及表达强烈的宗教和社会理想等,却是古代以色列民族所独有的。作者对《希伯来圣经》中不同类型的先知故事文本进行了深入细致的分析,找到了贯穿在希伯来先知文化传统中的一些最核心的要素,并从五个方面进行归纳和总结,客观地评价先知预言的历史价值,揭示先知文学的教诲作用。

智慧文学也是如此。《希伯来圣经》中的智慧文学主要由《箴言》《约伯记》《传道书》构成,在《诗篇》中也可以找到部分作品。《箴言》的开篇强调了智慧文学的教诲目的:"要使人晓得智慧和训诲,分辨通达的言语;使人处事,领受智慧、仁义、公平、正直的训诲;使愚人灵明;使少年人有知识和谋略;使智慧人听见,增长学问;使聪明人得着智谋;使人明白箴言和譬喻,懂得智慧人的言词和谜语。"因此,智慧文学大多通过对不同生活经验的总结采用故事和格言警句的形式进行教诲,如教人不行愚妄之事,要殷勤不可懒惰,要尊敬父母,善待邻舍旁人,远离恶人的引诱,勿犯淫乱,不行贿赂,不传播是非,不酗酒,不说谎言,等等。

为了挖掘智慧文学的价值,作者从希伯来文化的视域把《希伯来圣经》分为律法传统、历史—预言传统和智慧传统三大传统,从智慧传统的角度揭示其本质特征及伦理价值。作者通过范例分析,指出智慧故事是要表达一种观念,即相信人的理性智慧能够认识世界,能够辨明是非善恶,这种观念事实上就是传统的以色列民族智慧观。

总之,《古犹太历史文化语境下的希伯来圣经文学研究》是一部视野开阔、观点新颖、见解独到和令人耳目一新的厚重之作。可以从中看出,作者坚持在历史语境中深入解读文本,以非常审慎和科学的态度在多种文化背景中对文本进行比较分析,探讨《希伯来圣经》文学产生和形成的过程及其特点,显示出作者在文学理论、社会历史、宗教哲学等方面的深厚知识。作者以一种高屋建瓴的理论眼光,从文学的角度解读、分析与评价《希伯来圣经》文本,坚持从当代学术研究的立场同历史文化语境中的圣经文学展开对话,对相关重要问题进行细致研究和精辟阐述,解决了一系列重要学术问题,取得了多方面的成就。作者不囿前人之见,勇于创新,善于发现问题、提出问题和解决问题,做到言之成理,持之有据,把中国有关圣经文学的研究推向了一个新的高度。

(原载于《哲学与文化》第 42 卷,2015 年第 5 期)

莎士比亚研究新路径：评陈红薇教授的《战后英国戏剧中的莎士比亚》

《战后英国戏剧中的莎士比亚》是陈红薇教授穷数年之功完成的国家社科基金资助课题的结项成果。该著作以当代英国戏剧家对莎士比亚的改写和再写作品为研究对象，以当代莎剧影视、全球不同文化语境下的莎剧本土化为观照，从改写理论和跨学科研究的视角，探讨了"后现代"文化背景下莎士比亚在当代英国戏剧乃至当代西方文化中的独特存在。这部著作代表了莎士比亚研究的新成果，在我国莎士比亚研究史上具有开拓性意义。

在世界文学史上，莎士比亚一直被看成所有时代最伟大的戏剧家。莎士比亚的全部创作具有历史文献的价值。他一生共创作了 37 部戏剧、2 部长诗和 154 首十四行诗，还创作了一些其他不同类型的诗歌。他的戏剧以丰富的想象力、生动的故事性、充满诗意的描绘把历史和现实结合在一起，真实地再现了他所处的历史时代。他通过对爱情、婚姻、友谊等主题的描写，揭示和反映了文艺复兴时期的社会面貌，从而奠定了他在世界戏剧史上的不朽地位。1623 年，莎士比亚的朋友约·赫明和亨利·康德尔编辑出版了第一部对开本《莎士比亚全集》，卷首印有莎士比亚的肖像和本·琼生的著名题词："他不属于一个时代而属于所有的世纪？"莎士比亚逝世 400 年来，其声誉长盛不衰，其作品被翻译成许多种文字出版,在世界各地的舞台上演出。莎士比亚已经不只是斯特拉福镇人的骄傲,也是整个世界的骄傲。

莎士比亚是英国经典文学的典范,也是世界文学中迄今无人企及的高峰。尽管有许多作家如荷马、但丁、狄更斯、巴尔扎克、托尔斯泰等人的创作早已超越国家的疆界而成为人类共同的文化遗产,但是没有人能够在持久影响力方面同莎士比亚相比。可以说,400多年来世界文学史上没有一个作家像莎士比亚那样吸引了如此众多的读者和批评家,没有一个作家得到如此深入细致的分析和研究。许多作家在时间的流逝中被遗忘,但莎士比亚永驻人心。莎士比亚逝世距今已过去了400年,时间不仅没有遗忘莎士比亚,相反却将他融化在时光之中,铸成了一座永恒的丰碑。

从20世纪尤其是20世纪50年代之后,莎士比亚的影响又出现了一种新的形式,这就是莎士比亚剧作的改写。用本书作者陈红薇教授的话说,在21世纪的今天,作为英国民族文化的象征,莎士比亚已是一个全球化的文化符号,被不同地区的人们从各个角度反复认知、修正、误读、重写和挪用。

无论是在国内还是在国外,对莎士比亚的研究都已是浩如烟海。但本书不是把焦点放在莎士比亚的原创作品上,而是另辟蹊径,聚焦于对莎士比亚当代改写的研究上。陈红薇教授以爱德华·邦德、阿诺德·威斯克、查尔斯·马洛维奇、霍华德·布伦顿、伊莱恩·范思坦、哈罗德·品特、彼得·布鲁克和汤姆·斯托帕德等八位剧作家的十六部改写作品为研究对象,展开分析和论证,从而揭示莎士比亚在后现代改写时代中的独特存在。正是陈红薇教授的独特视角,使她的这部学术著作展现出一种开创性的价值。

在这部著作中,陈红薇教授对莎剧的改写历史进行了细致的梳理,用大量莎剧改写的实例分析说明莎剧改写的价值,其涉及的作家众多，范围广阔，分析深入，体现出作者的深厚功力。实际上，在世界文学史上，改写的历史十分悠久，最早从荷马时代开始，同一个故事往往经过不同人的改写而流传下来，尤其是以古希腊、罗马神话为母题的不同时代的改写，是文学史上的一种重要现象。德国思想家瓦尔特·本雅明所提出的"故事永远是对故事的重复"的观点可谓是对改写现象的客观概括。不过让人遗憾的是，我国对文学历史上的改写缺乏研究。随着陈红薇教授的《战后英国戏剧中的莎士比亚》这部著作的问世，这种状况将得到改变。

在文学史上，许多作家的文学创作就是文学改写，莎士比亚也不能例外。在陈红薇教授看来，莎士比亚虽然作为戏剧大师早已成为一种文学象征和一种人文价值的符号，但是他的戏剧创作并非绝对的原创。事实上，"拿来主义"式的创作本就是文艺复兴时期的风尚，莎士比亚本人更是一个改写的高手，他在戏剧创作的过程中吸纳了无数起源文化的倒灌。在其创作过程中，莎士比亚为了戏剧、美学、商业或是意识形态的原因，曾和无数当代改写作家一样，毫无顾忌地"窃取"那一时期所能触及的素材，如散文、诗歌、浪漫故事、编年史、中世纪和都铎王朝时期戏剧，以此为基础创作了一部部惊世之作——包括《哈姆雷特》《李尔王》《罗密欧与朱丽叶》在内的伟大经典，无不是莎士比亚对某个或多个资源文本的重新构思和再创作。

陈红薇教授的分析并非是要说明莎士比亚本人是一个改写高手，而是以此说明莎士比亚的戏剧被他人改写的合理性。17世纪以来，莎剧一直被人不断地改写，而正是这些改写，让莎剧长期活在人们的文化记忆之中。实际上，改写已成为理解莎士比亚戏剧的一种新方式，或者是为理解莎士比亚的戏剧文本提供的一种新文本。事实上，在过去的400多年中，英国戏剧史上共出现了两次莎士比亚的改写高峰:第一次是18世纪,第二次则是20世纪的后半期。在第二次莎士比亚的改写浪潮中,大量西方戏剧家投入了莎剧改写的创作之中,剧作家、演员、舞台设计和导演通力合作,以莎剧为起源文本对主题进行变奏、演绎和发挥,创作了一大批带有莎剧符号的当代新经典。这些改写作品表现出的解构主义和后现代主义特征,以及演出时在英国乃至欧洲舞台上所引起的轰动,都对莎剧改写新时代的到来做出了重要的文化铺垫。对莎剧的改写实践一直持续到21世纪的今天,已经成为一种全球性的文化和文学现象。以舞台莎剧的改写为开端,改写莎剧的创作之风还从英国和欧洲大陆转向了北美,在加拿大和美国舞台上产生了一系列堪称当代戏剧经典的改写作品。自莎士比亚逝世之后,通过改写莎剧而创作出来的作品不计其数,而在我国对这一现象缺少系统的梳理、分析和总结。因此,就改写研究而言,陈红薇教授敢为人先,堪称改写研究领域的一位探险者。

在本书中,陈红薇教授按时间顺序对不同时期的莎剧改写进行了系统梳理,使读者看到了莎士比亚戏剧通过改写而存在的一种特殊方式。长期以来,由于缺少理论的支撑,通过改写创作的文学作品往往都被视为原作的衍生产物,一般都要做出是对哪一部作品进行改编的说明。正如陈红薇教授在书中所写,即便是到了20世纪80年代,这一时段对改写实践的研究虽已引入了互文性等后现代文化概念的视角范畴,但整体上讲,人们尚未意识到当代改写是一种有别于传统改写和改编创作的具有后文化特征的创作形式,更没有意识到当代改写是一种独立的创作实践。直到20世纪末,改写实践才从原作的附庸中摆脱出来,在理论上逐渐被作为一种文学创作得到承认。

因此,如何评价通过改写而成的文学作品,就成为20世纪尤其是战后以来需要回答的重要问题。在影响巨大的后现代主义文化语境中,各种理论如互文性理论、多重语境理论、引用理论、作者理论、叙事学理论、翻译理论、读者反应理论、布鲁姆的修正理论等,不仅为重新界定"改写"的意义及存在提供了前所未有的新视野,为当代改写创作提供了主题动力,也为其提供了超越传统创作艺术的叙述模式。陈红薇教授以丹尼尔·费什林(Daniel Fischlin)和马克·福杰(Mark Fortier)这两位批评家的改写理论为基础,找到了长期以来未能得到解决的改写问题的理论突破口。有关改写理论的探讨,也许是这部著作最为重要的特色。通过对大量的改写理论的讨论和分析,陈红薇教授指出,由这些理论思潮构成的后文化对莎剧改写实践产生了巨大的影响——它不仅改变了莎剧"改写"的基本内涵,也使改写成为一种独立的创作实践,一种不同于传统改编/改写的文学存在。

关于改写的研究,丹尼尔·费什林和马克·福杰在《莎士比亚改写作品集》里提出了改写的"再语境化"观点,认为改写是原文本再语境化的一个过程,既包括对过去作品的演出性更改,也包括再写性作品,因此改写作品实际上就是再写作品,是在效果上能唤起读者对原作的记忆但又不同于原作的新作品。玛格丽特·简·基德尼更是从改写的过程出发,认为改写是一个演绎的范畴,是改写者跳出传统主流,在新文化、政治和语言背景下对原作的再创作,是作品穿越时空从一种接受到另一种接受的变迁。改写的历史表明,首创已非原创,一切创作都是一种叠刻和重写。在后现代文化背景下,战后英国剧作家的再写既是对莎剧前所未有的颠覆,也是用一种新的形式对莎剧当代价值的确认。通过研究,陈红薇教授在书中提出:从莎剧的改写可以看出,当代改写是衍生而非寄生,属于二次创作而非二手创作。当代改写是被大众接受的独特的文学或文化类别，是一种独立的美学存在，也是一种在后理论文化语境下产生的再写性文学。

通过莎剧的改写进而探讨当代改写和再写理论，陈红薇教授的前沿性研究不仅给我们提供了重要启示，还为我们提供了如何研究的范例。她把莎剧的改写放在整个文学的改写历史过程中进行动态考察，从"何为改写？为何改写？""与莎氏的批判性对话""莎氏遗风的演绎""谁写了莎士比亚？"四个方面研究莎剧在战后英国戏剧中的各种呈现，条分缕析，钩沉发微，梳理改写观念发生、建构与演变的过程，揭示改写理论发挥作用的机制，探讨研究改写理论的路径。同以往的研究相比，她的研究显得更加开放、全面、厚重、新颖。莎剧的改写研究既是一个当代课题，也是一个历史课题，既要求有莎剧改写的历史实证性，也要求有理论的思辨性。陈红薇教授打破学科的界限，查阅了大量资料，阅读了大量参考文献，尤其是细读了大量莎剧的改写文本，并通过改写文本的范例分析，说明莎剧改写的当今价值。她选择当代英国最有实力的剧作家之一邦德改写的《李尔王》便是一例。在邦德看来，李尔在世人心中早已被神化为一种传统悲剧的原型，一个集个人悲剧、政治悲剧和国家悲剧为一体的元悲剧化身。他打破悲剧原型的束缚，重新塑造李尔并把他打造成"邦德式"暴力政治主题载体的"社会的镜子"。莎士比亚在《李尔王》中把李尔塑造成理性缺失而导致受罚的国王和父亲的形象，而邦德在《李尔》中则把李尔塑造成一个暴力政治的代表。戏剧落下帷幕之前，李尔爬上了城墙，试图用铁锹拆除曾寄托了他所有政治梦想的象征，最后被打死。在作者看来，邦德拆除城墙是要打破李尔自己所代表的"秩序"观念和这种观念所掩盖的暴力政治与道德哲学。正如陈红薇教授所说，通过改写，邦德的解构之笔直逼莎氏所体现的价值标准，在其神话的瓦砾上，建构出新的与时俱进的时代主题。除了邦德的《李尔》，陈红薇教授还详细分析了其他一些通过改写而来的莎剧，如威斯克的《夏洛克》（又名《商人》）、布伦顿的《第十三夜》、英国女性戏剧组集体创作的《李尔的女儿们》、布鲁克的实验戏剧《暴风雨》和斯托帕克的《罗森格兰兹和吉尔登斯敦已死》等。

通过对大量从莎剧改写而来的戏剧进行分析研究，陈红薇教授表面上似乎是为了证明和强调以莎士比亚为代表的经典作家在当今社会的存在价值，但实际上是为了探讨莎士比亚在当今社会中存在的核心问题，即在后现代、全球化、符号化的今天，莎士比亚究竟以何种形式存在着。她通过对大量莎剧改写文本的阅读，以及对舞台表演和影视改编的分析，证明以改写形式在"当代文学创作中出现的对莎剧的颠覆和解构非但没能抹杀莎士比亚在当今英国戏剧及世界文化中的参与，相反，通过战后剧作家的'重写'之笔，莎士比亚获得了前所未有的生命力、存在感和影响力"。她坚实的研究得到了让我们信服的结论，那就是"当代改写者对莎剧无穷尽地'再写'非但没能将莎士比亚从崇高者行列中抹去，'再写'本身恰恰反证了莎士比亚在被历史'拭去'过程中的不断彰显，更反证了莎剧作为原型文学的经典地位"。事实证明了莎士比亚在时间的长河中不仅以他原创的作品存在，还通过大量的改写获得新生。陈红薇教授说得好："不管莎士比亚如何被时代化、大众化、通俗化，如何被赋予各种层面上的符号意义，在千禧年后的21世纪里，他仍将作为一个符号焦点存在于全球的文化视野中，而世界文学和文化仍将会掀起一轮又一轮'重写'和'再访'莎士比亚的热浪，使这位诗人剧作家成为'永远的莎士比亚'。"

陈红薇教授这部专门研究莎士比亚改写的学术专著，给我们提供了很有价值的新资料和新文本，尤其是她在方法上把文学、戏剧表演、影视改编融合在一起,把大量改写的莎剧作品为一个动态的历史建构过程予以全方位考察,建立起20世纪战后莎剧改写的文学史框架。她所有的分析和研究结论都以翔实可靠的文本阅读和文献参考为基础,用充分的证据材料支撑自己的学术观点。这项成果不但对于莎士比亚的研究具有十分重要的理论价值,而且对于西方文学经典流传与影响的研究也具有十分重要的参考意义。我们完全有理由说,陈红薇教授这部潜心思考和研究的专著——《战后英国戏剧中的莎士比亚》,是一部资料翔实、论析深入、见解独到的研究莎剧改写的开拓性著作。这部著作不仅是莎士比亚戏剧改写研究的先导,也开辟了我国文学改写研究的新领域,其重要学术价值和理论价值值得珍视。

(原载于 *Interdisciplinary Studies of Literature*,2019年第3期)

图书在版编目(CIP)数据

外国文学研究散论/聂珍钊著. —南京:南京大学出版社,2022.9
(外国文学论丛/许钧,聂珍钊主编)
ISBN 978-7-305-25237-2

Ⅰ.①外… Ⅱ.①聂… Ⅲ.①外国文学-文学研究 Ⅳ.①I106

中国版本图书馆 CIP 数据核字(2021)第 272865 号

出版发行	南京大学出版社		
社　　址	南京市汉口路 22 号	邮　编	210093

出 版 人　金鑫荣

丛 书 名　外国文学论丛
丛书主编　许　钧　聂珍钊
书　　名　**外国文学研究散论**
著　　者　聂珍钊
责任编辑　黄　睿

照　　排　南京紫藤制版印务中心
印　　刷　徐州绪权印刷有限公司
开　　本　635 mm×965 mm　1/16　印张 31.25　字数 397 千
版　　次　2022 年 9 月第 1 版　2022 年 9 月第 1 次印刷
ISBN　978-7-305-25237-2
定　　价　118.00 元

网　　址:http://www.njupco.com
官方微博:http://weibo.com/njupco
官方微信:njupress
销售咨询热线:(025)83594756

* 版权所有,侵权必究
* 凡购买南大版图书,如有印装质量问题,请与所购图书销售部门联系调换